櫻井千姫

私が推しを殺すまで

実業之日本社

JN061958

実業之日本社文庫

目次

プロローグ

百日紅《さるすべり》が燃えるような濃いピンクの花を咲かせ、強い日差しが花をきらめかせながら熱気を地上に突き刺している。じいじい、絶えず蟬《せみ》の声が降ってくる。

家から十分のバス停までの道のりがこんな暑い日には何十キロにも感じられる。汗を拭《ぬぐ》いながら、ペットボトルの中の麦茶をひと口飲んだ。気休めにしかならない。サウナの中みたいな夏の空気を浴びると、あの日もこれくらい暑かったなと思い出す。

過去はどんどん時間に置いて行かれて、やがてぼんやりした記憶だけが残る。

バス停につくと、知らないおばあさんが一人ベンチに座っていた。行儀よく手を膝《ひざ》の上に置き、遠くを見ている。時刻表を確認していたら話しかけられた。

「あなた、どこかで見たような顔だねぇ」

あくまで穏やかな、棘《とげ》のない言葉だったけれど、どきりとした。

私は大罪《たいざい》を背負って生きているから。

「いえ、気のせいだと思いますよ」

そう返して、おばあさんから距離を空けてベンチに座る。それきりおばあさんは口をつぐんでしまった。

当時、私は未成年だったから、顔写真はネットでしか出回っていない。でも、覚えている人は覚えている。


——六年前、私は推しを殺した。

第一章

狂愛《きょうあい》

《波菜子》

二十四時間三百六十五日は言い過ぎだけど、二十四時間三百六十四日くらいは考えていると思う。

藤川勇《ふじかわいさみ》くんのことを。

朝は勇くんのソロ曲をスマホのアラームにセットして、気持ち良く目覚める。顔を洗って着替えて朝ごはんを食べて、学校に着くまでの電車の中、勇くんの情報をチェックする。この時、勇くんのブログやSNSが更新されていたりすると、飛びあがるほど嬉《うれ》しい。

インスタグラムの勇くんの投稿は、同じ「バックトゥザナウ」のメンバーとの仲良しツーショットや、ドラマや映画で共演した際に俳優さんと撮った写真がよく上げられている。どの写真でも、賢《かしこ》いハスキー犬が笑ったみたいな勇くんの笑顔は可《か》愛《わい》い。

授業中、先生が本題とは関係ない話を始めたりして退屈してくると、ノートの端《はし》っこに勇くんの絵を描くのがいつのまにか習慣になった。美術の成績は3だけど、毎日こんなことをしているせいか、勇くんの絵だけは異様に上手《うま》くなった。きりりとした太眉、涼し気な目。しっかりとした鼻筋に、爽やかな笑みを浮かべた唇。本物の勇くんには敵《かな》わないけれど、私は写真を見ながらじゃなくても、勇くんの顔をノートの上にかなり緻密に再現させることができる。

昼休みは、購買のパンを食べた後、いわゆる推し活というやつに費やす。ワイヤレスイヤホンをつけて「バックトゥザナウ」のMVに魅入《みい》っていると、自分のいるところが高校の教室の中じゃなくて、コンサートホールの客席のように思えてくる。そして、勇くんへのこの想《おも》いはまぎれもなく愛なのだと実感して、こんな自分を少しだけ愛《いと》しく、誇らしく思えるのだ。

何の取り柄もない私だけど、全身全霊で勇くんのことを愛している。

「それ、バクナウだよね?」

MVに集中していた私は、声をかけられたことにすぐ気付かなかった。スマホの画面が人影で半分暗くなっている。顔を上げると、入学以来一度も話したことのないクラスメイトがいた。

無視するわけにもいかない、ちゃんと喋《しゃべ》らなきゃ。慌ててイヤホンを引き抜く。

「なんか今、すっごく流行《はや》ってるよね。友だちにも、好きな子多くてさ」

クラスメイトは初接触の私相手に、十年来の親友のような口調で喋りかけてきて戸惑う。この子は、スクールカーストでも最上位にあたる子。長い髪を校則ぎりぎりの茶髪にして、薄くメイクもしていてスカートだって短い。男子にも女子にも、分け隔《へだ》てなく、気さくに話しかける印象がある。

こういう子が、私はすごく苦手だ。

「庄司《しょうじ》さん、誰推しなの？　バクナウ」

メイクで彩《いろど》った大きな目を見開いて、クラスメイトが私の顔を覗《のぞ》き込む。急に緊張がせり上がってきて、次の言葉を用意するのに時間がかかってしまった。

「……勇くん」

やっと発した私の言葉を、その子は快く笑顔で受け取ってくれたのでほっとする。

「勇くんかー。勇くんもいいよね。和風イケメンっていうのかな。チャラチャラしたところがなくて、凜《りん》としてて、武士って感じ」

そう、そうなんだよ。勇くんは、すごく格好いいの。歌だってダンスだって、他のメンバーよりずっと頑張ってぶっ倒れるまで練習して、バクナウが売れる前からみんなを支えていた、とても優しい人で。

　そう言えたらいいんだけれど、私の唇は閉じたまま。極度のコミュ障の私は、たとえ好きな人のことでも、他の子と上手く話題を共有できない。

「でもあたしは、太雅《たいが》のほうがいいかな」

目の前のクラスメイトは、鼻歌でも唄いだしそうな声で言う。

「太雅って、やっぱり格好いいよ。背も高いし脚も腕もすらっとしてて細くって、庄司さんには悪いけど、他の四人とは次元が違うっていうの？　やっぱ、人気ナンバーワンは違うっていうかさ。勇くんとか他の子たちは、格好いいけどまぁ、そのへんにいるレベルの顔じゃない？」

同意することもしないこともできず、曖昧《あいまい》な角度に首を動かした。じりじり、嫌な汗が心臓を濡《ぬ》らしていく。

　たしかにバクナウ人気ナンバーワンの太雅くんに比べれば、ナンバーツーの勇くんは見た目では劣るかもしれない。でも勇くんの良さは、そこじゃない。勇くんは真面目でストイックで、歌やダンスが上手いだけじゃなくて、最近では俳優の仕事もこなしている。演技だって最初は全然出来ないからって、稽古《けいこ》をすごく頑張ってたのだ。

　たしかに太雅くんだって格好いいし、歌もダンスも上手いし俳優の仕事もしてるけれど、太雅くんは特に努力しなくてもなんでもできちゃうタイプ。勇くんはそういう天才じゃないけれど、努力して自分を磨くタイプ。

そういうところが格好いい、ってこの子に伝えられたらいいのに。

「ごめん、気ィ悪くさせちゃったね」

沈黙を怒りと受け取ったのか、クラスメイトは短いスカートをひらりと翻《ひるがえ》し、自分の席に戻っていく。その周りには、彼女と似たようなキラキラの青春を謳歌《おうか》している女の子たち。彼氏がどうのこうの、という話を大きな声でしていて、私のところまで聞こえてくる。

私が通っているこの高校はちょっと頑張って勉強しないと入れないし、授業の難易度も高いけれど、校風が自由なので入学希望者は多い、らしい。

昼休みならスマホも人に迷惑さえかけなければ自由に使っていいというルールになっているので、廊下でダンス動画をティックトックに上げている女の子たちもいる。中庭では、サッカーに興《きょう》じる男の子たち。誰と誰とが付き合っている、という噂《うわさ》の男女混合グループは教室の前の方に固まっている。その隣では、マンガ研究会に入っている女の子たちが最近流行っているアニメの話をしている。

私は、どこのグループにも入れない。

話しかけてくる人がいなければ、昼休み、ずっと勇くんの動画を観《み》ていられるから嬉しいけれど、やっぱり入学して三週間、未《いま》だに友だちがいないというのは、ちょっとおかしいとみんなから思われているかもしれない。別に、今に始まったことじゃない。小学校の時も中学校の時もこんな感じだったし、別にひどいいじめとかに遭《あ》ったわけじゃないから、クラスで浮いてしまうのは特に気にしていない。

私が人と話すのが苦手になったのは、波菜子《はなこ》という名前のせいだ。お母さんいわく、「人生の荒波に負けないように、波という字を使いたかった」からこの名前にしたけれど、だったら真波《まなみ》とか、美波《みなみ》とか、もっと可愛い名前をつけてほしかった。波菜子なんて最悪だ。だって子どもからしたら、トイレに出るあの花子《はなこ》さんなんだもん。

小一の時、クラスで花子さんの話が広まった時、私は波菜子という名前のせいでさんざんからかわれた。「波菜子さんってお化けなの」と笑われたり、花子さんが出るという噂のトイレの手前から三番目の個室に入れられ、そのドアを女の子たちが代わる代わるノックしていく、ということもあった。要は、花子さんというお化けの役なのだ。あの時の女の子たちの、意地悪そうなくすくす笑いが今でも鼓膜《こまく》にこびりついて離れない。

ふうとため息をつき、背中を椅子の背もたれに預け、教室を見渡すと、私と同じように一人で机に座っている男の子が目につく。

長い前髪で目を隠しているあの子、名前はなんだっけ。

あの子も、他の子と喋っているところを見たことがない。中庭でサッカーをしている男子たちとも、ゲームの話で盛り上がっている男子たちとも、小声でひそひそとエッチな話をしている男子たち（でもちゃんと聞こえているのだ、彼らは気付かれてないと思っていそうだけど）とも、決して交わろうとしないあの子。

ひょっとしたら、私と彼は同じ独り者同士、気が合ったりするんだろうか。

そんなことを考えてすぐ打ち消す。相手は男子だ、気が合うわけない。だいたい私は、小一の時、女子のみならず、男子たちからもさんざんお化けだの幽霊だのからかわれたから、女子以上に男子が怖い。勇くん以外の男の子は、全員猛獣に見えてしまう。

そんなことを考えていると、昼休み終了五分前のチャイムが鳴った。ＭＶはとっくに止まっていて、無駄な時間を過ごしてしまったことを心底後悔した。

生きている時間は、一秒でも多く勇くんのために使いたい。

それが私にとっての愛だから。

学校から家までは電車で四十分。ちょっと遠いけど、その間はずっとイヤホンで勇くんのMVやネットドラマを見たりしているから、退屈しない。降りる時になって、動画が中途半端なところで止まっていると、舌を鳴らしたくなるけれど。

駅から出て徒歩十分のところに私の家はある。高級住宅街にある、建築士のお父さんとインテリアコーディネーターのお母さんのこだわりが詰まった決して豪邸《ごうてい》とは言えないけれど洒落《しゃれ》た一軒家だ。

お父さんとお母さんは、年中忙しくしている。お母さんなんて自分の店を持っているし、海外に家具の買い付けにも行ったりしているから、出張もしょっちゅう。だから私は一人っ子なのにほとんど放任主義で育てられ、小学校高学年頃から多忙な両親に代わって家事を任されていた。

「ただいま」

誰も迎えてくれない玄関の奥へ独り言を呟《つぶや》き、ソックスを履《は》いた脚をスリッパに入れる。キッチンで自分だけのために紅茶を淹《い》れる。お母さんがすごく高かったと自慢していたティーポットに茶葉を入れ、お湯を注ぐと、アールグレイの香りがふわっとキッチンに漂《ただよ》う。ティーカップに琥珀《こはく》色の液体を注ぎ、ゆっくりと味わった。カーテンが半分開いていて、庭で咲いているツツジのピンク色の花が見える。この花が咲くと、春ももう終わりかけ。来週からは日差しもだんだん夏らしさを帯びてくるだろう。

スマホを取り出すと、お父さんからラインが来ていた。『今夜は二十時には帰れると思う』という短い文章によっしゃ、と思う。バクナウの生配信は二十一時から。二十時までに宿題なんかも終わらせておけば心置きなく見られるだろう。

電車の中で見ていた勇くんのネットドラマの続きが観たい気持ちをぐっと堪《こら》えて、私に課せられたミッションをこなす。干してある洗濯物を取り込んで畳み、ハンカチやお父さんのワイシャツにアイロンをかける。お風呂とトイレも掃除しておく。ここで力尽きそうになったけれど、さらに宿題をやる。今日は英語と数学と、古文からも宿題が出ているという憂鬱《ゆううつ》な日だけど、一時間かかってなんとか終わらせて、自分の部屋でじっくり勇くんを愛《め》でた。

ドラマは、今売り出し中の女優さんが主人公で、勇くんはそのお相手という恋愛もの。勇くん、どうしてこんな演技ができるんだろう。まるで自分がヒロインになったみたいに、見れば見るほどドラマの世界に引き込まれてしまう。勇くんがヒロインにかける「大好きだ」という愛の言葉が、自分に向けて言われているように感じられてしまって、心臓がばっくんと反応する。

昼休みに話しかけてきたあの子は、太雅くんのほうが格好いいと言った。たしかに二人を並べてみれば、十人中九人が太雅くんのほうが格好いいと言うだろう。でも勇くんの良さは、決して顔じゃない。真面目でストイックな、令和の侍。それが、藤川勇という男。パフォーマンスについても、バクナウのリーダーの優紀《ゆうき》くんがよく、「勇は誰よりもストイックで練習熱心だよね」と言っている。そんな人、推さずにいられない。

私がネクラな人見知りじゃなかったら、あの子にも勇くんの良さを説《と》いてあげられたのにな。

ドラマが終わり、時計を見るともう十九時半だった。慌ててスマホを充電器に繋《つな》ぎ、一階に下りてお母さんのエプロンをつけ、夕食の用意をする。今日のメニューは卵とチャーシューと長葱《ながねぎ》のチャーハン、胡瓜《きゅうり》の梅わさ和《あ》え、中華スープ。中華の匂いがキッチンに漂う頃、お父さんが帰ってきた。

「波菜子はいいお嫁さんになれそうだな」

お母さんが海外出張中なので、お父さんと二人きりの夕食。私が作った料理を食べながら、お父さんはそう言って目を細める。

男の人にしては小柄な身体《からだ》に、だいぶ後退した額。五十歳になるお父さんは、それなりに老けている。少なくなった髪の毛にも白髪が多くて、眉毛にすら白髪が混ざっている。

「そんなことないと思うけど」

「いやいや、こんな短時間で、これだけちゃんとした料理を出せるんだ。絶対、結婚は上手くいくぞ。なんだかんだいって、男はうちのお母さんみたいに、夫より稼いで成功している人より、家のことをきちんとやってくれる人のほうが好きになるものなんだ」

なんだか、遠回しにお母さんの悪口を言っているように聞こえた。別にいいけれど。二人の馴《な》れ初《そ》めについてはろくに知らないけれど、結婚してから二十年も経《た》っていれば、倦怠期《けんたいき》も超えて互いの存在は空気、愛なんてそこに存在せず、あるのは夫婦、家族になった相手に対する義務感だけだ。

「波菜子は、好きな人はいないのか」

思春期の娘に対してどう距離をとっていいのかわからないというような、まるで野生の動物と触れ合うように私と接するお父さんが、今日は珍しく踏み込んできた。

「別にいないけど」

勇くんがいるけれど、お父さんが言っているのはそういう「好きな人」のことじゃないって、それぐらいはわかる。

「小学校や、中学校の時はどうだったんだ」

「いない」

「そうか、波菜子はオクテなんだな。父さんなんて、初恋は幼稚園の時の担任の先生だったよ」

幼稚園児男子にありがちな話だ。私は幼稚園の頃のことなんてろくに覚えていない。その頃は何人か友だちもいたと思うけれど、高校に進学した今はすっかり縁が切れ、その子たちの名前すら覚えていない。家からちょっと遠い高校を選んだら、通学時間に鉢合《はちあ》わせることもない。

「オクテなほうが、父さんとしては安心かな。あんまりオクテ過ぎるのも、ちょっと問題だけれど。波菜子の歳《とし》なら、オクテなくらいのほうが父さんとしては普通だと思うよ」

「ごちそうさま」

お父さんとの時間が居心地悪くて、さっさと食事を済ませて席を立った。もっと私と話していたそうなお父さんを見てちょっと心は痛むけれど、今は勇くんが優先だ。

「作ったのは私だから、洗い物はお父さんがしてね」

それだけ言って、ダイニングルームを後にして自室に飛び込んだ。

生配信の前に時間があるから、その間にさっき見たばかりのネットドラマをもう一度見直していた。小さなスマホ画面の向こうの勇くんが、宝石みたいにキラキラ輝いている。一生手にすることはできない、遠くから見ているだけの宝石。でも応援し、愛することが幸せ。

私にとって、勇くんは神様みたいなものなのだ。

配信は二十一時から始まった。これから一時間は、全国のバクナウファンがスマホの画面に夢中になる。本業の音楽の仕事に加え、ドラマ、映画、テレビの司会にラジオのMC、モデル。それぞれ芸能界で忙しく活躍しているバクナウのメンバーだけど、金曜日二十一時からの配信はちゃんとスケジュールを調整して全員が集う。

嬉しいファンサービスだ。

『勇とヒロって仲良いよな、付き合っちゃえばいいのに』

太雅くんがにやりと笑って言うと、コメントがたくさんつく。

『たしかに勇くんとヒロくんお似合い！』

『イサヒロなのかヒロイサなのか』

『私は断然イサヒロ！』

『いや、リバでしょ』

　私はSNSは勇くんの情報を見るだけで自分は一切発信しないし、こういう時にコメントもしないけれど、ファンの子たちの中にはあまりにも仲が良い勇くんと本《ほん》田啓仁《だひろひと》くんをカップリングさせて楽しんでいる腐女子も多いらしい。たしかに凜とした和風イケメンの勇くんと、女装させたら女の子をも凌《しの》ぐ美少女になるヒロくんは、私から見てもぴったりの組み合わせに思える。

『何言ってんだよ、俺たちそんなんじゃねぇって』

　すかさず反論する勇くんの隣で、ヒロくんがにこにこと穏やかな笑みを浮かべている。またコメントの嵐。

『照れてる勇くん可愛い！　やっぱヒロくんのこと大好きなんだな〜』

『イサヒロカプは永遠！』

『イサヒロで十年はご飯食べれる！』

　自分とヒロくんはそんな関係ではないと真顔になって勇くんが主張すると、そうやってムキになるところが怪しいと鬼山風児《おにやまふうじ》くんからも言われてしまい、太雅くんがゲラゲラ笑う。メンバー最年長でリーダーの優紀くんがなんとかみんなをまとめ、話題は次に移っていく。

こんなふうに、他のファンの子の反応を見ながら勇くんと他のバクナウのメンバーたちを見られる金曜日の夜は、特別な時間だ。

配信が終わり、後ろ髪を引かれるような気持ちでお風呂に入る。お風呂から上がると、リビングのテーブルでお父さんが晩酌《ばんしゃく》しているのが見えた。テレビを観ながら、ウイスキーをあおっている。お風呂から出て来た私に気付き、言う。

「波菜子のスマホにはお母さんからラインは来てないのか」

「来てない」

「そうか」

それだけで終わってしまう会話。リビングに一人きりのお父さんがひどく寂しそうに見えたけれど、コミュ障の私はこんな時にお父さんにかけるべき言葉を持っていない。家族なんてこの世で一番大切にしなきゃいけない人間関係なのに、私はお母さんの分まで優しく気遣ってくれるお父さんとも、それとは反対でたまに家に帰ってきてはグチグチうるさいお母さんとも、上手く関係を築《きず》けていない。

まだバイトもしたことないし、将来の夢も特にないけれど、私はきっと大人になってもろくな人間になれないと思う。お父さんは私の料理の腕だけ褒めて無責任にいいお嫁さんになるぞと言ってくれたけど、私と一生を共にしたいと言ってくれる人は現れないだろう。

勇くんが、私のお婿さんになってくれたなら話は別なんだけれどな。

そんなありえない妄想を抱きながら、ベッドに入る。眠りにつくまで、バクナウの曲を聴きながら過ごす。

今夜夢の中で、勇くんに会えますように。

そう思いながら、少しずつ私の意識はしぼんで、やがて湖のような優しいまどろみの中に全身が浸《つ》かっていく。

＊

教室の中には、誰もいなかった。

私は制服を着ていた。紺色のブレザーにグリーンのチェックのスカート、お揃《そろ》いのリボン。スカートの丈は校則通り、他の女の子たちよりもずっと長い、いつもの私のままだった。

いわゆる明晰夢《めいせきむ》、というやつで、夢を見ながら、これが夢だとちゃんとわかっていた。夢なら、私は自由。もしここで勇くんに会いたい、と願えば勇くんに会えるかもしれない。

そう気付いて、願う。勇くんに会いたい。勇くんに会いたい。どうかここに、勇くんを現れさせて。

すると、教室の後ろの扉が開くガタリという音がした。

勇くんだ、と思ったら、そこには一人の男の子が立っていた。

長い前髪を目で隠した、入学以来クラスの他の子と喋っているところを見たことがない、あの男子。

彼が私に近付いてくる。薄い唇が動く。

『勇くんのこと、もっと知りたくないの?』

意味がわからなかった。

彼が私が勇くんを好きだと知っているわけがないし、そして彼が私に話しかけてくる状況も意味不明。いくら夢だからって、まったく筋が通っていない。

返事に困っていると、彼は唇をほのかに笑いの形にして、続けた。

『知りたいなら、僕、手伝ってあげる』――

＊

目が覚めた時は、朝の光がカーテンの隙間から燦々《さんさん》と部屋の中に差し込んでいた。まだ眠気の残る、ちょっと重い身体をぐうっと起こす。スマホを確認する。アラームが鳴らなかったのは、今日が土曜日で目覚ましをセットしていなかったからだ。だからって、こんなに早く起きるつもりはなかったのに。変な夢のせいで、やたらと早く目覚めてしまった。

土日の朝は、いつもならもっとだらだらする。起きてもしばらくスマホをいじり、勇くんの情報を確認するのが常。でも今日は変な夢のせいでどうにもそんな気分になれないし、だいいちお腹《なか》が空《す》いていた。喉だって、妙に渇いている。

階段を降りてキッチンに行くと、お母さんがいた。私に気付き、振り返る。美容にさんざん気を遣っているのは知ってるけれど、それでも隠せないほど目の下にできた隈《くま》はくっきりと深い。

「早いのね」

「お母さんこそ。帰ってくるの、月曜日じゃなかったの」

「ちょっと予定が狂っちゃったの。さっき帰って、すぐまた出るわ。お店に行かなくちゃいけなくてね」

青山《あおやま》にあるお母さんのお店は、小学校の時何度か訪れたことがある。広々とした店内には世界中のあちこちから買い付けた家具やインテリアが所狭しと並んでいて、そこだけ日本じゃない、別の空間に見えた。おとぎ話の世界みたいな素敵な場所で、お母さんが調合したアロマのいい香りが漂ってた。

いつから、その場所に行かなくなったんだろう。あんな夢みたいな場所にはいくらお母さんの娘とはいえ、私はそぐわないと気付いてしまったのは、いつの頃か。

「あんた、ちゃんと勉強はしてるんでしょうね。実力テストの成績、さんざんだったじゃない」

お母さんはマグカップ片手に牛乳を立ち飲みしながら、容赦なく小言を浴びせてくる。

うちの高校では、入学して一週間後、実力テストがある。中学の頃の勉強が、どれだけできているかどうか測るためのものだ。私の成績は、クラス三十九人中二十五位。学校全体のレベルを考えればそう悪くもないのだけど、お母さんは不満で仕方ないらしい。

「もうすぐ中間テストでしょう。スマホばっかり見てないで、ちゃんと勉強しなさいよ」

勉強ならしてる。宿題もテスト勉強もそこそこやってるし、私だって勇くんのことだけ考えて生きていられると思ってるほど馬鹿じゃない。

そう言い返す勇気も暇もないうちに、お母さんは慌ただしくキッチンを出て行く。

「洗濯と掃除、波菜子がやっといてね。お父さんに任せると、いい加減で仕方ないんだから」

投げつけるように言って、お母さんは身支度を済ませ、さっさと家を飛び出した。玄関が閉まるがちゃん、という乱暴な音が家じゅうに響いた。

私が小学四年生くらいの頃から、お母さんはいつもこんな感じだ。勉強とか生活態度のこととか、言いたいことだけ言って私の言い分は聞こうともせず、まだ小学生だった私を無給のお手伝いさんの如《ごと》くこき使い、家事を押しつける。親って、本当はこういうものじゃないと思う。他の家と比べたことがないからよくわからないけれど、お母さんは娘の私にとても冷たい。お父さんにだって愛情を示すことをしないし、私のこともお父さんのことも、家族というより「一緒に暮らして、家事をやってくれる便利な人」として扱ってる気がする。

そのせいか、私は反抗期を一切迎えないまま高校生になってしまった。

お母さんがいなくなり、まだお父さんが起きていないキッチンで、一人分の朝食を作った。全粒粉を使った食パンをトーストし、蜂蜜とりんごジャムを半分ずつ塗る。フライパンにベーコンを載せ、卵を落としてベーコンエッグにする。昨夜の残りの細かく切った梅干しと山葵《わさび》で和えた胡瓜を、サラダ代わりに添えた。ちゃんとした朝ご飯なのに、砂を噛《か》んでいるよう。食べながら、ゆうべの変な夢が頭にふっと浮かぶ。

『勇くんのこと、もっと知りたくないの？』

『知りたいなら、僕、手伝ってあげる』——


月曜日、登校した途端クラス委員の子に怒られた。

「ちょっと庄司さん、今日日直でしょ。日直の仕事、ちゃんとやってよ」

うちのお母さんにちょっと似た雰囲気の、大人になったらバリバリのキャリアウーマンになってしまいそうなきつい感じのその子を前に、言い訳なんてできなかった。だって、私が今日日直だってことを忘れていたのは事実なんだし。

ごめん、とクラス委員の子に謝り、黒板の端っこを見ると、「庄司」の隣に「月《つき》宮《みや》」と書かれていた。月宮くんらしき男の子が、教卓に飾ってある花を整えていた。その顔はもっさりした長い前髪が目にかかっていて、よく見えない。

入学以来誰とも言葉を交わさないあの子。金曜日の夜中、私の夢に出てきたあの子。

そうかあの子は、月宮くんと言うのか。きれいな苗字《みょうじ》で羨ましい。

日直の仕事といっても、大してすることはない。授業の最初と後に号令をかけるのと、授業と授業の間の休み時間に黒板を消し、チョークを補充するのと。私と月宮くんは、一日淡々とその業務をこなした。唯一イレギュラーだったのは、六時間目の世界史の先生が、「放課後二人、職員室に来てくれ。社会科準備室に荷物を運ぶから手伝ってほしい」と頼まれたこと。私を怒ったクラス委員の子は委員会の仕事があるからと、日直の私と月宮くんが任された。

職員室で大きな段ボール箱を二つ受け取り、社会科準備室を目指す。放課後の学校は思春期の男女が放つのびのびとしたエネルギーが眩《まぶ》しいけれど、社会科準備室を始め、特別教室が並ぶこのエリアには静けさが漂っている。社会科準備室の机の上に段ボール箱を置き、さあこれで任務完了、帰りの電車の中で勇くんを愛でようとうきうきしていると、月宮くんが声を発した。

「庄司さんって、バクナウ、好きなの？」

長い前髪のせいで目はよく見えないけれど、焦点が私に合っているのはわかる。なんでこの子が、私がバクナウを好きなことを知っているんだろう。

「なんで知ってるの」

思わず、声が震えていた。ただでさえ私は、人と話すことに慣れていない。相手が男の子となれば、なおさら身構えてしまう。

「金曜日の昼休み、佐藤《さとう》さんと話してるの、聞こえちゃって」

「あぁ……」

それで納得がいった。あの時の会話、普通に人に聞かれてたんだ。そしてあの時私に話しかけてきた、カースト上位の女の子の名前は佐藤さん。同じクラスなのに、あんなに目立っているのに、私は彼女の名前すら知らなかった。

月宮くんはなおも話しかけてくる。

「庄司さんは、バクナウの誰が好きなの？」

「……勇くん」

ちょっとの間の後、答えた。喋りながら、どきどきしていた。月宮くんも佐藤さんみたいに、太雅くんのほうがいいって言ったらどうしよう、って。

「勇くんか、僕も好き」

予想に反して、月宮くんはそう言って、口元を笑いの形にした。

そして、びっくりしていた。いるんだ。男の子のバクナウファン。それも勇くん推しだなんて。

「勇くんって、いいよね。侍とか武士みたいな感じがする。誰よりもダンス練習熱心で、自分でもすごく勉強してて」

そう。そうなの。勇くんは格好いい。私も勇くんのそんなところが好き。なのに、うまく言葉が出てこない。

「いいよね、そういうとこ」

あ、やっと言えた。ああいやだな、自分のこんなところ。せっかく、好きな人を同じように好きでいてくれる人に会えたのに、ろくにコミュニケーションも取れないなんて。

そう思っていると、月宮くんが私にちょっと身体を寄せて、言った。

「勇くんのこと、もっと知りたくないの？」

夢と同じまったく台詞《せりふ》だった。
瞬間、現実が遠くなる。目の前の月宮くんが、夢の中に現れた月宮くんと重なる。
いったいどうなっているのか、自分がどこにいるのか、見当もつかない。
月宮くんは続ける。
「知りたいなら、僕、手伝ってあげる」
月宮くんはそう言って、笑った。
やっと、思考が現実に追いついた。
どうやら私は、正夢というやつを見てしまったらしい。

《夜舟》

社会科準備室を出た後、そのまま庄司さんと一緒に校門を出た。

とっくに花を散らしてしまった桜の木が、真緑の葉っぱをもうすぐゴールデンウィークを迎える金色の日差しに晒《さら》している。

高校という場所は、男女が歩くことに対してやたらと厳しい。社会科準備室を出てから校門をくぐるまで、三人と目が合った。みんな、僕と庄司さんの組み合わせを、ぎょっとした顔をして見ていた。なんとなく顔だけ知ってる人も、全然知らない人も、僕と庄司さんが一緒にいることを世界の理《ことわり》を破ってしまった二人かのように捉えている、そんなふうに思えてしまう。

校門を出てしばらくして、駅までの並木道を歩く。銀杏《いちょう》並木の間を春風が通り抜けていく。うちの高校の制服を着た生徒は多いけれど、さっきまでと比べれば数は少ない。このへんで話しかけなきゃな。そう思いはするものの、すんなり言葉が出てこない。ただでさえ誰かと一緒に下校するなんて、小学校の一年生とか二年生とか、それ以来のことなのだ。小学校三、四年生あたりから極端に人との関わりを避けてきた僕は、たとえ相手が庄司さんとはいえ、目の前の人にどう声をかけたらいいのかわからない。

無言で、ローファーが少しずつ違うリズムで重なる時間が続く。やがて庄司さんが口を開く。

「手伝ってあげる、って何をしてくれるの」

庄司さんの声は固かったけれど、中心に熱を帯びていた。どうやら僕のひと言は、しっかり庄司さんの心を捕えていたのだ、安心する。

「それはちゃんと考えてある。僕、パソコンに詳しいから。勇くんのSNSの投稿を隅《すみ》から隅までチェックすれば、そこにいる場所が特定できる。運が良ければ、会えるかも」

「会えるんだ」

興奮しているのか、庄司さんの声がうっすら掠《かす》れている。横顔も頬がほんのりピンクに染まっていた。こんな庄司さんが、本当に可愛い。

「そう、会えるんだよ」

力強く言うと、庄司さんはゆっくり首を縦に振る。

ライブに行くのでも、テレビを観るのでもなく、直接会える。それは藤川勇というアイドルが大好きなこの子にとって、どれだけ特別なことなんだろう。推しに会えるチケットがあったら、庄司さんなら百万円だってぽんと払ってしまいそうだ。

「月宮くんは、勇くんのSNS、見てるの？」

しばらくして、庄司さんが言った。僕は一瞬、でもしっかりと頭をフル回転させて言葉を捻《ひね》り出す。

実のところ、僕は庄司さんが勇くんを好きだと知ってから彼のSNSをフルチェックしてたなんて言えないから、上手いこと誤魔化さなくてはいけない。

「時々ね。全部は見てないけれど」

「そうなんだ。全部見たら、勇くんに会える？」

「会えるよ。僕、頑張る」

そこで、庄司さんが初めて僕を見た。黒目がちな二重の目が潤んで、小さな鼻が頬と同じようにじんわり赤くなっている。口元に浮かぶ、控えめだけど高揚《こうよう》を隠さない笑み。

なんて君は可愛いんだろう。

「そうと決まれば、いろいろ作戦立てなきゃね。これからのためにもライン、交換しない？」

そう言うと、庄司さんは快《こころよ》くオッケーしてくれて、自分のスマホを取り出した。

並木道の途中で立ち止まり、互いのスマホを見せあいっこしている僕たちのすぐ傍を、二年生のバッジをつけた女の子たちが笑いながら通り抜けていく。彼女たちが遠くから「地味な陰キャが恋愛ごっこしてる」なんて言ってるのが聞こえてしまう。

そんなのどうでもよくなるほどに、僕はライントーク画面に庄司さんのアイコンが増えたことに感激していた。

庄司さんと反対方面の電車に乗って帰る。帰りがけ、僕たちはまるで生まれたての恋人同士のように、手を振り合って別れた。

電車を待つ間、反対側のホームを見ると、庄司さんが立っていた。

視線が絡み合う。僕は手を振る。庄司さんもうっとりとした笑みを浮かべ、手を振り返してくる。胸の中がピンク色の鼓動に満たされる。電車が来ることを告げるアナウンスが鬱陶《うっとう》しい。

帰りの電車の中、さっそく最初のラインを送ると、ちゃんと返ってくる。

『今日はありがとう、これからよろしく』

『こちらこそよろしくね』

『勇くんのこと、何から調べたい？』

『住んでる場所がわかったらいいな。会いに行きたいし』

『じゃあ、ＳＮＳで住んでるところを特定してみるよ。何かわかったら伝える』

『ありがとう。月宮くん、頼りになるんだね。勇くん推し仲間ができて嬉しい』

スマホの画面を見ながらにやけている僕は、隣のつり革に摑《つか》まっているサラリーマンに怪しい高校生だと思われたかもしれない。

作戦があまりにもあっさり上手くいったことに、我ながらほくそ笑んでしまう。止められない。

庄司さんと仲良くなりたいって、ずっと思っていた。本当はもちろん、僕は藤川勇のファンなんかじゃない。男性アイドルなんてまるで興味がないし、バクナウのメンバーだってみんな同じ顔に見えてしまう。でも庄司さんがバクナウを、太雅に次ぐ二番人気の藤川勇を好きだと知って、慌てて勉強したのだ。

好きな人の好きなものを知りたいと思うのは当たり前のことだし、彼女に近付くのにはもっとも有効な手段だと思った。庄司さんはクラスでちっとも喋らないけれど、本当は藤川勇の話をしたくてたまらないのだとわかっていたから。

庄司さんは、決して美人じゃない。目はくりくりとして可愛いけれど鼻はちょっと小さ過ぎるし、高校生にしては全体的に幼く見えてしまう。でも昼休み、俯《うつむ》いてスマホに見入っている横顔がすごく整っていて、真剣で、そんなところに惹《ひ》かれてしまった。

庄司さんはもっと笑ったり、クラスでもちゃんと喋れば、決して浮かないし、佐藤さんみたいなカースト上位の女子とも難なく仲良くなれると思う。庄司さんはクラスで「浮いている」だけで、いじめられてるわけじゃない。

小学校でも中学校でもずっといじめられ、馬鹿にされて生きてきた僕とは大違いだ。

鄙《ひな》びた最寄り駅を降りて更にバスに揺られて二十分、山沿いの閑散《かんさん》とした地域に僕の家はある。小学校は学区の境目ぎりぎりで、登校するだけでも歩いて四十分かかってしまった寂しい場所だ。

バスを降りると、田んぼや畑や、古くから建っている大正時代からタイムスリップしてきたような家が目立つ。僕の家は、隣の家まで二百メートルも離れている。敷地は広く、僕が小三の時に死んだ祖母の畑があったスペースに、僕の住む離れはある。父さんは銀行員で、母さんは専業主婦。祖父が土地持ちだったので、うちは父さんの銀行員としての収入と、親から受け継いだ不動産からの収入で暮らしている。母さんが夜中によく真摯な顔でノートや書類と睨《にら》めっこしているのは、不動産からの収入を逐一把握するためだ。我が家はそこそこ金持ちなほうだと思うが、なまじ金がある分、父も母も吝嗇《りんしょく》になっている。

離れにある僕の部屋は、キッチンもトイレも備え付けた八畳間だ。大きなパソコンが二台鎮座《ちんざ》し、その隣には僕の愛する銃のコレクションが掲《かか》げてある。

もちろんみんなモデルガンやBB弾を発射するガスガンだけど、改造してより強く弾が出るようにしてあるから、小動物くらいなら簡単にやっつけられる。

様々なゲームや海外ドラマで使われている四十五口径のコルトガバメントM1911。世界最強のハンドガンとの異名を誇るデザート・イーグル。映画『トゥーム・レイダー』でアンジェリーナ・ジョリーが使っていたH&K USP……。まだまだあるが、銃の魅力について語ると夜通しかかってしまう。

僕は自慢のコレクションの中から、強力に改造されているガバメントを手に取る。

今日はいいことがあったから、狩りをしよう。

狩りは最初は嫌なことがあった日に、憂さ晴らしのためにやっていた。父さんに殴られたとか、学校でいじめられた時のストレス発散とか。でも今は逆に、いいことがあっても狩りをやりたくなる。朝、カーテンを開けて外が気持ち良く晴れているのを見ただけで、狩りがしたくなることもある。これは普通の人にはなかなか理解しがたい感覚かもしれない。

家の中にいる家族を気にし、足音を忍ばせて裏庭へ行く。裏庭には桜や樫《かし》や椎《しい》が茂っていて、風が吹く度さらさらと葉擦《はず》れの音がして、むせ返るほどの草木の匂いが漂っている。桜の下、エノコログサの茂みのところに、キジバトを見つけた。僕はさっそく、やつに狙いを定める。

手の中のガバメントが弾《はじ》け、反動が身を跳ねさせる。弾は一発で見事にキジバトの頭を撃ち抜き、キジバトはぐったりと地面に倒れていた。

キジバトに近寄り、やつの頭を持ち上げる。出血はほとんどない。心臓の音を確認しているとまだ生きていて、がっかりした気持ちになる。でも僕は狩りが好きなだけで、ここで動物の解体をするようなサイコパスではないから、証拠隠滅のためにキジバトの身体を地面に埋め、次の獲物を探す。

ふと、足音が近づいてきて、僕は動きを止め、慌ててガバメントを足元の茂みに隠す。やってきたのは妹の美澄《みすみ》だった。

「夕飯できてるよ。お父さんとお母さんが待ってる」

まだ中学一年生の美澄は、中一にしては小柄でおさげにした長い髪のせいで小学五年生くらいに見えてしまう。兄の僕にかける言葉にしては、やたらと声が固い。美澄は、銃という理解しがたい趣味を持つ僕のことを、母さんと一緒になって怖がっている。

「すぐ行く」

一度離れに戻ってガバメントを棚に架け、母屋《おもや》に入った。

居間を兼ねたダイニングルームは広々とした純和風の作りで、いぐさの匂いが食卓に上った肉じゃがの匂いと混じり合っている。僕は食卓になっている四角い机の美澄の隣に座る。真向かいにいる父さんが僕を見るなり言う。

「夜舟《よふね》、また裏庭にいたのか。何をやってたんだ」

「別に」

父さんと口をききたくないし、早くこの死ぬほど窮屈な家族の食卓が終わってほしいと願いながら、僕は白飯を掻《か》きこむ。父さんがはぁ、と露骨なため息を吐《つ》く。

「また、猫でも撃ってるんじゃないんだろうな」

中学の時、撃った猫の死骸を見つけられて、父さんにタコ殴りにされた。だから中一から僕は離れで暮らしている。離れと言えば聞こえはいいけれど、座敷牢《ざしきろう》に隔離してしまうのと大差ない、他の家族からしてみれば。

「隣近所の目もあるんだし、変な趣味はやめてくれ。お前が犯罪者になったら、責任を取らされるのは父さんなんだぞ」

なんなんだよ、その言い方。怒りがじんわり体の中心を貫《つらぬ》く。僕のことはまったく頭にない、自分のことしか考えてないその言葉。愛情なんてとっくに期待してないけれど、ここまで露骨だとさすがに腹が立つ。

「お父さん、そのへんにしてあげて」

父さんにお代わりの白飯をよそってあげながら、母さんが言う。

母さんは、僕が銃マニアになってから、僕に一切干渉してこない。何かと口うるさい父さんとは真逆の態度だ。女の母さんにとって、ただでさえ男の僕は思春期になってしまえば自分の息子とはいえまるで別の生物に見えるんだろうし、その上銃なんて変わった趣味まで持っているとなると、子どもに対する扱い方がわからないんだろう。

「見てみて、お父さん。この動画、友だちと撮ったの」

　美澄が無邪気な顔で父さんにスマホを差し出す。僕が食事中にスマホを持ち出すと父さんは怒るくせに、美澄がスマホをいじっても父さんは何も言わない。

「おぉこれ、いわゆるダンス動画ってやつか。よく撮れてるじゃないか」

「でしょ？　中学はダンス部ないけど、高校はダンス部のあるところに行きたいんだ」

「ごちそうさま」

　秒速で夕食をたいらげ、席を立つ。家族たちの視線が一瞬背中に当てられた気がするけれど、彼らはすぐに美澄を中心にした一家団欒《だんらん》の輪へと戻っていく。そこに僕は入れない。

　つくづく意識する。僕はこの家族にとって、異質な存在であり、それどころか忌むべき存在ですらあるのだと。

　急降下していきそうな気持ちを無理やり奮い立たせた。僕にはやることがあるのだと。

　離れに戻り、パソコンを起動させる。父さんが使っていた古いモデルだが、改造したのでたいがいのことは出来るし、いわゆるダークウェブや、一般的じゃないサイトにもアクセスできる。既に入れていた藤川勇の情報を元に、ＳＮＳの画像から位置情報を割り出す。

おそらくこの夜景は自宅だろう。見えるものから特定し、中央区にあると割り出せた。ここは芸能人がよく住んでると噂のタワマンだ。

さっそく庄司さんに知らせなければと、スマホを手にとった。


ゴールデンウィーク最後の四連休、憲法記念日は見事なまでの晴天だった。

Ｔシャツにジーンズ、上にネルシャツを羽織って外に出ると、Ｔシャツの内側が汗ばんでくる。この時期にしては暑過ぎるけれど、抜けるように青い空は僕と庄司さんの未来の象徴のように見えて、僕は視線を高めに歩きながらバスに乗った。

待ち合わせは高校の最寄り駅だ。庄司さんは、先に来ていた。淡いグレーのワンピースは衿《えり》がセーラーになっていて、庄司さんのあどけない可愛らしさを引き立てている。

「こんな早くに家出て、親に何か言われなかった？」

都心方面の電車に乗りながら言うと、庄司さんは少しの間の後、言った。

「大丈夫。お母さんはお店に出てるし、お父さんは休みの日は昼まで寝てるから」

「お店？　お母さん、何の仕事してるの？」

「インテリアコーディネーター。自分のお店持ってる」

その時の庄司さんの表情が引き攣《つ》っていて、僕は次の言葉を発する前にいろいろ考えた。

どうも庄司さんは、立派な肩書のついた職業を持つお母さんをよく思っていないらしい。

「庄司さんの家って、お金持ち？」

いきなり不躾《ぶしつけ》な質問だな、と思ってから、慌てて言葉を続ける。

「ほら、庄司さんってなんかうちの学校っぽくないっていうか。うちの高校、公立で進学校だけど校風が自由だから、佐藤さんみたいな子が幅を利かせてるでしょ？　庄司さん、家にお金があるなら私立の女子高とか行ったほうが、良かったんじゃないかって」

「本当は行きたかったの。私立の女子高。制服が可愛くて、大学付属のとこ」

庄司さんがむっつりとした顔で呟いた。

「でもお母さんが駄目だって言ったの。まず家から遠すぎるっていうのと、あと大学付属の高校は勉強をさぼるから駄目だって。私のこと、まるで信用してないみたい。高校受験の時、推し活を一切封印して頑張ったっていうのに」

お母さんに対する負の感情がこもった言葉だった。

これ以上、この話題を続けないほうがいいだろう。僕はとぼけた顔をして、次の話題にすり替える。

「庄司さんって、下の名前なんていうの？」

「波菜子」

本当は知ってる。当たり前だ、好きな女の子の名前なんだから。

「波菜子って、最悪だよ。トイレの花子さんのハナコなんだもん。子どもからしたら、波菜子でも華子でもお化けと一緒。女子からも男子からもさんざんからかわれて。気が付いたら私、人と全然話せない子になってた」

「僕も名前にはコンプレックスがある」

庄司さんがしげしげと僕の顔を見た。

「月宮くんの下の名前、なんていうの？」

「夜舟」

「月宮夜舟？　すごいね、芸能人みたいにきれいな名前。何か由来とかあるの？」

「僕の誕生日、八月の十六日なんだ。東京ではお盆は七月だけど、僕の住んでる町は田舎だから八月にお盆をやる。そのお盆の時期に生まれたから夜舟」

「どういうこと？」

　庄司さんの黒目がちの目が大きくなる。たったそれだけのことに、僕の心は弾む。

「お盆に食べるおはぎのことを、夜舟っていうんだって。父さんがつけた」

「へぇ、初めて知った。でも変わったお父さんだね、お菓子の名前を息子につけるなんて」

「最悪だったのが、小三の一学期の授業参観だよ。自分の名前の由来《ゆらい》について発表するっていう授業で。僕の発表の時、みんなが笑うんだ。親たちもみんな笑ってて。それからおはぎ、おはぎってさんざんからかわれて、馬鹿にされた」

　庄司さんがふっ、と口元を緩めた。

「ごめん。笑っちゃいけないのに、私まで笑っちゃった」

「いいよ。僕の黒い思い出を、庄司さんが笑いに変えてくれたら嬉しい」

　柄にもなく、僕の舌はよく回った。好きな子と並んで電車に揺られる、それだけの時間がこんなに楽しいなんて、今初めて知った。

「馬鹿にされるくらいで済んだらよかったんだけどさ、男子だから、だんだんエスカレートしちゃって。そのうち掃除の時に水かけられたり、女子もいる前で服脱がされたり。だから高校は、同じ中学の人がいないところ受験したんだ」

「大変だったね」

庄司さんがさっきまでの笑いを引っ込め、真剣な面持ちで言う。

「私もずっとクラスで浮いてたし、仲の良い友だちなんてできなかった。でも、夜舟くんはそれ以上に辛《つら》かったんだね」

夜舟。無意識にかもしれないけれど、僕の下の名前を呼んでくれたことが嬉しかった。

感動的なまでに、僕たちは近づいている。藤川勇という触媒《しょくばい》を通してだけど、庄司さんは僕のことを男として見てなんかいないのはわかってるけれど、それでも素敵なことだ。

「庄司さんのこと、これから波菜子さんって呼んでいい？」

そう言うと、庄司さんはびっくりした顔をした。

「ごめん、花子さんってからかわれたトラウマがあるのに。嫌ならこれまで通り、庄司さんって呼ぶけれど」

「ううん、私も夜舟くんなら、波菜子って呼ばれてもいいよ」

波菜子さんが僕を見て、にっと笑う。今まで見てきた彼女の笑顔の中で、いちばんやさしい微笑《ほほえ》みだった。

「これからよろしくね、夜舟くん」

言われた僕の頬が熱くなり、言った本人は涼しい顔をしている。

都心に向かう電車の窓の外、景色が都下の田舎っぽい風景から、徐々にビルやマンションを増やしていた。


藤川勇が住む中央区のタワマンまで、高校の最寄り駅から一時間以上かかった。

都下に住む僕たちは完全なお上りさんで、新宿駅の人ごみに戸惑い、地下鉄の改札を探すのに戸惑い、乗り換えで戸惑い、これが正真正銘の初デート（少なくとも僕にとっては）なのに、ろくにエスコートなんてできなかった。慌てる僕を後目《しりめ》に、波菜子さんのほうがかえって落ち着いていて、「夜舟くん、出口こっちだよ」と先導してくれたくらいだ。

四十五階のタワマンのエントランスには大きなソファーが鎮座し、コンシェルジュまでいる。三階まで吹き抜けになっているから天井がやたらと高く、五月初めの日差しがガラス張りの窓を突き刺してそこらじゅうがぴかぴかだ。床はもちろん、美しく磨かれた大理石。大きなテレビや子どもが遊べるスペースもあって、住人らしき人たちがおしゃべりしている。その人たちの着ている服も、僕の両親に比べれるとずっと高そうで、ここに住んでいる人は本物のセレブなのだと実感する。

僕たちは当然のごとく、本物のセレブたちが住むお城のようなそのタワマンに、すっかり気圧《けお》されてしまった。ロビーの端っこのソファに目立たないように座り、藤川勇が出てくるのを待つ。波菜子さんが抑えた声で話しかけてくる。

「勇くん、本当に出てくるのかな」

「出てくるよ。昨日のインスタグラムに、明日は昼からバラエティ番組のロケだって書いてたから」

「それなら私も見たから知ってる。でも本当に、このマンションで合ってるの？別のところだったりしない？」

「それは、写真で調べたから大丈夫。勇くんが住んでるのは、ここの最上階の東南角部屋だよ」

波菜子さんがちょっと驚いた顔をする。

「そこまでわかるってことは、部屋の番号も知ってるの？　夜舟くん」

「うん、知ってる。前に住んでいた住人が部屋からの景色をあげた画像がネットに残ってて、それとまったく一緒だったんだ。間違いない」

「夜舟くんって、すごいんだね」

純粋な波菜子さんの「すごい」に僕の鼻の穴はぐんぐん膨《ふく》らむ。

波菜子さんに、もっとすごいと思われたい。もっと僕を褒めてもらいたい。そして、藤川勇以上に、僕を好きになってほしい。

藤川勇にも感謝しなければいけない。彼がいなかったら、こうして波菜子さんの隣にいることも叶《かな》わなかったのだから。

「あ、来た」

波菜子さんが小さく言って、ソファから腰を上げた。エレベーターを降り、こちらへ向かって歩いてくる藤川勇のほうを向く。

それはどこからどう見ても、本物の藤川勇だった。

真っ黒い短髪に、淡く日焼けした顔。白い長袖のTシャツにジーンズというラフな出《い》で立《た》ちをしているが、ジーンズは遠くから見ても高そうだというのがわかる。足はスニーカーに乱暴に突っ込まれ、踵《かかと》を踏んで歩いていた。

藤川勇は、怒った顔をしていた。ここにいることが不本意だ、ということをまったく隠そうともしない、尖《とが》った横顔。寝不足なのか目は充血していて、口がへの字に結ばれている。まだ午前中だから、もっと寝ていたくてこんな不機嫌な顔をしているのかもしれない。

まぁ、芸能人なんてオフの時はこんなもんか。テレビカメラを向けられた時だけにこにこしていればいいんだから。

波菜子さんはじっと、藤川勇に見入っていた。あからさまに目で追っているので、僕はついそれはやり過ぎだと波菜子さんの袖を引いてしまいそうになった。見ていることがバレたらまずい、家を特定してきたヤバいファンだと認識されてしまう。そしたら今後、僕たちも行動しづらくなるだろう。

波菜子さんの視線に気付いたのか、藤川勇がこっちを見やった。瞬間、波菜子さんの視線と藤川勇の視線がかち合った。波菜子さんが雷に打たれたように硬直して、頬を真っ赤にして藤川勇を見ている。勇はそんな波菜子さんを不審そうに眺めまわし、エントランスを出て行った。

あぁ、これはまずい。藤川勇が変な十代の子どもが家に来たと事務所にチクったら大変だ。そんな僕の内心をよそに、波菜子さんは興奮しながら飛び跳ねている。

「ねぇねぇ！　今、勇くんと目が合ったよ！　ほんのちょっとだけど、ちゃんとこっち見た！　私に気付いてくれた‼　すごい！　ついにこれで、私も勇くんに認知されちゃった⁉」

声のボリュームを落とすように、しいっと口元に人差し指を当てる動作をすると、波菜子さんははっと両手で自分の口を押さえ、それから僕の耳元に唇を寄せてきた。背が低いので、そういう時は背伸びしないといけない。本当に可愛い。

「夜舟くん、本当にありがとう。今日は今までの人生の中で、最高の日だよ」

幸福を噛みしめ、微笑む波菜子さんに、僕は笑みを返す。

君が好きなのが僕じゃなくて藤川勇だってところが気に入らないけれど、それでも僕は君を笑顔に出来たことが幸せだ。君があいつと目が合っただけで、最高の日だと言ってくれるのと同じように。

《勇》

女装したらそのへんの女の子に負けない男の娘《こ》キャラで売ってるからって、そのメイクはやり過ぎだろう。そんなことを思いながら、啓仁と話していた。

今日の啓仁は眉毛を細めに描き、ピンクのアイシャドウとチークを入れ、唇にはラメ入りピンクのリップグロスまで載せている。メイクさんに頼んだんじゃなくて、自分でこれだけやってしまうんだから恐ろしい。

「僕は太雅や勇みたいに人気ないし、こういう路線でいくしかないんだよね。お陰でバクナウには珍しい男の人のファンや、海外のファンも増えたし。ネットではゲイだなんて言われてるけど、まぁ別に、その人がそう思うならそれでもいいしさ」

啓仁はそう言いながらつけ睫毛《まつげ》を直していた。啓仁とは真逆の肌を美しく整えるだけのナチュラルメイクをしてもらった俺は、メンバー全員が載っている雑誌のグラビアを覗き込む。

センターは、もちろん目黒《めぐろ》太雅。太雅と肩を寄せ合っている風児は、童顔で弟キャラとして愛されている。後ろに最年長メンバーの辰野《たつの》優紀が一段落ち着いた表情で写っていて、その隣に女の子のような笑みを浮かべている啓仁。

俺の立ち位置は、太雅の隣だ。太雅に次ぐバクナウの人気メンバーと世間一般では言われているが、一番と二番の間には大きな隔たりがある。持って生まれた高身長に甘いマスク、おまけに歌もダンスも演技も大して練習してもいないのに普通以上にこなせてしまう。天賦《てんぷ》の才能を持った奴には、どうやったって敵《かな》うわけがない。

だから俺は、キャラを作った。いわく、「誰よりもアイドル活動を頑張っている努力家、ストイックなイケメン」としての藤川勇。太雅よりどうしたって劣《おと》る顔も、いつのまにか「和風イケメン」だなんて言われるようになってきた。それでもどう頑張ったって、太雅の華には及ばない。

「お前さ、本当にゲイだなんて思われていいのかよ」

そう言うと、啓仁は不思議そうに「何が？」と返してきた。こいつのいいところは純真素朴なところだ。人気はグループ最下位なのに、それを気にしてもいない。

「傷つかないのかって、プライドとかそういうの」

「勇は傷つくの？　プライド」

「そりゃ傷つくよ。俺は普通に女が好きな男だし、それをお前とＢＬ妄想なんてされた日には腹が立って酒が止まらなくなるね。普通にキモいじゃん、そういうの」

「その人たちが楽しんでるならそれでいいと思うけど」

またこれだ、のれんに腕押し。思わずため息をこぼすと、後ろから雑誌をひったくられた。ひったくった張本人の太雅が、グラビアを持ってにやにや笑っている。ファンの前では絶対見せない、格好良くも可愛くもない歪《ゆが》んだ笑い方だ。

「おー、やっぱ俺って写りいいな。このカメラマン、センスあるよ。まぁ、せっかくだから勇とヒロは並んで撮ったほうがよかったと思うけど」

今の俺の会話を聞いていて、わざとそんなことを言う。こいつのこういうところは、本当に癪《しゃく》に障る。

「何度も言ってるだろ、俺と啓仁はそんなんじゃないって」

「はいはい、お決まりのBL否定発言ね。でも俺と風児は職業BLだけど、お前らはガチじゃん？　今だって肩が触れんばかりの距離でいちゃついててさ。いやーさすがの俺と風児も真似《まね》できないわ。お熱いお熱い」

頬がカッとなり、自分を抑える垣根がぶっ壊れそうになる。それをセーブするように、啓仁が言う。

「そんなこと言う前に、メールのチェックした？　今日読み上げるのは太雅でしょ」

「ばーか、そんなのとっくにやってるって。でも念のため、もう一度読んどくか」

そう言って、控室の自分の席に戻っていく太雅。隣で風児と優紀が楽しそうに喋っている。太雅の背中を睨みつける俺を、啓仁は複雑そうな目で見ていた。

マネージャーの串川《くしかわ》にも「ファンの子たちは勇と啓仁をそういう目で見ているし、それで楽しんでいるんだから、そのイメージは壊さないであげて。勇は嫌かもしれないけど」なんて言われて、俺も仕方なくそれを受け入れているが、それにしても腐女子というやつはよくわからない。

前、太雅が俺と啓仁の絡みが書かれているネット小説を見せてきて、それがあまりにもえげつない内容で、トイレに駆け込んで吐いた。でも、あまりにも描写が具体的過ぎて、それでちょっと興奮してしまった自分も嫌で、心底俺は腐女子が嫌になった。

そういう女は、恋愛や性の思考がひねくれているんだろうが、やるならせめて漫画やアニメの世界だけで留《とど》めてほしい。二・五次元で抑えてくれ、お前らの妄想の奥には、生身の人間がいるんだぞ。

そう声を大にして世界に言いたいところだが、そういうわけにもいかないのが芸能人という職についてしまった辛い運命だ。

配信は二十一時から始まった。バラエティ番組のMCもやっている優紀が、手際よくトピックを出し、次から次へと話題を切り替えていく。俺も啓仁も太雅も風児も、それにいちいち芸能人らしいオーバーリアクションで食いつく。テレビのバラエティの収録よりは楽だが、配信となると視聴者からのコメントがリアルタイムで見られてしまうため、テレビにはない緊張感もあったりする。

「勇とヒロって仲良いよな、付き合っちゃえばいいのに」

何かの話題が転じて、唐突に太雅が言い出した。意地悪く曲がった三角の目。途端にコメント欄が騒がしくなる。

『たしかに勇くんとヒロくんお似合い！』

『イサヒロなのかヒロイサなのか』

『私は断然イサヒロ！』

『いや、リバでしょ』

これだから腐女子というやつは。男と男がちょっと仲良くしてるだけで、あらぬ妄想を抱き盛り上がる。こういう女、絶対モテない。みんなブスに決まってる。

「マジで、この二人はデキてるよな」

風児までそんなことを言い出す。風児は「みんなの弟」キャラだが、実際は太雅の金魚のフンであり、某国民的アニメのガキ大将の腰巾着みたいな男だ。

「さっきも楽屋の中でいちゃいちゃしてて、俺らとても声かけられなくてさー」

さらに太雅がそんなことを言うので、コメント欄は公式BLかと荒れに荒れた。

カメラの横にいる串川が頼むからキレるなという視線を俺に寄越してくるが、さすがにここまで言われて否定しないのはまずい。

「何言ってんだよ、俺たちそんなんじゃねぇって」

そう言って隣の啓仁を見ると、啓仁はいつもの美少女をも凌ぐ女神のような笑みを浮かべていた。こいつはまったく悪くないのだが、胸倉をつかんでやりたい衝動に駆られる。

『照れてる勇くん可愛い！　やっぱヒロくんのこと大好きなんだな～』

『イサヒロカプは永遠！』

『イサヒロで十年はご飯食べれる！』

また吹き荒れるコメント。頭を抱えたくなりながら、俺は必死で弁明する。

「もう、マジでそういうのやめてよー。みなさん、勘違いしないでくださいね。僕も啓仁も、女の子が好きな、普通の男の子ですからね」

なるべくやわらかく言ったつもりだった。それでも風児がここぞとばかりに攻撃してくる。

「そうやってムキになるところがまた怪しいよなー」

「どうせ配信終わった後、またヒロの家行くんでしょ」

太雅がそう言った途端、またコメント欄に腐女子からのコメントがたくさんついた。こうなればもう、収拾不可能だ。風児と大河がさんざん冷やかしてくる。

「で、どっちが攻めで受けなわけ？」

「俺ら的には勇が攻めだけど、ヒロが攻めってのもありえなくないよな」

「いい加減にしろよ、お前ら」

軽い調子で反撃した。

こんな時でも笑顔を貼り付けていなきゃいけないのが苦しい。俺が限界に達しているのを見かねた優紀が上手く仕切って、話題を次のコーナーに移してくれた。太雅がメールを読み上げている間、ずっとモヤモヤしていた。

いつになったら、好きなことを好きなようにカメラの前で言えるようになるだろう。いや、芸能人になったからにはそんな日が来ることは永遠にないと肚《はら》をくくらなきゃいけないのか。

有名税とはよくいったもので、俺はテレビの中でちやほやされる権利を与えられた分、失ったものも多い。むしろ、失ったものばかりだ。

配信の後、スイッチが切られたかのようにメンバー各々は解放感に浸る。

太雅と颪児は二人にしかわからない話題で盛り上がり、啓仁は配信は終わったっていうのにメイクを直しながら、優紀と何やら話している。俺だけすることがなくて、とりあえずスマホを手に取り、今日の配信の反応を見る。

『勇くんも格好いいけど、やっぱ太雅くんだよね。太雅はバクナウの永遠センター』

『それな。どれだけ勇くんが格好良くても、やっぱ太雅には敵わない』

『太雅一択！　死ぬまで太雅推す！』

持ち上げられて比べられて落とされて、それに抵抗する言葉を俺は持っていないし、持っていたとしてもこいつらに直接投げつけることは出来ない。そりゃたしかに太雅は俺の数倍格好いい、それは認める。でもあいつ、性格最悪だぞ。そうひと言でも言えたら、どんなに楽か。

そんなことを考えていると、串川に肩を叩かれた。

「勇、ちょっと」

串川に俺は別室に連れて行かれる。串川は歳は聞いたことはないが三十代前半、この業界でのキャリアはそこまで長くないが、変に高圧的ではなく、でも叱る時はびしっと叱る、芸能人のマネージャーより小学校の先生が合っていそうな男だ。

「勇、なんでこんな写真、インスタグラムに上げたの？」

そう言って串川がスマホを押しやる。そこには、俺の部屋から見下ろした夜景。串川の口は真一文字に引き結ばれ、感情をあまり現さない一重の目が正面から俺を睨みつけている。

「なんでって。きれいな夜景だね、ってひと言添えただけなんだし、何の問題もないかなって」

「まったく」

串川が頭に手をあて、髪の毛をぼりぼりかきむしる。そして、あきれ果てた顔で俺を見た。

「きれいな夜景だね、のひと言だけなら問題ないって、本気で思ってるの？　これ、家から撮ったでしょ？　これを見て、藤川勇はこんなところに住んでるんだ、場所を特定してやろうってファンが出てきたらどうするつもりなの？」

「いや俺、ここが家なんて書いてないし」

「書いてなくても、深夜にこんな投稿上げたら家だと思うに決まってるでしょ。なんでそんなこともわからないかなぁ」

嫌味ったらしい言い方に腹が立たなかったわけじゃないが、串川の言うことも尤《もっと》もだ。俺が浅はかだった。

「すみません」

小さく言うと、串川はわざとらしいため息を漏らした。

「とにかく投稿はすぐ消して。何かあったら、俺たちだけじゃ守れないんだから」

「わかりました」

「あと、明日は十五時からロケだからね。この前遅刻したの、監督がすごい怒ってるんだから。明日は時間厳守で頼むよ」

「はい」

遅刻といっても、たったの五分だ。それもタクシーが渋滞に巻き込まれただけで、俺のせいじゃない。しかしそんなことを、串川に言ってもなんともならない。あの監督のような怒りっぽい人間は、芸能界のみならずどこにでもいるんだから。

控室に戻ると、啓仁が優紀と離れ、一人でまだ鏡を見ていた。優紀は太雅と風児の話題に絡み、三人で楽しく盛り上がっている。

俺は啓仁の隣に座り、声をかけた。

「怒られちまった、串川に」

「なんて？」

「後で話す」

配信の前にスタッフに買ってきてもらったコーラを流し込みながら、言った。

「今夜、お前ん家《ち》行っていい？」


配信後、啓仁の家で二人で打ち上げをやるのはいつしか恒例行事になっていた。

コンビニで酒とつまみを買う時、店員はドライな顔をしながらも俺たちのことをちゃんと見ていた。芸能人御用達《ごようたし》のマンション近くで、毎週金曜日の夜につまみと酒を買いに来る二人組。店員はちゃんと、俺たちのことをバクナウの藤川勇と本田啓仁だと認識しているらしい。

「ああもう、大雅と風児マジでウザい」

言いながら俺は、三杯目のチューハイをぷしゅうと開ける。啓仁は酒に弱いので、未だ一杯目の梅酒をちびちびと飲んでいた。甘い酒を少しずつ味わう姿は、本当に女みたいだ。

「特に太雅。あいつ、グループ人気ナンバーワンだからって、調子乗ってんだよ。お前はあんまり人気がないから、ナメられてるんだぜ。だから俺と啓仁をカップリングさせて、配信のネタに使ってる。ああいうのマジ苛《いら》つく」

「いいんだよ、僕は別に誰が人気ナンバーワンとか、ほんとに気にしてないからさ」

気にしてない、のは嘘《うそ》じゃないだろう。啓仁の口調は軽やかだ。

「ファンが喜んでくれて、いつまでもバクナウやればいいかなって思ってる」

「お前、そんなこと本気で思ってるのかよ」

俺はチューハイを喉にぐいっと流し込む。食道が灼《や》けるような熱さが心地いい。

「アイドルで通じるなんて、いいとこあと五年だぜ。そろそろ本気でソロで歌手やるとか、俳優やるとか、優紀みたいにＭＣやるとか、いろいろ考えていかないといけないし」

「まぁ、それはあるよね」

他人事《ひとごと》みたいな言い方だった。啓仁は、よくも悪くもぼうっとしてるやつだ。グループ人気最下位なんだからもっと焦ってもいいのに、まるで向上心がない。

「でも勇は、演技できるからいいじゃん。ドラマ、ヒットしてるんでしょ？」

「ドラマっつっても、地上波じゃねぇし。太雅みたいに、主演映画の大ヒットくらい飛ばさないと売れない」

「演技は勇のほうが上手いじゃん」

「演技の上手さなんて、どうでもいいんだよ。大事なのは、いい役にあたるか、いい脚本にあたるかなんだから。それに、監督や演出家との相性もある」

俳優にとって大事なのは、素質や演技の良《よ》し悪《あ》しより運だ。いわゆる下手ウマ演技をする俳優でも、いい監督に当たれば自然な演技だとされ、数珠繋ぎに仕事が回ってくる。俺は運においてすら太雅にひけをとっているんだから悲しくなる。

「勇の主演ドラマ、今夜だっけ。一緒に観る？」

「いい。俺、今日はもう帰りたいわ」

空になった缶チューハイを他の空き缶と一緒にビニール袋に入れ、俺は重い腰を上げた。啓仁は玄関先まで送ってくれた。

春の終わりの夜風がうら寂しく、頬に当たる。

夜中の一時、その女はやってきた。指名料が勿体《もったい》ないので、俺はいつもフリーで呼ぶことにしている。

「ミホです。今日はよろしくお願いします」

礼儀正しい挨拶をしたその女は、少しだけ茶色く染めた長い髪と抜けるような白い肌を持っていた。スタイルも良い。大きすぎず小さすぎない胸に、すらっとした手足。この芸能人御用達のメンズエステにはモデルやアイドルの卵も多く所属しているから、その類だろう。

「ミホか。もっと、凝った名前にすればよかったのに」

「店長がつけてくれたんです。気に入ってますよ」

そう言って、ミホは黒い鞄《かばん》の中からタオルを四枚取り出し、それで俺のベッドを覆っていく。マッサージオイルとアロマオイルの小瓶も出した。

「香り、何がいいとかありますか」

「このまま寝たいから、眠くなるやつ」

「じゃあ、ラベンダーとカモミールを混ぜてみますね」

部屋の中にアロマの芳《かぐわ》しい香りがふわっと広がる。

ミホはタオルで上半身を隠した俺の脚にオイルを塗りつけ、マッサージを始める。

ちょうどいい圧だ。いくらメンズエステとはいえ、あまりにもマッサージが下手な子には嫌味のひとつでも言いたくなるが、ミホはつけ入る隙《すき》もないほど上手かった。

「ミホちゃんって、昼間は何の仕事してるの」

「モデルやってるので、撮影の仕事が多いですね」

予想通りだ。底辺といえど、売れてないといえど、芸能界に入れば俺のことぐらい知っているだろう。

「ミホちゃん、俺のこと知ってる？」

「もちろん。バックトゥザナウの藤川勇さんですよね？」

バクナウは今をときめく人気アイドルグループだが、やっぱり認知されていると確認できるのは嬉しい。俺はつい、饒舌《じょうぜつ》になる。

「メンバーの中では誰推し？」

「うーん。難しいけど、辰野優紀さんですかね。いちばん落ち着いてるし、みんなのお兄ちゃん役というか。真面目そうで、好感が持てます」

「優紀か。いい趣味してるじゃん」

ここで太雅の名前を出されたら、俺はキレていたかもしれない。

「優紀はいい奴だよほんと。バラエティ番組でもＭＣやってるし、アイドル以外の仕事もどんどん増えてる。それに、最近では作詞作曲もやってるんだよな」

「作詞作曲ですか」

初めて聞いた、というようにミホの声が上ずった。

「あいつ、歌は下手だけど、曲作るのも詞を書くのも上手くてさ。いずれは、アイドルプロデュースとかやりたいって言ってる。あいつがやるなら、そのグループブレイクするんじゃね？」

「聞いてみたいです、優紀さんの曲」

ミホの手が左足から右足へ移っていく。ふくらはぎのリンパを流されながら、俺は話を続ける。

「太雅についてはどう思う？　目黒太雅」

「ああ、人気ナンバーワンですよね。私は優紀さんのほうが好きですけど……まぁ、顔はいいかな、とは思いますね。あとやっぱり、華があるというか」

「そう、あいつ顔が良くて華がある。だから調子乗っててさ」

「そうなんですね」

ミホが普通にいい子なので、俺はあらゆる悶々《もんもん》をぶつけてしまいたくなった。

「太雅は性格最悪だよ。今だってあいつ、五股かけてるんだぜ」

「五股」

ミホの声が驚いていた。俺は笑い出したくなりながら続ける。

「マジ最低だろ。ただでさえ今が大事な時だからスキャンダル起こすなってマネージャーに言われてるのに、バレなきゃいいだろってそんなことしてる。相手はミホちゃんみたいな子たちだよ、モデルとかグラビアアイドルとか。しかし、よくそんなことできるよな。面倒臭いだけじゃん。俺は今さら女と付き合おうなんて思わないね。女って、いちいち機嫌取らなきゃいけないし、キレるポイントがわからないから無駄に疲れるだけ。俺はミホちゃんみたいな子を時々呼べれば、それで満足」

「うちの店の売上に貢献してくれれば、助かります」

かなり性格の悪さを露呈《ろてい》してしまっているが、ミホは受け止めてくれる。心地よくなって、俺の舌は更に回る。

「でもそんなこと言ったら、また啓仁くんとBL妄想されちゃうじゃないですか」

「そこなんだよ。それが俺の悩みの種。マジ、腐女子って意味わかんないよな。どうしてあんなにゲイが好きなんだよ。それでいちいち盛り上がれるのもわけわかんないし、そんなこと考えてる暇あったら自分で彼氏作れって話。ああいう女、ろくなもんじゃねぇよ。ぜってーブス」

「ブスかどうかはわかりませんが」

ミホは、俺の太ももにもマッサージオイルを塗りつけていく。

「ファンって、難しいですよね。ファンがつくのは嬉しいけれど、ずっとファンでいてもらえるのってすごく大変なことだと思います」

「それな。それがマジ、芸能人のしんどいところ。ファンっていっても、所詮《しょせん》は客だから。客は、新しいイケメンアイドルユニットができたらそっちに流れてくし、スキャンダルでも起こそうものなら総スカン。あいつら、ネットで通じ合ってるから妙に団結してるし。ほんとに自分勝手だし、信頼できないよ。そんなクソみたいな連中をこれからも喜ばせ続けなきゃいけないってのが、しんどい」

「なんか勇さんって、思ってた人と違いますね」

ミホは肯定も否定もせずに、それだけ言った。自身もモデルをやり、ファンのご機嫌取りをしなきゃいけないミホとしては、それ以上何も言えなかったのだろう。

「なんだよ。俺のこと、嫌いになった？」

「なってませんよ。その証拠に私、今、濡れてます」

俺は身体を起こし、ミホのか細い肩を抱き寄せた。キスしながら胸をまさぐり、やがて手を下ろしていく。ミホの言った通り、そこは温かく潤《うるお》って、すんなり俺を迎え入れた。そのことにひそかに嬉しさを覚えながら、ミホの中に指を出し入れする。キスで塞がれた口で、ミホがくぐもった喘《あえ》ぎ声を漏らす。

メンズエステでは、本当はそんなことはご法度だ。でも俺がいつも呼んでいるこの店では、女の子が嫌がらなければOKということになっている。その分、他店より料金は高いものの女の子のレベルは抜群だし、経費で落ちるので問題なし。

ミホの中がびくびくびくっと痙攣《けいれん》し、絶頂の快感に達しながら身体の力をくたんと抜いていった。二本の指を抜くと、女の匂いがぷんと鼻を突き抜けた。

この世界に入ってから、盆も正月もゴールデンウィークもない。

売れてない時は、仕事が入ってない日は歌とダンスのレッスンに明け暮れた。どんな振付《ふりつけ》でも難なくこなしてしまう太雅に負けたくなくて、事務所のスタジオの鏡の前で、夜通し踊り続けた。売れてくると、稽古に費やす日を増やすのも難しくなった。五人全員が揃う日なんて滅多にないし、短時間で歌と振付を覚えるのは至難の業だ。しかも俺たちの振付師は、「君たちならもっと踊れる」と熱っぽく語り、新しい曲が出る度にダンスも高度になっていく。

その日は夜遅くまで事務所に詰めていて、新しい曲にむけての稽古と打ち合わせ、特典グッズにつけるサインを百枚くらい書かされて、へとへとになった。だから翌日目覚めても昨日の疲れが残っていて身体がずっしり重い。洗面台で顔を確認すると、ひどいありさまだった。目は充血し、隈はくっきりとして、唇も血色が悪い。とても、芸能人がしていい顔じゃない。この後のバラエティのロケの前にメイクが入るから、メイクさんがなんとかしてくれるといいのだが。

顔を洗って歯を磨き、メンズものの化粧水と保湿液、日焼け止めだけを塗って家を出た。五月の初めにしては、暑い日だった。二か月くらい、季節を先取りしている。マンションのエントランスを出る時、こっちをじろじろ見ている女の子がいた。中学生か、高校生くらい。淡いグレーのワンピースは品が良いが、一目で安物だとわかる。このマンションの住人に相応《ふさわ》しい格好ではない。

マンションの脇に止めた事務所の車に乗ると、さっそく串川が話しかけてきた。

「勇、この前の投稿、消すの忘れてたでしょ」

口の中でつい、あ、と言ってしまっていた。串川は俺の反応を見て、やれやれと顔をしかめる。

「ほんと困るんだよね、ああいうの。言ったよね、俺たちも守り切れないって」

「すみません」

ああもう、と串川が頭に手をやる。

「写真はこちらで消しておいたから。ああいうことは、二度としないでね。インスタグラムは好きに使っていいけど、位置情報が特定されるようなことだけはやめて」

「本当にすみません」

もういいよ、と呆《あき》れたように串川は言った。

さっきの女の子の姿が頭を過《よぎ》る。彼女の隣には、もっさりした前髪の小柄な男の子がいた。彼もたぶん中学生か高校生くらい。

まさかあの二人は、俺のファンなんだろうか。そしてあのインスタグラムの投稿を見て、俺の自宅を特定した？

ぞわっと背中を不穏な風が駆け上がっていく。

慌てて、嫌な未来予測を消し去る。

そんな。相手はたかが子どもだ。万が一特定されたとしたって、大したことはない。子どもの頭と経済力でできることなんて、たかが知れてる。俺は安全だ。

自分に言い聞かせるように、車の中で何度もその言葉を繰り返した。

第二章　不穏《ふおん》

《波菜子》

暖かったり寒かったり、不安定な春が終わって初夏が来た。

今にも夏休みが前倒しでやってきそうな暑い日が続いたと思ったら、梅雨になる。湿度も気温も鬱陶しいこの季節を、私は前向きに過ごしていた。

すべては、夜舟くんのお陰だ。

勇くんの話ができる友だちがいるというのは、素晴らしいことだった。夜舟くんは男の子なのにバクナウが大好きで、勇くんが大好きで、勇くんのことならなんでも知っていた。それに夜舟くんのリサーチ力はすごいもので、SNSでは拾いきれない勇くんの情報を仕入れては、私に聞かせてくれる。

「水嶋《みずしま》亜希《あき》のことだけど」

並木道を歩きながら、夜舟くんが言う。

雨が降っていて、二人の傘をぽつりぽつりと濡らしていく。放課後はほとんど毎日といっていいほど、夜舟くんと帰っていた。初めは学校帰りだし、同じ高校の生徒の目が気になっていたけれど、今ではそんなことどうでもよくなっていた。

とにかく私は、秘密を共有するように、勇くんへの愛を共有できる仲間ができたことが嬉しくてたまらないのだ。

「たしかに、関係はあったみたい」

「関係って」

声を上ずらせる私に向かって、夜舟くんは言葉を選んでいるようだった。

「水嶋亜希の住んでるマンションの住人で、勇くんを目撃した人がいる。でもそれ、ほんの一か月とか、それくらいのことだったみたいだよ」

「それって。付き合ってたのに、すぐ別れちゃったってこと？」

勇くんの女性関係については、今まで見て見ないふりをしていた。ファンの一員として知りたくはあるものの、知りたくない気持ちのほうが大きかった。絶対無理だってわかっていても、今のところ私の将来の夢、第一候補は、勇くんのお嫁さんだから。

「僕の憶測だけど、たぶん付き合ってもいなかったんじゃないかな。関係はあるにはあったけど、正式にそういうことにはならなかったっていうか。勇くんのスキャンダルって、他を探してもそれくらいしかなかったし、基本的にそのへんは気を付けてるみたいだよ」

「……そっか」

なんだか、すごく残念だ。勇くんだって男の子なんだし、女の子とそういうことをしたいという気持ちは理解できる。でもだったら、ちゃんと責任を取ってほしかった。水嶋亜希を、幸せにしてあげてほしかった。

勇くんが欲望のままに、女の子と寝る男だってことだけは認めたくない。

「波菜子さん、気にしてる？」

夜舟くんが言う。雨がちょっと小ぶりになった。

「そりゃ、ね」

「大丈夫」

少しの間の後、夜舟くんが言葉を続ける。

「波菜子さんには、僕がいるよ」

いる、のところに妙なアクセントがあった。私たちのすぐ近くを、赤い車が派手に水飛沫《みずしぶき》を上げて通り過ぎていく。

「それ、どういう意味？」

そう言うと、夜舟くんはなんでもないよ、と誤魔化すように笑った。

佐藤さんに絡まれたのは、その次の日の昼休みだった。

昼休み、私はいつものように推し活に勤《いそ》しんでいた。新曲のバクナウのMVは格好良くて、何度でも再生してしまう。頭の中にこびりついたメロディは、今でも歌いだしたいくらい。

そんなうきうきの気分の時に、佐藤さんが目をきらきらさせながら私の元にやってきたのだ。

「ねぇ、庄司さんと月宮くんって付き合ってるの⁉」

いきなりそんなことを言うので、びっくりしてしまった。私のその反応がおかしかったのか、佐藤さんは早口でたたみかける。

「昨日、目撃したんだ、私の友だちが。庄司さんと月宮くんが一緒に帰ってるとこ。クラスではあんまり一緒にいるとこ見ないけれど、いつの間にそういう仲になってたの？」

邪気のない言葉に、口をぱくぱくさせるだけの私。クラスの奥のほうで、佐藤さんと仲の良い女の子たちがこっちを見ている。私が夜舟くんとの関係についてどう答えるのか、気になって仕方ないらしい。

高校生にとって、同じ教室の中で起きる恋愛事は、芸能人のそれ以上に重大なのだ。

「ね、正直に言ってよー。あたし、誰にも言いふらさないからさ」

「え、えっと」

やっと声を振り絞っても、それ以上出てこない。どうしよう。夜舟くんの姿を探すけれど、どこに行ったのかクラス内にはいない。夜舟くんに出てきてもらって、私たちはそんな関係じゃないってビシッと言ってくれればいいのに。

ああ、なんて情けない。こんなちょっとした問題も、自分の力で解決できないなんて。人を避けて生きてきたツケが、ここになって回ってきた。

「月宮くんのこと、好きなの？　そうじゃないの？　好きだけどまだ付き合ってないとか、そういうことなら応援しちゃう！　庄司さんと月宮くん、マジでお似合いだもん」

佐藤さんのらんらんと輝く瞳に何も言えないでいると、こっちに近付いてくる人影に気が付いた。

夜舟くんだ。

トイレに行っていたのか、手にハンカチを握っている。

「それ以上、やめてくれないかな」

女子と、それどころかクラスの他の人と話しているところを見たことがない夜舟くんが、淀《よど》みのない口調で佐藤さんに言った。佐藤さんはまっすぐな言葉に撃たれたかのように、口をぽかんと開けている。

「庄司さんが困るだろ」

「困るって、なんで？」

佐藤さんが言うと、夜舟くんは少しの間の後、ゆっくりと言った。

「僕と庄司さんは別に、君たちが想像しているような仲じゃないよ。ただの友だち。男女の友情なんてありえないって思ってる？」

「い、いや。そんなことないけれど……」

おとなしい夜舟くんが陽キャ中の陽キャの佐藤さんを言い負かしている姿は、爽快だった。さらに夜舟くんは言う。

「わかったら、これ以上庄司さんを追い詰めるのはやめてくれないかな。庄司さんが困ってるところ、見たくないから」

「わ、わかった」

佐藤さんは慌てて言って、逃げるように女子グループの輪へと戻っていく。

夜舟くんが私に視線を移し、笑った。私もつられて、口元を緩める。

夜舟くんは本当に頼もしい素敵な男の子で、私の初めての友だちだ。


放課後、夜舟くんの提案で私たちはファストフード店に入った。高校の最寄り駅の改札を出てすぐにあるお店なので、同じ制服の男女が店内にたくさんいる。窓の外は相変わらず、梅雨の真っ最中らしい鬱陶しい雨が降り続いていた。

「波菜子さんは、次は何を知りたい？」

それぞれシェイクを頼み、Lサイズのポテトをシェアして食べていた。ポテトを口に運びながら、夜舟くんが問う。

「そうだね、ほとんどのことはもう調べちゃったよね」

チョコ味のシェイクをちゅうう、と啜《すす》った後、私は言う。

「血液型はA型だって言ってたのに、実はB型だって知ったのは、びっくりしたな」

「B型って、空気読めないとかイメージ悪いからね」

「夜舟くんは何型？　私はA型」

「僕もA型」

こんな他の人にはどうでもいいと思える情報ですら、私にとっては重要だった。いつか勇くんに会える日が来たら、「血液型、本当はB型なんですよね」って言える。そしたら勇くんはどんな反応をするだろう。

「ねぇ、ちょっと突っ込んだことなんだけど」

ポテトのいちばんカリッと揚がっていそうなやつをつまみながら言う。

「勇くんの過去って、調べたら出てくるかな?」

「気になるの?」

「だって勇くん、デビュー前の情報が不明なんだもの」

そう、勇くんの不思議なところは、デビュー前の情報が極端に少ないことだ。

バクナウの他のメンバーは通っていた学校や仲の良かった友だち、やっていた部活、家族の情報とかも出てくるのに、勇くんだけ、それがない。一度、配信で子どもの頃の自分の写真を持ってくるっていうのがあって、その時、勇くんだけは「中学の頃に家が火事で焼けたから写真が残ってない」と言って、用意できなかった。その時はファンの間でも、ちょっとした論争が起きたのだ。

家で火事が起きたなんて、本当なのか、と。

そこに端を発して、勇くんは海外で育って、何か特殊な理由によって日本に来たのではなんて噂もある。

「『藤川勇　中学時代』で検索かけても、ネットに何にも出てこないの。小学校とか出身高校とか、出身地とか、全部駄目。さすがに、それっておかしいなと思って」

「じゃあ、ハッキングしてみる？」

夜舟くんがいたずらをしかける時の子どものような声を出した。

「僕のパソコン、性能良いんだ。勇くんの事務所のパソコンにハッキングかけて、表に出てない情報を仕入れることくらい、簡単だよ」

「夜舟くん、そんなことできるんだ」

感心を隠せない声で言うと、夜舟くんが照れたように言った。

「僕の特技って、パソコンくらいしかないから」

「そんなことないって」

「ほんとに、パソコンが好きなだけのただのオタクだよ。勉強も運動もできない」

「うちの高校、そこそこ勉強しないと入れないじゃない？　受験を勝ち抜いただけで、すごいことだよ」

なんで、私はこんなに必死になって夜舟くんを励ましているんだろう。

途中から、自分の行動が不思議になっていた。

夜舟くんは相変わらず照れた声で、ありがとう、と言った。

ファストフード店で二時間くらい喋っていたら、家に帰る頃には夏至の近い空も暗くなっていた。

部屋干ししてある洗濯物を片付け、トイレとお風呂の掃除をしているとお父さんが帰ってくる。お父さんが帰る前に、夕飯の準備をしておきたかったのに。とはいえ、シェイクとフライドポテトのせいであまりお腹が空いていない。今日は手抜きでもいいかな、とレトルトカレーを温め、サラダだけ手作りした。

べったりとした味の中辛カレーを食べながら、お父さんが言った。

「波菜子、彼氏でもできたのか」

唐突にそんなことを言うものだから、びっくりした。思わずスプーンが止まる。

「どうして」

「だって、前ならこんなに帰りが遅くなることなんてなかったし……ごめん。もしかして父さん、余計なこと言っちゃったかな」

眉を八の字にして、本当に申し訳なさそうに言うので、必要以上に気まずくなる。

彼氏じゃないけど、男の子の友だちができた――そう言ったら言ったで、きっと面倒臭いだろう。私と夜舟くんは今までもこれからもそんな関係になることはないのに、周りは納得しない。男女が仲良くしていたら、どうしてもその先を想像する。佐藤さんみたいな人のほうが、世の中には多いのだ。

「本当に、余計なことだよ」

お父さんを傷つけるつもりなんてないのに、つい乱暴な言い方になってしまった。

「新しい友だちが出来ただけ」

「なんだ。それならそうと、言ってくれればいいのに」

私の不機嫌をとりなすお父さんに、なぜか苛々した。その時、玄関のドアが開く音がした。

「あら、今日はカレー？　何これ、レトルトじゃない。カレーくらい作りなさいよ」

文句を言いながら、ダイニングルームに入ってくるお母さん。今日は珍しくこの時間に帰ってきた。当然のように、事前の連絡はない。

お腹が空いているのか、冷蔵庫を覗《のぞ》くお母さんを後目に、私は食べた後のお皿を流しのところに置いて二階の自室に飛び込んだ。

こんなふうに心がささくれだっている時は、勇くんの顔を心ゆくまで眺めるのが常だ。

部屋の端っこの本棚の上に、祭壇《さいだん》がある。百均で買ったレースのランチョンマットの上に、勇くんのソロシングルのＣＤを置いた。他に、バクナウのＭＶ集、ドキュメントを撮ったＤＶＤ。ライブで手に入れた勇くんの顔がプリントされたマグカップや、勇くんをアニメキャラ風にデフォルメしたデザインのキーホルダー。

これだけだとちょっと寂しいので、百均で他に勇くんを飾るものを揃えた。青いガラスの花瓶に入った、青の造花たち。青いキャンドルやボタン、石やビーズ。勇くんのメンバーカラーは青だから、青で統一してある。

ファンの人の中には、部屋じゅう勇くんのポスターを貼ったりしている人もいるらしい。でも私はそういう行為には、ちょっと躊躇《ためら》いがある。万が一、この部屋に勇くんが入ったら、って考えてしまうのだ。こんなふうに可愛らしく祀《まつ》ればいいけれど、部屋じゅう勇くんだったら本人はドン引きするだろう。そもそもバイトもしていない高校生になったばかりの私に、勇くんのグッズを部屋が埋まるほど集める経済力はない。

祭壇の前で、シングルＣＤのジャケットで笑顔を浮かべている勇くんに語り掛ける。ねぇ勇くん、私、家がちっとも楽しくないんだ。最近は夜舟くんがいるから学校に行くのも前ほど退屈ではないけれど、家ではとても窮屈な思いをしている。お母さんは口うるさいし、いつも文句ばっかり。お父さんは私のことを腫《は》れ物扱い。

小学校の時にひどいいじめに遭った夜舟くんからすれば、私の境遇はかなりマシだよね？　でも、自分のこと、ちょっとくらいは可哀相《かわいそう》って思ってもいいかな。

いきなり、背後でドアが開いた。

「何よ、電気もつけないで」

そう言ってお母さんが乱暴に電気のスイッチを押した。部屋が途端に明るくなり、蛍光灯の眩《まばゆ》い光に思わず目を眇《すが》める。

お母さんは私の前にある祭壇を見ると、こっちに寄ってきた。

「まったく、高校生になってもこんなものばっかり好きになって」

何度も聞かされてきた鋭い言葉が、今さらのように心に刺さる。

「こんなものに使うために、お小遣いを渡してるんじゃないのよ。お母さんもバックトゥザナウだっけ？　曲聴いてみたけど、すっごく安っぽい歌じゃない。あんなの聴いてたら、頭が悪くなるわ」

ずぶずぶ、心の中で黒い感情が膨れ上がる。

やめて、それぐらいにしといて。これ以上、勇くんの、バクナウの悪口を言わないで。

そんな私の願いは叶わず、お母さんは更に続ける。

「藤川勇って、お母さんからすればつまらない男よ。そんなに顔も良くないし、この前ドラマ出てるの見たけど、演技だって大して上手くないじゃない。そんなのにこんな若い頃から夢中になって、まったく、あんたの将来が思いやられる」

何よ、それ。

私の将来と、勇くんを好きなことに、何の関係があるの？

将来は勇くんのお嫁さんになりたい。そう思うことが、どうしていけないの？

何にもわかっていないお母さんに反論する武器を、私は持っていない。拳を握りしめ、唇を噛んで俯く私に向かって、お母さんはとどめの言葉を浴びせる。

「高校生にもなったら、遠いところにいる人じゃなくて、身近にいる本物の男を見なきゃ駄目よ。だからお母さん、あんたが女子高に行くのは反対したの。偽物の恋じゃなくてまともな恋をして、さっさと気持ち悪い趣味はやめてちょうだい」

「偽物、なんかじゃない」

そう言ったのが、精一杯。続けて声にしながら涙が溢《あふ》れてきた。

「否定しないでよ、私の気持ち。気持ち悪いかもしれないけど、身近にいる人を好きになったほうがいいのかもしれないけど、そんなの私の自由でしょ？　好きなものは好きなんだから、しょうがないじゃない。お母さんみたいに成功して日向《ひなた》で生きてきた人に、私の気持ちは絶対わからないっ」

言葉を投げつけ、部屋を出た。お母さんが何か言ってきたけど、聞き取れなかった。トイレに駆け込み鍵をしめ、溢れる涙と鼻水をトイレットペーパーで拭う。

勇くん、私もう嫌だ。早く出たいよ、こんな家。

お父さんもお母さんも、大嫌い。

二十分ほどそこにいただろうか。いつの間にか、家の中はしんとしていた。部屋に戻ると、お母さんはもういなかった。泣いたせいで体力を消耗して、疲れがじんと手足の先に響く。思わずベッドにダイブし、スマホを手に取った。ラインにメッセージが一件だけ来ている。

夜舟くんだった。

『ハッキング上手くいったよ。明日話そう』

単純な私は気持ちが浮き立って、すぐに返信する。

ちゃんと身近にいる男の子と関わってるのに、こういう関係じゃお母さんは認めないんだろうな。

惚《ほ》れた腫れたで別れる恋人関係より、終わりのない友だち関係のほうが、ずっと尊いものだと思うのに。


東京の北側、埼玉とほとんど県境にあたるエリアの端に、その施設はあった。

「桜のもり園」という看板はずいぶん古めかしく、オレンジ色の錆《さび》が浮いている。フェンスの隙間から庭の様子が窺《うかが》え、子どもたちがはしゃぐ声が聞こえてくる。庭にはたくさんの植物が植えられていて、正門にはタチアオイが赤い花を広げていた。

「本当にここで、勇くんが育ったの？」

夜舟くんに訊《き》くと、夜舟くんは首を縦に振った。確信が顔に浮かんでいる。

「間違いないよ。事務所のパソコンの、勇くんのプロフィールの欄《らん》にここがあった。勇くんは、この児童養護施設で育ったんだ」

きゃはは、と笑い声がして正門から子どもたちが出てくる。一人が私と夜舟くんに気付き、軽く視線を当てたけど、すぐ友だちとのおしゃべりに戻っていく。ちょっと前まで、勇くんもこんな子どもだったというのが信じられない。どんな人でも、子ども時代はあるはずなのに。

夜舟くんが歩き出し、私はそれに倣《なら》う。日曜日の午後、施設の中は子どもたちが好き勝手に遊んでいた。園庭にある遊具にはどれも子どもたちが鈴なりになっている。園の建物は大きいものがいくつか。そこそこ大きな施設だから、子どもが暮らす寮も複数ある。

花壇の手入れをしている二十代後半くらいのお兄さんに、夜舟くんが声をかけた。

「すみません、A高校の新聞部の者ですけど」

夜舟くんは私たちが通うのと違う高校の名前を出した。お兄さんはまったく疑う顔をせず、夜舟くんに応じている。

「突然、アポなしですみません。今地域の取材をしていて、ここの園長先生にお話伺うことって出来ますか」

本当の新聞部みたいに、さも取材慣れしているかのごとく、なめらかに喋る夜舟くん。この子はやっぱりすごい。

園長ならここに、とお兄さんが建物の中の園長室に案内してくれる。学校の校長室に似た、でも校長室よりずっと狭い、簡素な部屋だった。まもなく園長先生が部屋に入ってくる。白髪と黒髪の割合が七対三くらいの、六十代と思われるおばあちゃん先生だった。

「園長の佐久良《さくら》です」

落ち着いた声の調子で自己紹介をする。夜舟くんは口元にほのかに笑みを浮かべた。

「A高校新聞部のヤマモトショウです」

違う高校名、違う名前。私も自己紹介をしなければならない。

「同じくA高校新聞部のサトウノリコです」

すらすらと嘘が出てくることに、自分でも驚いていた。佐久良先生はまったく私たちに疑いの目を向けず、座るように促した。

「地域の取材って聞いたけど、何から話したらいいのかしら」

「ここがどういう施設で、どう子どもたちと向き合ってるのか、お話し頂ければ」

佐久良先生はそうね、と頷《うなず》き、話し始めた。子どもたちの日々の生活、施設に暮らす子どもたちが抱えるバックボーン。夜舟くんがメモを取り出し、ペンを走らせるので、私も同じことをする。私たちはあらかじめ、「新聞部の取材のふりをする」と言うことは示し合わせてあった。

「親と一緒に暮らせない子どもたちと接する難しさはありますか」

「そうね、それは子どもによっても違うからね。親が離婚してどちらとも一緒に暮らせなかった子や、親の病気で離れざるを得なかった子。それぞれ違うから。なかには、赤ちゃんの頃に親に捨てられたって子もいたわ」

「藤川勇のことですか」

夜舟くんがいきなり核心に切り込む。佐久良先生は驚いた顔をしていた。

「どうしてそれを知ってるの」

「噂がありました。バクナウの藤川勇は赤ちゃんの頃に親に捨てられて、この施設で育ったって」

夜舟くんの隣で、私はかあっと身体が熱くなり、汗が噴き出すのを止められなかった。ここで変なことを言ったり、佐久良先生を怒らせてしまったら終わりだ。

しかし佐久良先生は、感心したようにため息を漏らした。

「そんな噂が出回ってたのね。あの子、施設育ちだってことはあくまで隠してたし、赤ちゃんの頃に親に捨てられたのも、ここで育ったのも、絶対公《おおやけ》にしなかったから。園長としては、それが寂しかったりもするんだけど」

「勇くんは、どんな子どもでしたか」

私が言うと、佐久良先生は少しの間の後語りだした。

「あの子のことは記事にしないでほしいんだけど……ここだけの話ってことで言うと、普通の男の子だったわよ。明るくて、活発で、ちょっとやんちゃで。男子とも女子とも仲が良かったし、他の子が親の顔を知っていたり、親と一緒に暮らせることになって施設を出て行っても、それと自分とを比べて悲観するようなことはなかった。でも、ここの子たちって外部の小学校に通うんだけど、そこでは時々、喧嘩《けんか》してたみたいね」

「喧嘩、ですか」

勇くんに喧嘩っ早いイメージはないから、ちょっと意外だった。佐久良先生が頷いて続ける。

「話を聞くと、本人が勝手にヒートアップしちゃってる感じね。親がいないことや施設で暮らしてることを『可哀相な奴』みたいに言われると、途端にスイッチが入っちゃうの。相手の男の子を殴って帰ってきて、私が学校まで謝りに行ったこともあったわ」

「勇くんは、他人に可哀相って言われるのが嫌だったんですね」

夜舟くんが嚙みしめるように言った。

「そうね、当時からプライドの高い子どもだったみたい。今でも自分のバックボーンを素直に明かさないのは、可哀相って同情されて有名になるのは本人の意に沿わないんじゃないかな。変なお涙頂戴は、癪《しゃく》に障るんでしょうね」

「勇くんらしい、ですね」

言いながら、勇くんに謝りたい気持ちになっていた。

どうでもいいことで自分を憐《あわ》れんでいた自分が、情けない。

ごめんね勇くん。私はもっと、強くならなきゃね。勇くんみたいに。

施設を出た後、駅に向かいつつ、コンビニでアイスを買って食べた。夜舟くんはソーダ味、私はバニラアイス。まだ六月だけどすぐにでも蟬の声が聞こえてきそうな、暑い日だった。アイスの冷たさが喉に染みる。

「波菜子さん、どう思った？」

夜舟くんが控えめに訊いた。頭をフル回転させ、私は言葉を探す。

「勇くんは、私なんかよりずっとずっと強い人なんだなって。好きでいるのが、憧れているのが、愛しているのが、おこがましいような……そんな気が、した」

私と勇くんは、立っているところが違うだけじゃない。人間の芯みたいなものの強さが、段違いなのだ。

「私、もっとちゃんとしないと、勇くんを推す資格がないような……そんな気が、しちゃった」

「そっか」

夜舟くんはアイスの棒をゴミ箱に放り込んで、言った。

「この後、僕ん家来る？」

「え」

「まっすぐ家に帰るには、まだまだ早い時間じゃない？」

たしかに夜舟くん家に寄って、それから家に帰っても、お母さんに怒られるほど遅くはならないだろう。でも夜舟くんの意図がわからない。自分の家に誘って、いったい何があるっていうのか。

「言っとくけどこれ、別に変な意味じゃないから」

慌てたように夜舟くんが付け足す。

「波菜子さんに変なことしようとか、そういうこと思って言ってるわけじゃないよ。ただもうちょっと、一緒にいたいなって、それだけ。僕が普段使ってるパソコンとかも見てもらいたいし」

なんだか必死になってる夜舟くんが面白くて、笑ってしまった。

「なんで笑うの」

夜舟くんが不快そうに眉根を寄せる。

「ごめん。だって夜舟くん、面白いから」

「何それ。別に笑わせるためにこんなこと言ってるわけじゃないのに」

「わかってるよ」

私もアイスのカップと木のスプーンをゴミ箱に放って、言った。

「行くよ、夜舟くんの家」

夜舟くんがぱっと顔を輝かせた。

夜舟くんの家は駅を降りてバスに乗らないとたどり着けない距離にあった。周辺はほとんど山道で、山にいる鳥だろう、聞いたことのない小鳥の声が響いていた。

月宮家は庭が大きく、門構えもしっかりしていて、びっくりした。お屋敷みたい、と言うと夜舟くんは古いだけだよ、と苦笑した。

夜舟くんは離れで暮らしていた。玄関とキッチン、トイレもついている。でもそれより私の目を引いたのは、壁際にずらっと並べられた黒光りする銃たちだった。

「これ、本物？」

「まさか。みんなモデルガンやガスガンだよ。おもちゃだけど、弾は出るよ」

「弾」

「安心して。サバゲー用の、こういう奴だから」

と、夜舟くんが銃の弾が入った箱を見せてくれた。いわゆるBB弾というやつだろう、金属の玉やプラスチックのカラフルな玉がいっぱい詰まっていた。

「こういうの買うのって、かなりお金かかるんじゃないの?」

素朴な問いだった。普通の高校生ができる趣味じゃないし、夜舟くんはバイトもしてる様子がない。

「僕のところ、親戚多いから。お盆と正月だけで、結構儲《もう》かるんだよね。あとは毎月のお小遣い、せっせと貯《た》めてさ」

そんなことを言いながら、夜舟くんがモデルガンをひとつ、私に押しやる。

「これ、コルトガバメント。いろんな映画やドラマに出てくる、もっともポピュラーな銃だよ」

「へぇ」

「改造してかなり強くBB弾が出るんだ。ちょっと撃ってみる?」

驚いた私の顔を、夜舟くんは微笑ましいものを見るように覗き込んだ。

《夜舟》

波菜子さんにガバメントを持たせ、僕はちょっと迷った後ワルサーP38を手に取った。かの有名な『ルパン三世』が愛用している銃だ。

太陽はだいぶ西に傾き、裏庭の木々の葉はオレンジ色の夕陽《ゆうひ》を透かして風に揺れていた。波菜子さんは足元にたくさん生えているツユクサを、踏まないようにして歩いている。

「すごいね。家の近くに、こんなところがあるなんて」

「ただの田舎だよ」

木も草も花も伸びっぱなしのまま、放置されているだけのただの雑木林だ。波菜子さんは都会っ子なのだろう、こういう光景が珍しいようだ。

「あ、ちょっと止まって」

僕の声に従い、波菜子さんが動きを止める。樫の幹に二人身体を隠し、僕はちょっと顔を出して、波菜子さんに地面をとことこ歩いているキジバトを指し示す。

「あれ、撃ってみない？」

「え。いいのかな、そんなことして」

波菜子さんは、自分のガバメントとキジバトを交互に見やる。僕にとってはなんてことのない、日常に溶け込んだ狩りだが、波菜子さんは初めてだ。生き物の命を奪うという背徳的《はいとくてき》な行為に罪悪感を覚えるのも無理はない。

「いいんだよ、ただの鳩《はと》なんだから」

「でも」

「ほら、早くしないと飛んでっちゃうよ」

逡巡《しゅんじゅん》しつつ、波菜子さんはキジバトに向かって銃を構えた。

数秒、それでも躊躇いが浮かび、やがて波菜子さんはぎゅっと目を閉じて、引き金を引いた。

ぱん、と乾いた音が辺りに響く。

おそるおそるといった調子で目を開く波菜子さんの肩に、僕はそっと手を載せる。

「上手くいったよ」

地面に倒れたキジバトを拾い上げ、波菜子さんの前に掲げてみる。波菜子さんは慎重な手つきで、キジバトの身体に触る。

「あったかい」

「まだ生きてるからね」

「え、そうなの」

「心臓が動いてる」

「そっか、よかった」

波菜子さんが安堵《あんど》の表情を浮かべた。

「死んでなくて」

澄み切ったその笑顔に、僕は視線を離せなくなる。

君はなんて純粋で、優しくて、美しいんだろう。

「これ、初めての狩りが成功した記念」

キジバトの身体から離れた羽根を一枚拾い上げ、波菜子さんに渡した。波菜子さんは軽く唇を持ち上げ、嬉しそうにそれを握りしめ、スカートのポケットに入れた。

それから僕たちは二人で、キジバトを埋めた。

その後、僕たちは小一時間ほど狩りに興じた。山は動物園さながら、野生生物の楽園だった。キジバトやスズメだけでなく、リスやイタチまで出た。波菜子さんは見慣れない動物たちの姿にいちいち興奮しながら、引き金を引くことを楽しんでいるようだった。

きらきら、無垢《むく》な笑顔が弾けるたび、この子を喜ばせている自分に淡い満足感を抱く。好きな人に自分の好きなものを受け入れてもらえるのは、これ以上ない喜びだった。

「これ、ストレス発散にちょうどいいね」

遊び過ぎて疲れ、草の上に二人並んで身体を横たえながら、波菜子さんが言った。

波菜子さんの控えめな胸のふくらみが、呼吸の度に上下している。

「最初は鳥さんたちが可哀相って思ってたけど、だんだん感覚が麻痺《まひ》していっちゃう。みんな、あまりにも簡単にパタッといっちゃうから。自分が神様かなんかにでもなったみたい」

「それが、この遊びの魅力だよ」

「たしかに、楽しいもんね」

大の字に寝ている波菜子さんの開かれた手は、僕の手からすぐそこにある。それを握りたい欲望と、それを押しとどめる自制心とがせめぎ合っていた。

手を握ってしまえば、これまでのような心地いい関係ではいられなくなるだろう。波菜子さんにとって、僕はあくまで勇くん推し仲間でしかない。

でも、握りたい。その白くて細い手に自分の手を絡めて、握りしめたい。そして伝えたい。

君が好きだって。

がさがさ、と大股で歩く足音が近づいてきて、僕たちは我に返った。僕はぱっと身体を起こし、波菜子さんも身を起こしかけたところで、木々の向こうからにょきっと父さんが顔を出した。

「何をしているんだ、こんなところで」

僕を見て、それから波菜子さんを見る気難しい目。波菜子さんが隣で怯《おび》えているのがわかる。

「君は、夜舟の友だちか」

父さんの尖った声に、波菜子さんは慌ててぺこりと頭を下げる。

「庄司波菜子です、夜舟くんのクラスメイトです。勝手にお邪魔してしまってすみません」

高校生がするにしては礼儀正しい、完璧な挨拶だったのに、父さんは不機嫌そうな一瞥《いちべつ》を僕にくれるだけだった。

「もうすぐうちは夕飯だ。君も早く帰りなさい」

「はい、お暇《いとま》させていただきます」

その後、僕は波菜子さんをバス停まで送っていった。先ほどまでの楽しい時間が嘘のように、二人の間を気まずい沈黙が覆っていた。

波菜子さんには、僕と父さんがうまくいってないことは気付かれたかもしれない。迂闊《うかつ》だった。今日が日曜日だということは、父さんが家にいるに決まっている。家に呼ぶんじゃなかった。

「じゃあね」

バス停についた波菜子さんが手を振って、それで僕らは別れた。十メートルほど歩いてから振り返ると、波菜子さんはこっちを見ていなかった。スマホの画面に見入っている横顔は切なげで、その瞳はきっと画面の中の藤川勇を見ているんだろう。

結局波菜子さんを救えるのは僕ではなく、藤川勇なのだ。

家に帰りつくと、父さんが門の前で待ち構えていた。僕に近付き、拳を振り上げる。グーで頬を思いっきり殴られ、痛みに耐えられずその場に蹲《うずくま》る。

「いつまでも子どもみたいな顔をしてると思ってたら、急に色気づいて。親の許しも取らず女の子を部屋に連れ込んでたんだな。何をしていたんだ」

答える前に、蹴りが飛んでくる。頭を庇《かば》い、身を屈《かが》めながら、嵐が止《や》むのを待つ。

「何もしてないよ。ただ銃を見せて、それから山で撃ってただけで」

「お前の変な遊びにあの子を付き合わせたのか」

蹴りは一層激しくなり、右から左から襲ってくる。痛みにひたすら耐える。口の中が切れる感触を味わう。舌の上にざらりと鉄の味が広がる。

「母さんがそれはやめてって言ってるからしないだけで、その気になればお前が集めたあの忌々《いまいま》しいコレクションを捨ててやることだってできるんだぞ。まったくろくに勉強もしないで、変な趣味に走って、その上人を巻き込むなんて。どうしてお前は、美澄みたいに真っ当に育たないんだ」

それは、父さんがそう育ててくれなかったからだ。小さい頃から何かにつけて明るくて要領のいい美澄ばかり可愛がって、僕のことは貶《おとし》めてきた。口を開けば、夜舟は駄目だ、夜舟は駄目だって、そればっかり。僕だって、銃を撃って現実逃避ぐらいしたい。あなたのいないところに逃げ出したい。

溢れる本音に蓋をして、暴力と叱責を黙ってやり過ごす。

たっぷり数十分は殴られ、蹴られ続けた後、父さんは投げつけるように言った。

「夕飯は抜きだ」

それだけ言って、玄関のほうへ歩き出す。

「明日の朝まで、一人で反省しろ」

ばたん、乱暴に玄関の扉が閉まる音がした。

のろのろと身体を起こし、離れへ向かう。布団の上に身を横たえながら、全身の傷を確認する。口の中だけじゃなくて、顔もあちこち痛い。背中にも打ち身があるのか、何か所かが痛みを訴えていた。

傷の手当をしなければ。救急箱は簞笥《たんす》の中だったはず。身体を起こしたところで、腹の虫がぐーっと間抜けな声で鳴いた。苦笑しつつ、腹が減っていることに気付く。もう夕飯の時刻だ。

キッチンのコンロの下、収納スペースにはカップ麵が何個かストックしてあった。その中から一番ボリューミーなものを選んで、湯を入れる。三分待って啜りながら、涙が出てきた。涙だけでは飽き足らず、途中から鼻水もダラダラ出てきて、ティッシュで拭っても追いつかない。涙と鼻水が麵に絡みつき、汚いと思いつつ悲しみごとそれを啜った。

いつまで、僕はこんなところに閉じ込められなきゃいけないんだろう。早く子ども時代から脱したい。早く家を出て、好きなだけ銃を撃てる環境に身を置きたい。でも高校卒業と同時に家を出るって言ったら、きっとまた父さんは反対する。

人生は、十五歳にして詰んでいる。

家族が寝静まるのを待った後、ワルサーP38に弾を補充して家を出た。いつもの狩り場でまた見つかると思ったので、忍び足で門を出て、家の近くの空き地という名の雑木林に向かった。

空の真ん中あたりを月がぼんやりと白く滲《にじ》ませているが、その光は地上まではほとんど届いていなかった。漆黒の闇の中、僕は無差別殺人鬼さながら、乱射した。軌道なんてろくに考えず、感情の赴くまま、撃ちまくった。

まもなく僕の周りに命の抜け殻が落ちてくる。木の実や葉っぱといった些細《ささい》なものから、野ネズミやムササビの身体まで。降り注ぐ命の残滓《ざんし》に興奮し、僕はより一層引き金を引く手に力を込める。

ぜんぶ、ぜんぶ、ぜんぶぜんぶぜんぶ、
死んでしまえ。

僕はもっと大きいものを撃ちたい。大きな命を奪いたい。

人間を撃ったら、さぞ気持ち良いだろう。

気が付いたら、東の空が白みかけていた。

僕はワルサーP38片手に、家路についた。

顔の傷を絆創膏《ばんそうこう》で隠して登校したものの、人の目が痛い。

みんなが僕の傷を指差して、月宮のくせに喧嘩したのか、なんて笑っているんじゃないかという妄想に駆られてしまい、常に脳みそが疲れてしまう。

朝の教室に入ってきた波菜子さんはすぐ僕の傷に気付き、困ったようにこちらを見つめた後、自分の席に座った。それからいつものようにスマホを取り出す波菜子さんの横顔は、やっぱり真剣だ。きっと今も、藤川勇を見ているのだろう。

藤川勇に自分が持ってる愛のすべてをまっすぐに注ぎきる。波菜子さんのそういうところが、僕は好きだ。

昼休み、トイレに行くと、波菜子さんと廊下でかち合った。波菜子さんは周りに同じクラスの人間が誰もいないのを確認した後、僕に声をかけてくる。

「その怪我《けが》、大丈夫？」

「絆創膏がこの大きなやつしかなかったら、ちょっと大げさに見えちゃってるね。大丈夫、もう痛くはないから」

「それ、お父さんにやられたんだよね？」

僕を見るうさぎみたいなくりっとした目が、心配している。隠す必要もないので、素直に首を縦に振った。

「まったく、困っちゃうよね。僕、もう高校生だよ。すぐ暴力に訴えるんだからさ」

波菜子さんは答えなかった。軽い口調で答えた自分が空回りしているみたいだ。

そのまま二人、窓の外を眺めていた。中庭から同級生たちの騒々しい声が聞こえてくる。二階にあるこの窓のすぐ傍《そば》まで、バレーボールに興じている生徒たちが投げる白いボールが上がってくる。

僕たちとはまったく関係ないところで行われている、ステレオタイプな青春。PTAが推奨《すいしょう》する高校生らしい高校生をやっている人間とは、僕も波菜子さんも一生接点がないだろう。

「ねぇ、もし」

僕の言葉に、波菜子さんがゆっくり反応した。僕のほうを見るともなしに見ている、黒目がちの瞳。

「もし、人をひとりだけ殺していいって言われたら、誰を殺す？」

「何、それ」

波菜子さんは笑っていた。馬鹿馬鹿しいと、僕の言葉を一蹴《いっしゅう》しそうな軽やかな笑い声だった。

「そんなことあるわけないでしょ」

「仮の話だよ」

笑いを引っ込め、波菜子さんは真剣な顔になる。それからうっとり目を細めた。

「もしそんなことがあるとしたら、あくまでの話、だけど。だったらやっぱり、勇くんかな」

「勇くんのことが好きなのに？」

こくり、波菜子さんは首を縦に振る。

「私ね、本気で勇くんのお嫁さんになりたいって思ってるの。絶対叶わない夢だって、わかってるけど。だから、その夢を誰かに奪われるくらいなら、その前に勇くんを殺したい。変かな？」

「変じゃないよ」

波菜子さんがふっ、と安心したように唇の力を抜いた。

「じゃあ、殺す？」

そう言うと、波菜子さんは雷に打たれたような顔をして、まじまじと僕のことを見つめた。

《勇》

日《ひ》の出《で》テレビの控室の中は、空気がじめっと濁っている。

外も梅雨空なので仕方ないが、室内の空気まで鬱陶しい。もう少しエアコンをきつくしてもいいのに、タレント相手にそういった配慮もない。局にとって、タレントはあくまで番組を盛り上げるための端役。主役は番組であり、俺たちには花を持つ役目しか与えられない。

「今日の収録は太雅の主演ドラマの番宣も兼ねてるんだ」

五人が準備を終えた後、串川が神妙な面持ちで言う。俺たちはダサいテレビ用の衣装に身を包み、本当に必要なのかと疑いたくなるほどメイクもばっちりだ。

「歌うのはドラマの曲だからね。ＭＣさんもそこのところ突っ込んでくるはずだから、話を合わせてほしい」

串川が意味ありげな視線を俺に寄越す。俺はわかってますよと目で頷くふりをして、内心では隣で笑みを浮かべている太雅に毒づいていた。

見た目にも演技力にも運にも恵まれ、俳優の仕事をどんどん増やしている太雅。もうすぐ始まるドラマだって、こいつの人気に頼りきり、中身は薄っぺらい代物《しろもの》だという。イケイケのお調子者なのをまったく隠さず、むしろ「お調子者の人気ナンバーワン」の顔が定着してしまっているこの男。

早く不幸になって欲しい。

早く人気が落ちて、どの番組にもドラマにも呼ばれなくなって、ついでにやばいスキャンダルのひとつでも起こせ。暴力事件とか、薬物事件とか、怪しい新興宗教にハマるとか、何かしらやらかしてこの世界にいる権利を自分から手放してしまえ。お前がいるうちは、俺は輝けないいんだから。

ゆう、でもいさむ、でもなく、いさみ、とつけられた自分の名前が不釣り合い過ぎて笑いたくなる。俺はかの近藤《こんどう》勇みたいな、侍とはほど遠い。どこまでも人を羨《うらや》み、妬《ねた》み、貶《おとし》める、小さい心の持ち主だ。

やがて生放送が始まる。二十年以上生放送でやっているこの番組には、ゲストとしてアーティストが五組出る。一組目は、俺たちと似た毛色の、でも俺たちより若干若い売り出し中の男性ユニット。二組目は中堅の女性アイドルグループ。三組目は中高生に人気の女性シンガーソングライター。四組目はベテランのロック歌手。

最後にMCと絡み、歌とダンスを披露するのが俺たちバックトゥザナウだ。

「バックトゥザナウでいちばん演技が上手いのは勇くんだけど、勇くんは太雅の演技、どう思う?」

今ではほとんどテレビでネタを披露することもない、有名お笑いタレントのMCが俺に話題を振ってくる。番宣なのだから、ここで太雅の演技をこき下ろすような発言は絶対に出来ない。

「普通に、上手いと思いますよ。表情とか、あれはなかなか出せない。天賦の才が感じられるっていうか」

そう言って太雅を見るが、太雅は発言の前に生じた一瞬の間を見逃さなかった。

「なんだよ、今どう言えばこの空気壊さないで済むかって、考えながら喋っただろ。わかるんだよなぁ、そう言っときながら、腹の中では自分の方が上手いって思ってるって」

「そんなこと思ってねえし」

きゃはは、と風児が笑う。こいつの甲高い笑い声は、こういう時にジンジンと俺の怒りメーターを刺激する。

「勇くんと太雅くんは、ライバル関係にあるのかな」

ＭＣがそんなことを言い出すので、太雅がぐっと肩を組んできた。整髪料のミントっぽい香りが鼻孔をつんと刺激する。肩に込められた力が痛い。

「ライバル？　そんなんじゃないですよー。俺と勇、めっちゃ仲いいですって。な？」

強制的に同意を求める太雅がうざい。鼻の奥を突き刺すミントの香りがうざい。今にも払いたくなる太雅の力を振り切れず、俺はただただ笑みを浮かべる。

「勇、顔引きつってるし」

面白そうに風児が言った。

「無理しなくていいよ、勇」

こういう時はメンバーのまとめ役になる優紀までそんなことを言う。俺を心配そうに見ているのは啓仁だけだ。

「あはは、勇くん、顔引きつりすぎ。やっぱり、くっつくなら啓仁くんのほうがいいの？」

「啓仁と俺はそんなんじゃないです」

ほとんど棒読みになってしまった俺の言葉に、観客席からどっと笑いが起きた。

その後披露した曲でも、俺は最悪だった。センターがいつものように太雅なのであくまで太雅を立てればいいだけなのだが、それでも傍目《はため》から見てもひどいミスを何度かやらかした。

腕も脚も、俺の思うように動いてくれない。必死で覚えた振付がメロディと共に飛んでいく。焦って失敗を取り返そうと必死で身体を動かせば動かすほど、大きな穴に落ちていく。

苦行に等しい収録が終わった後、俺はさっそく串川に呼び出された。

「負けたくないって気持ちはいいことだけど、それをいい方向に使わないとね。テレビであんな顔しちゃ駄目ってことくらいわかってるだろ」

「すみません」

悪いのは全部俺だ、謝るしかない。あそこで肩を組んできた太雅も、MCの「ライバル」発言を打ち消す意図しかなかったと思われても仕方ない。太雅は性格の悪さを上手く包み返し、串川の前ではいい子ちゃんの顔しかしないのだから。

「メンバーだからって必要以上に仲良くすることないけど、仲悪いってファンに思われてもいいことないんだからね。次は上手くやってよ」

「気を付けます」

串川の俺を見る目は、怒りながら呆れていた。串川には、俺の卑屈な性格が伝わってしまっている。だからこそ串川も太雅と上手くやれとか、そういうことは言わないのだろうが。

　変に気を遣った言い回しをされると、余計に惨めになる。

　控室の中は華やかな空気に満ちていた。今日は「会員限定　楽屋訪問イベント」の日だった。ファンクラブの会員の中でも特に金を落としてくれる、太客《ふときゃく》だけが呼ばれるこの企画。着飾った数名の女が集まり、太雅や風児とバチバチ写真を撮っている。

「太雅くんと風児くんって、ほんとに楽屋でも仲良いんですね」

「まぁなー。誰かさんには負けるけど」

　太雅がそう言ってにやりと俺を見る。女の子がケラケラと笑う。蟀谷《こめかみ》をズキンと貫く怒りに思わず唇を歪めると、それを何とも思っていない顔の太雅がスマホを突き付けてきた。

「どーすんだよ。お前のせいで、俺と勇までBL妄想されてるぜ」

　さっきの生放送を見て、SNSは#タイイサを付けられ、俺と太雅の仲を疑う腐女子たちの書き込みで荒れに荒れていた。

『勇くん、嫌そうな顔をしてるのがまたジワる』

『最初は嫌がってたのにだんだん……あん？　みたいな感じになってそう』

『「もっと優しくして太雅！」「ばぁか、優しくなんかできるか」「あぁイイ！」』

『イサヒロカプもいいけど、タイイサも良し』

背筋を駆け上がっていく感情は、怒りではなかった。

俺はこんなことで腐女子の機嫌を取らないと、バクナウでやっていけないのか。

くだらない連中たちのため、BL妄想をこき下ろさず、笑顔でやり過ごす。

こんなの、いつまで続けろっていうんだ。

「まったく勘弁してくれよなー。お前とヒロがラブラブなのは俺たちみんなが認めてるからいいけど、お前となんて嫌だし」

「俺だって嫌だよ！」

衝動的に太雅の胸倉をつかんでいた。女の子たちがキャアッと叫び、遠くから見ていた優紀と啓仁が寄ってくる。太雅の隣にいた風児は、すかさず俺から逃げた。

「何が悲しくて、お前の引き立て役やんなきゃいけないんだよ！　俺にだって感情がある、思いがある、意思がある」

「お前落ちつ――」

「落ちついてるし!!」

俺は感情のまま、拳を太雅の顎に叩《たた》きつけた。

骨が軋《きし》む音がして、太雅がウッと呻《うめ》く。周りで女の子たちがまたキャアアッ、と叫び、啓仁は串川を呼びに廊下へ出て行き、優紀と風児が俺を止めようと駆け寄ってくる。

優紀と風児に取り押さえられるまで、俺はさらに三発、太雅を殴った。

太雅の怪我は大したものじゃなかった。口の中を切ってはいるし、打ち身もあるが、絆創膏で隠せば大丈夫なレベル。しかし明日のドラマ撮影は延期になり、原因を作った俺は串川からネチネチ、懇々と説教をされた。

「太雅にライバル意識を持つのは仕方ないよ。でも暴力に訴えたって、かえって勇の品位を貶めるだけ。しかもファンの子たちも見てるのに、なんであのタイミングでやるの？　あの子たちには一応口止めしておいたけど、それもいつ破られるかわからない。ＳＮＳにちょっと書かれたら、終わりだよ。太雅は数日は顔に絆創膏を貼って過ごさなきゃいけないし、週刊誌にスクープされたら勇のイメージダウンに繋がる。俺は何も、勇をいじめたくてこんなことを言ってるわけじゃないんだ。勇が成功したい、太雅を超えたい、そういう気持ちはよくわかるから。でも、だからってこんなことしても何もならない。本当はわかってるんだろ？」

串川の言葉に時々相槌《あいづち》を打ち、すみませんを繰り返す。遠くで様子を窺っていた啓仁が、心配そうな視線で俺を撫《な》で回す。

串川の言う通り、俺の感情任せの行動は明らかに間違いだった。あの時見ていたファンの子たちがSNSに書いたら俺のイメージダウンは免れないし、数日絆創膏つきで過ごす太雅の写真を週刊誌に撮られたら、世間は何が起こったのかと騒ぎ立てるだろう。自分の浅はかさを呪うと共に、どうして、という思いもあった。

どうして、あんな奴が守られて、俺が叩かれなきゃいけないのか。

自由にのびのび過ごしたい、という権利は、人類が等しく持ってなきゃいけないんじゃないのか。

有名になるのと引き換えに自分の思いを封じ込めなきゃいけないなんて、俺は人形と同じじゃないか。実際、ファンの子にとって、俺は生きている人形。「和風イケメン」の藤川勇に恋し、愛し、神として崇《あが》め奉《たてまつ》り、愛の対価として金を使う。そういう商売だとわかっていても、ここまで抑圧されるのは納得いかない。

いっそ俺も、太雅のように本当の俺のままで売り出してみるか。嫉妬深い腹黒のイケメンとして。そんなキャラ人気出ないと、串川は一蹴するだろうが。

家に帰ったのは夜半過ぎ。メンズエステを呼ぶ気力もなく、ベッドにダイブしてしなくてもいいエゴサをする。太雅が語っていた通り、SNSには俺と太雅のカップリングで盛り上がる腐女子の投稿が多かった。それに次ぐのは、番組のトークで俺が太雅の演技について褒めていたこと。俺の言葉が真意でないことは、視聴者たちにも伝わっていたらしい。

『男の世界の嫉妬は女より醜いっていうけど、藤川勇は目黒太雅に嫉妬しまくってんだね。まぁ自分の顔があのレベルで、太雅があれだけ格好いいんじゃ仕方ないか』

『藤川勇、演技上手いっていってもそれほどじゃないだろ。太雅くんの演技力に対して上から目線なあの発言はどうかと』

『勇くん、器が小さいね。あんな褒められ方しかしてないのに、勇くんを上手くフォローする太雅くんの人間力よ。私はやっぱり太雅くん推し』

世間の人気からいっても太雅が何かにつけ評価を高めるのは仕方ないのだろうが、今回は太雅の評価が上がるのと同時に、俺の評価が落ちている。安全なところから無責任に俺を叩く奴らの首根っこを摑んで、熱湯に沈めてやりたかった。

世の中、俺を中心に回れ。俺を中傷する奴らは、生きている権利なんてない。全員死んでもらうのが世の理というもの。ついでに太雅を推す奴らも同罪だ。全員火あぶりの刑に処したら、余計な人間が死んでこの世の秩序も戻ってくるだろう。

串川が聞いたら怒りで顔を爆発させそうなことを考えながら、俺の意識は淀んだ眠りの中に落ちていった。


串川から電話があったのは朝の八時半だった。

まだ俺が寝てる時間だとわかってるので、串川は俺を気遣った口調で、でも手早く用件を伝えてきた。

『ちょっと緊急で話したいことがあるから、事務所に来て。なるべく早いほうがいい。夕方の撮影前に片付けちゃいたいんだ』

せっかく今日は昼まで寝ていられると思ったのに、寝不足が更に不機嫌を助長する。冷蔵庫に入れていたゼリー飲料で数秒間の朝食を摂《と》り、顔を洗って歯を磨き、髭《ひげ》を剃《そ》った。剃った直後のザラザラとした不快な感触が肌に纏《まと》わりつく。

タクシーで事務所に直行すると、串川が挙動不審気味に俺を出迎えてくれた。

「ごめんね、午前中から呼びだしちゃって。伝言でもいいと思ったんだけど、向こうも直接勇と話がしたいっていうから」

「はぁ」

何の用件かわからず、いまいち話を摑めないでいる俺の前で、串川が他のスタッフに頼んで電話を繫いでいる。スマホがスピーカーフォンになり、聞き覚えのある声が飛び出した。

『もしもし、勇くん？』

「佐久良先生」

思わぬ人物の登場だった。デビューして高校を卒業して以来、育った施設には一度も足を運んだことがない。親代わりだった佐久良先生には不義理を働いてしまっているが、施設育ちだということは他のメンバーにすら明かしていない、俺のトップシークレットだった。

『どう、そちらは変わりない？』

「お陰様で……毎日、元気に過ごせています。佐久良先生のほうも元気そうで、安心しました」

『私は元気よ。勇くんのことも、連絡ないのは寂しかったけれど、あまり心配してなかったの。テレビでいつも活躍見ているからね』

物心ついた頃から俺を見守り、褒めたり叱ったり、優しく諭したり一緒に笑ったり、そんな時間を過ごした頃と同じ声だ。あの頃より若干ハリがなくなっているように感じるが、それは月日の為《な》せる残酷な業だろう。

「どうしたんですか、佐久良先生がなんでわざわざ、事務所に電話を」

『実はね。ちょっとこの前、気になることがあって』

「気になること?」

急に佐久良先生の声が沈む。この先の内容をわかっているらしく、串川も神妙な表情になる。

『この前、A高校の新聞部です、取材したいって、二人の子どもがうちにきたのよ。そしたらその子たち、勇くんがうちの施設の出身だって知ってたのよね』

ぱちん、瞼《まぶた》の裏が弾ける。

その子たちはどうやって、俺が施設の出身だって知ったんだろうか。俺の意向に沿い、事務所は俺が施設育ちだということを隠してくれていた。それ以外に今のところ、俺の過去を知る者は、誰もいないはずだったのに。

「どうして……その子たちは、そのことを知ったんでしょうか」

『なんでも、そんな噂があるって言ってたけど。いまいち信じられなくてね。それでもし勇くんに何か危ないことがあったらどうしようって、事務所に連絡したの。

ごめんなさい、すぐに電話すればよかったわね』

「いや、それはその、別にいいんですけど」

焦燥感が言葉を詰まらせる。脳裏にちらつくのは、ゴールデンウィークのあの日、マンションのエントランスに現れたあの女の子。隣には、男の子もいた。

もしあの二人が、新聞部だと嘘をついて、佐久良先生に接触したのだとしたら。

彼らの目的は、いったい何なんだろう。

「ちなみにその二人は、女の子でしたか、男の子でしたか」

『高校生ぐらいの男女二人組。女の子のほうはサトウノリコ、男の子のほうはヤマモトショウって名乗ってた。その後A高校に問い合わせたけど、新聞部はおろか、校内に同名の生徒はいないって言われたわ』

すべてが危惧していたほうに繋がり、呼吸が苦しくなる。鼓動を鎮めるように、胸を押さえる。それでも心臓と肺は喘いでいて、赤く染まる俺の顔を心配するように、串川が麦茶を持ってきてくれた。

「今日呼ばれた理由は、これでわかったと思うけれど」

佐久良先生との通話が終わった後、串川が俺の前にどっかり腰掛けた。俺は麦茶で動揺をなだめながら、一度見ただけの女の子と男の子の姿をより鮮明に思い出そうとする。

記憶の中の二人の姿はあやふやで、のっぺらぼうのような像しか結ばない。

「勇のほうは、何か心当たりある？　変なファンメールが届いてるとか」

「ひとつだけ……あります」

串川が身を乗り出し、そして俺はゴールデンウィークのあの日、一度だけ見た女の子と男の子の話をした。串川は右手の人差し指と中指で机の端を叩きながら、じっとその話を聞いてくれていた。

「たしかに、可能性としてはあるね」

「俺はどうすれば……」

「現段階で、事務所としてその二人を特定するのは難しい。佐久良先生に名乗った名前だってデタラメだったし、ファンクラブの会員名簿を見ても名前がわかるかどうかも怪しい。そもそも、その二人は別に法を犯しているわけじゃないんだから」

俺は曖昧に頷く。法を犯しているわけではないとしても、自宅を特定してやってきたり、俺の過去に首を突っ込んで佐久良先生にまで接触してきたり、あの二人のやることは異常だ。でも二人を止める現実的な対策は、こちらにはまったくない。

「こちらとしては、勇のマンションの周囲のパトロールを強化することくらいだね」

大きな事務所だから、民間の警備会社を雇っている。所属タレントがストーキング被害に遭っている時やスキャンダルを起こした時、警備会社はパトロールを強化することでタレントを守ってくれる。

だからといって、その守りにも限界があることぐらいわかっている。

「あとはもう、勇が個人的に気を付けることだね。とにかくまたその二人がマンションに現れたとか、そうでなくても撮影現場にそれらしき人が来たとか。そういうことがあったら、すぐ教えて」

「わかりました」

俺はうなだれながら言って、事務所を後にした。夕方のMV撮影は、横浜が現場だ。今のうちにタクシーで移動しなきゃいけない。

タクシーの中で仮眠を取ろうとしたが、封じたい考えが理性の防波堤を破って表面に湧いてくるので、ちっとも眠れなかった。

新曲のMV撮影は、まったく集中できなかった。

五人揃ったダンス映像と共に横浜の街を観光する五人の姿が流れるのだが、俺は監督の「リラックスして。いつもの表情で、あくまで自然な演技でね」という言葉に逆に上がってしまい、不自然な挙動を繰り返した。太雅や他のメンバーたちは気付いていないだろうが、ひょっとしたら今もすぐ傍にあの女の子と男の子が迫っているのではないか、常にそんな懸念が纏《まと》わりついて、口の端が引き攣《つ》ってしまう。たかが中学生だか高校生だかの子どもを、ここまで警戒するのも馬鹿らしい。わかっているのに、悪い妄想は止まってくれない。

港の見える丘公園を散策しながら、船に乗りながら、ベイブリッジを眺めながら、ずっと嫌な感情を燻《くす》ぶらせていた。考えたくないし、考えてもしょうがない。わかっているのに思考は膨張し体積を増して俺の心を侵食していく。

夜半過ぎにようやくMV撮影が終わった後、俺は啓仁の家に押しかけた。

「勇のファンにはそういうストーカーっぽい人は今までいなかったよね。いったい、何なんだろう。いくらなんでも急すぎない？」

俺の言葉を引き取り、啓仁は素直に心配してくれる。その目元にはいつも通り、女も顔負けするほどの濃いメイクが施されている。ちなみに本人の手による。

「目的がわかんねぇってのが怖《こえ》ぇよな。俺をストーキングして、何すんだよって話。これが女一人ならあんまり気にしねぇのかもしんないけど、男もいるってなると」

「そのうち勇に接触してくるかもね。男の子がいるなら、力で無理やり……とか」

「冗談でもそんなこと言うなよ」

　寒気を振り払うように強い声を出すと、啓仁がごめん、と小さく謝った。

　俺たちはいつものように、コンビニで酒とつまみを買い、二人でちびちびとやっていた。啓仁の部屋のローテーブルは酒の缶とつまみですっかり散らかっている。三分の一だけ食べた柿の種の袋の隣には、二人で争うようにつまんだチーズが少しだけ残っていた。MV撮影の間、夕食はロケ弁を食べたきり。この時間になって二人とも腹が減っている。

「それにしてもその二人組は、どちらも勇のことが好きなのかな」

「いや、そりゃ、好きに決まってるだろ。好きだからマンションに押しかけたり、俺の過去を探ったり、そんなことするんだって」

「どうかな。僕は、好きだけじゃないんじゃないかな、って思うけど」

「どういう意味だよ」

　啓仁はいつになく真顔で俺を見た。

「ファンの子が僕らに抱く感情って、単純に好き、だけで括《くく》れるものじゃないと思うんだ。たとえば学校や家に居場所がなくて、唯一の心の拠《よ》り所《どころ》として僕らを推してるファン。そういう子は僕らをいつもまっすぐ好きではいられないかもしれない。テレビの中で輝いている僕らを見て、自分と比べて、マイナスの感情を持つこともあるんじゃないかな」

「そういう事件、たまにあるよな」

バクナウでは今のところ起こっていないが、芸能人、特にアイドルがファンの嫉妬ややっかみによって変な事件に巻き込まれることもある。事件を起こすやつなんてそもそもファンではないと俺は思うのだが、そいつの人生を変えてしまうほどの事をやってしまい、それくらいそのアイドルに心を左右されているのだから、好きにしろ嫌いにしろ、そういう人間は推しに染められている。

「勇をストーキングするその子たちも、そういうファンなのかもしれないよね。好きで、好きだからこそ、普通に推すだけじゃ満足できなくなった。きっと、自分たちのリアルの生活が充実してないんだろうね。毎日が楽しかったら、ストーキングなんてしないだろうし」

「ったく、迷惑な話だよな」

言い捨てながら、アルコール度数七パーセントの新しい酒に手を伸ばす。俺は酒に強いほうだから、ちょっとやそっとでは酔わない。でも今日みたいな日は、しこたまアルコールを入れて脳みそをふにゃふにゃにして、自制心を取っ払いたい。

「現実逃避で俺に入れ込むのはいいとして、やり過ぎは良くねぇだろ。俺や周りに迷惑かけんだから、節度を持って推せって話だよ。そして、現実逃避ばっかしてねぇで自分の生活をちゃんと充実させろ」

「まったくもって、その通り」

「啓仁——。そろそろいい加減腹減った。作ってくれよ、いつものやつ」

「今日、卵と葱しかないけどいい？」

いつものやつ、というのは二人で宅呑《たくの》みした時のシメに食べるチャーハンのことだ。啓仁は料理が得意で、毎回のようにちりめんじゃこだの鰹節《かつおぶし》だの、いろいろ入れた凝ったチャーハンを作ってくれる。

「全然、それでいい。啓仁はいい嫁さんになれそうだよな。料理得意だし」

「婿《むこ》って言ってよ」

軽口を叩きながら、啓仁がキッチンへ去っていく。なおも俺は酒をちびちびと食道に流し込んだ。少しずつ頬が火照り、頭全体がほんわりとして意識が滲む。この調子で何も考えなくなれば、楽になれる。

ふと、ベッドの下からちょっとはみ出ている、シルバーの箱を見つけた。クッキーか何かの空き缶だろう。正方形でかなり大きく、たいがいのものは入りそうなサイズだ。啓仁の部屋は、全体的にすっきりしている。ブルーのカーテン、整理整頓がされたパソコンラック、簡素な作りのシングルベッド。無機質といっても差《さ》し支《つか》えないこの部屋の中で、やたらと大きなその箱は浮いていた。

中に入っているのは、エロ本か何かだろうか。啓仁は控室の中でも、ほとんどそういう話をしない。太雅や凪児なんてどの女優がアツいだの、素人ものがやっぱり一番だの、そんな話で盛り上がってばっかりだが、啓仁は見た目だけじゃなくて中身まで女の子なのか、いかにも興味がなさそうだったのに。開けて、お前こんなの好きなのかよ、って言ってやったら、あいつも少しは慌てるだろうか。

酔って半分自制心が飛んだ頭で箱に手を伸ばし、蓋を開けようとした時、啓仁がチャーハンが入った皿を抱えてやってきた。

「ひとの私物を勝手に見ようとするなんて、勇も趣味が悪いね。もしかして、結構酔ってる？　ほら、これ食べたら帰って」

そう言って箱を奪い取り、俺の前にチャーハンを差し出す。

啓仁に言われた通りすっかり酔っていた俺は、チャーハンに舌鼓《したつづみ》を打ちつつ、すぐに箱のことは忘れてしまった。

第三章　殺意《さつい》

《波菜子》

窓の外でバレーボールが、ばん、ばんと手で弾かれ上下し、その都度わっと歓声が上がる。

その声が、急に遠くなって、代わりに目の前の夜舟くんが近くなった感じがした。夜舟くんの前髪の向こうの目が、私を見ている。唇は笑いの形になっている。今言われたことが、よくわからなかった。正確には、わかったけどわからないふりをしていた。

「……どういう意味？」

私の声は我知らず固くなっていたと思う。夜舟くんがにやにやしながら続ける。

「そのまんまの意味だよ。だって波菜子さんは、本当は藤川勇に幸せになってほしいんじゃない。勇くん一人が幸せになるなんて、許せない。一人で幸せになった彼を指を咥《くわ》えて遠くから見ているくらいなら、いっそ殺したい。それは、別に悪いことじゃないよ」

夜舟くんは歌うように続ける。すらすらと出てくるそんな言葉が、私の勇くんへの想いをずたずたに切り裂いていく。

「波菜子さんはそれだけ、勇くんが好きってことなんだから、ちっとも恥じることじゃない。だから、自分の本当の気持ちに素直になってもいいんじゃないかな。波菜子さんがそう思ってるなら、僕はいつでも手伝うし」

「……夜舟くん、最低」

言いながら睨みつけた。視界が涙でぶわっと滲む。夜舟くんは私が泣き出したことに焦ったらしく、言葉を詰まらせる。

「人を殺すとか、そんなこと冗談で言うなんて、神経を疑うよ。夜舟くんにとって、人の命は、勇くんの命は、そんなにも軽いものなの？　だとしたら、夜舟くんちょっと、おかしいよ。毎日あんなものおもちゃにして遊んでて、頭のネジがぶっ飛んでるんじゃない？」

こんなこと言いたくないのに、と思いながら言っていた。夜舟くんの発言は、すべて私に端《たん》を発している。勇くんを殺したいと言ったのは私で、夜舟くんはそれに応えてくれただけなんだから、夜舟くんを責めるのは間違ってる。わかってるのに、言葉が止まらない。

「本気で勇くんを殺したいなんて、私がそんなこと思うわけないじゃない、勇くんのこと大好きなのに、大事なのに！　一緒にいて、夜舟くんはそんなこともわからなかったの？　私の勇くんへの想い、伝わらなかった？」

「波菜子さん、僕は」

「言い訳なんて聞きたくない‼」

大きな声が出て、すぐ傍を歩いていた同級生の女の子たちが振り返った。そんなことはどうでもよくなるほど、怒りがヒートアップしていた。私は夜舟くんに言葉の弾丸を撃ち続ける。

「夜舟くんって、ヤバい人だったんだね。そのことがよくわかったよ。私もう、夜舟くんとは話さないから」

それだけ言ってその場を去ると、夜舟くんは追いかけてこなかった。追いかけられることを期待していたのに気付いて、そんな自分の浅ましさに涙が零れてきた。泣き顔の私が教室に戻ると何人かがびっくりした顔でこっちを見てきたけれど、誰も話しかけてこなかった。席につき、そのまま休み時間が過ぎ去るのを待つ。

夜舟くんとは、これでもう二度と話すことはないだろう。でもそれは仕方ないし、きっと夜舟くんと話したら、また私は心を乱される。

それに私が言ったことは、嘘じゃない。私は勇くんを愛し、大事にしている。その気持ちをあんな誘導尋問みたいなもので、悪い方に導いていく夜舟くんはひどい。

初めての友だちを失った苦しみに、私はすぐに慣れてしまった。


「月宮くんと喧嘩したの？」

夜舟くんと学校でも放課後にもまったく話さない日が数日続いた時、佐藤さんにこう訊かれた。佐藤さんと同じグループの華やかな子たちが、近くで聞き耳を立てている。

「最近、全然一緒にいるとこ見ないしさ。放課後も二人で帰ってないみたいだし。何かあったの？　痴話喧嘩？」

夜舟くんと私が付き合っていると思い込んでるこの子に私と夜舟くんの本当の関係を説明するのは難しい。説明したところで、佐藤さんがいいアドバイスをくれることは期待できない。それよりも私は昼休みの推し活を中断されたことで、不機嫌になっていた。

「別に何もないし、痴話喧嘩でもないよ。そもそも私と月宮くん、付き合ってないもん」

つっけんどんな調子で言うと、佐藤さんは小さく肩を竦《すく》めた。

「そっか、庄司さんも月宮くんと同じこと言うんだね」

佐藤さんの中では、付き合ってもいない男女が時間を共有することは、不自然らしい。可愛くてきれいなこの子はきっと今までもたくさんの彼氏がいたんだろうし、私みたいな陰キャの悩みと生態なんて理解できないはずだ。

「庄司さん的に、月宮くんのことはアリなの？　ナシなの？　ナシなら、あんなに仲良くしないと思うんだけど」

そんなことを言われても説明のしようがないし、何を言ったらいいのか困ってしまう。

夜舟くんは、そんな私たちの会話が聞こえているのかいないのか、自分の机で一人、本を読んでいた。相変わらず、人を寄せ付けないオーラが漂っている。

この前は、佐藤さんに絡まれてたら、僕たちはそんな関係じゃないってきっぱり言ってくれて、助かったのに。

夜舟くんはもう、私のことなんてどうでもいいんだろうか。

「ナシだよ。私、本当に月宮くんのこと、ただの友だちとしか思ってないから」

自力でそう言うと、佐藤さんはもう一度、残念そうに肩を竦めた。

夜舟くんと話さなくなってから、私は今まで以上に勇くんにのめり込んでいった。学校から帰って、洗濯ものの取り込みやお風呂掃除を済ませた後は、夕飯の時間まで推し活に費《つい》やす。勇くん主演のドラマは永久に見ていられて、何度再生しても私を飽きさせなかった。勇くんのブログが更新されていれば隅から隅まで見るし、テレビ出演する日は録画ボタンを押してその時を待ち、リアタイで観て後で録画したものをじっくり楽しむ。

ちょっと前なら、こういう時も夜舟くんが隣にいた。夜舟くんも勇くんのドラマを見ていて、勇くんの演技を褒めたり、脚本の上手さに感心していた。夜舟くんがいなくなった今は、その温かい記憶すら陰が差す。

夜舟くんは本当に、勇くんを好きだったんだろうか。

夜舟くんの勇くんへの誉《ほ》め言葉は、この表情が良いとか、この台詞の発し方がいいとか、ほとんど的確で、しかし目新しいものはなかった。それくらいのことなら勇くんをちゃんと見ていなくても、ネットのコメントを見れば同じような意見を言える。そもそもが、男の子のバクナウファン、勇くんファンは珍しい。

夜舟くんは勇くんのことなんて好きでもなんでもなくて、私に近付くために、勇くんを好きなふりをしていただけなんじゃないだろうか。

そんなことを考えてしまって、ぞっと寒気がした。

いや、さすがにそんなわけもないか。私には男の子を惹きつけるだけの魅力がない。背は低いし、胸はAカップにも満たないし、顔はちっとも可愛くないし、モテたことなんて一度もない。夜舟くんだって、そういう対象にするならもっと可愛い子を選ぶだろう。

勇くんのSNSをチェックしてたのに、いつのまにか雑念が邪魔をして指が止まっていた。ふがいない自分を叱りつつ、SNSをチェックする。自室でパソコンをいじり、ネットサーフィンをするのは一日でいちばん充実した時間だ。誰にも邪魔されず、好きなだけ勇くんの世界に浸っていられる。

勇くん関連のネット記事を探っていると、不穏なキャッチコピーを見つけた。

『藤川勇VS目黒太雅大喧嘩！　人気アイドルの不仲説』

PV数を確認すると、結構読まれてる記事だった。心臓がぎゅぎゅっと嫌な音を立てて縮む。深呼吸しながら、私はゆっくり記事をクリックした。

それはかなりの長文だった。

『人気アイドルグループ「バックトゥザナウ」のセンター、目黒太雅（25）が顔に痛々しい絆創膏を貼って局入りするところが週刊情熱のカメラマンによって撮られた。取材陣の質問に対して、局の人間は数日前から目黒さんが怪我をした顔で出入りしていると証言している。事務所に質問したところ、目黒さんは一週間前に自宅マンションの階段で転倒し、その際に顔に青痣《あおあざ》ができたとのことだが、果たしてそれは事実なのか。真実を探る我々の前に、「バックトゥザナウ」の会員限定楽屋訪問イベントに出席したという女性が現れた。女性は本誌の記者に、自らの目で見たこの件の真実をつぶさに語ってくれた。

――あなたは、藤川勇が目黒太雅を殴るところを見たんですか？

「はい、目の前で。ちょうど、ミュージックパラダイスが終わったので、時間は二十一時半とか、それくらいだったと思います。初めて楽屋訪問イベントに当たったので浮かれていたら、あんなことになってしまって……とてもショックです」

――藤川勇は、なんで目黒太雅を殴ったんでしょう？

「とても、些細なことです。太雅くんがファンの人たちに勇くんとBL妄想されてるって話をしてたら、勇くんが怒っちゃって。なんでそれくらいで何発も殴るのか、ちっともわかりません。勇くんが急に怖くなっちゃいました」

――あなたはバクナウだと誰推しなんですか？

「いちばんは太雅くんだけど、勇くんのことも好きなんです。でも今回のことがあってから、勇くんを好きな気持ちが薄くなってしまって。勇くんは一生懸命アイドル活動している、努力家なところが好印象だったのに、同じメンバーに手を上げる狂暴な人だと知ってしまったので」

――じゃあもう、藤川勇は推さない？

「難しいですね。勇くんの行動は許せないけれど、彼の中ではそうせざるを得ない理由があったんだと思うから。でもどんな理由があったにしたって、暴力は到底肯定できません。だからもう、勇くんのことはあんまり応援しないかもですね」』

記事を最後まで見た後、耐え切れずにパソコンを放置して立ち上がった。椅子の足とテーブルの足がぶつかって、ガツンと乱暴な音がした。

喉がやたらと渇く。キッチンに行って、水道水をグラスに入れて一気に飲み干した。それでもなお喉がひりつくように渇いていた。時計に目をやると、まだ十八時半を回ったばっかりだった。

あの記事は、きっとほとんどのバクナウファンが見ている。勇くんが太雅くんを殴ったことは、あっという間に広まってしまうだろう。それに対する世間の反応はだいたい想像がつく。太雅くんのファンは勇くんのファンより人数が多いし、過激だ。自分の推しを傷つけた人間を許せるわけがない。

勇くんに会いたい、と思った。勇くんはあんな記事が出てしまって、孤独の最中にいるはずだ。芸能人だからって反論の機会も与えられず、黙って嵐が止むのを待つだけなんて可哀相過ぎる。今、勇くんの隣にいてあげられたら。勇くんを励ましてあげられたら。

もう一度、時計を確認する。今日はお父さんは遅くなると言っていたし、お母さんはヨーロッパに出張中だ。少し迷った後、ほとんどの服に合わせている黒いショルダーバッグに財布とスマホを入れ、家を出た。六月の夜は日中の雨は止んでいたけれど、蒸した暑い空気が半袖Tシャツから飛び出した腕に纏わりつく。

足は自然と、勇くんの家に向かっていた。あの後、何度も夜舟くんに行きたいと言ったけど、その度に止められた場所。「目が合ったんでしょ、何度も繰り返し行くのはまずい。向こうにこちらの存在を知られて、いいことなんてひとつもないんだから」と、夜舟くんはいつになく強い調子で言った。でもその夜舟くんは、私とは関係ない人になってしまった。

マンションのエントランスについた時は、二十一時を少し過ぎていた。夜舟くんに勇くんの部屋番号を聞いておけばよかった、と後悔した。ここまで来てしまっただけに、会えない落胆もひとしおだった。

マンションの住人が笑いさざめきながら近くを通り過ぎていく。私はエントランスの端っこの、この前勇くんを待っていたのと同じあたりに行った。

視線の先に、もっさりした長い前髪があった。

「夜舟くん」

彼の名前を呼ぶと、夜舟くんが口元を笑いに近い形に歪めた。

《夜舟》

僕を見ている波菜子さんの表情が硬い。口を真一文字に引き結び、目は睨むような迫力で僕を射る。

何か言わなきゃと思ったけれど、どんな言葉も僕への警戒心を増すだけのような気がして、何も言えない。見た感じ、波菜子さんは僕と仲直りしようだなんて思っていなさそうだ。

「ここに来たのは、私に会うため？」

波菜子さんのほうから口を開いた。ここで嘘をつくのは得策でないと思った。

「そうだよ。波菜子さんならいつかまた、ここに来るんじゃないかって」

「もしかして、昨日も待ってた？」

「昨日もいた。その前の日も」

「夜舟くんって、暇なんだね」

冷たい口調に、会えただけで浮かれていた心が沈んでいく。波菜子さんが僕から視線を外した。

「この前は、ごめん」

謝る言葉が、波菜子さんに届いているのかわからない。近くでマンションの住人だろう、若者がけらけらと笑っていた。

「僕はひどいことを言った。波菜子さんが怒るのも当たり前だし、全部僕が悪い。変なことは二度と考えないって約束するよ」

波菜子さんのひんやりした表情はぴくりとも動かず、そのことに絶望しそうになりながら、なおも続ける。

「僕、波菜子さんと話したいんだ。今までみたいに、勇くんのことを一緒に話したり、盛り上がったりしたい。もっともっと、勇くんのこと、調べてみようよ」

「夜舟くんは」

波菜子さんがやっと僕に視線を当ててくれた。でもその顔には一切の色がない。

「夜舟くんは、本当に勇くんが好きなの？　それとも、私に近付くために勇くんを好きなふりをしてただけ？」

すべて見抜かれていたのだと思い、首から上が熱を帯びていく。そんな僕の顔色の変化にちゃんと気付いていたんだろう、波菜子さんは僕が何か言う前から見抜いてしまったような顔をした。

「ごめん、勇くんは波菜子さんに近付くための口実だった。僕はずっと、波菜子さんに憧れていたから。だから約束する。波菜子さんを泣かせることはしないって」

「私の、どこがいいの？」

突き放したような語調だった。波菜子さんは続ける。

「私なんて背は低いし、スタイルなんてちっとも良くないし、顔も可愛くないじゃない」

「勇くんを見ている君の顔は、とっても可愛いよ」

可愛い、という言葉が心を捕えたのか、波菜子さんがほんのり頰を赤らめた。

「断言する。波菜子さんは、可愛い」

「……何それ」

人生初の愛の告白だっていうのに、我ながら悲しくなるほどぐだぐだだった。心から言ったのに、言わされてる感じになってしまっている。

「また、僕の家、来る？」

「今から？」

「今から」

波菜子さんはようやく何もかも赦《ゆる》した顔になって僕を見た。

「また、銃を撃って遊ぶの？」

「波菜子さんは銃撃つの、好きじゃない？」

「嫌いではないけど。やっぱり動物さんが可哀相って思っちゃうかな。夜舟くんは銃を撃つのは、何か理由があるの？」

素朴な問いに、真面目に答えようとした。はぐらかすのは、波菜子さんに失礼だ。

「ただ、あれをしてる間はすっきりするっていうか。僕が自由でいられるのは、銃を撃ってる間だけなんだよね」

「そ、か」

波菜子さんは薄く笑った。藤川勇に向けるのとは違う、とってつけたような笑顔だった。

母屋のほうがしんとしているのを確かめつつ、波菜子さんを離れに入れた。

座布団を差し出すと、波菜子さんはパソコンの前にそれを置き、借りてきた猫のようにちょこんと座った。

さっきの告白の後で家に来てくれたのでどうしても何かを期待してしまうが、波菜子さんの表情に甘さは一切ない。

「何か食べる？　お腹空いたでしょ」

「食べるものなんてあるの？」

「カップ麺と、あとパスタとソースがある。ミートソースでよければすぐ作れるよ」

「じゃあミートソース、食べようかな」

鍋に二人分の麺と塩を入れ、ぐつぐつ茹《ゆ》でる。ミートソースのパックはボウルにお湯を張り、温めておく。むわむわと鍋から蒸気が上がり、僕は暑さを我慢して菜《さい》箸《ばし》で麺をかき混ぜた。背中に波菜子さんの視線を感じる。

二人分のお皿に麺を入れ、ミートソースをかける。フォークと一緒に波菜子さんの前に置くと、波菜子さんはフォークにほんの少しだけ麺を巻きつけ、口に入れた。

「おいしい」

「ただのインスタントだよ」

「夜舟くんが料理するのが意外過ぎて、今ならなんでもおいしく感じるかも」

「インスタントのパスタとカップ麺しか作らないのに、料理するなんて言っていいのかな」

なんてことない会話をしながら、パスタは僕たちのお腹の中に消えていく。二人分のお皿をテーブルの上に並べて置き、僕たちの間には沈黙が漂っていた。波菜子さんは僕の告白を、どう受け止めたんだろう。どうして今日、うちに来てくれたんだろう。

聞きたいことはいろいろあるのに、ちっとも口が動かなかった。

「ねぇ、波菜子さん」

「うん？」

隣で、波菜子さんがけだるげな声で応える。

「抱きしめてもいい？」

数秒の間の後、波菜子さんは黙って頷いた。

抱き寄せた波菜子さんの身体は華奢《きゃしゃ》で、こんな小さな身体の中に藤川勇への愛が詰まっているのだと思うと不思議な感じがした。腕は筋肉なんてゼロなんじゃないかと思うほど柔らかく、頭に顔を突っ込むとシャンプーの甘い香りがした。たくさんの花と蜂蜜を一緒にして煮詰めたような香り。波菜子さんにとっても初めてのことだろうに、じっとしている。

「夜舟くんって、女の子と付き合ったことあるの？」

腕の中の波菜子さんが言った。相変わらず、けだるげな口調だった。

「ない。というか、女の子を好きになったのは、波菜子さんが初めてだよ」

そう言って波菜子さんの顎《あご》を持ち上げ、こっちを向かせる。波菜子さんの唇に自分の唇を近づけていく。不気味なほど、心臓が静まり返っていた。

ぐい、と波菜子さんが僕の肩を押した。二人の距離が離れ、波菜子さんがさっと身を退《しりぞ》かせる。

「波菜子さん？」

電気も点《つ》けていない暗い部屋の中、波菜子さんの表情はよく見えない。遅れて、声がした。

「ごめん。やっぱり、無理」

拒絶する言葉に、不思議と痛みは感じなかった。最初から、受け入れられることなんて期待していなかったのだろう。波菜子さんは続ける。

「そういうことは、勇くんとしか、できない」

今度こそ、胸の真ん中を抉《えぐ》られたような気がした。

今この瞬間にも、波菜子さんの中には藤川勇がいる。

「わかった」

乾いた言葉が口から飛び出す。波菜子さんの泣きそうな声がする。

「ごめん。本当に、ごめん」

「わかった。いいから、謝らないで」

僕はいったいこの二か月、何をしてきたんだろう。

藤川勇を知って、藤川勇を通して、波菜子さんに近付けたつもりでいた。でも実際には、波菜子さんは藤川勇という柵《さく》で心を覆っていた。それは、いくら波菜子さんを愛している僕だって、簡単に乗り越えられるものじゃない。

藤川勇がいる限り、僕は波菜子さんの心の中に入っていけないのだ。

波菜子さんを帰すと、部屋はやたらと広く、そして静まり返っていた。他にすることを見つけられず、パソコンを立ち上げる。ブラウザの検索ワードに藤川勇と打ち込む。

波菜子さんに受け入れてもらうには、藤川勇を消すしかない。勇がいなくなれば、波菜子さんは一人になる。そこにつけ入るしかない。

ネットニュースでは、藤川勇の目黒太雅への暴行事件が大きく取り上げられていた。いくつものネットニュースの中からいちばんPV数の多いものをクリックし、コメント欄に目を通す。

世の中は太雅推しが多く、ほとんどが太雅ファンによる勇を糾弾する内容だった。

『前から藤川勇って性格悪そうだなと思ってたけど本当だった』

『顔は芸能人の命。殴られた太雅くんが可哀相。藤川勇許すまじ』

『こんなに大きいことになってるんだから藤川勇は記者会見開くべきでは？　ファンへの説明もないのかよ』――

画面をスクロールしながら、唇が歪むのを抑えられなかった。これだ。これに付け込めば、藤川勇を消すことができる。それも芸能界から消すという抽象的な「消す」じゃなくて、この世から存在そのものを抹消するという意味での「消す」。

格好良くない、背も高くない、魅力なんて何もないただの銃器オタクが波菜子さんを手に入れるためには、波菜子さんの好きなものを葬《ほうむ》るしかない。

僕は、僕の恋を叶えるために、好きな人の好きな人を殺す。

《勇》

別に見せ場でもなんでもない、主演女優とのワンシーン。

偽物の酒を飲みながら、友だち以上恋人未満の二人が会話する。長くもない簡単な会話のやり取りがあるだけなのに、俺は三回もNGを連発してしまった。

「違う！　違うんだって！　何度言ったらわかるんだよ‼」

監督の怒りが頂点に達し、殴りかからんばかりの勢いで俺を怒鳴りつける。主演女優は呆れを隠さない冷めた顔で俺を見ていた。すぐ近くで見ている串川は頭を抱えている。不甲斐《ふがい》ない俺のせいで、現場の空気は今にも張り裂けそうにぴりぴり尖っていた。

「この大根役者！　俺のドラマ舐《な》めてるのか！」

「すみません」

「謝るならまともな演技しろ！　五分やるから、もう一度台本見直しとけ！」

監督はそう言い捨てると、煙草《たばこ》を吸いに行ってしまった。俺は言われた通り台本に目を通すが、まったく頭に入ってこない。文字がちぎれたようにばらばらに見える。

こんなに集中できないのは、太雅を殴ったことが世間にバレ、ネットで叩かれまくっているからだ。

何をしていても、無意識のうちにしてしまうエゴサで見たネットの言葉たちが頭を過る。勇くん最悪。見損なった。暴力なんて最低。これから何をしても、そんな言葉には敵わないのだと思わされてしまう。さんざん持ち上げておいて、一気に手のひら返し。これだから、客は信用できない。

「大変なのはわかるけど」

俺の前に缶コーヒーを置きながら串川が言う。俺はプルタブを開け、甘ったるい液体を喉に流し込む。コーヒーの甘ささえ今はうざい。

「今は、このドラマを良くすることだけ考えよう。目の前のことをひとつひとつちゃんとこなしていけば、悪い評判なんて覆せるよ」

「そうですね」

心のこもってない返事をして、俺はすぐ近くでスマホをいじっている主演女優を見やる。

NG連発の大根役者を見下しているその横顔はどこかミホに似ていて、あんな女のことを思い出している自分に唖然《あぜん》とした。


三年前からずっと呼んでいるメンズエステで、初めて指名料の三千円を払った。四十二度のシャワーを浴び、ドライヤーで髪を乾かす。洗面所の鏡には芸能人とは思えない疲れた顔の男が映る。やってきたミホは、ご指名ありがとうございます、とビジネスライクなお礼を言って、淡々と自分の仕事をこなす。

「今日は随分《ずいぶん》と不機嫌そうですね」

足を揉《も》みほぐしながらミホが言う。ネットニュースでさんざんやってるから知らないわけじゃないだろうに、しらばっくれた言い方にかちんと来た。

「そりゃ、不機嫌だよ。こんなことしてる今もネットでさんざん叩かれてるんだし」

「殴ったのは、本当なんですか」

あくまで俺を責めず、純粋に真実を探るさらりとした言い方だった。

「本当だよ。太雅があまりにもムカついて、ついに爆発しちゃってさ」

「謝ったんですか」

「謝るわけねぇだろ、別に悪いと思ってないし。殴られるようなことされる向こうが悪い」

あれから、五人が揃う仕事があっても太雅は完全に俺を無視。金曜日の五人揃っての配信でも、一時間ぎこちない空気が漂っていた。その間、コメント欄は大荒れ。これまではファンだけしか見ていない配信だったのに、俺の暴行事件がネットニュースに載って以来、自分とは無関係な人間を叩いて笑いたい悪趣味な連中が増えた。

「なんだよ、ミホちゃんも太雅の味方するわけ？」

「味方っていうか。どんな理由があるにせよ、暴力は許されないと思いますし」

困った声でミホは言う。足を揉む圧が少し弱くなる。

「太雅さんと藤川さんの間で何があったのか私にはわからないから、偉そうなことは言えないけれど。でも、暴力で解決するのが肯定されるのなら、なんのために言葉があるのって思うんです。幼稚園児じゃあるまいし、大人なら話し合いで解決するべきじゃ」

「俺が幼稚園児レベルだって言いたいのかよ」

我知らず、強張《こわば》った声が出ていた。振り向いてミホを見やると、ミホの目が泳いでいる。

「別に、私はそんなつもりじゃ」

「そんなつもりだろうがよ！」

さっと身体を起こし、ミホの両肩を抑えつけてベッドに押し倒す。恐怖に歪んだミホの頬をグーで殴った。ミホがうっと頬を抑える。頭の中が煮えたぎっていて、暴力の興奮に下半身が疼《うず》いていた。もう一度、腹にも拳を入れる。ミホが身体を折り曲げ、苦痛に顔を歪ませる。

「痛いか？　やめてほしいか？　やめてほしいなら謝れよ！　悪いのはお前なんだから」

「ごめ……」

痛みと恐怖で震える声。そんなミホを目の前にして、かつてない昂《たかぶ》りを覚えた。弱いものをいたぶるのって、なんて気持ちがいいんだろう。

「ごめ、んな、さい……」

「声が小さい！」

腹に再び拳を入れ、ミホがうっと涙目になる。手加減なんてしなかった。華奢でか弱いミホをいじめるのが本当に楽しかった。こんなことに喜びを覚えるなんて、たしかに俺はいい人間じゃないのかもしれない。

「ごめんなさい、許してください」

　鼻水までこぼして泣きながら許しを請われ、自分が大きな力を手にした気になる。いいことを思いつき、マッサージオイルがつかないよう枕をくるんでいたタオルをひきはがし、それを細長く折ってミホの両手を背中で縛った。

「暴れるなよ。暴れたらもっとひどいことしてやるから」

　ミホの身体が震えていた。生意気なことを言っても、この子も一人の無力な若い女に過ぎない。売れてる芸能人の俺とは所詮、格が違うってことだ。

　ミホのパンツを脱がし四つん這《ば》いにして、まったく濡れてないそこに一気に自分のそれを挿入した。ミホが痛みに悲鳴を上げる。

「痛い！　やめて！」

「騒ぐな！　騒ぐとまた殴るぞ‼」

　ちっとも濡れてないと、入れているほうも痛い。だけど興奮のほうが勝つ。弱いものを組み伏せ、無理やり征服する。俺はそんなセックスが好きなのかもしれない。やっぱり最低人間だ。

　痛みに喘ぐミホの中を掻き回しながら、俺の下腹部にあるマグマが沸騰していた。入れて出して入れて出して入れて出して。動きを繰り返すうちに、興奮の熱で頭が、身体の中心が、ぼんやりしていく。

「お願い、せめて外で出して……」

そんなミホの訴えを無視し、中で出した。人生で一番、気持ち良い射精だった。脳みそがとろけて出てしまったようだった。自分自身を引き抜くと、ミホがぐったりと倒れた。俺を見る軽蔑の目。

弱いものはそんな目をすることくらいしか抵抗できない。

「明日、婦人科にアフターピルもらいにいくといいよ。その分、金は出すから」

「いりません」

きっぱりした声だった。俺はミホをその場に残し、シャワーを浴びるために浴室に向かった。

ミホを帰した後、スマホで時間を確認するとまだ二十三時前だった。

寝るには早過ぎる。啓仁にラインで「今からそっち行っていい？」と送ると、すぐに既読になった。「いいよ」というメッセージの後に女子高生が使うような可愛いうさぎのキャラクターのスタンプが送られてきた。

五分で支度を済ませ、タクシーに乗り、途中コンビニに寄って酒とつまみを買う。

「夜中に突然会いに来るなんて、勇は僕の彼女みたいだね」

笑顔で出迎えてくれた啓仁は、いきなりそんな趣味の悪い冗談を言った。ぱちん、とおでこにデコピンしてやる。いったぁ、と啓仁がおでこに手を当てた。

「せめて彼氏って言えよ」

「じゃあ言い直す。勇は僕の彼氏みたいだね」

「ほんと、啓仁が女だったらよかったのにな」

啓仁が目を見開いた。

実際、そんなことはありえないのだ。仮に啓仁が女で、俺たちが恋人同士だとして、今のようなお互い心地いい状態にはならないだろう。男と男だからこそ、このぬるま湯に浸かっているようなぬくぬくとした関係でいられる。恋人として束縛しあったり、干渉しあったりすることを許したとしたら、そもそも前提からして違ってしまう。

「冗談だよ、冗談。そんな、鳩が豆鉄砲くらったみたいな顔するな」

そう言いながら俺はさっそく座椅子に腰を下ろし、発泡酒のプルタブを開ける。啓仁も隣に座り、プルタブを引き起こした。ぷしゅう、と気泡の抜けるいい音がする。

「まったく、恋愛の何がいいんだろうな。女なんて面倒臭い生き物の第一位じゃん。いちいち機嫌取ったり、駆け引きしたり、そんなことチマチマやってまでセックスしたいか？　セックスにしたって、女は寝転んでるだけでいいけど男はそんな女を悦《よろこ》ばせるために始終気を遣いまくるんだし。そんなことに夢中になってる世間の連中の気が知れないね」

「まぁ、お互い好き合ってる二人なら、気を遣ってるっていう意識もないんじゃないの」

どこか他人事みたいな口調だった。くっついたり別れたりする世の中の恋人たちを、遠くから見ている人の視線で語られる言葉みたいだ。

「心から好きな者同士だったら、気を遣うんじゃなくて、思いやりになるんだろうし。それが自然にできるから恋人関係が続くわけで、その状態を心地いいと思うんじゃないかな」

「啓仁、お前、まさかまだ童貞じゃないだろうな」

「え」

啓仁がまた、目を見開いた。図星、という反応でもなかったけれど、まんざら外れてもいないのでは、と思わされる顔をしていた。

「なんでそう思うの」

「なんとなく、直感で」

「これでも、人並みの経験はしてるよ」

「詳しく話せよ」

　啓仁は一瞬困ったように眉根を寄せたが、ちびちびと酒を飲みつつ、過去の記憶を手繰り寄せるように語りだした。

「高二の時、同じクラスの子と付き合ったんだ。その子のほうから告白して、僕がOKする形で。その時もうバクナウの活動は始まってたから、アイドルなんだし普通の高校生みたいなデートはできなくて、いつもその子の部屋で家デートだったよ。DVDで映画観たり、ゲームしたり」

「じゃ、その時に初体験？」

「まあね」

「なんか嘘っぽいな」

「嘘じゃないよ」

　少しだけ不機嫌を口調に滲ませ、啓仁が立ち上がる。

「つまみ持ってくる。カシューナッツだけじゃ足りないから。冷蔵庫に食べられるものがちょっとあったから、軽いもの作るよ」

啓仁が部屋を出て行き、足音がキッチンに消えていく。まもなく、キッチンから野菜を刻む音が聞こえてくる。

高二の時に付き合ったという彼女は、実在していたんだろうか。啓仁が語ったその子の話は、本で読んだ話みたいに薄っぺらく、無味無臭だった。少なくとも、そんな子が実在していたとして、啓仁が本当にその子を好きだったのか疑わしい。告白されてOKしたということだから、その子のほうは本気だったとしても、啓仁は大して好きじゃなかったのかもしれない。

やはり、啓仁はまだ童貞なのか。

酔っ払った頭でそんなことを考えていると、今日もベッドの下からクッキーの空き缶らしき箱がはみ出してるのが目についた。この前もあったこの箱は、俺が気付いたのがたまたまこの前だったというだけで、実はずっと前からこの部屋にあったんじゃないのか。箱を開けようとしているのを見られた時、啓仁の笑顔は引き攣っていた。

きっと、この中には決して表に出してはいけない啓仁の秘密が入っている。

後ろめたさを感じつつ、手が伸びていた。

蓋はあっさりと開いた。特に鍵がかかっているわけでもなく、何の変哲もないクッキーの空き缶だった。

蛍光灯の光に晒《さら》されたそれを見て、ばっくん、心臓が大きく波打った。後からばっくん、ばっくんと胸を突き破りそうな不穏な鼓動が続く。

何だこれ。

それは、少女の写真だった。それも、幼稚園児くらいの子から、小学校三、四年生くらいの、思春期前の本当に幼い女の子たちのもの。中には噴水で遊んでいて上半身裸だったり、ローアングルで下着が丸見えになっていたり、きわどい写真もある。かなり古いものもあり、枚数は百枚以上あった。

さらに恐ろしいのは、そのほとんどがプロの手によるものではないと一目でわかることだった。写真に詳しくない俺でもわかるくらい、素人感満載のアングル、ピントのぶれかた。考えたくないことだけど、この百枚は優に超える数の写真たちは、啓仁の手によって撮られたものなのか。

「ついに見られちゃったか」

自嘲《じちょう》気味な声がして、ぎょっとしながら振り返った。鰹節と刻みのりがかかったキャベツのサラダを片手に、啓仁が立っていた。

「勇の思ってるとおりだよ」

「……何が」

「その写真、全部僕が撮ったんだ」

悲しそうに笑う啓仁の顔が、真ん中からびりびりとひび割れていくような気がした。

第四章　罪人

つみびと

《波菜子》

　七月に入ってすぐ、席替えがあった。

　テスト前、しかももうすぐ夏休みのこの時期に、なんでわざわざ席替えなんて、と思わないこともなかったけれど、席替えというイベントは高校生になっても胸をわくわくさせるものらしく、クラスの子のほとんどは楽しそうに席を移動させていた。新しい席は、廊下側から二番目の列、前から三番目。夜舟くんは窓側で、遠い席になってしまった。

　夜舟くんとはあの日からずっと言葉をかわしていないけれど、毎日学校で会うんだから存在をきれいに忘れられるわけもない。遠い席になった、それだけのことなのに心に灰色のしみがぽつんとできた気がした。

「よろしくね」

　隣の席になったのは佐藤さんだった。陽キャなのに、陰キャの私にもにこやかに声をかけてくれる優しい佐藤さん。うちのクラスは放課後の掃除当番は席順で定められたグループごとに班を組み、日替わりで掃除をするので、掃除当番に佐藤さんがいるのは喜ばしい。

でも、予想に反して佐藤さんは真面目に掃除をしなかった。掃除中、スマホをずっといじっていて、ついに電話をしだす。教師の目がないことをいいことに、しっかり周りに聞こえるような声で話していた。

「だーかーら、遊園地は混んでばっかりで全然乗れないから嫌なんだってばー。それに前行ったし！　え？　プール？　えっちー、水着見たいんでしょ」

話の内容からして、彼氏とどこに出かけるかの相談らしい。そんな電話は後にして掃除してよ、と言いたいけれど、そんなこと言える度胸は私にはない。

モップを動かしながら、ピンクに染まった佐藤さんの横顔を見る。彼氏、というのは同じ時間を共有するだけで、女の子をそんな顔にさせちゃうものなのだろうか。

また、夜舟くんのことを思い出す。こんなことになる前は、私も夜舟くんとかなりの時間を共有していた。一緒に勇くんのマンションに行ったこと、育った施設に行ったこと。放課後だって、毎日のように二人で帰ってた。

でも私は、夜舟くんとキスできなかった。あの時、途中まではこのまま身を任せてしまってもいいかも、と思っていた。どうせ勇くんとキスできる日は一生やってこないんだから、だったら私のことを好きでいてくれる夜舟くんに捧《ささ》げてもいいんじゃないか、と。

なのに、あの時私の中にいる、私であって私でない、別の何か、がNOと言ったのだ。その何かが何なのか未だにわからないけれど、その言葉を、その強烈なNOを、無視できなかった。熱湯に手をつけて思わず離すような、反射的ともいえる反応だったから。

佐藤さんが電話を終え、ぼうっとそっちを見ていた私と目が合う。途端に佐藤さんは眉を八の字にし、謝ってきた。

「ごめんね、掃除中に電話しちゃって」

「ううん、いいよ」

「ほんとごめんね」

いそいそと掃除を再開する佐藤さん。人に話しかけるのは苦手だけど、気が付けばその背中に問いかけていた。

「ねぇ、佐藤さん。彼氏って、そんなにいいものなの?」

振り返った佐藤さんは、驚いた顔をしていた。でも、すぐに明るい表情になる。

「そりゃ、いいものだよー! 自分のことを大好きでいてくれる人と一緒にいるって、最高だもん。たとえば映画だって、上映中は喋らないで、ただずっと隣にいるだけなんだけどさ。それでも、一人で観るのとは全然違うし。会話はなくても、同じ時間を共有できるだけで幸せっていうか」

「そう、なんだ」

うきうきと語る佐藤さんの瞳の奥に、ハートマークが見えそうだった。

自分のことに置き換えて言えば、たしかに夜舟くんと過ごす時間は幸せだった。一緒に勇くんについて語るのは、この上なくいいものと思えた。でもそれは、大好きな勇くんへの気持ちをシェアできる仲間がいるってことが幸せなだけで、夜舟くんのことを好きだからじゃない。たとえばその相手が佐藤さんでも、私は幸せを感じられただろう。

キスを拒んだのは、夜舟くんのことを友だちとしか思えてない証拠だ。

「まだ、月宮くんと仲直りしてないの？」

佐藤さんが探るような目で言う。またその話か、とうんざりしてしまう。

「仲直りも何も、付き合ってないから」

「そっかあ」

他人のことなのに、残念そうな声が返ってきた。

「まぁ、せっかく高校生になったんだし、庄司さんも早く彼氏作りなよ。芸能人もいいけれどさ、格好いいし。やっぱり現実の男と恋をするのって、青春の醍醐味《だいごみ》だと思うんだよね」

佐藤さんの何気ない言葉が、心に刺さる。

私にとっては、勇くんだって同じ地球上に存在している現実の男なのに。

届かない存在に本気で恋をすることは、無駄なんだろうか。

身近な男の子に恋をしたことのない自分は、欠陥人間なんだろうか。

自分が救いようのないダメ人間だと言われた気がして、心が痛い。

言った当人の佐藤さんは私がそんな思いを抱えていることなんて露知らず、モップを動かしている。

帰り道、勇くんのブログが更新されていた。電車に揺られながらわくわくしつつ新しい記事をクリックする。タイトルは「楽しい撮影現場」。

『今日は大好評、視聴率もウナギ上りの「世界一切ない恋をした」の撮影でした！ドラマを見たメンバーからよく「最後はどうなるの？」って聞かれるんですが、俺も最後までの内容知らないんですよね……。愛《あい》と瑞樹《みずき》が結ばれるのか、ハラハラしながら最後までご覧いただけると嬉しいです！

主演の後藤友香《ごとうゆか》さん、差し入れにクッキーを下さりました！

出演陣、スタッフ全員に向けて、手作りだそうです！

クッキーメチャ旨《うま》だし、気遣いができる女性っていいですよね。

将来はこういう女性と結婚したいなぁ、なんて（笑）』

文章の後に、後藤友香とのツーショット。勇くんはいつもの笑顔なのに、どことなく覇気がない気がした。つい三十分前に更新されたばかりなのに、もうコメントがついている。そのほとんどが内容と関係のないコメントなのに驚いた。

『ブログでイメージアップ戦略ですか。そんなことしても、今さら世間は騙《だま》せません。早く太雅くん暴行事件の真相について、会見を開いてください』『一緒に写ってる後藤友香ちゃん可哀相。なんか笑顔引き攣ってるし。暴力野郎と一緒に仕事したり写真撮ったりなんてそりゃ嫌だよなー』『ちょっと前までファンだったけど完全に応援する気なくした。ここまで話題になってるのにあくまでしらばっくれる態度ってのがね。人としてどうかと』……。

それ以上見ていたくなくて、スマホを鞄の中に仕舞い込んだ。スマホを見ていないと、電車の中ではすることがない。仕方なく窓の外に目を向けても、まだ梅雨が明けていない鬱陶しい雨に包まれた灰色の世界が見えるだけ。

たしかに、人を殴るのは良くないことだ。だからって、ここまで手のひらを返して冷たくするなんて、どうかと思う。勇くんを叩いている人は勇くんに幻滅したか、太雅くんが好きかなんだろうけど、私みたいに今でも勇くんを好きな人の気持ちも考えてほしい。あんなことばかりネットに書かれたら、勇くんをまっすぐ好きでいる自分が、いけないことをしているかのような気になってしまう。

もっとも、記者会見をしてほしい、本当のことを知りたいって意見には賛成だ。勇くんの口から、太雅くんを殴った本当の理由を話してほしい。それがちゃんと理由のあることなら、同情する権利もあるはずだから。勇くん、なんで黙ってるんだろう。こんなにネットで叩かれて平気なわけないだろうに。どうして、これこれこういうことがありましたって、世間にちゃんと説明しないんだろう。

お願いだから勇くんのこと、普通に好きでいさせて。

家に帰りつくと、喉がカラカラに渇いていた。キッチンで麦茶を淹れ、リビングのソファに座ってコップを傾ける。なんとなくテレビをつけ、適当にザッピングしていると、右端の『バクナウ藤川勇　女性を暴行か　被害者緊急記者会見』の文字を見つけた。心臓が縮こまり、呼吸が止まる。

テレビには、サングラスとマスクで顔を隠した女の人が映っていた。輪郭《りんかく》と眉と鼻しか見えないけれど、美人とわかる。

『七月三日の夜、藤川勇さんの自宅で、暴行の末、無理やり性行為をされました』

ソプラノの声で女の人が言う。カメラのフラッシュがバチバチと焚《た》かれる。

『私が働くお店はメンズエステといって、マッサージのサービスをします。性行為はご法度です。しかし、藤川勇さんはマッサージの途中で殴ってきました。その上、タオルで私の両手を縛り、無理やり性行為をしてきました。また殴られるのかもと思うと怖くて、言う通りにするしかありませんでした』

淡々とした口調で、自分に起こったおぞましい出来事を語る女の人。声にはぴんと芯が通っていた。

『許せるわけもなく、すぐお店に言いました。でもお店は、じゃあ出禁《できん》にしようね、と言うだけで何もしてくれません。藤川勇さんを訴えたいと言うと、すごく反対されました。訴えたら店をクビにするぞとも言われました。そんな非情なやり口に、屈するつもりはありません』

パシャパシャ、カメラの閃光《せんこう》が女の人に浴びせられる。歪んだ好奇心のシャワーに彼女は怯《ひる》むことなく、背筋はまっすぐだった。

『私は九州の田舎で育ちました。高校卒業後、東京に行って女優の養成所に通いたいと言うと、両親は反対しました。それを押し切り、東京に出てアクタースクールに通い、モデルの仕事をしながら、メンズエステで生活費を稼いでいました。今回のことで、三年ぶりに親に電話しました。事の次第を話すと、親は藤川勇さんを訴えることに賛成してくれました』

カメラのフラッシュが止まない。今、全国にその姿が晒され、その言葉が届けられている。その事実の大きさに潰されない、凛とした声に意識を集中させられた。

『私は藤川勇さんを決して許しません。あんな恐怖と屈辱を与えた男を、許すわけにはいきません。今回私が経験した出来事は、氷山の一角のはずです。泣き寝入りするしかなかった他の女性たちのためにも、私は戦う所存です』

ひととおり言うべきことが終わったのか、質問タイムに入る。麦茶を飲んだはずなのに喉がヒリヒリと焼けるように熱くて、私はテレビにくぎ付けだった。

『メンズエステで働いていたということですが、そういう職場で働くのは今回のようなリスクもあることだと思います。リスクを承知でする仕事だと思うのですが、そのへんについてはどうお考えですか？』

女の人は、声音を変えずに答えた。

『たしかに、メンズエステはそういう仕事です。いくら性行為がご法度とはいえ、今回のようなことになる危険性は常に頭に入れて働く必要がありますし、自分を守る術《すべ》も必要だと思います。しかしこんなお店で働いているから嫌な目に遭っても仕方ない、というのは違うのではないでしょうか。お店のルールを守らなかったのは藤川勇さんで、ちゃんと罪に応じた罰が必要だと思います』

次の質問は、女性の記者だった。

『芸能活動をされているということですが、今回この記者会見を開いたことで、あなたのことは特定されてしまうと思います。今後の活動に大きく支障をきたすと思うのですが、その辺りはどうお考えですか』

ぐい、となぜか手の中のコップを握りしめていた。女の人はやはり淡々と答える。

『それは覚悟の上です。いくらサングラスとマスクをしているといっても、私のことは十中八九特定されてしまうでしょう。でもこうして会見を開き、自分の言葉で真実を伝えることで、私の本気が世間に伝わるのではないかと思いました。私は藤川勇を、絶対に許したくないのです。自分の夢を諦めてもいいので、あの人に罪を償ってほしいのです』

そこまで聞いて、テレビの電源を切った。

しばらく、何もできなかった、テレビの音がないと、一人きりの家の中は静かだった。かち、かちとリビングの時計の秒針がやたら大きく鳴っていた。窓の向こうからは雨の音がした。音に身を任せる他は、何もできなかった。放心、というのだろうか。身体全体から力が抜け、自分の身体が自分のものではなくなってしまったみたいにだらんとしていた。

どれだけそうしていただろう。やっと頭が回り始め、スマホに手を伸ばす。ネットニュースには早速、さっきの会見のことが載っていた、コメント欄を見ると、すっかり荒れていた。

『藤川勇終わった』『今度こそ終了だろ。メンバー内の暴行は単なる喧嘩で片付けられるけど、女性相手に一方的に暴行はイメージ悪過ぎる』『藤川勇終了のお知らせ』『あの女マジでムカつく。相手が芸能人だから金取れると思って訴えるだけだろ。そういうリスクを背負う仕事なんだから、覚悟して働けっての』『あの女特定した。小松川《こまつがわ》実穂《みほ》、年齢は二十四歳。読者モデルやってるみたいだな、結構可愛い』『女のほう叩いてる奴ってマジなんなん？　風俗嬢だったら何やられても黙ってろっていうわけ？　お店のルール外のこと強制したんだから訴えられるのは当たり前だろ、ましてや殴ってるわけだし』『実穂ちゃん可愛いからこの子応援する。藤川勇許すまじ』『今やってるドラマどうなるんだろうな。打ち切り？　お蔵入り？　まぁ、つまんねぇドラマだから別にいいけど』……

小松川実穂という被害者を叩くコメントもあったけれど、ほとんどが勇くんに対するアンチコメントだった。ついさっきまでなら、こういう言葉を見る度静かな怒りに囚《とら》われてたはずなのに、勇くんを叩くなんて許せないって思えたはずなのに、ちっともそんな感情が湧いてこない。

代わりに、別の思いが喉からせり上がってくる。

勇くん、最低。

女の子を力でねじ伏せて殴って、無理やりそんなことをするなんて最低以外の何ものでもない。獣にも等しい、ひどい行為だ。そんなの、ただの強姦魔《ごうかんま》じゃないか。

勇くんのイメージは侍。和風イケメンと評される、ダンスにも歌にもストイックな男の子。そんな藤川勇像をずっと信じていた。私の好きな人は、顔だけじゃなくて、性格も素晴らしい、誰よりも素敵な男の子なんだって。

それが、仮の姿だっていうのか。卑劣な強姦魔の本性を隠すために、和風イケメンの仮面を被《かぶ》ってただけだっていうのか。

勇くんなんか、死んじゃえ。

そう思った途端、走り出していた。スマホと財布だけ持って家を飛び出し、傘も差さずに雨の中駅を目指す。雨脚は結構強くて、びしょ濡れでひた走る私を行きかう人が不審そうに見つめていたけれど、どうでもよかった。

やってきた電車に乗り込み、夜舟くん家《ち》の最寄り駅を目指す。がたんごとん、電車が動きだす。車窓にはぐっしょり濡れた女の子が、怖い顔で映っている。

これから、私が夜舟くんに頼むことは最低だ。

勇くんを殺したいけど、自分の手を汚したくないから、夜舟くんに罪を着せるなんて。夜舟くんの私への気持ちを利用した、最低の行為だ。

わかっていても、お腹の中でぐつぐつしているこの怒りを鎮めるには、勇くんに死をもって罪を償ってもらうしかなかった。

私はずっと騙されてたんだから、勇くんに。

きれいじゃない勇くんなんかいらない。

死んじゃえ。

《夜舟》

小松川実穂という女が会見を開いたせいで、ネット掲示板はお祭り騒ぎだった。

実穂は女性誌の読者モデルをやったり、男性誌のグラビアで水着写真を披露したりもしていた。その画像が次々と上げられ、暇を食いつぶす引きこもりのニートどもたちを沸かせる。

『こんな可愛い子に鬼畜な行い！　藤川勇許すまじ』『イケメンだからってなんでも許されるって思ってんだろうな、藤川勇は。ま、大したツラじゃないけど』『藤川勇がイケメンカテゴリに入ってるのが謎。しょうゆ顔っていうの？　普通の顔じゃん』『藤川勇大したことないって言ってる奴の顔面拝んでみたいｗｗｗ』『脱線すんなよ』『このスレは実穂ちゃんのために団結する同志の意思を確認するためのもの』『実穂ちゃんを支援するためのクラウドファンディングができてる』『マ？　支援したいんだが』『訴訟費用とかを集めるためにあるんだって』『ちょっと俺支援してくる』『藤川勇に厳罰を下すための署名サイト見つけた！』……

薄っぺらな正義感を剣に外野から叩くことを趣味とする連中も、集まればものすごい力を発揮する。クラウドファンディングも署名サイトも見たけれど、結構な盛り上がりだ。性被害の被害者が、マスクとサングラスを身に着けているとはいえ、顔を出してテレビで会見するのは珍しい。それもあるのか、日本中がこの話題にくぎ付けになっている。

ふと、パソコンから視線を外した。半分開けたカーテンの向こうに、灰色の空が見える。強い雨がぱちぱちとサッシを叩く。その音が、銃から弾が発射される音と少し似ているような気がした。

今頃、波菜子さんもこういうサイトを見ているんだろうか。

藤川勇がやらかしてくれたのは、僕にとっては喜ばしいことだった。波菜子さんが藤川勇に幻滅し、彼に本物の殺意を持ってくれるチャンスなのだから。スマホをチェックする。今のところラインは来ていないけれど、波菜子さんはもうすぐ僕に接触してくるだろう。波菜子さんに僕のほか友だちがいないのも、この場合プラスに働く。

たんたん、とドアをノックする音がした。美澄か母さんか、と思って無視しているとまた、たんたん、と聞こえる。夕食にはまだ早過ぎる。まさかの思いに駆られて玄関に走る。

ドアを開けると、服のままお風呂に入ったような状態で波菜子さんが立っていた。

「どうしたの」

ふわふわとした声が出た。まさかこんなに早く波菜子さんが僕の元にやってくるなんて、覚悟ができていなかった。

「ころして」

血走った目を涙で膨らませながら、波菜子さんが言った。

「勇くんを、殺して」

懇願《こんがん》する波菜子さんを、自分の身体が濡れてしまうのも構わずぎゅっと抱きしめた。雨の中拾った子犬みたいに、腕の中で波菜子さんは震えつつ、僕に身を任せ、おとなしくしていた。

「なんでも、するから」

切羽詰まった声に、この子は本当に藤川勇が好きなのだと思い知って苦しくなる。

本気で殺したいと思うのは、本気で好きな証拠だ。

「とりあえず、中、入りなよ」

優しく言って、ドアを閉めた。

全身濡れている波菜子さんにタオルを渡し、僕の服に着替えさせた。

僕が小柄なせいで、Tシャツとショートパンツは波菜子さんの身体にしっくりときた。濡れた制服はハンガーに吊《つ》るし、エアコンの風を当てる。雨に濡れて寒いのか波菜子さんが震えているので、インスタントのコーヒーを淹れた。

「少し落ち着いた？」

コーヒーをひと口飲んだ波菜子さんに言うと、こくっと可愛らしく頷いた。

「びっくりしたよ。連絡もなしに、いきなり来るから」

「夜舟くんは、ニュース見てないの？」

「見たけど」

それ以上、会話が続かない。手持ちぶさたに自分のコーヒーを飲んでいると、波菜子さんが僕の上腕部をぎゅっと握った。手のひらが熱を伝えてくる。

「私、勇くんを許せない」

声は震えていた。袋小路に追い詰められたような声のトーンが苦しい。こんなことを言わせるほど、藤川勇は彼女の心を捕えている。僕が入る隙なんてないほどに。

「あんな最低なことをする人、絶対許せない」

波菜子さんが泣いている。右手の人さし指でそっと、涙を拭ってやる。波菜子さんはされるがままにしていた。

「だから、殺して。私、なんでもするから」

波菜子さんからしたら、全身全霊をかけて愛した人に裏切られた気持ちなのだろう。和風イケメンなんて通り名をつけられ、仮面を被っていた男の正体が卑劣な強姦魔だったのだから。騙された、許せない、殺してやる。そんな気持ちになるのも無理はない。

波菜子さんがこんな精神状態になるのを期待していた。つけこんでやろうと思っていた。

思い通りになったはずなのに、ちっとも嬉しくなくて、胸に大きな穴がぽかんと空いてスースーと木枯らしが漏れているみたいだった。

「本当に、なんでもする？」

我ながら、卑怯《ひきょう》なことを言うな、と思った。僕がこれからしようとしていることは、藤川勇の非道な行いと大差ない。

「私にできることなら、なんでもする。勇くんをどうしても許せないの」

「なら、波菜子さんの処女が欲しいな」

一瞬、波菜子さんの目が見開かれ、そして元に戻った。僕を見つめる瞳に軽蔑が滲んでいる様子はない。代わりに、諦めの色が見えた。

男なんてこんなもんか、というような。

「なんでもするんでしょ？　セックスなんて、すごく簡単なことだと思うけど」

「いいよ」

投げつけるような言い方だった。

「もう、勇くんにあげたいとか思ってないから」

細い身体を抱き寄せ、キスをした。この前とは違って、波菜子さんは抵抗しなかった。驚くほど柔らかい感触に、我を忘れた。唇を割り、口の中を掻き回すとコーヒーの味がした。苦いはずなのに、なぜか甘い。

唇を離すと、波菜子さんは人形のような目で僕を見つめていた。魂が半分抜けてしまったみたいだった。改めて、この子はちっとも僕のことを好きではないのだと思わされる。これは悪魔の取引なのだ。

「奥に布団、ある」

布団の上に移動し、波菜子さんの服を脱がす。正確には、僕の服なんだけど。白いブラジャーに包まれた胸は大きさは控えめだけど手にするとマシュマロみたいに柔らかく、そのことに少し感動した。先端に口をつけると、二人きりの狭い離れの中に僕の舌が奏でる音が小さく響いた。ふと顔を上げ波菜子さんの顔を確認すると、やっぱり魂が抜けた、人形みたいな表情をしていた。

やめてしまえばいいのに、引き返せばいいのに、意地がそうさせなかった。何も言わず、喘ぎ声のひとつすら漏らさなかった波菜子さんが、挿入された途端ううっと悲鳴を上げた。よほど痛いのだろう、顔が引き攣っている。

「大丈夫？　無理ならやめるけど」

両手でぎゅっと僕の腕を摑んで波菜子さんが言う。すごい力だった。

「やめないで」

もう一度言った波菜子さんの頰を涙が伝った。

痛がらせないように、ゆっくりと動いた。果てた後、ティッシュで処理している僕の後ろで波菜子さんが手早く服を着ている。

「制服、もう乾いたの？」

「生乾きだけど、さっきよりはまし。なんとか着れる」

「そう」

二人の間に漂うのは初めての行為を終えた後の甘さじゃなくて、気まずさに似た空気だった。波菜子さんは僕に身体を開いた代わりに、何かを完全に切り捨ててしまったのかもしれない。

「こんなことだったんだね」

「何が？」

「私が守ってきたの、こんなくだらないものだったんだなって。プライド持つようなことじゃなかった」

「……ごめん」

「なんで謝るの？」

「なんとなく」

窓の外ではまだ雨の音がする。さっきよりも強く降っているようだった。傘もなしに、このまま帰すわけにはいかない。

「母屋から傘、取ってくるよ」

服を着た後そう言って立ち上がると、波菜子さんが腕を掴んだ。

「したんだから、約束、守ってくれるよね？」

波菜子さんが責めるような目で僕を見ていた。心臓を射抜くような視線。今まで見たことがない顔だった。

「僕は藤川勇とは違う。約束、ちゃんと守るよ」

「本当？」

「信じてくれないの？」

少しの間の後、波菜子さんは言った。

「わかった、信じる。夜舟くんは、勇くんとは違うよね」

母屋から取ってきた美澄の傘を携え波菜子さんが帰っていった後、僕はパソコンの前の座椅子に背中を預け、斜め上の天井を見ていた。なんだかすごく疲れていた。初めてセックスしたからなのか、殺人を請け負ってしまったプレッシャーからなのか。バージンをかけた好きな子のお願いとはいえ、人間を殺すなんて初めてのことだった。動物は今までさんざんやってきたけれど。それも、失敗は許されないときている。

ちゃんと計画を立てなければならない。

手軽なのは刃物だけど、やっぱりここは扱い慣れた銃で殺したい。

実弾が出るように改造されているのはデザートイーグルだけど、問題は弾を入手するのが困難であることだ。ダークウェブで弾頭と薬莢と雷管は手に入れてある。

あとは火薬だ。すぐに手に入らないなら、つくるしかない。手始めに、ネットで弾薬の作り方を調べることにした。かなり危険な薬品の名前があるし、用意する道具も多い。上手く手に入れられるだろうか。

いや、やるのだ。絶対に成功させる。波菜子さんのためにも、彼女を手に入れるためにも。

プリンターの電源を入れ、作業にかかった。

《勇》

「自分が普通じゃないって気付いたのは、中一の時だった」

　淡く笑いながら、啓仁は語る。

「中学生になって、周りの友だちが性に興味を持ち始めた。みんな、こっそりエロ本を読んでは、こういうのがいい、ああいうのがいい、って語り合ってた。でも僕が興奮を覚えたのは、近所の公園で遊んでる子どもたちだった。ちょっとでも大人に近づくと駄目で、小学校四年生くらいまでの、まだ胸が膨らんでいない女の子が好みだった。抱きしめたい、キスしたい、身体に触れたい、って何度も妄想した」

　こんなことを言う啓仁は、俺の知ってる啓仁なのか。悪い夢を見ているんだと思おうとしても、声はクリアに耳朶《じだ》に入ってくる。

「いつからか、公園にいる女の子たちを隠し撮りするのが趣味になった。僕の見た目が変質者っぽくないからかな。案外、怪しまれないもんだよ。カメラを持っている時はドキドキして、誰にも知られちゃいけない狩りをやってるみたいですごく興奮するんだ」

「病院行けよ、お前」

出した声が震えていた。啓仁は表情を変えない。

「盗撮は立派な犯罪だし、お前は立派なロリコンだ。精神科で治療したほうがいい」

「ロリコンじゃなくて、正確にはペドフィリアっていうんだよ。こういう趣味嗜好《しこう》の人」

「なんだか知らないけど、とにかく治療しろよ」

「治療できると思う？　僕は、病気とかじゃないんだよ」

啓仁は悲しそうに自嘲する。そんな顔を直視できず、思わず目を逸《そ》らした。

「結構苦しいんだよ？　これでも。僕は一生、性的に満たされることがない。満たしたら犯罪者だ。死ぬまでずっと、我慢し続けるしかないなんて」

「だから病院行けって言ってるだろ」

「病院行っても治るわけないって」

「じゃあどうすんだよ」

少し間があった。啓仁が白魚《しらうお》のような手で写真を一枚拾い上げ、ふわっと放った。写真が紙吹雪のように舞いながら絨毯《じゅうたん》の上に着地する。

「もう、終わりにしたいかな」

「何をだよ」

「この人生を」

と、蟀谷《こめかみ》を銃で撃つ真似をする。

「どうせ僕は勇や太雅の人気でバクナウにいさせてもらってるようなもんだし、仮にバクナウが解散したとしたら人気ドベの僕は芸能界に居場所がない。その前にこの世からいなくなっても、誰も困らない」

「馬鹿言うなよ」

「真剣に悩んでるんだ」

急に、声が真面目な調子になった。ふと、啓仁はずっと俺に自分の異常な性的嗜好を気付いてほしいと思っていたのではないかと思った。あのクッキー缶だって、もっとちゃんとしたところに隠せたはずだ。

「疲れたんだ、欲望を抑えつけるのも、普通の人間のふりをするのも」

啓仁がくしゃ、と頭を掻く。声が泣き出しそうに震えていた。

「頼む、勇。僕を殺してくれ」

冗談言うなよ、と返せない本物の感情から生まれた言葉だった。

「僕、すごく苦しいんだ。もう生きていたくない」

「……啓仁」

「勇に殺されるなら、笑って逝ける」

啓仁の両手がぎゅっと俺の上腕部を握りしめる。女みたいな華奢な手に男らしい力がこもっていた。

「お願いだから、勇」

懇願する啓仁に何も言えず、俺はそっと、その背中を撫でてやることしかできなかった。

*

ナイフを振りかざす俺の前で、啓仁が両手を広げている。

その顔には穏やかな笑みが浮かび、自分の命が今終わることを受け入れているように見えた。

胸にナイフを刺した。

サクッと刃が入る。驚くほど柔らかかった。

飛び散った鮮血が俺の顔に、服にかかる。真っ赤な薔薇《ばら》の花びらみたいな血しぶきがあたりに飛び散る。

啓仁は笑顔で何も言わず、その目がだんだん遠くなっていく。相変わらず穏やかな顔。

「啓仁」

呼びかけるけど、啓仁は答えない。抱きかかえ、揺すっても反応がない。何度も俺は啓仁の名前を呼ぶ。でも、啓仁は答えない。

「啓仁」

自分の声がクリアになり、耳に届いた。途端、目の前に見慣れたいつもの天井が映る。

*

またこの夢だ。

汗びっしょりで目覚めた。パジャマ代わりのTシャツが、肌に貼りついて気持ち悪い。

あの日から何度も同じ夢を見る。この前は首を絞め、その前は銃を撃ちこみ、さらにその前はビルの屋上から突き落とした。啓仁の本気の願いが、潜在意識にこびりついてしまっている。

無理だ。殺せるわけない。

いくら本人が希望しているからって、嘱託《しょくたく》殺人は罪に問われる。犯罪に手を染めるのはこれからの人生を自分の手で抹殺してしまうことだ。

でも、じゃあどうやって、あいつを苦しみから救ってやればいいんだ。

とりあえずシャワーを浴びたかった。リビングの時計は十五時。昨日は深夜のロケで、帰ってきて寝たのは朝方だった。今日も夜から撮影が控えている。バスルームに向かおうとすると、スマホが鳴った。「串川」の表示がある。

「もしもし」

『テレビ！　今すぐテレビつけて』

挨拶もなしに、切羽詰まった口調で串川が言う。ただならぬものを感じた。嫌な予感がぞわりと背筋を駆け上がる。

「なんでですか？」

『いいからテレビ！　5チャンネル！』

右手にスマホを持ったまま左手でリモコンをいじる。チャンネルを5に合わせると、サングラスにマスク姿のどこかで見たことのある女の顔が映った。顔のおおかたが隠れているのに、知った顔だとわかった。

『七月三日の夜、藤川勇さんの自宅で、暴行の末、無理やり性行為をされました。私が働くお店はメンズエステといって、マッサージのサービスをします。性行為はご法度です。しかし、藤川勇さんはマッサージの途中で殴ってきました。その上、タオルで私の両手を縛り、無理やり性行為をしてきました。また殴られるのかもと思うと怖くて、言う通りにするしかありませんでした』

それはまぎれもなくミホだった。どきんどきん、心臓が暴れ出す。これは現実なのか。まだ悪い夢の中にいるんじゃないのか。

『許せるわけもなく、すぐお店に言いました。でもお店は、じゃあ出禁にしようね、と言うだけで何もしてくれません。藤川勇さんを訴えたいと言うと、すごく反対されました。訴えたら店をクビにするぞとも言われました。そんな非情なやり口に、屈するつもりはありません』

目眩《めまい》がしそうだった。まさか、やったことの報いをこんな形で受けることになるなんて。電波を通して串川の声がする。

『もしもし。勇、聞いてる？』

「はい」

はぁ、と串川が小さくため息をつく。

『というわけで今後のこと話し合わなきゃいけないから、これから事務所来れる？　撮影、二十時からだからまだ間に合うでしょ』

「わかりました、行きます」

最低限の荷物だけ持って家を飛び出し、タクシーを拾う。窓の外の景色がびゅんびゅん後ろに流れていく。スマホをいじりながら、しなくてもいいのにエゴサをしてしまう。

俺をディスる言葉がネット上に溢れていた。最低。最悪。鬼畜。そんな言葉を見る度に打ちのめされる。

ミホは既に特定されていた。小松川実穂、人気読者モデル。あいつ、店長が源氏名つけたとか言ってたのに、本名じゃないか。

太雅の暴行事件は知らんぷりしていたけれど、今回はそうもいかない。向こうは法的に訴えようとしているのだ。こちらも弁護士を立てないといけない。なんとか示談にするにしても、ミホが納得するにはいくら払えばいいのか。

そして、示談が成立するにしてもイメージの低下は免《まぬか》れない。というか、ネットを見ればわかる。既に俺のイメージは地に落ちているって。

事務所には太雅がいた。五人の中でいちばん忙しいこいつのこと、何かの打ち合わせで来ていたのだろう。

「この野郎！　なんてことしでかしてくれたんだよ！」

太雅に胸倉を摑まれる。なぜか腹は立たず、されるがままにしていた。太雅は怒りに血走った目で怒鳴った。

「お前のせいでバクナウはめちゃくちゃだよ！　殴りたかったら俺だけに留めとけよ！」

「太雅、落ち着いて」

串川が太雅を宥《なだ》め、太雅が俺のTシャツの胸元を離した。

「本当に申し訳ありません」

身体を二つに折って頭を下げた。串川が硬い声で言う。

「いいから、これからのこと考えよう」

冷静に言う串川はすっかり俺を諦めてしまったように見えた。問題児を矯正《きょうせい》するのに疲れ、手を引いてしまったみたいな。

「向こうは弁護士を立てるだろうし、こっちも弁護士を立てよう。これは事務所でやる」

「すみませんが、お任せします」

「示談の方向で行くけれど、勇はそれでいい？」

「はい」

串川が頷いた。太雅はずっと俺を睨みつけている。

「それと会見を開いたほうがいいね。なるべく早めにセッティングしよう」

「お願いします」

「その会見、俺や颯児たちも出ていいですか」

太雅が予想外のことを言った。串川がぎょっとする。

「いや、これは勇の問題で、太雅たちが関わる必要は」

「勇のことなら、俺や他のメンバーにだって関係あります」

太雅は引かない。いったいなんだ。こいつは何をたくらんでいるのか。

「俺たちも一緒に謝らせて下さい。お願いします」

太雅が勢いよく頭を下げた。串川はしばらく考え込んだ後、言った。

「わかった。そこまで言うなら、そうしよう」

「ありがとうございます！」

好青年みたいにふるまう太雅が何を考えているのか、ちっとも読めなかった。

久しぶりに袖を通したスーツは、ひどく着心地が悪かった。似合わない服を無理やり着させられている犬の気持ちだった。

ホテルの大広間で会見は行われる。同じ階の会議室に、俺たちバクナウのメンバーが集まった。誰も、何も喋らなかった。太雅は椅子に座って虚空《こくう》を睨みつけ、颪児と優紀はスマホをいじっている。啓仁はいつもよりいっそう白く見える顔でぼうっとしている。

「みんな、本当にごめん」

串川から、すでに相手方と示談をすませているから大丈夫だ、と事前に説明を受けてはいたが、言っておかないといけないと思って、頭を下げた。返ってくるのは重苦しい沈黙だけ。

「俺のせいでこんなことになって、本当にごめん。みんなには、心からすまないと思ってる」

「ふざけんなよ」

風児がスマホを投げ、叫んだ。

「俺のブログ、変なコメントばっかついてよ！　太雅や優紀やヒロだってそうだ！　お前のせいで、俺たちにまで火の粉がかかってんだよ！　謝ればなんとかなるなんて思ってるんじゃねぇだろうな！」

「落ち着けよ」

優紀が風児を宥めるが、風児は納得いかない顔で俺を睨みつけている。

「これから会見だってのに、そんなんじゃ駄目だ。今は心からの謝罪を見せないと」

「そろそろ時間だ」

串川が時計を見て言う。優紀が会議室を出て行き、その後に太雅、風児と続く。啓仁が入り口まで行って振り返り、俺も歩き出した。会議室に向かいながら、啓仁が俺の耳に口を寄せて囁《ささや》く。

「例のこと、考えてくれた？」

「こんな時になんだよ」

「こんな時だからだよ」

誰よりも、啓仁が落ち着いているように見えた。

「謝ったくらいで、バクナウのイメージダウンは免れない。どうやったって、今後の活動に支障は出る。だったら、自らぶち壊しちゃえって気にならない？」

「黙ってろよ」

はねつけたのに、啓仁は笑っているような表情になった。

会見場の席は埋まっていた。俺たちが入ってくるなり、バチバチとフラッシュが焚かれる。全員で深く一礼し、俺はマイクに向かって喋る。手が小刻みに震える。文字通りの公開処刑だ。

「この度は、私の許されざる行いのせいで、被害に遭った女性を深く傷つけると共に、ファンのみなさんや関係各所に多大なる迷惑をかけてしまいましたこと、心よりお詫《わ》びいたします」

バチバチ、稲妻のようなフラッシュの光が目を焼く。世界じゅうすべてが、敵に見えた。実際そのとおりで、今の俺はどれだけひどく言われても文句を言えない立場にある。

「例の女性に暴行し、無理やり性行為をしたことは事実です。つきましては、女性に対して精一杯のお詫びをさせていただきたく、話し合いを進めております」

やがて質問タイムに入る。最初に手を上げたのは、眼鏡にひっつめ髪の女性記者だった。

「お詫びをさせていただくとのことですが、被害女性の気持ちは賠償金などでは収まらないと思いますが」

敵意を隠さない声に怯みそうになる。まさに針の筵《むしろ》だ。

「もちろん、そうだと思います。でも今の俺には、先方に納得いただける賠償金を払う以外に誠意を見せる方法はありません。相応の金額を提示し、ご理解をいただきました」

次の質問は、目つきの鋭い男からだった。

「そもそもどうして女性を暴行するに至ったのですか？　理由はありますか？」

マイクを握る手がまだ震えている。すっかり怯んでいる自分が情けない。

「むしゃくしゃしていたから、としか言いようがありません。勝手な理由で女性の尊厳を傷つけて、本当に申し訳ないと思っています」

フラッシュの強い光ごしにも、目つきの鋭い男が眉をひそめるのがわかった。

「それでは、他のメンバーから何か言いたい事はありますか」

真っ先に太雅が手を上げる。太雅は今にも泣き出しそうな顔をしていた。演技をしているとすぐにわかる。

「俺を殴った頃から、勇は目に見えて情緒不安定でした。何かおかしいな、と思っていました。気付いていたのに、何もしてやれなかったのは、同じバクナウの仲間として悔しい限りです」

今、太雅は殴られた上に自分の活動場所を汚された悲劇の人気メンバーとしてカメラに映っているだろう。

太雅がメンバー全員で会見を開きたいと言った理由がわかった。こうして、また俺を貶め、自分を持ち上げようって魂胆だ。まったく、なんて奴だ。

「今後の活動はどうしていきますか」

再び眼鏡にひっつめ髪の女性記者が質問し、リーダーの優紀が答える。

「勇には厳しい処分が下されると思いますが、未定です。ただ、どんな処分が下されるにしても、被害者の代理人のお許しをいただきましたため、今月二十五日開催のファンクラブ限定ライブだけは開催する方向でいます」

さすが最年長メンバーでリーダー、優紀の背筋はぴんと伸び、堂々としていた。

「今回は勇が決して許されざる行いをしましたが、ライブを楽しみに待ってくださってるファンのみなさまには関係のないことです。こんな時ですが、こんな時だからこそ、ファンのみなさまの気持ちには誠意をもって応えたいと思います」

優紀がマイクを置いた。バチバチ、フラッシュの閃光が激しくなる。

一時間の記者会見は、最後に全員で一礼して終わった。

会議室に戻った後、俺は抜け殻みたいにパイプ椅子にだらりと座って、宙を仰いでいた。

これから自分がどうなるのかという恐怖はあったけれど、強靱《きょうじん》なフラッシュの光に魂を抜き取られたような気分だった。

第五章

計画

けいかく

《波菜子》

銃で殺そう、と夜舟くんは言った。

私はそれに別段反対はしなかった。銃をこよなく愛する夜舟くんが刺殺《しさつ》や撲殺《ぼくさつ》ではなく、銃殺を選ぶのはごく自然なことに思えた。

「問題は、どうやって火薬を作るかなんだけど」

夜舟くんはそう言って一枚のメモを見せてくれた。私たちの足は東校舎の端の理科準備室に向かっている。

「ここに書いてある薬品が必要なんだ。上の三つは学校の理科室に置いてあるけれど、下の二つは薬局で買わないといけない。劇薬に指定されてるから」

「なんか、聞いたことのない薬品ばっかりなんだけど」

化学の成績はいまいちな私には、名前を聞いたところでぴんとこない薬品名ばかりだった。夜舟くんがにこっと口角を上げる。

「高校の授業では普通使わないよ。でも化学部なら実験に使ってると思う」

「それを分けてもらうの?」

「というより、盗む」

「そんなことできるの?」

　そうこうしている間に、理科準備室についてしまった。夜舟くんがズボンのお尻のポケットから針金を取り出す。

「そんなので鍵、開けられるの?」

「ピッキング、練習したから大丈夫。波菜子さん、誰か来ないか見張ってて」

　カチャカチャ、鍵をいじる音がする。

　私はハラハラしながら左右を見張っていた。先生に見つかったら、なんて言い訳しよう。薬品を盗もうとしていたなんて正直に言ったら、停学は免れない。

　数分後、カチャン、といい音がした。

「開いたの?」

「開いた」

　涼しい顔をしている夜舟くんだけど、よく見ると額に汗の玉が浮かんでいた。表には出さないけれど緊張していたらしい。

「じゃあ、中に入るから、見張り、続けてて」

「うん」

夜舟くんが理科準備室に入り、私は見張りを再開する。

夜舟くんは本気で勇くんを殺す気なんだ。そう確認して、胸の隙間にぞわわと冷たい風が吹いた。

いくら少年法に守られているからって、殺人は大罪だ。最低でも、少年院に行くことは免れないだろう。夜舟くんはそのことをどう考えているのか。

将来が閉ざされちゃうっていうのに、夜舟くんは怖くはないのか。

「庄司さん？」

私を呼ぶ声にはっと息が詰まる。声のするほうを見ると、佐藤さんがいた。プリントの束を抱えている。

「こんなところで何してるの？」

「佐藤さんこそ……」

「あたし？　あたしはほら、今日日直だから。五時間目、世界史でしょ？　授業に使うプリント、持って行ってくれって頼まれてて」

そういえば理科準備室の近くに、社会科準備室もあるんだった。夜舟くん、廊下で喋ってる私たちの声に気付いて。祈るように、理科準備室の扉を見つめる。

「ねぇ、さっき庄司さんが月宮くんと教室出てくの見たんだけど」

月宮くん。その名前が出るだけで、心臓が跳ねる。慌てて作った笑顔はきっとぎこちない。

「庄司さん、月宮くんと仲直りしたの？」

「うん、まぁ……」

「そう、よかった！」

心からそう思っているんだろう、佐藤さんは無邪気に微笑む。

「庄司さんと月宮くん、ほんとお似合いだよ」

「そうかな」

「うん。上手くいったら教えてね！」

佐藤さんはプリントの束をしっかり抱えて、教室に向かって歩いていった。その背中が見えなくなる頃、そろそろと理科準備室の扉が開いた。

「佐藤さん、行った？」

夜舟くんの顔が引き攣っている。私たちの声は中にも聞こえていたらしい。

「大丈夫。怪しまれてない」

「よかった」

夜舟くんが廊下に出て私に薬品を持たせ、再び針金をガチャガチャやり出す。今度はものの三十秒で鍵が閉まった。

「まぁ、まさかクラスメイトが火薬を作ろうとしてるなんて、思わないだろうけどね」

「佐藤さんは私と夜舟くんが付き合ってるって思ってるだけだから」

「波菜子さんは僕と付き合う気はないの？」

すぐに答えられなかった。そんな気はない、と言ってしまえば夜舟くんは勇くんを殺してくれない気がして、だからってじゃあ付き合おう、と言えるわけもない。

「ごめん、変な冗談言って」

夜舟くんはからりと笑って言った。

日曜日、高校の最寄り駅がある路線の端っこの駅で十二時に待ち合わせた。

まだ梅雨明け宣言は出されてないけれど、雨は降っていなくて朝から夏の色をした日差しが降り注いでいた。「大人っぽい格好で来て」と言われたので、洋服選びに苦労した。色を大人しめにしたほうが大人っぽく見えるかなと思ったので、モスグリーンのカットソーに黒の膝丈のスカートを合わせた。少しだけメイクもした。アイライナーとマスカラで目を彩り、唇にピンクのグロスを載せただけで、鏡の中の自分はだいぶ垢《あか》ぬけた。

「いいよ。その服とメイク、すごく大人っぽく見える」

待ち合わせ場所に先に来ていた夜舟くんがさっそく褒めてくれた。そんな夜舟くんはモスグリーンのチェックのシャツにジーンズを合わせていた。これが夜舟くんなりの大人っぽい格好なのか。二人ともモスグリーンを選んだことに何か意味があるように思えた。

「目当てのもの、二十歳以上ってことにしないと売ってくれないからさ」

「格好だけで誤魔化せるかな？」

「これがある」

夜舟くんは歩きながら、財布からカードを取り出して見せてくれた。高校生が持っているはずもない運転免許証に、夜舟くんの顔写真。違う人の名前が書いてある。

「これ……何？」

「偽装した運転免許証」

「そんなことしていいの？」

「見つかったら法律違反だね。でもまず、バレないよ」

夜舟くんが頼もしく微笑む。

「堂々としてれば大丈夫。挙動不審でいると怪しまれちゃうよ。だから波菜子さんも、堂々としててね」

偽の身分証で危ない薬品を買いに行くという非日常的なスリルが、心臓の鼓動を速くする。ドキドキしていると思われたくなくて、はっきりと頷いた。

夜舟くんが目を付けていた薬局は、チェーン店じゃなくて昔ながらの薬屋さんといった雰囲気を醸し出していた。昭和から時間が止まっているかのような店内には、私たちのほかお客さんはいない。夜舟くんが欲しい薬品名を告げ、店主が身分証の提示を求める。偽の免許証を見ても、店主は顔色ひとつ変えなかった。本人確認のサインを書いている間、店主が言う。

「お兄さん、ずいぶん若く見えるね。一瞬、高校生かと思ってビビっちゃったよ」

「よく童顔って言われます」

笑顔で返す夜舟くんの隣で、私はスカートの裾をぎゅっと握りしめていた。店主が私に視線を移す。

「そっちは妹さん?」

「はい。この子は高一です」

「よく似てるね」

何も知らない店主がにっこりした。

無事、薬品を買って帰路につき、二人、一斉にため息をつく。

「すごくドキドキした」

「僕も」

顔を見合わせ、一気に噴き出す。緊張の糸が切れ、話題が溢れる。

「私のこと、よく似てるね、だってさ。そんなわけないのに！　ほんとにきょうだいに見えてたんだね」

「さっきの人、五十越えてる感じだったよね。若い人の顔なんてどれも似たように見えるんだろうな」

そんなことを喋って歩きながら、夜舟くんがいつのまにか手を繋いできた。

不快な感じはなくて、されるがままにしていた。

マックで昼食を済ませた後、月宮家の離れに行った。

夜舟くんは手に入れたばかりの薬品をさっそく調合し、火薬を作り始めた。その様子はまるで化学の実験みたいだった。

「危険だから、ちょっと離れたところで見ててね。爆発したら大変だから」

「夜舟くんってすごいね。火薬も作れるなんて」

「ネットで作り方見ただけ。僕もこんなことするの初めてだよ」

薬品の粉をスプーンで掬《すく》ったり、かき混ぜたりしている夜舟くん。その手は女の子のものみたいに華奢で白い。この手がこれから人殺しをしようとしているなんて、信じられない。

「ねぇ、本当にいいの？」

「何が？」

何もわかっていないような声で、夜舟くんは言った。

「本当に、勇くんを殺してくれるの？　そんなことしたら、夜舟くんの将来が閉ざされちゃうのに」

自分でお願いしておきながら、ずっと考えてた。

私たちがこれからしようとしていることは、女の人を暴力でねじ伏せる以上に、許されないことだ。絶対捕まるし、死刑にはならないにしても重い罰からは逃れられない。

　私は将来に対して何も期待してないからいいけれど、夜舟くんはそれでいいのか。

「僕、将来何になりたいとか、何をしたいとか、そういうのひとつもないんだよね」

　手を動かしながら夜舟くんは言う。

「ずっと父親から冷たくされてて、母親は知らんぷりで、学校では友だちいなくて。そんな人生だったから、これから何かが大きく変わるなんて思えない。今よりいい状況が待ってるなんて、考えもしなかった。そしたら、波菜子さんが現れた」

　ちょっと照れ臭そうに、声が揺れた。

「波菜子さんが望むことなら、僕はなんでもするよ。それが生き甲斐みたいなもんだから」

「それ、本当なの？」

「こんなこと、嘘で言えないよ」

　夜舟くんが手を止めた。

「よし、今日はここまで」

「目の前で見せてもらっても、何をやってるのか全然わからなかった」

「波菜子さんはわからなくていいんだよ」

「何それ、馬鹿にしてるの。なんか悔しいんだけど」

「別に馬鹿になんかしてないって。それより、十八時から藤川勇の会見でしょ？もう始まるよ」

夜舟くんがリモコンに手を伸ばした。

小さなテレビの中に勇くんはじめ、バクナウメンバーの姿が映る。勇くんは真っ黒いスーツに身を包み、唇を硬く引き結んでいた。

今でも勇くんの顔を見ただけで胸がきゅっと切ない音を立てることに気付いて、息苦しくなった。

《夜舟》

テレビに映し出された藤川勇の姿は、いつもより一回りも二回りも小さく見えた。似合わないスーツ姿が痛々しく、顔が引き攣っている。

『この度は、私の許されざる行いのせいで、被害に遭った女性を深く傷つけると共に、ファンのみなさんや関係各所に多大なる迷惑をかけてしまいましたこと、心よりお詫びいたします。例の女性に暴行し、無理やり性行為をしたことは事実です。つきましては、女性に対して精一杯のお詫びをさせていただきたく、話し合いを進めております』

隣の波菜子さんを見ると、目だけは愛しいものに向ける熱っぽさを帯びているのに、表情は冷たかった。

波菜子さんは未だ藤川勇への愛執《あいしゅう》を絶つことができずにいる。そのことを思い知らされて、切なくなった。

集まった記者たちから質問が飛ぶ。

『お詫びをさせていただくとのことですが、被害女性の気持ちは賠償金などでは収まらないと思いますが』

強姦魔への敵意を隠さない声だった。質問に答える藤川勇の顔が大きく映し出される。

『もちろん、そうだと思います。でも今の俺には、先方に納得いただける賠償金を払う以外に誠意を見せる方法はありません。相応の金額を提示し、ご理解をいただきました』

「馬鹿みたい」

波菜子さんが吐き捨てた。その肩にそっと手を回すと、波菜子さんはされるがままにしていた。

別の記者からも質問が飛ぶ。

『そもそもどうして女性を暴行するに至ったのですか？　理由はありますか？』

緊張に満ちた声で藤川勇が答える。

『むしゃくしゃしていたから、としか言いようがありません。勝手な理由で女性の尊厳を傷つけて、本当に申し訳ないと思っています』

バチバチ、強い光が画面の向こうで点滅している。

波菜子さんがぼそりと言った。

「勇くん、情けない」

ひんやりとした声だった。

「うん、すごく情けない」

僕が言うと、波菜子さんがこっくりと頷いた。

やがて、勇以外のメンバーが喋り出す。真っ先にマイクをとったのは、一番人気の太雅だった。

『俺を殴った頃から、勇は目に見えて情緒不安定でした。何かおかしいな、と思っていました。気付いていたのに、何もしてやれなかったのは、同じバクナウの仲間として悔しい限りです』

悲壮感《ひそうかん》を顔全体に広げ、泣き出しそうな声で言う太雅。さすがは俳優だ。演技しているとすぐにわかる。こいつは腹の底では、勇が自爆してくれてラッキーだと思っていそうだ。

続いて、今後の活動を問われ、リーダーの優紀がマイクを手に取る。

『勇には厳しい処分が下されると思いますが、未定です。ただ、どんな処分が下されるにしても、被害者の代理人のお許しをいただきましたため、今月二十五日開催のファンクラブ限定ライブだけは開催する方向でいます。今回は勇が決して許されざる行いをしましたが、ライブを楽しみに待ってくださってるファンのみなさまには関係ないことです。こんな時ですが、こんな時だからこそ、ファンのみなさまの気持ちには誠意をもって応えたいと思います』

「夜舟くん、バクナウのファンクラブ、入ってるよね？」

波菜子さんが聞いた。目に強い意志が宿っている。

「入ってる」

「私、今すごくいいこと考えついた」

「僕も。さんにーいち、で言おう」

波菜子さんの手に自分の手を絡ませる。波菜子さんの顔に微笑が広がる。

「さん」

大好きな波菜子さん。

「にー」

今となっても、勇を嫌いになりきれない波菜子さん。

「いち」

だから、僕は君の好きな人を消す。

「ファンクラブ限定ライブで、殺そう」

二人の声が重なった。ぎゅっと波菜子さんの手を握りしめる。女の子の手はすべすべしていて、驚くほど柔らかい。

「ステージ上の藤川勇に、銃を向けるんだ。ライブだったら、逃げ場がない」

「みんなの前で殺すんだね」

「どうせだったら、派手に殺したほうがいいでしょ」

「うん」

少しだけ充血した目で頷く波菜子さんの唇に、唇を重ねた。触れるだけの短いキスだったけれど、この前のものより血が通ってる気がした。小さな身体を抱きしめると、波菜子さんは僕の胸に体重を預けてきた。

「夜舟くん、ありがとう」

嚙みしめるような言い方だった。

「今のうちに、言っておこうと思って」

言葉の代わりに、波菜子さんの後頭部をそっと撫でた。猫の毛みたいにやわらかな髪の毛はちょっと冷たい。

いい感じだな、と思った。そのままセックスしたかったけど、波菜子さんは身体を離した。

「私、そろそろ行くね」

壁の時計は十九時を過ぎている。波菜子さんは毎晩夕食の用意をしていると前に言ってたから、そろそろ帰らなきゃいけない頃だろう。

「バス停まで送ってくよ」

二人、並んで家を出ようとするとスーツ姿の父さんとかちあった。ちょうど、会社から帰ってきたところらしい。怪訝《けげん》な視線でじろじろと波菜子さんを舐め回す。

「こんばんは」

礼儀正しい挨拶をする波菜子さんを無視して、父さんは俺に向かって言う。

「二人で、今まで何をしてたんだ」

「部屋にいた」

「部屋で何をしてたかと聞いてるんだ」

「一緒に勉強してた」

「嘘をつくな」

隣で波菜子さんが怯《おび》えているのがわかる。さっさと通り過ぎてしまおうと足を速めると、怪訝な声が追いかけてきた。

「帰ってきたら、わかってるだろうな」

無視して波菜子さんと歩く。家の門をくぐって少しして振り返ると、父さんがこちらを睨みつけて立っていた。波菜子さんがぽつんと言った。

「ごめん、私のせいで」

「いいんだよ」

小さな肩にそっと手を置いた。

「もうすぐ、こんなことも終わるから」

藤川勇を殺せば、この家におさらばできる。未成年の殺人犯の親として、父さんも母さんもこの地で肩身の狭い思いをすることになるだろう。

別に復讐《ふくしゅう》のために殺人を犯すわけじゃないけれど、あの父さんが青ざめる顔を想像すると笑いそうになる。

「僕には、波菜子さんがいる」

波菜子さんが僕を見上げた。つぶらな瞳が小動物みたいで愛らしい。

「それだけで十分なんだ」

バス停まで波菜子さんを送って帰った後、当然のごとく父さんに殴られた。父さんは木刀を持ち出して、背中を狙って何度も殴ってきた。女の子を家に連れ込むなんて十年早いとか、いろいろ言われた。

殴られながら、父さんを銃で撃つ想像をした。あの火薬が完成すれば、父さんだって殺せる。そうしないのは、僕の中に一抹の温情があるからだ。育ててくれた親だから、なんて思いはない。ただ、優しさがそうさせないだけ。

それに、親を殺すなんてそのまま過ぎることをするより、藤川勇を殺して父さんと母さんを人殺しの親にするほうが、素晴らしい。

藤川勇を殺すのは波菜子さんのためであり、自分のためでもあった。

《勇》

謝罪会見が終わっても、俺たちはすぐに外に出られなかった。

ホテルから出る俺たちを狙って、さっきフラッシュをバチバチ焚いていた報道陣が出口に詰めかけている。安全を確保できるまで、控室に待機となった。

「どうすんだよ、これ」

スマホと睨めっこしていた太雅が画面を突き出してくる。さっきの謝罪会見を報じたネットニュースのコメント欄には、罵詈雑言《ばりぞうごん》の嵐が吹き荒れていた。

『会見見たけどマジ腹立った』『どうせ大して悪いことしたと思ってないだろうなこいつ』『他のメンバーが可哀想。こんなカスとユニット組んだばっかりに』『他のメンバーに謝らせてる感じがした。マジムカつく』『妹が好きだったけどもう見ないって言ってた。そりゃか弱い女子を暴行じゃイメージ悪すぎるよ』……

耐えられず目を背けると、胸倉を掴まれた。間髪いれず怒鳴り声が降ってくる。

「見ろよ！　ちゃんと見ろよ！　自分が何したのか、それでどんなことになってるのか、目ん玉ひんむいてちゃんと見ろってんだよ！」

「太雅、落ち着くんだ」

串川が飛んできて、太雅を宥める。優紀もやってくる。

二人に両側から抱え込まれ、俺から引き離されて、なお太雅は肩で息をしていた。興奮した猫みたいに、フーフーと息を漏らしている。

「お前のせいだ」

低い声で太雅が言った。

「お前のせいで、バクナウはめちゃくちゃだ」

「どこ行くんだよ」

太雅が控室を飛び出していき、串川が後を追う。

優紀がぞっとするほど冷たい目で俺をひと撫でした。風児も俺を睨んでいる。

控室の端っこで、嵐が過ぎ去るのを待っている子犬みたいに、啓仁が不安そうな瞳をきょろきょろさせていた。


やっとタクシーに乗って、行先を告げる。自宅ではなく、啓仁の住所を言った。

ネクタイをゆるめ、スマホを取り出し啓仁にかける。コール音が三回鳴って、啓仁が出た。

『もしもし』

「もしもし。今からお前ん家行っていい？」

その時、バックミラー越しに運転手と目が合った気がした。この運転手は、俺が藤川勇だとちゃんと知っている。俺が暴行事件を起こしたことも。

鳥肌がざわわとスーツの内側を駆け抜けていった。

『いいけど、すぐ帰れないよ。優紀たちと一緒に、これから事務所に寄るから』

俺以外の他のメンバーだけ事務所に呼ばれたのか。いったい何のために。

運転手が耳をそばだてている気がして、声をひそめる。

「いいよ、待てるから」

『じゃあ、マンションのロビーにいて。連絡するから』

通話が切れてしまうと、途端に心細くなった。タクシーは時速六十キロで啓仁のマンションへ向かっている。

途中、コンビニで酒とつまみを買う時、弁当を物色する若い男と目が合った気がした。レジで会計すると、店員の女がじろじろと俺を見ている。

こいつらみんな、ネットで藤川勇がここにいた、って書くんじゃないだろうか。そんな被害妄想に襲われて、落ち着かない。啓仁以外のすべてが敵に見える。

啓仁のマンションにつき、ロビーのソファで暇を潰している間も神経をぴんと張りつめていなきゃいけなかった。

なんせここは芸能人御用達の高級マンション、週刊誌の記者が張り込んでいることだってじゅうぶんあり得る。いつでも逃げられる態勢でいなきゃいけない。

やがて現れた啓仁は、事務所で着替えたのかスーツを脱ぎ、Tシャツにジーパンというい で立ちだった。

「何の話だった？」

「勇は無期限活動停止になるだろうって」

二人きりのエレベーターの中でそんな話をした。啓仁は何も悪くないのに、悪いことをして叱られた子どもみたいな顔をしていた。

「なんで俺に言わないんだろう」

「勇には後で一人だけ伝えるんじゃない？　たぶん、串川さんが気を遣ったんだと思うよ。五人全員の時に言うと、また太雅が暴れて勇の胸倉摑むから」

「そういうことか」

「あと、来月発売予定のアルバムは延期」

「そりゃ、太雅に胸倉摑まれても仕方ないわな」

エレベーターが止まる。啓仁の家につくと、俺たちはさっそく酒を飲み始めた。

啓仁はいつになくよく飲んだ。アルコール度数の高い酒ばかり選び、次々胃に流し込んでいく。二人とも、全然喋らなかった。心地よい沈黙の中、ぼんやりとした酔いに身を任せて言う。

「お前、まだ死にたいって思ってる？」

啓仁がとろんとした目で俺を見る。すまなそうな表情をしていた。

「勇は今、それどころじゃないんじゃないの」

「それどころじゃないから、考えてる」

啓仁がゆっくりとひとつ瞬《まばた》きをして、それがＹＥＳの意思表示に見えた。

「俺はもう、終わっちまったから。活動再開したって、悪いイメージは覆せない。失ったファンは戻ってこない」

自分で言いながら、泣き出したくなっていた。あんな女のせいで終わるなんて。もっと上に行きたかった。もっとたくさんのものを手に入れたかった。俺はまだ始まったばかりのはずだった。でもすべてが変わってしまった。

「だったら最後に、お前の望みぐらい叶えさせてくれよ」

啓仁の首に両手をかける。啓仁がゆっくりと床に倒れ、俺は覆いかぶさる形になる。啓仁が睫毛の長い目を閉じた。

両手に力を込めると、啓仁がごぼごぼと咳《せ》き込んだ。それでもやめず絞め続けていくと、啓仁の顔が赤く染まっていく。赤い顔が紫色になりかけた頃、手を離した。ぱっと身体を離すと、啓仁は苦しそうに起き上がり、何度も咳き込んだ。

「殺してくれないの？」

啓仁が言う。縋《すが》りつくような声だった。

「殺すよ。でも、今じゃねえかなって」

「今じゃないなら、いつ？」

少し生気の戻った顔で啓仁は問う。俺は缶に残ったビールを一気に流し込んだ。

「大丈夫、そんなに待たせないから。準備ができたら、いつでもやる」

信じられないのか、啓仁はちょっと不満そうに俺を見ていた。

その晩は啓仁の家に泊まった。ベッドを俺に明け渡した啓仁は、床の上でタオルケット一枚被って寝息を立てていた。

朝方まで眠れなかった俺は、命の印《しるし》のその音をずっと聞いていた。

第六章　終焉《しゅうえん》

《波菜子》

七月二十五日のファンクラブ限定イベントに夜舟くんと二人揃って当選した時、私たちは手を取り合って喜んだ。

夜舟くんの家の離れで、前祝いにとコーラで乾杯した。

「藤川勇ももうすぐ殺されるなんて、夢にも思ってないだろうね」

アルコールも入ってないのにほんのり上気した顔で夜舟くんが言った。私も計画が上手くいきつつある嬉しさでつい舌が回る。

「悪いことした罰だよ。なんか気持ち良いね、人一人の運命が手中にあるなんて」

「動物は今までいっぱい殺してきたけど、人間は初めてだよ。人間の命が自分の手にかかってると思うと、ドキドキする」

「私も、ドキドキしてきた」

夜舟くんがくしゃくしゃっと私の頭を撫でた。私は夜舟くんの肩に頭を預ける。柔軟剤のいい香りがした。

「波菜子さん、イベントの日の前に二人でどこかに行こうか。どこへでも連れてくよ、好きなとこ」

歌うような声が降ってくる。

「どうして？」

「だって、捕まっちゃうだろ。そしたら、しばらくどこにも行けなくなるから」

「そっか。そうだね」

二人でいられるのは、その日まで。わかっているはずなのに、胸の中がちょっと狭くなるような寂しさを覚えた。

「嬉しいけど、いい。いつも通り過ごせれば」

「そっか」

「夜舟くんは、捕まるの怖くないの？」

夜舟くんの手が私の手をぎゅっと握った。

「怖くないよ、ちっとも」

「なんで？　私は怖い」

「僕は、このまま日常が続いていくことのほうが怖い」

「どういう意味？」

私の手を握る夜舟くんの手は熱かった。

「毎日がうっすら辛くって、気が遠くなりそうなほど長い。こんなのが生きている限りずっと続くのかって思ったら、発狂しそうになる。ずっと、自分からぶち壊したいって思ってた」

どう返したらいいのかわからず、黙っていた。夜舟くんが私と目を合わせ、微笑んだ。

「だから、壊す理由をくれた波菜子さんには感謝してるんだ」

夜舟くんは途方に暮れたような顔で、笑ってた。


家に帰ると、まだ十九時半だった。お父さんとお母さんが帰るのは今日は二十時頃。二人のために夕食を用意しなきゃいけない。

何も用意していないので、買い置きしておいた素麵《そうめん》を茹《ゆ》でることにした。薬味に生姜《しょうが》をすり、葱を刻む。

冷やした素麵を皿に盛りつけているとスマホが鳴った。お父さんからだった。

『ごめん、やっぱり遅くなる。夕飯はお母さんと食べておいてほしい』

ラインで返信しながら、最後まで家族三人で夕飯を囲むこともないのだなと思った。もともと、お父さんにもお母さんにも期待なんかしてなかった。ずっと前から、愛情の薄い家族だった。それでもなんだか寂しいと思ってしまうのは、どうしてだろう。

この家の中で、私は一人ぼっちだ。

「素麺なんて、ずいぶん手抜きなのね」

二十時過ぎに帰ってきたお母さんは、そう言って食卓についた。手も合わさず、二人きりで食べ始める。

テレビから溢れるバラエティ番組の音が虚《むな》しく流れ、二人が素麺を啜る音が響く。

何の前触れもなしに、お母さんが言った。

「あんた、最近コソコソ何やってるの」

厳しい口調だった。鋭い目がまっすぐ私に向けられている。

「知ってるのよ、外出が増えたこととか。親を誤魔化せるなんて思わないことね」

「…………」

「何をしているのか言いなさい」

かあっと激しいものが首筋で爆発して頭の上まで駆け上がっていった。

「お母さんには関係ないっ」

それだけ言って、箸を置いた。自分の食器を流しに持っていこうとすると、お母さんの声が追いかけてくる。

「何なのよ親に向かってその態度は！　関係ないなんてことないでしょう」

「本当に関係ない！」

ずっと私に向き合わずにいて、今さら親の権利を振りかざすなんて許せない。

こんな人、殺人犯の親がちょうどいい。

「波菜子！　待ちなさい！」

階段を駆け上がって自室に逃げ込んだ。熱い涙がぼろぼろ溢れてきて、それを乱暴に手の甲で拭った。


高校生活最初の四か月が終わった。

校舎から吐き出される生徒たちは、明日から始まる四十二日間の長い休息に瞳を輝かせ、足取りも軽い。白っぽい日差しは鋭く、蟬の声がジージーと体感温度を上げている。

私と夜舟くんはいつものように並んで駅までの並木道を歩いていた。いつの頃からか、二人きりで歩く時に人目を気にすることもなくなった。

「これから、海に行かない？」

唐突な提案に面食らった。夜舟くんがいたずらを思いついた子どもみたいな顔をしている。

「いつも通り過ごせればいいって言ったのに」

「僕が行きたいんだ」

夜舟くんにしては珍しく、強引な口調だった。

小田急《おだきゅう》線に乗って、目的地の江《え》の島《しま》で降りた。海の近くは都内よりも気温が高く、砂浜を照り付ける陽光は強烈で潮風が磯《いそ》の香りをベタベタと髪に纏わりつかせる。

「夜舟くん、どこ行くの」

夜舟くんは黙って砂浜に降り、ずいずいと波打ち際に向かって歩き出す。いつになく歩くのが早くて、ついていくのが精いっぱいだった。

波打ち際で、夜舟くんは制服のズボンの裾《すそ》をまくり上げ、ローファーと靴下を脱いだ。

「何してるの」

ったらしい。じゃぶじゃぶ、水が蹴散らされる。


「波菜子さんも脱いで。靴と靴下」

言われるがままに脱ぐと、夜舟くんは満足そうにこっちを見て、水中に入ってい
った。じゃぶじゃぶ、水が蹴散らされる。

「夜舟くん、濡れちゃうよ」

「濡れたいんだよ」

「え」

「いいから波菜子さんも、早く」

夜舟くんがおいでおいでと手招きする。

いったい何がしたいんだろう。訝《いぶか》りながら足を海中につける。意外なほど水温が
冷たい。と、スカートにびしゃっと勢いよく水がかかった。

顔を上げると、夜舟くんがこっちを見てにやにやしていた。

「何するのよ」

怒った声を出しても夜舟くんは怯まない。

「ぼうっとしてるほうが悪い。ほら、第二弾行くよ」

「ちょっと、やめてってば！」

びしゃん、びしゃん。第二弾、第三弾の水が身体にかかる。夜舟くんは楽しそう

だった。太陽の下の笑顔は、健全な高校生の男の子に見えた。つられて、私も気持ちが弾んでくる。

「んもー、やり返してやるんだから!!」

二人、しばらく水をかけあった。あっという間に、二人とも制服がぐしょ濡れになってしまった。着替えなんて持ってきてないのに、やり過ぎだ。

「あーあ、こんなに濡れちゃってどうするのさ」

「夜舟くんが悪いんだよ」

困ってるのに、なぜか二人の唇から笑いが漏れてしまう。水かけ合戦はおあいことなって、二人で浜辺に腰を下ろした。

「藤川勇を介さずに、波菜子さんに会いたかったんだ」

「どういう意味？」

海を見つめながら夜舟くんが言う。湘南の海は灰色に近い濃い青で、空との境目がくっきりしていた。

「いつも波菜子さんと会う時は、藤川勇の家に行くとか、藤川勇を殺すために火薬を手に入れるとか、藤川勇が間にいたから。今日は純粋に、僕に会ってほしかった。混じりけなく、僕との時間を楽しんでほしかった」

そこでしばらく、沈黙が流れた。近くで水着姿の子どもたちが走り回っていて、嬌声《きょうせい》が耳を裂く。

「波菜子さんは、僕のことどう思ってる?」

それは意地悪な質問だった。どう答えても、嘘になってしまいそうだった。

「大切に思ってるよ」

隣にいる夜舟くんの顔が歪む。今の無難な回答は、夜舟くんが望んでることじゃない。

「大切な友だち」

夜舟くんは何も言わなかった。

しばらく二人、膝を抱えて海を見ていた。ずいぶん長いこと、どちらも何も言わなかった。

《夜舟》

リュックの中身は財布とスマホ、チケット。そして火薬の詰まった実弾。改造を施したデザート・イーグル。両手で持ち、その重さをたしかめる。一般的なモデルガンよりずっしりした、殺傷能力のある兵器の重量感がある。リュックの底にそっとしまい、ファスナーをしめた。

離れを出ると、母さんが庭の梅を手入れしていた。高枝ばさみで枝をカットしている。ざくざく、と景気のいい音がしている。何もこんな暑い日にやらなくてもいいのに、額は汗でどろどろだ。通り過ぎようとする僕に気付き、疲れた顔で言う。

「どこか行くの」

僕に興味なんてないくせに、とってつけたような親の台詞だった。

「ちょっと、友だちと」

「夕飯までには帰るのよ」

それだけ言って、枝を切る作業に戻ってしまう。僕はいってきますも言わず、家の門をくぐった。

僕はもう、ここには帰らない。父さんにも母さんにも美澄にも、会うことはない。寂しいとはちっとも思わなかった。むしろようやく解放されるんだ、という気がした。家族という鎖が外れて、自由になれる。

波菜子さんと待ち合わせたのは、イベントが行われるホールがある最寄り駅だった。まだ開始まで時間があるのに、早くもバクナウのファンらしい若い女の子の姿がちらほらしている。ファンの子はバッグからうちわがはみ出したり、バクナウのグッズのキーホルダーを持っていたりするからすぐわかる。

現れた波菜子さんは、青い小花柄のワンピースを着ていた。服は華やかなのに、表情は硬い。

「私たち、これからみんなの笑顔を奪っちゃうんだね」

ホールへ向かって歩きながら、波菜子さんがぽつんと言った。

周りには久しぶりの生バクナウが見られるとあって、浮かれた表情をしているファンの女の子たちがいる。

「最悪のファンだって言われちゃう」

「じゃあ、やめる?」

波菜子さんが僕を見た。瞳がどこか怯えてる。

「波菜子さんがやめたいって言うなら、やめてもいいよ」

「……やめない」

決意したようにも、やけっぱちになっているようにもとれる口調だった。

「ここまできて、やめられないよ」

今にも涙が溢れ出しそうな目で波菜子さんは言った。

会場には物販に並ぶファンの列ができていた。あっちを見てもこっちを見ても女の子、男は僕しかいない。入場までまだ一時間もあるので、自販機で飲み物を買って会場の端で休んだ。隣にグッズをゲットした俺たちと同い年くらいの女の子二人組が座った。

「しっかし、勇くんもやってくれたよねー。マジ、太雅くんたち他のメンバー大迷惑じゃん」

そんな声が聞こえてきて、思わず女の子二人のほうを見ていた。僕に見られていることにも気付かず、二人は会話を続ける。

「よく言うねー。あんた、この前までバリバリ勇くん推しだったじゃん」

「もう推さないよ、あんなDV野郎！　推す気にならん！」

吐き捨ててゲラゲラ笑う女の子。波菜子さんはどう思っているのかとハラハラしながらそっちを見ると、波菜子さんは聞こえているはずなのに、涼しい顔でコーラを啜っていた。

「自分のドラマが打ち切りになるとかは自業自得だけどさー、太雅くんたち他のメンバーにまで迷惑かけるなって話」

「それな」

「アルバムも発売延期になっちゃったしねー」

「それはマジきつい！」

「勇くんだけ、バクナウ抜ければいいんだよー。もともと大した顔でもなかったし、バクナウに必要なメンバーでもなかったしね」

ゲラゲラ、意地の悪い笑い声が響く。波菜子さんはやっぱり、聞こえていないような顔をしている。

波菜子さん、今でも君は藤川勇が好きなの？

僕のことは単なる友だちで、藤川勇のことはどうなの？

そう訊きたかったけど、そんな怖いこと訊けるわけがない。

やがて開場の時間になり、席の位置別に分かれて会場へ入っていく。僕たちは二階のステージに近い席だったから、入場を許されたのはだいぶ後のほうだった。

ホールいっぱいに若い女の子がすし詰めになっている光景は圧巻だった。人が多過ぎて、大きいホールが小さく見えてしまう。

波菜子さんが隣で、ぽつんと言った。

「勇くんは、これだけの人の心を震わせることができるんだね」

その言葉は、さっき芽生えた疑問への答えだと思った。

「勇くんは、すごい人だよ。やっぱり」

そうだね、と言ってやればよかったのに、口が動かなかった。

認めてしまえば、永遠に藤川勇に負けてしまう気がした。勝てるわけないって、わかってるのに。

一ミリも敵わないって知ってても、それでも諦めたくなんかなかった。

ブー、とイベント開始を告げるブザーが鳴り、会場が一度暗くなって、女の子たちの喧騒が静まる。再びステージが明るくなると、潮が満ちるように歓声がホールを覆う。

最初にステージに現れたのは優紀だった。リーダーらしい堂々とした佇《たたず》まいで、観客席に向かって手を振っている。続いて風児、太雅。太雅の時は歓声がいっそう大きくなる。そして啓仁が現れ、最後に勇が姿を現した。勇は謝罪会見の時とは違い、今日は宇宙服を模したステージ衣装に身を包み、人気アイドルの風格を漂わせていた。

そのまま五人は一曲目を披露する。音楽に合わせて自由自在に身体を動かし、高らかな歌声が伸びていく。ステージ上に代わる代わる違う色の光が灯《とも》り、原色の流れ星が飛び散る。隣にいる波菜子さんの横顔をそっと確認すると、思いつめた表情でステージを見ていた。その目はきっと、藤川勇を追っている。

この時、僕は改めて決意したのだと思う。

藤川勇を殺さなくては。

一曲目が終わり、MCに入る。謝罪会見の時とは違い、今日は年に一度のファン限定イベント、バクナウ祭りのようなものだから、メンバーの表情は明るい。

「いやーしかし、毎日暑いですねー。北海道出身の風児が、早くも夏バテしてるんですよー」

優紀が言って、風児が笑いながら言葉を継ぐ。

「しょうがないでしょ、今年は十年に一度の暑さらしいし。明日、最高気温三十六度になるんだって！」

客席がざわつく。メンバーたちはにこやかにトークを展開させていく。

「三十六度っていったら、体温と一緒だね」

「体温超えてるでしょ、俺平熱三十五度六分くらいしかないし」

「太雅、それマジ？　お前平熱低くない？　俺、平熱三十六度五分はあるぜ」

「お前が高過ぎなんだよー」

太雅が風児を小突き、客席から笑い声がする。やっぱり五人でトークしていても、勇はどこか蚊帳の外だ。あからさまな仲良しごっこはどうしてもぎこちない。

「それでは次は、あつーい夏にぴったりの曲です！」

優紀が言い、イントロがかかる。僕はリュックのファスナーを開けた。一瞬、波菜子さんを見た。波菜子さんは目で頷いた。

何日も前から、ひっそり交わしていた僕たちの秘密の打ち合わせ。

――二曲目で殺そう。

周りの女の子たちはステージにくぎ付けで、僕の動きに気付きもしない。デザート・イーグルを構え、照準を藤川勇に合わせた。

どかん、と音が弾け、火薬の臭いが辺りに飛び散った。

藤川勇は倒れていなかった。外した。

ステージの上で、ダンスが止まっていた。曲はまだ流れているけれど、誰も踊ってなかった。五人とも驚いて、何が起こったのかわかっていない。藤川勇は不思議そうに、削れたステージの床の一部を見ていた。

次は外さない。藤川勇は動きを止めていて、狙いやすい。

もう一度撃った。引き金を引いた次の瞬間、藤川勇の肩が赤く染まった。きゃあ、といくつもの悲鳴が空気をつん裂いた。勇くんが撃たれた、と誰かが言った。太雅と風児が足をもつれさせながらステージ袖へと逃げていく。

肩じゃまだ足りない。致命傷を負わせなければ。

次に引き金を引くのと同時に、藤川勇に啓仁が覆いかぶさった。

そして、啓仁の頭が半分なくなった。

きゃああ、とあちこちでまた悲鳴が上がる。早くも荷物を持ち、出口へ駆けていく女の子もいた。ステージに目をこらす。藤川勇はまだ生きていた。

「啓仁！」

親友を抱き起こし、叫んだ藤川勇を狙ってもう一発撃った。弾は腹に当たり、藤川勇は横ざまにばったりと倒れた。

「何これ。演出？」

この期に及んで、呑気《のんき》な声が近くでした。誰もまだ、僕が銃撃犯だと気付いていなかった。

波菜子さんが僕を見ていた。その顔は今まで見たどの波菜子さんよりもきれいで、慈愛に満ちていた。よくやったね、夜舟くん。今にもそう、唇が動き出しそうだった。

僕は波菜子さんに銃口を向けた。波菜子さんの目が見開かれる。

ばん、と音がして仰向《あおむ》けに倒れる波菜子さんが、ゆっくりと遠ざかる。きゃあっとまた悲鳴が上がる。

これで終わった。

すべて終わりだ。

思い残すことは、何もない。

僕は微笑みながら、銃口を口の中に入れ、躊躇いなく引き金を引いた。

《勇》

水あめみたいにねっとりした、重くてぬるい泥の中を歩いていた。

泥は足にへばりつき、不快な感触を伝えてくる。その上いくら歩いても、目の前は濃い霧に塞《ふさ》がれていた。いつまでこうしているんだろう。この泥はどこまで続くんだろう。何時間も、何十時間も、何日も歩き続けていた。

ある時、ぱっと視界が開け、足元の泥がなくなった。

そこは河辺で足元には瑞々《みずみず》しい草が生え、水の匂いがした。土手の下には銀色に輝く水面が広がり、気温も初夏の陽気でちょうどいい。一気に足取りが軽くなり、どんどん歩けた。どこに行くのか、たどり着いた先に何があるのかわからないけれど、とにかく歩いた。

やがて、遠くに点が見えた。それが人だとわかった時、その人の正体を瞬時に俺は見抜いた。

「啓仁」

呼びかけると、啓仁がこっちを向いて手を上げた。穏やかな笑みが美しい顔に広がっている。啓仁に駆け寄り、隣に腰を下ろした。尻の下で草がひしゃげる。

「ずっと、勇を待ってた」

啓仁が言った。こんなに優しい啓仁の顔を見るのは、いつ以来だろう。

「でも、一緒には行けないみたいだね。まだ勇はここにいなきゃいけない」

「なんでだよ」

抗議すると、啓仁の目が揺らいだ。

「ずっと、一緒にいようよ。ここまで、どれだけかかったと思うんだよ。一緒にいないなんて、嘘だろ」

「無理なんだ」

啓仁は悲しそうに言った。俺は啓仁に縋りつくように、その腕を握った。少女のものみたいに、折れそうなか細い腕だった。

「どうして」

「決まってるんだ」

「そんなこと誰が決めたんだよ」

「僕が決めたんじゃない」

その時、ぼう、というぼんやりした音が聞こえた。

水面に、白い粒が見えた。粒はどんどんこちらに近付いてきて、やがてそれが一《いっ》隻《そう》の船だとわかった。

「ほら、もう僕は行かなきゃ」

啓仁がやんわりと俺の腕を振り払い、立ち上がった。

「待てよ、啓仁」

手を伸ばしたところで、急に啓仁の顔が遠くなった。啓仁はずっと微笑み続けていた。

瞼を開けて最初に映ったのは、白い天井だった。

見覚えのない白い天井、全身を覆うだるさ。腹がしくしく痛く、身体にはいくつものチューブが繋げられている。どうやら俺は、ベッドに寝かされているらしい。

状況がわからず困惑していると、白い個室の扉が開いた。顔を出したのは串川だった。俺を見るなり、驚きに目を広げる。

「勇、気付いたのか」

そう言って、俺の手を握りしめる。そしてぼろぼろと泣き出した。泣いている串川を見ながら、すべてを思い出した。ステージ上で銃弾に倒れたことも、目の前で啓仁の頭が吹っ飛んだことも、さっき見た不思議な夢のことも。

「啓仁は」

そう口にすると、串川がはっと顔を固まらせた。その表情で、すべてがわかってしまった。

串川は苦しそうに声を振り絞った。

「啓仁は、死んだよ」

今度は俺の目から涙が溢れた。


警察の事情聴取はベッドに寝かされたまま行われた。

主治医はまだ早いと反対したが、警察としては一刻も早く話を聞きたいらしい。

串川が同席し、病室に中年のいかつい刑事と、若いひょろっとした刑事が現れた。

「月宮夜舟と、庄司波菜子。この二人が、あんたを撃った犯人だ。まだ高校一年生だ」

そう言って、写真を二枚見せられた。

中学校の卒業アルバムのものらしく、制服姿だ。もっさりした雰囲気の月宮夜舟と、色気からほど遠い冴《さ》えない庄司波菜子。

こんな二人に俺は撃たれ、啓仁は殺された。不思議と腹は立たなかった。頭のイカれた高校生の仕業に、目を吊り上げる気にはなれない。

「二人に見覚えはあるか」

「あります」

そこで、この子たちをマンションで見かけた時のことを話した。たった一回だったけれど、この二人は間違いなく俺のストーキングをしていた。俺がひととおり話した後、歳をとったほうの刑事が語りだした。

「撃ったのは月宮夜舟で、モデルガンを改造するのが趣味だったらしい。庄司波菜子は月宮夜舟に殺人を依頼した。もっとも、これは庄司波菜子の証言だけだから、実際はどうなのかわからない。月宮夜舟は犯行後、自分を撃って死んでしまったからな。庄司波菜子は月宮夜舟に撃たれたが、奇跡的に命を取り留めた」

「心中したってことですか？」

「無理心中のようなものだったのかもしれない」

刑事のくせに、かもしれない、だなんて言う。他に言いようがないのだ。撃った本人が、既にこの世にいないのだから。

「ところでもうひとつ、聞かなきゃいけないことがあるんだが」

刑事の顔つきが変わった。中年の刑事が、若い刑事に目配せする。

「あんたが撃たれた後、当日のあんたの持ち物から、牛刀《ぎゅうとう》が出てきた」

被害者に寄り添う刑事の目が、急に犯人を追い詰める者のそれに変わった。有無を言わさない口調で詰問する。

「立派な銃刀法違反だ。あれで何をするつもりだったんだ」

夢の中で見た穏やかな啓仁の笑顔を思いだした。

あいつはもうこの世にいない。そして俺は、これで完全に終わり。

罪を隠す必要は、どこにもない。

「すべてお話しします」

俺は、啓仁をあのライブの後に殺す気だったことを話し始めた。

啓仁から殺害を頼まれたことを話すと、刑事は啓仁は何に悩んでいたのかしつこく聞いてきた。

死んでなお、あいつの恥を晒《さら》すわけにはいかない。

人気がないことに悩んでいた、鬱だった。そう、適当に証言してその場を切り抜けた。刑事は訝しげな顔をしていたが、俺の証言を否定はしなかった。

回復までの日々を、病室の天井を見つめて過ごした。見つめすぎて、天井のしみが変な顔に見えるようになってしまった。悪魔みたいなその顔は、俺をあざ笑っていた。

——結局殺せなかったな。唯一の親友の頼みだったのに。お前はこれからどうする気だ。

昼も夜も、そんな声が頭の内側からがんがん響いた。よく眠れないと主治医に訴えると、睡眠薬を処方してくれた。あまり効かず、頭がぼんやりするだけだった。悪魔の笑い声が脳内で響き続けた。

目が覚めて三週間後、退院した。病院の入り口に、死肉に群がるハイエナのごとくマスコミが集まっていた。一歩外に出た途端、バチバチとフラッシュの雨が降り注ぐ。白い光が刃に見えた。

「ファンの皆様に向けてひと言お願いします」

「本田啓仁さんを殺害しようとしていたのは本当ですか」

「犯人の少女に向けて言いたいことはありますか」

串川がマスコミをかき分けてくれて、ようやく事務所の車にたどり着いた。これじゃまるで、連行される大犯罪者だ。車が発進して振り返ると、まだマスコミはこちらにカメラを向けていた。

「命があるだけよかったよ」

串川が言った。嘘をついているとすぐにわかった。

こいつはただのマネージャー。イメージが地に落ち、タレントとして商品価値がまったくなくなった男に用はない。

「落ち着いたら、事務所で今後のこと話し合おう」

小さく頷くと、串川がふっと頬を緩めた。これなら、事務所を辞めることもすんなり納得してもらえるだろう。頭の中ではそんなことを考えていたに違いない。

家につくと、あまりに久しぶりすぎて懐かしさすら感じた。テーブルの上はうっすら埃《ほこり》が積もっている。テレビを点けると、俺の姿が映し出された。病院を出てマスコミを振り切り、車に乗る俺。すっかり痩せて、目の下の隈も濃いことに驚いた。俺はもう、スターでもなんでもない。

『辛いだろうとは思いますが、ちゃんと説明してほしいと思いますね』

映像がスタジオに切り替わり、コメンテーターがもっともらしい顔をして言う。

『人一人、亡くなっているんですからね。説明する責任はありますよ』

『バッグに牛刀を忍ばせていたということは、確固とした殺意があったってことですからね。本田さんが何に悩み、自ら死を望んだのか、ちゃんと藤川さんの言葉で世間に伝えてほしいです』

俺が啓仁を殺そうとしていたことも、すべて世間に筒抜けなのだ。

入院している間、報道をまったく見ていなかったから、エゴサをしようとスマホを手にしたが、どうでもよくなってやめた。

スマホをベッドの上に放り、代わりに冷蔵庫に向かった。買い置きしていたビールを流し込むと、アルコールの熱さが胃の奥で膨れ上がった。二本目、三本目とビールを空けていく。すべての缶が空になる頃には、午前零時を回っていた。

腰を上げ、最後の大仕事に入った。

クローゼットから服を何枚か取り出し、空きスペースを作る。牛刀と共に用意していたロープを高い位置から垂らし、先端に輪を作った。椅子を用意し、その上に立って、輪を首にかけた。

啓仁の顔がぽっと脳裏に浮かんだ。

いつも俺の愚痴を嫌な顔ひとつせず聞き、酒に付き合ってくれた啓仁。俺を庇って、目の前で頭を弾けさせた啓仁。夢の中でお別れを言いにきて、笑った啓仁。
さんざんデキてるって冷やかされたけど、まんざら、嘘でもなかったのかもな。
お前がいないと、俺は生きていくことすらできないんだから。
勇の馬鹿、と啓仁の声が聞こえた気がした。
そうだよ、馬鹿だよ。
返しながら、足で椅子を蹴った。

エピローグ

六年前と同じホールの入り口を目指し、幾人もの女の子たちが歩いている。

彼女たちは神妙な顔をして、うちわの代わりに花束を持っている子が多い。友だち同士で来ている子もいるけれど、大声でべらべら喋ったりしない。しめやかな彼女たちの姿は、大規模な葬列に見えた。

物販のコーナーはなく、ホールの前には献花台が設置されている。百合《ゆり》にカーネーション、向日葵《ひまわり》、カスミソウ。カラフルな花が山のように置かれ、お線香の匂いにむせ返りそうになる。

花を供《そな》えた女の子たちは、人によっては何分もそこで手を合わせていた。なかには泣き出す人もいた。私は献花台の隅っこに小さな青い花束を供え、控えめに手を合わせて回れ右した。

歩き出すと、花束を持っている人と目が合った。

事件の後、未成年の私の名前や顔は報道されなかったけど、ネットに出回り、特定されていた。逃げるように足を速める。

勇くんを殺した犯人が、いけしゃあしゃあと七回忌に合わせた追悼ライブに出向くなんて、知られちゃいけない。

駅へ続く道の端っこで、泣いている女の子がテレビカメラを向けられていた。今日の追悼ライブはテレビでも特集されているから、集まるファンの人にインタビューしているらしい。

「もう六年も経つっていうのに、まだ昨日のことみたいです。こうしてあの時と同じホールに足を延ばすと、勇くんがまだ生きているみたいで……」

そう言って、彼女は声を詰まらせる。

その姿はかつての私みたいだった。夜舟くんに出会ってなくて、一人でまっすぐ勇くんを推していた頃の私。

「太雅くんはソロで大活躍して、颯児くんは太雅くんとユニット組んで、優紀くんはバラエティにバンバン出てる。でも勇くんとヒロくんは、どこにもいない。本当にいなくなっちゃったんだな、って思う度に悲しくなります」

「犯人に対して、何を思いますか？」

インタビュアーが問いかけると、泣く女の子の目に鋭さが宿る。

「勇くんとヒロくんを返して、って思います。勇くんは自殺だから関係ないって意見もあるけど、もとはといえば、犯人たちが勇くんを追い詰めたんでしょう？　目の前で親友が殺されたんだから。でも犯人、男の子のほうは自殺して、女の子のほうは少年院に入って、もう出てきてるんですよね……未成年だからって、大した罪にも問われない。本当に、腹立たしいです。あんな人間に、生きる権利なんてないです」

直接手を下してはいないにしろ、殺人を依頼したことを罪に問われ、私は少年院に送致された。

学校とはまったく違う場所での、夜舟くんのいない生活が始まった。

時々面会にきたお母さんは、容赦なく私を詰《なじ》った。

「あんたのせいで、私の人生はめちゃくちゃよ！　あんたの顔も名前もネットに出てるもんだから、お店も客足がぱったり遠のいて……結局、閉めるはめになったじゃない！」

お母さんは、私が殺人犯になってもまったく私への態度を変えなかった。加害者家族として自分にふりかかる火の粉からどう逃げるか、それしか考えてなかった。

「まったく、どうしてこうなっちゃったのよ」

ぼやくような口調で、私を責めるお母さん。ゴミを見る目でこっちを見ている。

「早くから塾に入れて、お小遣いだって十分に与えて。あんたに何不自由させなかったつもりよ、お母さん。それなのに、なんでこんなわけのわからない事件を起こすの⁉　ほんと、親不孝な娘に育って！」

「だったら、親なんてやめればいい」

ぞっとするほど冷たい声が口から飛び出した。お母さんが目を見開いた。

「私、あなたみたいな親なんていらないから」

ずっと、そう言いたかった。もっと早く突き放してしまえばよかった。

同じ家にいたのに、この人に家族として愛情を感じたことなんてなかった。

とっくに、私とお母さんの関係は壊れていた。

「こっちこそ、あんたみたいな娘なんていらないわ！」

お母さんが怒りのまま叫んだ。

「殺人犯の娘なんて、こっちから縁を切らしてもらうから！」

その言葉どおり、それ以降お母さんが面会に訪れることはなかった。数か月後、面会にきたお父さんから、離婚したことを聞いた。

少年院を出ると、私はお父さんと暮らし始めた。

お父さんは離婚後に自宅を引き払い、北関東の自分の故郷で働いていた。同じ町内で、私は職を求めた。幸いにもおばさんばかりの職場で若い人はいないから、私が犯罪者だということは、ばれなかった。

朝早く起きてお父さんと朝食を食べ、夜に帰ってきて、お父さんに夕食を作り、一緒に食べて早めに床につく。そんな判で捺《お》したような代わり映えのしない毎日が、ずっと続いた。

時々、何かの発作のように夜舟くんのことを思い出した。

夜舟くんはどうしてあの時、勇くんだけでなく私を撃ったんだろう。そしてその後、どうして自分を撃って死んだんだろう。

夜舟くんがやったことは無理心中みたいなものだったけれど、あれだけ一緒にいたのに、私はずっと夜舟くんの自殺願望に気付けなかった。

人が自殺する時は、いろいろな要因があると思う。辛いことがあった時、追い詰められた時。勇くんみたいに、すべての希望を失ってしまった時。

夜舟くんは、そのどれだったのか。

追悼ライブの会場を離れ、夜舟くんが眠る墓地を訪れた。

既に夏の長い日は西にだいぶ傾いて、赤い夕焼けの光が幻想的にあたりを包み込んでいる。

夜舟くんのお墓は墓地の端っこにあった。

ひときわ小さな墓石は、あの気難しそうな夜舟くんのお父さんが、いちばん小さな墓石を選んだのだと窺わせる。

柄杓《ひしゃく》で水をかけ、用意しておいた菊の花を活《い》けお線香を立てる。目を瞑《つぶ》ると、夜舟くんと見た江の島の海が眼前に広がる。

空から降ってくる鳶《とび》の声、髪をそよがせる磯の風、二人で水かけした波打ち際。

不思議と、あの時の夜舟くんの顔は霞《かすみ》がかかってしまったように、上手く思い出せない。

「どうして、私を撃ったの」

唇から声が漏れる。お線香の白い煙がゆらゆらしている。なおも私は、独り言を続ける。

「どうして——夜舟くん」

夜舟くんは答えない。ここにあるのは夜舟くんの骨だけで、魂はもっと別の、遠いところにいるんだ。

私はバッグからハンカチに包んでいたキジバトの羽根を取り出した。夜舟くんと銃を撃った時にもらって、そのままスカートのポケットに入れっぱなしにしていたものだ。見つけた時にも、なんとなく捨てられなかった。

不気味なほど美しい小さな羽根を、菊の横に供える。

「ごめんね、私一人、生き残っちゃって」

そこで独り言をやめて、屈んでいた足を伸ばした。

歩きだすと、夏の終わりを告げるひんやりした風を頬に感じた。

墓地を出たところの路地を、二人の女子高生が歩いていた。東京の外れとは思えないほど、垢ぬけた格好をしていることにびっくりした。場違いなほど、眩い笑顔が弾けている。

「ね、ちょーカッコよくない？　まだあんまり有名な人じゃないんだけどさー、人生賭けて推すつもり！　ゆうべ朝まで曲聴いてて、だから今日超睡眠不足！」

「ほんとだ、すんごいカッコいい！　ねぇねぇ、なんてユニット？」

スマホを覗き込んで喋る二人に、いつかの自分と夜舟くんを重ねていた。

いつのまにか、目頭が熱くなっていた。

私はもう、誰かを好きになることはできないだろう。

本書は書き下ろしです。

本作品はフィクションです。実在の個人、団体とは一切関係ありません。（編集部）

実業之日本社文庫　最新刊

荒崎一海
霖雨蕭蕭　闇を斬る　五
重苦しくけぶる秋雨のような「闇」と戦い続ける剣士鷹森真九郎。立て続けの辻斬りで殺された町人たちの袂に、なぜか彼の名の書付が──長編時代小説第五弾。
あ28 5

泉ゆたか
京の恋だより　眠り医者ぐっすり庵
江戸で、旅の宿で、京で、眠りのお悩み解決します！お茶のもてなしの心を学ぶため修業の旅に出たお藍が宇治で出会った若き医者との恋の行方は……？
い17 4

櫻井千姫
私が推しを殺すまで
ある人気男性アイドルに妄信的な愛を注ぐ女子高生。クラスメイトの男子と共謀し、二人はなぜ「推し」の命を狙ったのか。衝撃の青春クライム・ノベル爆誕!!
さ10 3

知念実希人
羅針盤の殺意　天久鷹央の推理カルテ
「頼んだよ……鷹央君」天久鷹央の医学の師、御子神氷魚が死亡した。死の直前、彼女は不思議な言葉を遺しており……。師弟の絆を描く、完全新作短編集！
ち1 107

知念実希人
火焔の凶器　天久鷹央の事件カルテ　完全版
安倍晴明と同時代の陰陽師、蘆屋一族の墓を調べた研究者が不審な焼死を遂げた。これは呪いか、殺人か……。書き下ろし掌編「新しい相棒」収録の完全版！
ち1 204

実業之日本社文庫 さ10 3

私《わたし》が推《お》しを殺《ころ》すまで

2024年2月15日　初版第1刷発行

著　者　櫻井千姫《さくらいちひめ》

発行者　岩野裕一
発行所　株式会社実業之日本社
〒107-0062　東京都港区南青山6-6-22 emergence 2
電話［編集］03(6809)0473［販売］03(6809)0495
ホームページ　https://www.j-n.co.jp/
DTP　ラッシュ
印刷所　大日本印刷株式会社
製本所　大日本印刷株式会社

フォーマットデザイン　鈴木正道(Suzuki Design)

*本書の一部あるいは全部を無断で複写・複製（コピー、スキャン、デジタル化等）・転載することは、法律で認められた場合を除き、禁じられています。

また、購入者以外の第三者による本書のいかなる電子複製も一切認められておりません。

*落丁・乱丁（ページ順序の間違いや抜け落ち）の場合は、ご面倒でも購入された書店名を明記して、小社販売部あてにお送りください。送料小社負担でお取り替えいたします。

ただし、古書店等で購入したものについてはお取り替えできません。

*定価はカバーに表示してあります。

*小社のプライバシーポリシー（個人情報の取り扱い）は上記ホームページをご覧ください。

©Chihime Sakurai 2024　Printed in Japan
ISBN978-4-408-55864-6（第二文芸）

JN062278

この秘書官様を振り切るのは難しいかもしれない

fairy kiss

この作品はフィクションです。
実際の人物・団体・事件などに一切関係ありません。

この秘書官様を振り切るのは難しいかもしれない

1　十五歳の夜

フリーデはできるだけ冷静を装いながら、人の多い大広間を抜けて開放されている庭園に足を向けていた。

金色の髪の毛に挿した髪飾りが揺れる。繊細な刺繍《ししゅう》が施された深緑色のドレスの裾を両手でつまみ上げ、早足で一直線に歩いていくフリーデの姿は、やはり人目を引いた。すれ違う人々が何事かと振り返るのが見えたが、構うものか。

華やかな音楽に、人々のざわめき。貴族の集まりは社交の場、そして情報戦の場。そういった場所だから、弱みも本音も見せず凛《りん》として立っていなくてはいけないことなどわかっている。

わかっているのだが、社交界デビューもまだなのに、今日の昼に突然「夜会に行く、支度をしろ」と言われて引っ張り出された十五歳のフリーデにとって、一人ぼっちで好奇と悪意の入り混じった視線に耐え続けるのは困難だった。

それでも毅然《きぜん》としていなくてはいけない。なぜなら自分は「バージェス公爵令嬢フリーデ」だから。

凛として媚びるなと言われて育ってきた。

その自分が泣きながら逃げ出す姿をさらしていいわけがない。

駆け出したい気持ちを必死に抑えつつ、フリーデは一人で大広間を突っ切っていく。

大広間の両側の壁には、ガラス張りの両開きの扉がいくつも並んでいる。その大きな扉を見つけた時はほっとした。

ノブに手をかけて外に出ると、春先のまだ冷たい空気がフリーデを包む。

寒い、と思った。初めて着る夜会用のドレスは、上半身を美しく見せるために大きく胸元が開き、腕もむき出しである。普段は下ろしている長い髪の毛も今は結い上げており、首筋も背中も心もとない。

羽織るものを持ってくればよかった。でも今さら、取って返すわけにもいかない。

フリーデは後ろ手に扉を閉めると、外に踏み出す。季節ゆえか、誰もいないようだ。

——静かだわ。それにとても、きれい。

月明かりに照らされた王城の見事な庭園は、静かでとても神秘的だった。その美しい光景に、思わずフリーデはため息を漏らす。

しばらく眺めていると、荒れていた心が落ち着いてくる。だからといって、すぐに大広間に戻る気にはなれない。もう少しだけ、ここにいよう。

あたりを見回して誰もいないことを確認し、フリーデはそっと庭園の中に足を踏み入れた。

手入れされた芝生の上に、同じく手入れされた木が植えられている。そのまわりをぐるりと囲むようにして花壇が作られ、色とりどりの季節の花が植えられていた。そうした花壇と木がいくつも配置されて幾何学模様を描き、広大な庭園を作り出している。

近くの花壇にそっと近寄り、花を覗《のぞ》き込む。可憐《かれん》な花は夜の寒さに少しうつむいていた。

その花がまるで自分のようで、見ているうちに堪《こら》えていた涙が青い瞳からこぼれ落ちた。

フリーデ・ミラ・バージェス、十五歳の春のことである。

父から「今夜行われる王太子の成人祝いの夜会に出るぞ」と言われたのは、今日の昼を少し過ぎた頃のことだ。昼食を終えたフリーデは、教師から出された課題の本を自室で読んでいるところだった。

ここリーデン王国の宰相である父は、日中は王城にいることが多い。しかも今日は、午前中に王太子レオンハルトの成人の儀が、夜には成人祝いの夜会が開かれると聞いていたため、もしかしたら父は今日中には帰宅しないかもしれないと思っていた。それだけに、昼にいきなり部屋に現れたことにフリーデはものすごく驚いた。

その上、今夜の夜会に出席しろという。

「わたくしがですか？」

あまりにも急な話だ。夜会に出席する際には、それなりに支度が必要である。第一、フリーデはまだ十五歳。夜会に出られる年齢ではないから、夜会用のドレスやアクセサリー類は持っていない。

「わざわざおまえに言いに来たのだ、当たり前だろう」

思わず聞き返したフリーデに、父は小ばかにしたような視線をよこしてきた。

「エルゼにドレスをいくつか見繕ってもらっている。今から準備をしなさい」

「叔母様が？　え、でも、わたくしは社交界には……」

「デビューしていないから王太子の成人祝いの場に出てはいけない、という決まりはない。今夜はいつもの夜会とは違うからな。そんなことより……フリーデ、おまえはいずれ、王妃にならなければならないということはわかっているな？」

父に問われ、フリーデは頷《うなず》く。

幼い頃から何度も繰り返し聞かされてきた言葉だ。

「わたくしの役目は国王に嫁ぎ、子を生むこと。重々承知しておりますわ」

バージェス公爵家は、代々の国王に娘を嫁がせて王子を生ませ、その子の外祖父として実権を握ることで勢力を拡大してきた経緯がある。現在の国王の母はバージェス公爵家の出身であるし、父の妹、フリーデから見た叔母エルゼもまた、国王に嫁いで王子を生んでいる。当然、自分にもその役割が求められていることを、フリーデ自身も知っていた。

「そう……おまえは王妃にならねばならん。おまえを王妃にしなければ、この家は確実に力を失う。私の代で家を傾けるわけにはいかないのだ」

父が呻《うめ》くように言う。

「……わたくしが王太子殿下の成人祝いの夜会に出席しなければならないということは、つまり、わたくしは王太子殿下の妃に、ということでしょうか？　ギルベルト殿下ではなく」

フリーデが確認すると、父は目を見開いて叫んだ。

「そう、その通りだ！　ギルベルトがやりおった」

不機嫌な父は見慣れている。フリーデは父の大声にも動じず、次の言葉を待った。

「レオンハルトの成人の儀のあと、前触れもなくギルベルトが臣籍降下を宣言したのだ。レオンハルト即位後は臣下として治世を支えると。そのほうが国はひとつにまとまると」

「面倒ごとから逃げたのですね、ギルベルト殿下は」

飄々《ひょうひょう》としたギルベルトの顔を思い浮かべながら、フリーデが言う。驚きはなかった。

「そう、逃げたのだ。口では我が公爵家に従順な連中も、腹の中はそうではないのだろうな、反対意見も出なかったわ」

父の吐き捨てるような言葉に、バージェス公爵家の現在が表れている。

フリーデはため息をつきたくなるのを堪え、神妙な面持ちを保ち続けたものの、内心では「無理だ」とすぐに結論を出していた。今さら自分がレオンハルトに気に入られるなんて、無理に決まっている。

「とにかく、今晩の夜会には参加する。なんとしてもレオンハルトに近づいて取り入るのだ。おまえはそのためにいるんだからな」

そう言い残すと、父がくるりと背を向けて部屋を出ていく。

取り残されたフリーデは、ようやくといった思いで大きく息を吐いた。

手にしていた本を閉じ、窓辺に立つ。ガラスの中に、うつろな顔をした自分がいた。

ミルク色の肌に、大きく波打つ金色の髪の毛、真っ青な双眸《そうぼう》。フリーデの顔は美しく整っているが、切れ長の目のせいで、甘さがない。髪も目も顔立ちも、すべて隣国から嫁いできた母から受け継いだものであり、褐色の髪と目を持つ人が多いこの国ではとても珍しいものである。造作の美しさに加え、髪と目の色が人と違うことで自分が目立つ存在であることは承知しているものの、ほとんどの人にきつい印象を与えるので、個人的にはあまり好きではなかった。

窓の外はまぶしい春の光があふれていたが、フリーデの心は反対に暗く沈んでいった。

『おまえはそのためにいるんだからな』

父の言葉が胸に重くのしかかる。

相手がギルベルトなら別に構わなかった。ギルベルトのことは嫌いではない。しかし、レオンハルトとなると話は別だ。

フリーデの脳裏に、氷のように冷たい目でこちらを見つめる、少年の日のレオンハルトの姿が浮かんだ。


大陸の東端に位置するここリーデン王国には、王子が二人いる。

王国の北側にあったフィラハの王女である一《いち》の妃《ひ》を母に持つレオンハルトと、フリーデから見て叔母にあたるバージェス公爵家出身の二《に》の妃《ひ》を母に持つギルベルト。二人は二歳差の異母兄弟であり、国王にはほかに子どもはいない。

国王の在位期間は最長三十年と決められており、現国王の任期はあと五年ほど。父は今まで、自分の甥であるギルベルトを王位につけるべく、レオンハルトをなんとか排除しようとしてきたのだが、うまくいかなかった。そうこうしているうちにレオンハルトが成人を迎え、ギルベルトは臣籍降下するという。これはレオンハルトが次期国王に決定したということに他ならない。

幼少期のレオンハルトは一の妃とともに、王都ヴィンゴールの外れの離宮に追いやられていた。遠い昔、一度だけギルベルトとこの離宮に忍び込んだことがある。レオンハルトとバージェス公爵家の関係は知っていたから、フリーデは正体を隠してレオンハルトと少しだけ話をした。まあ、レオンハルトは忘れているだろうけれど。その時のレオンハルトは屈託なく笑う普通の少年だった。

……だが、一の妃がレオンハルトの代わりに暗殺されてからは、彼は笑わなくなった。

確かその直後に一度顔を合わせている。それがレオンハルトに会った最後の記憶。

フリーデは、レオンハルトがいなくなったあと、ギルベルトが繰り上げで王太子になることを見込んで「ギルベルトの妃」になるために育てられている。

そのつもりでいたから、今さらレオンハルトの妃を目指せと言われても面食らうばかりだ。第一、母の仇《かたき》であるバージェス公爵家の娘を、レオンハルトが妃に選ぶだろうか？

王命であっても拒絶するに違いない。

しかし、バージェス公爵家としては権力を手放さないためにも、外戚関係を維持する必要がある。フリーデは、国王が誰であろうと王妃にならなければならないのだ。

――もし、わたくしが選ばれなかったら？

父が自分をどう扱うか、その先を考えるのが怖くて、フリーデは自分の両肩を抱いた。


どれくらいぼんやりしていたのだろう。ノックの音で我に返る。

入ってきたのは、フリーデ付きの侍女シェーナだ。赤みの強い褐色の髪の毛に、同じ色合いの瞳。頬に散ったソバカスと大きな目と口が特徴的な、明るい雰囲気の娘である。

シェーナは子爵家の三女で、去年からフリーデについてくれている。明るくて気取らない性格で、今までの侍女のように義務的に接してくるわけではないから、最初は面食らったものだ。今ではすっかり打ち解けて、気安い会話もできるようになっていた。

「お嬢様、二の妃様よりドレスが届いていますよ〰〰〰」

ニコニコとしながら、フリーデの部屋にいくつものドレスを運び込む。

「靴やアクセサリーも一式です。どれにいたしましょう。シェーナが一足お先に確認しましたが、いずれも凝ったデザインでとてもかわいらしいものばかりでしたよぉ。どれを選ばれても、お嬢様に似合うこと請け合いです。もう、ばっちぐー♪」

「……楽しそうね？　シェーナ……」

ぐふぐふと不気味な笑いを浮かべるシェーナに若干顔が引きつりつつ、フリーデが問えば、

「そりゃあもちろんっ。動く人形のごとき完璧な美しさを持つフリーデお嬢様を好き勝手着飾って遊べ……いえ、装えるのですから、こんな楽しいことはありませんっ」

「……本音が駄々《だだ》洩《も》れよ」

「これは失礼しましたぁ。ささ、支度をしましょう！　十九時には会場入りしなくてはなりませんからね、あまりお時間がないのですよー。大人の女性は、支度にとーっても時間がかかるんです！」

あまり失礼をしたとも思っていない口調で、シェーナがニコニコと促してくる。

シェーナの明るさに触れ、気持ちが少しだけ軽くなった。


だが、それもレオンハルトの成人祝いの夜会までは持ってくれなかった。

バージェス公爵家がレオンハルトを快く思っていないこと、フリーデがギルベルトの妃候補であることは周知の事実である。この国ではバージェス派が権力を握っているが、その中にも派閥争いがある。バージェス派は決して一枚岩ではないのだ。今夜の集まりには、バージェス公爵家の父娘を「大人の集まりに参加資格のない娘を連れてくるとは、なんて厚かましい」と見つめる人々も、

あわよくば自分の娘をレオンハルトに嫁がせ、バージェス公爵家のように実権を握りたいと思う人たちも大勢いる。

案の定、父のエスコートで足を踏み入れた王城の大広間で感じた視線は、好意的とは言いがたかった。見知った顔もちらほらいるが、いずれも驚いたような表情を浮かべている。普段はニコニコしながらフリーデに笑いかけてくる人でさえ、だ。

フリーデは顔を上げて胸を張り、父とともに出席者の列の一番前に立った。

しばらくして侍従の一人が王家の人々の入場を知らせ、国王夫妻、本日の主役のレオンハルト、ギルベルトが現れる。

久しぶりに目にするレオンハルトは、すっかり大人の男性になっていた。癖のないさらさらとした質感の黒髪に紫色の瞳は、一の妃の出身地である北方の国の民族の特徴。もともと整った顔をしていたが、切れ長の目は鋭さを増し、精悍《せいかん》さが際立つ。黙っているとかなりの威圧感だ。

国王の挨拶、レオンハルトの挨拶。それが終わると、本日の招待客が次々と国王及び二人の王子へ挨拶をしていくことになる。地位が高い順に呼ばれるので、フリーデたちが一番手だ。

「バージェス公爵閣下、及びフリーデ嬢」

侍従に呼ばれてフリーデは父と並んで国王夫妻の前に歩み出た。父が招待への礼を述べている間、フリーデは腰を落とす淑女の礼を取った。

「そのドレスを選んだのね、フリーデ。よく似合っているわ」

叔母である二の妃がにっこりと笑う。褐色の髪の毛に褐色の瞳を持つ叔母は、年のわりには若々しく、きれいな人だが、神経質そうなところは父とよく似ている。

「こちらこそ、ドレスをありがとうございます」

もう一度腰を落として礼を述べれば、叔母は満足そうに笑った。その隣の国王も二の妃に倣って満足げに、うんうんと頷く。国王はバージェス公爵家が後ろ盾になっているため、妻である二の妃やフリーデの父に頭が上がらないのだ。

続いて、その横に立つレオンハルトに向き直る。

「本日はおめでとうございます。殿下もいよいよ成人ですな。こちらは娘のフリーデです」

「フリーデ・ミラ・バージェスと申します」

深く腰を落とし、父の紹介に続いて名乗る。

「よろしく、フリーデ嬢」

レオンハルトはにこやかに応じてくれたが、それが演技であることがフリーデにはすぐにわかった。なんといっても、目が笑っていない。

「最初のダンスはフリーデになさい、殿下。ここにいる令嬢の中では、フリーデが一番身分は上です。あなたの最初のダンス相手に最もふさわしい令嬢ですよ」

「そういうことでしたら」

二の妃の推薦にレオンハルトは頷いてみせた。拒絶されるようなことがなくて、ほっとする。

続いて挨拶を交わしたギルベルトは、去り際に小声で「頑張ってね」と嬉《うれ》しくもないエールを送ってくれた。もともとこの事態は、ギルベルトが臣籍降下を表明したせいで引き起こされたことである。フリーデが睨《にら》みつけると、ギルベルトが軽く肩をすくめてみせた。

——少しくらいは申し訳なさそうな顔をすればいいのに。

内心は憤慨しつつ、顔には出ないように気をつけながら国王夫妻及び王子の前を辞し、大広間の片隅で挨拶の列が終わるのを待つ。招待客が多いため、挨拶はずいぶん長く続いた。

やがて挨拶の列がなくなり、楽団が演奏を始める。まずは国王夫妻が踊り、続いてレオンハルトが大広間の片隅にいるフリーデの前に歩み寄ってきた。

「私と踊っていただけますか？」

言葉と態度は先ほどと同じ王太子としてのものだが、フリーデと親しくする気はさらさらないことがその眼差しから見て取れた。

「喜んで」

フリーデはあえてにっこりと笑い、差し出された彼の手に手を重ねた。

父が見ている。叔母も。そして大勢の令嬢たちも。

うまくやらなければ。でも何をもって「うまくいった」ということになるのだろう？

王太子の最初のダンスということで、フロアにはレオンハルトとフリーデの一組しかいない。

——何か話さないと……。

そう思うが、明らかにフリーデを拒絶するレオンハルトに、フリーデは何も言葉が出てこなかった。

そうこうしているうちに曲が終わる。レオンハルトが一礼するので、フリーデも腰を落として礼を返した。最後の最後まで、レオンハルトからの声かけはなかった。

——やっぱり無理……。

レオンハルトには次の予約が入っているのだろう。フリーデを父のもとに返すとさっさと踵《きびす》を返してしまう。

「どうだった、フリーデ」

暗澹《あんたん》とした気持ちで戻ってきたフリーデに、父がたずねる。

「わたくしが殿下と親しくなるのは、かなり難しいと思います。一言も口をきいていただけませんでしたわ」

嘘《うそ》を報告してもしかたがないので、フリーデはありのままを伝えた。

父は思案顔になると、フリーデについてくるように促す。

大広間を出て正面ホールを抜け、そのまま廊下を歩いていけば、照明が落とされた区画が現れた。薄暗い廊下に人気はなく、並ぶドアはすべて閉ざされている。

「お父様、勝手に入ってもよろしいの？」

不安になってフリーデが口を開くと、父がようやく立ち止まって振り返る。

「王城の半分は政庁エリアだ。私は普段、こちら側にいる。覚えておけ」

王城の機能は聞いていたが、どこに何があるかまでは知らなかったので、純粋にフリーデは驚いた。

「……おまえの力が足りないからそうなるのだ。フリーデ、おまえはなんのために生まれてきた？なんのために、金をかけて育ててやったと思っているのだ」

そんなフリーデにはお構いなしに、父がギロリと睨んでくる。

「知識も教養も、人並み以上に授けてやったはずだ。見た目だって悪くないのに、口もきいてもらえないだと？」

「……」

「このあと歓談の時間があるはずだ。もう一度レオンハルトに近づけ。それがおまえの仕事だ」

言うだけ言うと、父親はフリーデを残して再び大広間へ向かって歩き出してしまう。

一人取り残されたフリーデは、こぶしを握り締めた。

――無理に決まっている。できるわけがない……！

レオンハルトは表面的には丁寧に対応してくれたが、フリーデのことはしっかりと拒絶してきた。あれが彼の答えだ。向こうがいやがっているのに、仲良くなれるわけがない。

父に少しだけ遅れてフリーデも大広間に戻れば、父はすでに何人かの男性と話をしていた。宰相である父は、社交の場では人気者のようだ。一方の自分には、誰も話しかけてこないのだが。

ふと視線を感じ、フリーデは頭を巡らせた。視線の先には何人かの令嬢。口元を見られないように扇を広げてはいるが、明らかにフリーデを見ながらヒソヒソと話している。この場の招待客にとって父はともかく、娘のほうはお呼びではないというのがよくわかる。

フリーデは顔を上げて優雅に微笑《ほほえ》んでみせ、いかにも用があるような素振りで大広間に背を向けた。

バージェス公爵家の娘だからしかたがない。そう思おうとしたが、たまらなくみじめだった。

花壇の花を見つめているうちにほろりと涙がこぼれたことに自分でも驚き、フリーデは慌てて頬を拭った。植え込みの陰に隠れ、しゃがみ込む。

ここなら、大広間からは見えない。

抱えた膝に顔を押しつけると、堪えていた涙がどんどんあふれてきた。このままではドレスに染みを作ってしまう……。

レオンハルトに受け入れられるとは思っていなかった。ライバル令嬢たちに検分され、いやな思いをするだろうということも予想していた。たいしたことではない、直接何かされたわけではないのだからと思おうとしても、知らない場所で一人ぼっちなのは、とても心細いものだ。

——こんなことで泣くなんてみっともない。もっと強くならなければ。

そんなことを考えているうちに体が冷えてきて、フリーデは盛大にくしゃみをしてしまう。

——そろそろ戻らないと……。

そう、思った時だった。

ふわりと、温かいものがフリーデの体にかけられた。

それは温かいけれど、ずっしりと重く、そして心地いい匂いがした。

はっとして顔を上げると、すぐそばにベスト姿の青年が一人立っている。フリーデの体を包んでくれたのは、彼の持ち物だったようだ。

月光の中でもはっきりとわかる、燃えるような赤い癖毛。くりくりとした大きめの目に、優しそうな顔立ち。月明かりのせいで、瞳の色ははっきりとはわからなかった。

「そんな薄着でいると、風邪をひいてしまいますよー」

彼はのんびりした口調でそう言って、呆然《ぼうぜん》としているフリーデの横に人一人分のスペースを空けて座り込んだ。ベスト姿になっているためか、とても腕が長く見える。

「今夜は、月がきれいですねえ」

そしてそう言いながら、空を見上げる。

彼がこちらを見ないのをいいことに、フリーデは顔を背けつつ急いで指先で涙を拭った。

この人は誰だろう？　知らない顔だ。なんだか間延びした話し方をするけど、服装からして夜会の招待客の一人に違いない。

「そうですね。とても月がきれいですわ。どなたかと待ち合わせですか？　でしたらご安心くださいませ。わたくし、そろそろ戻ろうと思っていたところでしたの」

フリーデはそう言いながら、肩にかけられた青年の上着を脱ごうと手をかけた。

バージェス公爵家は、この国の身分制度では王家に次ぐ地位にある。だから、バージェス公爵家の人間は人から侮られてはいけない。人に弱みを見せるな、媚《こ》びるな、立場にふさわしい態度でいなさいと父から叩き込まれている。その結果、「公爵令嬢フリーデ」は気位が高くてかわいげがない娘になってしまった。自分でも自覚しているが、父が求める娘の姿がこれなのだから、しかたがない。

「いいえ、大広間は人が多いので外で新鮮な空気でも吸おうと思って、出てきたところなんですよねー。思いがけず先客がいて、嬉しくなっちゃいまして。もう少し、見ていきませんか？　中はまだ、人が多いですし」

「……」

「王太子殿下がダンスを終えたら人が減るはずです。殿下はこうした場が得意ではないので、さっさと切り上げて退場するはずですよ」

「切り上げる？　どうしてそんなことをあなたがご存じなの？」

聞き捨てならない言葉に、フリーデは思わず青年のほうに身を乗り出す。

「殿下は女性が苦手なので。あ、これは秘密にしておいてくださいねー。でも殿下が退場してしまえば、この場に残る必要性もなくなりますよね」

青年もフリーデに向き直り、にっこりと笑ってみせた。その人懐っこい笑顔にドキリとする。

この人は自分のことを心配してくれているようだ。そう思うと沈んでいた気持ちが少しだけ軽くなる。今日は誰もフリーデの味方をしてくれなくて、心細かったから。ああ、でも……。

――心配？

フリーデは眉をひそめた。心配しているということは、彼はフリーデの正体も、庭園に一人でいる理由も知っているということだ。

もしかして、泣いていたことにも気づかれているのだろうか？

「公爵令嬢フリーデ」は常に落ち着いていなければならない。取り乱した姿を見られていたとしたら、決まりが悪い。

「そう……。どちらにしても、わたくしもそろそろ戻ろうと思っていたところですの。上着はお返ししますわ」

フリーデは動揺していることを悟られたくなくて、できるだけ澄ました口調で言いながら、上着を脱いで青年に差し出した。青年の体温をまとった上着だっただけに、脱ぐと春先の空気に再び素肌がさらされて、とても寒く感じる。

青年はそんなフリーデを少し驚いたように見つめ、ややあって微笑んだ。

「つらい時は、泣いてもいいんですよ」

「！」

やはり見られていた！

恥ずかしさに、顔だけでなく全身がカッと熱くなる。

今まで父の望む完璧な令嬢を演じてきたのに、初めての夜会で、しかも得体の知れない男性に見破られてしまうなんて。

「ご丁寧にありがとう。でもわたくしは、外の空気を吸いたくてここに来ただけよ。勘違いなさらないで。わたくしは、何があっても泣いたりはしないわ」

これまで積み重ねてきたものが崩れていくような気持ちがして、いつもよりいっそう冷ややかな声になってしまう。

フリーデはそう言い放つと上着を青年に押しつけて、さっと立ち上がる。さっきの落ち込んでいる姿は何かの間違いだったと思いこませたかった。

「泣くことは悪いことではありませんよ。泣くと気持ちの整理がつきますし、何より自分を偽るのはとても苦しいですから」

「だから、泣いてなんかいないわ！　心配は無用です。大きなお世話よ」

重ねて言う青年に強がりを見抜かれている気がして、フリーデは彼を強く睨みつけた。

そんな態度に気を悪くした様子もなく、青年もフリーデに合わせて立ち上がる。ついてこられても困るので彼を無視して大広間に行きかけ、言い忘れたことがあると気づいて足を止める。

「王太子殿下は女性が苦手だということは秘密にしておきます。その代わり、あなたもここで見聞きしたことに関しては、どうぞ内密にしておいてくださいませ」

くるっと振り向いて強い口調で言えば、青年は一瞬驚いたような顔をしたが、意味を理解してにっこりと笑う。

「ええ、いいですよ。二人だけの秘密ですね」

「そう意味深な言い回しはなさらないで。何かがあったわけではないでしょう」

青年のおもしろがるような口調に眉を吊《つ》り上げ、フリーデは言い返す。そしてそのまま背を向けて庭園をあとにした。

まったくもって、馴《な》れ馴《な》れしい！

——わたくしをバージェス公爵家の娘だと知っているくせに、態度を改めないなんて‼

頭に血を上らせたまま大広間に戻ってみれば、フリーデが外にいたわずかの間にレオンハルトの姿は見当たらなくなっていた。赤毛の青年の言った通りだ。父は相変わらず人と話している。

どうするべきか途方に暮れていると、今度はギルベルトが近づいてきてダンスに誘ってくれた。イトコであるギルベルトとは小さい頃から交流があり、お互いに将来結婚するかもしれない相手とは認識していたが、幼なじみ以上の感情は持てなかった。どちらかといえば、家の都合で苦労する者同士という感覚が強い。

「兄上は誰に対してもあんな感じなんだよ。そんなに落ち込まなくても」

ギルベルトも、フリーデの様子を見ていたようだ。

「落ち込んでいるわけじゃないわ。わたくしは怒っているのよ、ギル。あなたが臣籍降下なんて言い出すから」

ギルベルトが臣籍降下の話を出さなければ、フリーデがレオンハルトの妃を目指す必要もなかったのだ。そう思えば諸悪の根源はギルベルトではないかという気がしてきて、フリーデは彼を睨みつけた。

「フリーデには本当に悪かったと思っているよ」

ギルベルトが素直に謝る。飄々として人を食った態度を取ることが多いギルベルトがあっさり非を認めるとは、珍しい。

「本当にそう思っているの？」

「僕がいなくなったほうがいいと思ったんだけど、なかなか思惑通りにはいかないねえ。大人って怖い」

ギルベルトが自嘲的に笑った。レオンハルトと王位争いをしているはずだったギルベルトだが、本人はこの状況を快く思っていないことをフリーデも知っている。ギルベルトは王位に興味がないから、レオンハルトと争う気はさらさらないのだ。

「あなたが王位争いから降りたくらいで、お父様が『次期国王のおじい様』の地位を諦めるわけがないわ。代々そうしてバージェス公爵家は宰相の地位を手に入れてきたのだもの。……そういえば、レオンハルト殿下はどちらに？」

先ほどの青年は、レオンハルトがさっさと退場すると言っていたが、まさか本当に？　レオンハルトは今夜の主役である。その人が早々に退場するなんて、あり得るのだろうか。

「兄上なら、ついさっき逃げ出したよ。令嬢たちの相手は苦手らしい」

大広間の真ん中で踊りながら、ギルベルトがフリーデの質問に答えてくれた。

「……本当に？」

あの青年の言い分は事実だった。フリーデが驚いて聞き返すとギルベルトが小さく笑った。

「男所帯の士官学校を出ているから、女性に免疫がないんだよ。ま、でも兄上の妃になりたい令嬢全員が平等に置き去りにされたんだから、フリーデは何も悪くない。伯父上に何か言われても『いないんだからしかたがないでしょう?』って言い返せばいいんじゃない?」

ギルベルトがフリーデの口調をまねるので、フリーデは思わず噴き出した。

「わたくし、そんな気持ちの悪い話し方なんてしなくてよ」

「ようやく笑ったね。フリーデ、君はもっと笑ったほうがいいよ」

さっきと打って変わり、ギルベルトが優しげな眼差しでフリーデを見下ろしてくる。

初めての夜会に緊張していることが、ギルベルトにも伝わっていたのだろうか。心配をかけたのかもしれない。ギルベルトの優しさに感動した次の瞬間。

「何しろ、君は地顔が怖い。笑わないと、良縁が逃げていく」

さらっとギルベルトがデリカシーのないことを言ってくる。

「失礼ね!」

フリーデは、わざとギルベルトの足を踏んづけてやった。

＊＊＊

「初めての夜会はいかがでしたか?」

すでに深夜と呼んでも差し支えない時間帯に帰宅したフリーデを、シェーナがニコニコと出迎えてくれる。

結局あのあとレオンハルトが戻ることはなく、時間を持て余したフリーデはギルベルトに彼の友人を紹介してもらいながら一時間ほど時間を潰し、父と帰宅した。

「食事を召し上がっておられないと聞きましたので、後ほどお部屋にお持ちしますね。その前に、ドレスを脱ぎましょう。湯も用意してありますよ」

「まあ、嬉しい。とても疲れたので、ゆっくりお湯につかりたいわ」

フリーデはふう、と大きく息を吐きながら長イスに腰かけた。

「そのご様子だと、首尾は上々といったところですか？」

背後に回ったシェーナがフリーデの髪の毛からピンを引き抜き、髪飾りを取り去る。

「いいえ、まったく！　王太子殿下には気持ちいいくらい相手にされなかったわ」

「そのわりには楽しそうですけれど」

続いて、シェーナはイヤリングとネックレスを外し、丁寧にジュエリーボックスに収めた。

「ギルベルト殿下とたくさんお話をしたわ。さんざん文句も言ってやったから、スッキリよ。それだけよ」

「ええ〰〰〰〰、それだけですかぁ？　素敵な殿方との出会いイベントは⁉」

シェーナが残念そうな声を上げるので、フリーデはドキリとした。

「あ、あるわけないじゃない。そんなこと！」

「ええ〰〰〰〰〰、でもぉ、大きな夜会ですよぉ？　ドキドキイベントが発生してもおかしくないはずなんですぅぅぅ」

シェーナの力説に、思わず笑ってしまう。

シェーナは巷《ちまた》で流行中の「描写が過激な恋愛小説」を読むのが趣味だ。そしてフリーデも、シェーナからおすすめの一冊を借りてからはすっかり、それに魅了されてしまっていた。

もちろんこれは、二人だけの秘密である。どう考えても、貴族の令嬢が読んでいい内容の本ではない。

そんなわけで、シェーナの言動はだいぶ「描写が過激な恋愛小説」に影響を受けている。

「そういえば、また新しい本を手に入れたんですよ。なかなかによい内容でした。今度お持ちしますね」

軽口を叩きつつも、シェーナの指が複雑に編まれたフリーデの髪の毛をほぐしていく。

「ありがとう。そういえば『恋わずらい』の続きは出ないのかしらね」

「どうでしょうね、今度販売会があった時に聞いてみますね。個人が趣味で作っているものですからね……それにしても、あんな恋愛がしてみたいものですねえ」

ほぐしたフリーデの長い髪の毛を今度は緩くまとめながら、シェーナがうっとりと呟《つぶや》く。

「本当にね……」

シェーナに促されて立ち上がり、ドレスを脱がせてもらう。続いて、シェーナはフリーデの体を絞めつけているコルセットの紐《ひも》をほどきにかかった。

公爵家の一人娘であるフリーデには、結婚の自由はない。家のために父が選んだ男性に嫁ぐ。それは何もフリーデに限ったことではなく、貴族の娘ならそういうものだ。

母アメリアもそう。政略結婚で嫁いできた。そのせいだろうか、正直に言って、父と母はあまり仲がよくない。そして一人娘のフリーデに対し、二人はそれぞれ厳しかった。父は将来の王妃として通用するよう、フリーデを徹底的にしつけた。特にフリーデの繊細な心は父の癇《かん》に障るらしく、ことあるごとに「公爵家の娘らしく振る舞いなさい」と言われたものだ。端的に言えば、身分が下の者には偉そうにしろということだ。下の者に、公爵家の人間には逆らうべきではないと教え込むことも務めなのだという。

『社会の秩序を保つためには必要なことだ』

父はそう言う。

そして母からは、淑女としてのマナーを徹底的に叩き込まれた。

二人に共通しているのは「未来の王妃にふさわしい令嬢にすること」ただ一点だ。両親にはほかに子どもがいないから、レオンハルトが国王になることが確定した今、フリーデを王妃にできなければバージェス公爵家が実権を握り続けることができない。バージェス公爵家の未来は、フリーデが王妃になれるかどうかにかかっているのだ。

「さあさあ、お風呂に参りましょう」

コルセットを取り去った体にガウンをかけ、シェーナが促す。フリーデは頷いて、浴室へ向かった。

生活は恵まれていると思う。毎日たっぷりのお湯で疲れを取ることができるし、衣食住には困るどころか、むしろ贅沢《ぜいたく》をさせてもらっている自覚はある。その環境を与えてくれた両親には感謝もしているし尊敬もしているが、愛情を抱いているかといえば、フリーデにはわからなかった。つらいことがあるたびにフリーデを優しく抱き締めてくれたのは、両親ではなく、乳母や世話係の侍女だった。両親からは「バージェス公爵家の娘が簡単に泣いてはいけない」と言われてきたため、気弱な姿を見せないようにすることに必死だった。

そんなフリーデだから、自分の結婚に対してまったく期待が持てない。自分と相手との相性を無視した政略結婚なんて、本当にお先真っ暗だと思う。

『つらい時は、泣いてもいいんですよ』

お湯につかりながら、フリーデは庭園で会った青年の言葉を思い出していた。

——簡単に言ってくれるわね……。

フリーデには生まれた時から、「王の妃になる」という役目が課せられている。一人娘だから、この役目を代わってくれる人もいない。

両親はフリーデに徹底して「バージェス公爵家の令嬢」としての姿を求める。屋敷の外だけではなく、屋敷の中でもフリーデは「公爵令嬢」でなくてはいけない。逃げ込める場所も身代わりになってくれる人もいないフリーデは、涙を堪える以外に選択肢がなかった。

そんなフリーデのつらさを、彼はどれほど理解しているというのだろう。

——人の気も知らないで！

気分が荒ぶってきたフリーデは、両手でお湯をすくって顔にばしゃばしゃとかけた。

彼は「泣いたら気持ちの整理がつく」とも言っていたが、フリーデの場合、泣くという行為は自分の至らなさを嚙《か》み締めるようで余計にみじめになるものだった。だから泣きたくない。だって、ずっとまわりに認められるようにしんどい思いをして努力を重ねているのに、それが無駄なものと言われたらフリーデの立つ瀬がない。だからこそあの言葉はフリーデの神経を逆なでしたのだが、その一方で胸にも突き刺さった。

つらい時は我慢しなさいではなく泣いてもいいと言ってくれた人は、初めてだ。フリーデに優しくしてくれた乳母でさえ「公爵家の令嬢は簡単に泣いてはいけませんよ」と言ってきたのに。

――ところで、あれは誰だったのかしら。

ふとフリーデは、一番肝心なことを失念していたことに気づいた。彼はレオンハルトを知っているようだったし、あの場所に招待されるくらいなので、貴族の中でも有力な家の人間だろう。年もレオンハルトと近そうだから、士官学校時代のご学友というやつかもしれない。そういう人なら、またどこかでばったり会う可能性もゼロではなさそうだ。

――わたくしのことを泣き虫だと勘違いされていたら困るわね。そこは訂正しなくちゃ。

そうは思うが、彼に対しては、ずいぶんな態度を取ってしまった。印象はよくないだろうから、この次に出くわしたらどんな顔をすればいいのだろう。

そこまで考えて、フリーデははっとした。

――なんであの人のことを考えているの⁉　しかもまた会う前提で！

バスタブにつかったまま、フリーデはぶんぶんと頭を振る。

――どこかでばったり会っても無視すればいいだけの話だわ！　だって紹介を受けていない人だもの！

フリーデは頭の中から青年の面影を追い出すべく、バスタブの中に沈んでみた。今日の自分はどうにもおかしい。

これはあれだ、今まで出会ったことがないタイプの人に出会ったせいで、調子が狂わされているのだ。そうに違いない。今日はへとへとだから、すぐに眠れるはず。一晩ぐっすり眠れば、すぐに忘れることができるはず。

フリーデは湯に沈みながらそんなことを思ったのだが、予想に反してその日はなかなか寝つけなかった。ベッドにもぐり込んでからも赤毛の青年とのやり取りを思い出しては赤くなったり青くなったりを繰り返してしまい、翌日はものの見事に寝不足に陥ったフリーデである。

ギルベルトの臣籍降下宣言を受けて、その年からフリーデは父とともにレオンハルトが出席する行事や集まりに参加することになった。とはいえ、十五歳のフリーデが出席できる場は限られており、その年に参加できたのは観兵式しかなかった。国軍の指揮を執るレオンハルトを遠巻きに眺めるだけで、近づくも何も、である。

観兵式では「この次に出くわしたらどんな顔をすればいいのだろう」と危惧していた赤毛の青年も、見かけなかった。

レオンハルトの個人的な情報を知っていたから、レオンハルトに近い人ではあると思う。王太子の近くにいられるくらいだ、王太子派または中立派で、それなりに身分が高い人物ではあるはずだが……。

――別に、あの人がいなくてもいいんだけれど。全然、構わないのだけれど。

つい彼を探してしまうのは、泣き虫だと思われていることを訂正したいからだ。そう、それだけだ。自分の名誉を守りたいのだ。それ以上の理由はないのだけれど、赤い髪の毛の男性を見つけては人違いだとわかるたびに、やっぱり少しはがっかりする。

そうこうしているうちに一年がたち、レオンハルトが「見聞を広める」という理由で大陸の西部にあるエリセーラ帝国の大学に留学してしまう。これによって、父からも「王太子に近づけ」と言われることがなくなった。あの指示はしんどいので、フリーデとしてもほっと一安心だ。

そして迎えた十七歳の夏。国中の貴族の令息令嬢の社交界デビューの場である宮廷舞踏会に、フリーデも参加することになった。レオンハルトがいれば彼とお近づきになる努力をしなければならないところだが、幸いにしてレオンハルトは外国へ留学中なので気が楽だ。それにこの宮廷舞踏会は、派閥に関係なく貴族の身分がある独身者なら誰でも参加が可能である。

あの青年はいるだろうか？

——別に、どうしても会いたいというわけではないけれど。

脳裏に浮かんだ人影に対し、フリーデは誰へともなく言い訳をした。あの日から一度も姿を見ていないから気になるだけだ。……彼の身に何かあったのかもしれない。

もし赤毛の青年に会えたら自分の情けない印象を払拭したいものだ、と思いながら向かった宮廷舞踏会の場に、彼の姿はなかった。

その後も、社交の場に呼ばれると必ず彼を探したが、見つけることができない。派閥の垣根を越えた集まりにも積極的に参加しているのに、彼の姿はどこにも見当たらなかった。いないことを確認するたびに、なぜかフリーデの心は沈んだ。

ここへきてフリーデは、「あの人は実は既婚者で、もう王都にはいないのかもしれない」と思い始めていた。それなら、フリーデが参加する独身者の集まりに顔を出さないのも頷ける。

それでも一縷《いちる》の望みをかけて、フリーデはせっせとお茶会や夜会に参加していた。直接本人が確認できなくても、噂話《うわさ》のひとつやふたつは聞こえてきてもおかしくない。そう思ったのだが、もともと青年のことはほとんど知らないので、まったくそれらしい人物の噂をつかむことはできなかった。

場数をこなせば余裕も生まれる。いつしかフリーデはその美貌と優雅な立ち居振る舞い、豊かな教養や地位の高さから、「社交界の花」と呼ばれるようになっていた。もっとも、当の本人にはどうでもいいことだった。

その年の秋。フリーデが余分に作ってもらったお菓子を部屋で小分けにして化粧紙に包んでいるところに、シェーナが毛布を抱えて部屋に現れる。

「お嬢様、また新しい本を手に入れたんですよ〰〰〰。あ、あと『恋わずらい』の最終巻も手に入れました」

毛布の中からおすすめの恋愛小説を何冊か取り出し、フリーデに差し出した。人に見られたくないので、毛布に包んで持ってきたらしい。

「まあ……あの話、終わってしまったの？」

フリーデはお菓子を包む作業をやめて、近づいてくるシェーナに向き直った。

社交の場に呼ばれた翌日にはフリーデが必ず落ち込むと気づいたシェーナは、フリーデの気を紛らわすためにせっせと恋愛小説の新刊を持ってきてくれるようになった。

「終わってしまいましたあああああ！　シェーナの楽しみがあああああ」

「……まあでも、ほかの作品はまだ続刊中だから、ね？　ところでこの本、あなたはもう読んだの？」

大仰に嘆くシェーナから本を受け取り、パラパラとめくる。

「いいえ、シェーナはまだ読んでおりませんが、お嬢様のために選んだ本ですのでお嬢様に一番に読んでいただきたく！　あっ、でも読み終わってもシェーナにネタバレはしないでくださいませ！」

「しないわよ。では借りるわね。ちゃんと見つからないように隠しておくから」

フリーデの言葉にシェーナがにんまりと笑った。

「でもあとでね。今日はこれから、子どもたちにお菓子を届ける約束をしているの」

「でしたら、ブーツをお持ちしますね」

「ええ、お願い。あと、誰かにわたくしの行き先を聞かれたら、うまくごまかしてちょうだいね」

フリーデがそう言うと、シェーナがにっこり笑って親指を立ててみせた。実に頼もしい。

フリーデの数少ない楽しみのひとつとして、使用人の子どもたちにお菓子を差し入れるというものがあった。気が滅入ることが多かった十五歳の時に見つけた、ささやかな気晴らしだ。

バージェス公爵邸はとても大きな屋敷なので、使用人の数も多い。公爵家に直接関わる使用人たちは屋敷内に部屋を与えられているが、下働きの者たちは敷地内の長屋に住んでいる。

シェーナの持ってきたブーツを履き、フリーデは長屋に向かった。

長屋周辺はフリーデが近づくにはふさわしくない場所なのだが、フリーデが覗くとすっかり顔見知りになった子どもたちが寄ってくる。小さな手にお菓子の包みを乗せてやれば、ぱあっと笑顔が浮かんだ。

子どもたちはフリーデのことをお屋敷のお嬢様だとは認識しているが、屋敷内の使用人に見せるような威圧的な態度を取ったことはないので、すっかり懐かれてしまった。父はフリーデに、下の者には常に威厳を持って接することを求めているから、こんな姿を見られたら大目玉だ。だが、フリーデを慕ってくれる子どもたちを見ていると、誰に対しても威張り散らすのは逆効果なのではないだろうか。最近、そんなことを思う。

しばらく子どもたちのおしゃべりに付き合ったあと、フリーデは厩舎《きゅうしゃ》も覗いてみた。ここにはフリーデが十二歳の時に贈られた馬がいるのだが、中は静かで、馬も顔なじみの厩務員もいないようだ。トレーニングの時間なのかもしれない。

あてが外れたフリーデは、ぶらぶらと庭園を回って屋敷に戻ることにした。

レオンハルトがいない間、フリーデの時間は穏やかに過ぎていった。

だが、フリーデの平穏はレオンハルトが留学してから二年後、フリーデが十八歳の誕生日を迎えた春に終わりを告げることになる。

2　王太子の帰国

四月上旬。

「ララ、元気だった？」

フリーデは厩舎にいる葦毛《あしげ》の馬に呼びかけた。ララと呼ばれた馬が大きな顔をすり寄せてくる。ララこそ、フリーデがプレゼントされた馬だった。

二年前から外国の大学へ留学していたレオンハルトが今年の春に帰国するという知らせは、年始早々に届いた。その理由がお妃選びのためであることも、近々レオンハルトの帰国祝いの夜会が開かれる連絡も受け取っている。

王太子レオンハルトは今年で二十三歳になるが、伴侶は未定だ。現国王の退位が二年後に迫っているとあって、今年の夏至祭の舞踏会で妃を選ぶことになったのである。

いよいよレオンハルトに近づかなくてはならない。うまくいかなかったら、父になんと言われるだろうか。

レオンハルト帰国後のことを思うとどんどん落ち込んでくるので、気晴らしを求めて外をうろうろする時間が増えていた。

「久しぶりだね、お嬢ちゃん」

小屋を掃除していた厩務員の青年がフリーデに気づき、声をかけてくる。

「久しぶりね、コンラート。マティアスは？」

フリーデが振り返ると、コンラートは「今日はお使い」と肩をすくめた。日陰では黒髪かと思うほど濃い褐色の髪の毛に黒っぽい瞳、垂れ目のせいで飄々とした雰囲気を漂わせるコンラートとは、長屋周辺をうろつくうちに顔見知りになった。普段から体を使う仕事をしているせいか、コンラートは若々しい雰囲気をしているが、目元にはしわも見て取れる。実際の年齢は知らないが、自分よりはずいぶん年上なのだろうなと思う。

このコンラート、実は大変な情報通なのである。独自の情報網を持っているらしく、王都の中で起こるできごとは市民のことから貴族のことに至るまで、およそ知っているといってよかった。妙に物知りな上に、それをフリーデに教えてくれるところも不思議だったが、彼から聞く上流階級の噂話が社交界を渡り歩くのに役立ったのは事実。どうしていろいろ教えてくれるのかたずねてみたところ、「使用人の子どもに優しいから」という答えが返ってきた。

「子どもが好きな人間が悪人であるはずがない」とのこと。

付き合いを深めていくうちに、コンラート、そしてその弟であるマティアスに「もうひとつの顔」があることにはうっすら気づいたが、表面的には穏やかな関係が築けている。

「で、お嬢ちゃんは何用？」

「特に用があるわけではないわ。ララに会いに来ただけ」

葦毛の馬の首筋をなでながら、フリーデが答える。

「もうじき王太子が帰国するから？」

情緒不安定になっている理由を当てられ、フリーデは微笑む。

「……お見通しなのね」

「まあ、王都は王太子の帰国の噂で持ち切りだからね。お嬢ちゃんはまた、王太子のそばに行くように言われるだろうねえ」

「すでに大臣たちの間で、王太子殿下の妃候補となる娘は選ばれているそうよ。わたくしを含めたバージェス派の娘が五人に、ドゥーベ派の娘が一人」

軍務大臣を務めているドゥーベ公爵は、反バージェス派の中心的な人物だ。

「人数に偏りがあるのは派閥の力関係かね」

「でしょうね」

視線をコンラートからララに戻すと、まるでフリーデの心を読んだかのように、ララが目を伏せてフリーデの腕に顔をすり寄せてくる。温かくて優しい肌触りに、少しだけ癒された。

「王太子が帰国したら、やれ茶会だのやれ夜会だの、いろいろ引っ張りまわされることになるだろうねえ」

コンラートがしみじみと呟いたその時。

「お嬢様！　こちらにいらっしゃいましたか」

不意に、シェーナの声が聞こえてきた。

「長屋のほうを探してしまいましたよ。そろそろブランの皆様がおいでになる時間ですので、支度をしましょう」

あちこち探してくれたのか、シェーナの息は少し上がっている。

「支度？　このままでいいのではなくて？　いちいち着替えるなんて面倒くさいわ」

「そうおっしゃらないでくださいな。はいはい、戻りますよ」

「いやほんとに、公爵令嬢は大変だねえ」

シェーナに急《せ》き立てられて厩舎を出ていくフリーデに、コンラートがぽつりと声をかける。

それには答えずに、フリーデはシェーナとともに屋敷へ向かった。


このところ、よく思うことがある。

自分は幸せなのか、と。

恵まれていることは間違いない。美しいドレスを着て、豪華な食事を取り、大勢の使用人にかしずかれながら何不自由なく大きな屋敷に暮らしている。

父親はここリーデン王国の宰相マリード・ジル・バージェス。フリーデから見た今は亡き大叔母は大太后、叔母は国王の妃。そして第二王子ギルベルトはイトコにあたる。フリーデは王家とも縁が深い、バージェス公爵家の一人娘。

バージェス公爵家は今やこの国で一番の大貴族である。それは間違いない。その家の一人娘であるフリーデが恵まれるのは、当然だった。

幼い頃から何人もの家庭教師がついているため、同じ年頃の令嬢に比べても高い教養を身につけている自負はある。

凛として媚びない。人に弱みを見せてはいけない。いずれは王妃になるのだから。そう言われてきたけれど、本当に王妃になれるのだろうか？

確かにフリーデが王妃の座を逃せば、バージェス公爵家が宰相の地位を失うのは確実だろう。バージェス派以外はもちろん、同じ派閥の中でもフリーデの実家がほかの家を排斥して権力を握ってきたのだ、ほかの家が権力を握れば同じことをされるとわかっているから、父が焦るのも当然である。

最近は叔母である二の妃もうるさい。

レオンハルトの命を狙い、彼の母を死に至らしめたのは、父と叔母ではないか。自分たちのやったことで盛大に自分たちの首を絞めている上に、その血路を開くのはフリーデ頼みだというところに呆《あき》れてしまう。川を泳ぐ魚に対して「空を飛べ」と言っているようなものだ。

しかしフリーデは、父の指示に従うほかない。父に歯向かったところで、フリーデの将来が明るいものになるわけではないからだ。貴族の娘は父親の決定には逆らえない。家から放り出されたら何もできない、結局は家の名前に守られているだけの、無力な存在でしかない。

父の目論見は失敗するとフリーデは思っている。だから今のフリーデの関心ごとは、レオンハルトに近づくことではなく、彼の妃になれないとはっきりしたあとのことだ。

間違いなく、どこか適当なところに嫁がされるだろう。父にとってフリーデはバージェス公爵家を繁栄に導く大切な駒だから、最大限に活用されるはずだ。

どこに嫁がされるのだろう。やっぱりギルベルトだろうか？

そんなことを考えることが増えてきたのは、十八歳になり、ちらほらと同世代の令嬢の結婚話を聞くようになってきたからだ。

シェーナに着替えを手伝ってもらい、時間になったので応接間に下りてみれば、ドレス工房ブランの女主人とその付き人の娘がすでに来ていた。二人とも頭を下げるので、フリーデは「楽にしてちょうだい」と声をかける。

身分が下の者は、上の者が声をかけるまで頭を下げていなくてはいけないことになっている。

「デザインは先日変更されたものにしてまいりました」

さっそくブランの女主人、リー・リー夫人がそう言って、持参の箱の中から縫いかけのドレスを取り出し、シェーナが用意した台つきのハンガーに吊るす。

フリーデはドレスの前に立った。

先日の仮縫い時に、ドレスのデザインが甘すぎるかしらと思って、シンプルでシックな雰囲気のものに変えたのだ。

ブランは外国出身のデザイナー、リー・リー夫人が主宰する新進気鋭のドレス工房である。ロマンティックなデザインと外国から取り寄せる珍しくて美しい生地を使っていることで、瞬く間に貴族の令嬢たちを夢中にさせた。フリーデは今回初めて、ブランに宮廷舞踏会のためのドレスを注文した。

夏至の夜に開かれる宮廷舞踏会は、この国で一番大きな舞踏会でもある。基本的には十七歳を迎えた貴族の令息令嬢の社交界デビューの場だが、今年はレオンハルトのお妃選びの場になると言われているため、主な独り身の令嬢も参加する。

レオンハルトは今年で二十三歳になるにもかかわらず、未だに妃どころか婚約者も決まっていない。おそらくバージェス公爵家に縁がなく王妃にふさわしい娘を探しているが難航しているのだろうとは、父や叔母の弁である。

家格や性格、教養、後ろ盾の存在など、本人の素質だけでなく政治的な思惑まで絡んでくるので、王妃選びはなかなか難しいものなのだ。

フリーデは、新しいデザインになったドレスを見つめた。

前回の仮縫いではフリーデのリクエストを聞き入れて、リー・リー夫人がシンプルなデザインに変更してくれたのだが……。

「前のデザインのラフ画は持ってきていて？」

「こちらにございます」

フリーデの言葉に、リー・リー夫人がさっと変更前のデザイン画を差し出す。

フリーデはデザイン画と目の前のドレスのデザインを真剣に見比べた。

選んだのは、ふわふわと軽くて向こうが透けて見えるほどの生地と、グラデーションが美しい生地。このふたつを重ねた上に、上の生地にはいくつものクリスタルを縫いつけ、下の生地には刺繍が入る予定である。生地はサンプル生地の中から一番気に入った、淡い紫色を選んだ。外国から取り寄せた貴重な生地だ。

やっぱり、甘くロマンティックな雰囲気の生地に、シンプルなデザインは似合わない気がする。

……しかしシンプルにしないと自分の甘さのない顔には似合わないのだ……。

――でもでも、今回のドレスは好きにしていいとお父様に言われているのよね……。それも、予算に上限はないと……。

フリーデは眉間にしわを寄せ、うーんと唸《うな》った。背後でリー・リー夫人と付き人の娘が、表情を険しくしたフリーデの様子にビクッと肩を震わせるが、当の本人はまったく気づかない。

今まで作ってもらったドレスは父の意見が優先され、フリーデはデザインに口出しできなかった。本当はふわふわした甘い雰囲気のドレスが好きなのに、大人びた雰囲気の美少女だったフリーデは、幼い頃から大人っぽい、落ち着いた雰囲気のドレスを仕立ててもらうことが多かったのだ。子ども心にずっと不満だった。しかし今回のブランへの発注は、予算もデザインも好きにしていいと言われている。

こんなことは初めてだ。しかも発注先は、ふわふわドレスが得意な工房だ。

フリーデは大喜びでリー・リー夫人を呼んで、ああでもないこうでもないとドレスの打ち合わせを重ねてきた。

「……やっぱり、前のデザインのほうがいいわ。今からでも戻せるかしら」

しばらく逡巡《しゅんじゅん》したのち、そう結論を下してフリーデが振り返ると、ブランの二人が同時に「えっ」という声を上げた。

「……もう、難しいかしら」

その様子に驚いてフリーデがわずかに眉をひそめると、二人は顔をこわばらせた。

――そんなに怯《おび》えなくてもいいのに。悪かったわよ、地顔が怖くて。

とは、思ったが、言うのはやめておく。

「いえ……まだ、大丈夫かと」

歯切れ悪く、リー・リー夫人が答える。

「難しいのなら別にこのままでもいいわ。ただ、甘い雰囲気の生地だから、このあたりにもう少し装飾が入ったほうが合うかしらと思っただけなの」

　フリーデがドレスの身頃を指さすと、リー・リー夫人も頷いた。

「そうですね、私も同じ意見です。では、以前のデザインに戻しましょう」

　リー・リー夫人のセリフに、付き人の娘がぎょっとした顔をする。実は、デザインの変更はこれで四度目だった。

　自分でもやりすぎかなと思う。できなければそのままでもいいのだが、聞くたびにリー・リー夫人が「わかりました」と答えてしまうので、つい甘えてしまうのだ。

「ああ、でも待って。以前のままだとふわふわしすぎだから、もう少しだけ甘さを抑えることはできるかしら。甘すぎるデザインだとわたくしに似合わないのよね」

「い、いえ、そんなことはありませんでしたよ。フリーデ様はお美しいので、どんなデザインのドレスでもよくお似合いです」

　呟くフリーデに、リー・リー夫人が慌てた様子で返す。

「そう……？　では前のデザインに戻していただけて？」

「かしこまりました。ただ、時間の都合でそろそろデザインは確定させませんと……」

「まあ、そうなの？　でもやっぱりでき上がりを一度確認したいから、完成する前に見せていただくことは可能かしら」

「でしたら、そうですね、二週間後に。裾の刺繍もその頃にはだいぶ仕上がっているでしょうし」

「そう、それは楽しみね」

　リー・リー夫人の言葉に、フリーデは頷いた。

だが、このドレスを宮廷舞踏会で着ることはない。舞踏会で着るドレスは、別に注文してある。こちらは父の指示のみで作られており、フリーデの意見はまったく反映されていない。紺色の生地に金の刺繍が施されていて、胸の大きさと腰の細さを際立たせ、大人っぽいデザインになっている。まだ完成していないが、きっとそのドレスは自分に映えるだろうと思う。悲しいくらい、大人びたデザインが似合うのだ。

着るドレスは決まっているのに、なぜブランへも発注するのか？

それは、ブランへの注文は、外国の出身であるリー・リー夫人、そして彼女を支援し続ける内縁の夫、アーベスタ子爵への圧力のためだ。

リー・リー夫人に顧客を取られてしまった既存のドレス工房の主人たちは、付き合いのある父に「外国人が大きな顔をしている。なんとかしてくれ」と泣きついた。父としても、領地で生産した材料を買ってもらっているので動かざるを得ない。

父から「予算に上限はない」と言われている理由。それは、最初から支払うつもりがないためである。フリーデのドレス代は、外国から生地や装飾品を取り寄せていることや凝ったデザインになっていること、何度もやり直しをしていることからかなりの額になってきている。このドレスの代金が踏み倒されたら、いくら人気工房とはいえブランもたまったものではないだろう。

しかもこれはあくまでも最初の警告に過ぎない。もしバージェス公爵家の意向に従わないようなら、ブランは即刻潰されリー・リー夫人はこの国にいられなくなるだろう。アーベスタ子爵も無傷ではいられないはずだ。

父はドレス代を踏み倒す気満々だが、フリーデはドレスを諦める気はさらさらなかった。父が買わないのなら自分が買えばいい。着ていくところがなくても、自分の思いが詰まったドレスは手元に置いておきたい。問題は、父を通さずどうやってそのお金を捻出するか、だが……。

「ねえシェーナ、わたくしの持っているドレスやアクセサリーを売り払ったら、ブランのドレス代を作れるかしら」

ブランの二人が帰ったあと、自室に戻り、フリーデはしみじみと呟いた。

「本気でおっしゃってるんですか、お嬢様。ドレスや宝石を勝手に売るなど、言語道断ですよ」

シェーナが呆れる。

「本気よ、わたくしは」

「お嬢様〰〰〰、それはさすがに、考えが甘いというものでございますよ。いったい誰に、どうやって、売るんですか？　さすがのシェーナも、そのあたりはわかりませんよぉ」

真顔で答えたフリーデに向かって、シェーナがくわっと目を見開いた。

「そのくらいは調べたらわかるのでは……」

「わかっても、絶対にやりません！　だいたい、宰相のご令嬢がお金に困ってるなんて、誰が信用するんですか〰〰〰。シェーナがお嬢様の宝石を盗んで勝手に売り払ったことにされるのがオチですぅぅぅ。シェーナ、つかまりますよ！」

シェーナが必死に言う。確かに、一理ある。でもあのドレスはどうしても買い取りたいので、フリーデは「あとでコンラートに聞いてみよう」と思った。

やたらに物知りなコンラートなら、何かいい案を出してくれそうな気がする。

＊＊＊

ブランとの打ち合わせから二週間後の四月半ば、二年の外国留学を終えて帰国したレオンハルトの帰国祝いの夜会が開かれた。

場所は三年前と同じ、王城の大広間。あの時とは違い、フリーデはいくつもの夜会を経験しているため、場に圧倒されるようなことはなかった。経験は最良の師である。

――ただし、授業料は高すぎるけれどね……。

三年前のことを思い出し、フリーデはしみじみと思った。

夜会の進行は三年前とは違っていた。個別の挨拶はなく、国王に続きレオンハルトが挨拶を述べる。それが終わると同時に楽団の演奏が始まり、大広間は華やかな雰囲気に包まれた。

始まって早々に父と連れ立ってレオンハルトに挨拶に行こうとしたのだが、なぜかレオンハルトがつかまらない。

よくよく見ると、レオンハルトは注意深くバージェス公爵家の二人を避けていることがわかる。

さらに観察してみれば、バージェス公爵家だけではなく、およそバージェス派の貴族たちの挨拶はすべて回避しているようだ。まともに相手をしているのは反バージェス派の貴族だけだが、かといって彼らが連れてきた令嬢と踊るということもしない。

「生意気なことを」

ぼそりと父が呟く。フリーデとしては「強気に出てきたわね」という印象だった。

近々妃を選ばなくてはならないのに、レオンハルトはお妃選びそのものを拒絶している。しかし、妃は必要である。何か考えがあるのだろうか？

——相手にされないのはわかっているけれど、お父様に頑張っている姿は見せないといけないのよね……さて、何をしたらいいのかしら。

夏至の夜には妃を選ぶと言っていたが、もう目星はついているのかもしれない。

——だから誰とも踊らないの？

大勢の人と挨拶を交わし、雑談に交ざりながらも、フリーデの目はレオンハルトを追っていた。

また一人、レオンハルトに近づく者がいる。背は高くないががっしりとした体つきの、眼光が鋭い壮年男性。フリーデも知っている。グレン・ダリ・ドゥーベ、軍務大臣でもあり、現在のドゥーベ公爵家当主だ。反バージェス派の筆頭で、レオンハルトの後ろ盾を務める人物でもある。

ドゥーベ公爵が一緒ではさすがにレオンハルトに声をかけることはできない、と思っていたその時。フリーデの視界を赤いものが横切った。

フリーデは思わずレオンハルトから視線を逸《そ》らし、赤いものに目をやる。

まさか。まさかまさか。

燃えるような赤い髪の毛の青年が、レオンハルトに近づき、話しかけるのが見えた。

この国では、赤毛の人間は珍しくない。今までも何人も「そうかな？」と思う人物を見かけては、人違いにがっかりしてきた。

いるはずがない。あの日以来、一度として見かけなかった。

いるはずがない……。

赤毛の青年がふと顔を上げる。フリーデと視線がぶつかり、彼の目が大きく見開かれる。青年の方もフリーデを見つけて驚いているのがわかった。

息が止まるかと思った。

――彼だわ。間違いない。

どうして、ここに。なぜ、このタイミングで。

フリーデは混乱したまま、ただ青年を食い入るように見つめていた。

青年がフリーデに礼をする。レオンハルトがその仕草に気づいてフリーデを見るが、特に興味を示すことなく再び視線を戻した。青年はレオンハルトとドゥーベ公爵に一礼すると、二人に背を向ける。

ああ、行ってしまう。……追いかけたい。でも、レオンハルトだけでなくドゥーベ公爵とも親しいということは、彼は反バージェス派の人間に違いない。その彼をバージェス公爵の娘である自分が追いかけてもいいのだろうか？　今さら追いかけて、どうするつもり？　派閥が対立しているのははっきりしているのだから、もう関わることがない相手だ。それなら、どう思われていても……今さら誤解を解く必要なんて……。

いろんな思いが一気に頭の中を駆け巡る。遠ざかる背中から視線が外せないまま身動きできないフリーデを、ふと、彼が振り返った。もう一度、視線が合う。だがすぐに背を向け、再び歩き出した。その先にあるのは庭園に通じるガラス張りの両開きの扉だ。彼の行き先に気づいたフリーデは、ぐっと息を呑《の》んだ。

「少し、失礼させていただくわ」

自分を囲んでいた人たちに声をかけると、大急ぎで庭園に向かう。

ガラスの扉を押して外に出たフリーデは、少し奥まった植え込みをぐるりと歩いてその向こう側を覗き込んだ。予想通りの場所に赤毛の青年が立っていて、空を見上げている。三年前、フリーデがうずくまって泣いていた場所だ。

――この人はわたくしのことを覚えている。わたくしが誰なのかもわかっている。

季節ゆえか、三年前と同様に庭園には人気がなかった。赤毛の青年がフリーデをわざとこの場所に呼び出したのは間違いない。でもその理由はわからない。

フリーデは緊張した面持ちでゆっくりと青年に近づいていった。

「今日は、前よりも月が大きいですねー」

空を見上げたまま、彼が口を開く。覚えのある、間延びした緊張感のない話し方。そのくせ声はほどよく低くてやわらかいので、非常に穏やかな印象を与える。

「お久しぶりですね。今晩はお元気そうで、何よりです。おきれいになられましたね」

その穏やかな雰囲気のまま、青年がフリーデに向き直った。

今晩は三年前より月が大きいせいで、青年の瞳が鮮やかな緑色であることがわかる。

「ご挨拶ですわね。わたくしだって、いつまでも物知らずな小娘ではありませんのよ」

フリーデは青年を正面に見据えたまま、すっかり板についた「バージェス公爵令嬢」らしい悠然とした態度で応じた。

「威勢のよさは相変わらずですねぇ、さすが公爵令嬢だけあります」

そんなフリーデに気分を害した様子もなく、青年がにこやかに答える。

「わたくしのことをばかにしているのかしら？」

「まさか。前回、かなり落ち込んでいるようだったので心配していたんですよー。でも今回は大丈夫そうで、安心しました」

青年がほっとしたような顔をする。

「王太子殿下の女性嫌いは承知しておりますもの。このくらいではめげませんわ」

三年前のできごとだが、この青年はフリーデが泣いていたことを覚えている。込み上げる恥ずかしさをごまかすために、さらに強い口調になってしまった。言いながら自分でも「きつすぎるかも」と思ったが、声に出してしまったものは取り消すことができない。

「さすがですね、フリーデ様。でも王太子殿下はなかなか手強《てごわ》いですよー」

「そんなこと、百も承知よ」

反射的にそう言い返して、フリーデははっとした。こんな刺々《とげとげ》した態度を取っていたら、彼に嫌われてしまう。

――いつもの姿を見せたいだけなのに、どうして憎まれ口を叩《たた》いてしまうのかしら……。

そして本心では、あの時の気遣いに対してお礼を言いたいのに、なぜだかうまくいかないのだ。

そんなこちらの葛藤に気づくわけもなく、強気の姿勢を崩さないフリーデに青年がふっと肩から力を抜いた。

「……フリーデ様のお気持ちはわかりました。健闘を祈りますよ。殿下は案外、押しに弱いんじゃないかなあと思うので、フリーデ様にも勝機はありそうです」

「……本当ですの？　だって、わたくしはバージェスの娘よ？」

訝《いぶか》しげに聞き返したフリーデの様子がおかしかったのか、青年がふふっと笑う。

「可能性はゼロではないと思います。人の心はわかりませんし、フリーデ様はおかわいらしい方ですから」

「かっ……かわいらしい⁉」

青年の言い分に、フリーデは思わず聞き返してしまった。

──かわいい⁉　わたくしがかわいい⁉　わたくしのどこにかわいい要素が⁉

言われ慣れない言葉に、カーッと顔が赤くなる。それに気づいた青年が目を丸くするのを見て、フリーデはさらに赤くなった。

小さい頃はともかく、大きくなってからは「かわいい」なんて言われたことはない。目だって吊り上がっているし、態度だって……。

「あ、あなた、目に何か問題がおありなのでは⁉」

動揺しておかしなことを口走るフリーデに堪え切れなくなったのか、青年が噴き出す。

「わ、笑うなんて失礼ね！」

「これは失礼しました」

思わず睨みつければ、多少目元や口元に余韻があるものの、青年は笑顔を引っ込めてくれた。

笑われたといっても、青年にはフリーデをばかにした感じはない。家の中でも外でも常につきまとう、人との距離も感じない。彼との時間は心地いい。

「……冷えてきましたね。長く大広間から抜け出しているのもよくありませんし、そろそろ戻りましょうか。ああ、僕は控室のほうから戻るのでご安心を」

では失礼します、と頭を下げ、青年がくるりと踵を返す。

行ってしまう。この時間が終わってしまう。フリーデはとっさに彼に歩み寄ると、引き留めるように左の腕をつかんだ。驚いて振り返る彼の緑色の瞳が、思ったよりも近いことにドキリとする。あの日と同じ、優しい匂いがふわりと漂ってきた。

「フリーデ様?」

「な、名前。あなたのお名前をおうかがいしていないわ。あなたはわたくしを知っているのに、わたくしがあなたを知らないのは公平ではないと思うの」

何を言っているのか、自分でもよくわからない。無茶苦茶だとわかっているが、フリーデは必死だった。目の前にいるこの人の正体をきちんと知りたかった。

「それとも、わたくしには名乗れない?」

たたみかけるように言えば、彼は「そんなことはありませんよ」と小さく笑いながら、緩く首を振った。

「僕の名前は、サイラス・アーレン・エーレブルー。王太子殿下の秘書官を務めております。どうぞお見知りおきを」

レオンハルトの秘書官ということは、王太子の側近。レオンハルトと近いのだろうなとは思っていたが、ご学友程度だと思っていた。口ぶりから、軽い関係なのかと。とんでもない……。対立派

閥の中心人物ではないか。

知りたいと思っていた名前がようやくわかったのに、嬉しさよりもショックのほうが大きくて、フリーデは呆然とした。

予想していたよりもずっと、彼は遠い人だった。足元に大きな穴が開いて、真っ暗な場所に飲み込まれていくような、そんな気持ちに襲われる。


そのあとのことは、よく覚えていない。

いつの間にか父と一緒に屋敷へ帰り、いつの間にかドレスを脱いでお風呂につかり、寝間着に着替えてベッドの中にいた。

シェーナが下がり一人になった途端、サイラスの言葉が頭の中でこだまする。

『僕の名前は、サイラス・アーレン・エーレブルー。王太子殿下の秘書官を務めております』

ずっと会いたいと思っていた。会って、まずはあの時の態度について非礼を詫《わ》びよう。無様な姿を見られたとはいえ、気遣ってくれた人に対してずいぶん失礼な態度を取ってしまったから。その上で、いつもの姿を見せて「自分は大丈夫」だと言いたかった。泣き虫という印象を払拭したかった。

なのになのに……。

——よりにもよって、王太子の側近……⁉

なぜそんな人がフリーデを心配するのか。いわゆる、敵情視察というやつだろうか。それならどうして、最後にはフリーデに応援の言葉をかけてきたのだろう？

——やっぱりからかわれたのかしら。ばかにされた？

三年前、寒くて震えていたフリーデに上着をかけてくれて、優しい人だと思っていたのに。その気遣いが嬉しかったのに。もしかして三年前の出会いも、王太子に命じられてフリーデを視察に来たのかもしれない。

じわじわとフリーデの心に「裏切られた」という気持ちが広がっていく。まるで、真っ白な布の上にインクを落としたかのように。


その日の夜、フリーデはなかなか寝つくことができなかった。

＊＊＊

同じ頃、王城の一角にある近衛《このえ》第二騎士団の詰め所にて。

「で、オレの妃候補はどうだった？」

レオンハルトは行儀悪く右手でタイをほどきながら、どかっと団長室のイスに座り込んだ。この部屋の本来の持ち主、近衛第二騎士団長でレオンハルトの警備責任者であるユーリ・クラウスは、外に追い出されている。部屋にはレオンハルトとサイラスの二人きりなので、レオンハルトは遠慮がない。

「とりあえず、フリーデ様が一番手強そうでしたねー。相変わらず、殿下の妃の座を狙っていますよ。ご本人も、殿下の妃の座は諦めないと発言していましたし。殿下、モテますねぇ。ほかのご令嬢はフリーデ様に遠慮……というか、様子見をしている感じかなぁ」

本人から直接聞いたということは省略して、サイラスはフリーデの発言をレオンハルトに伝えた。

「……オレがモテるんじゃなくて、王冠がモテるんだろ」

ほどいたタイをテーブルの上に放り投げ、レオンハルトが吐き捨てるように言う。

レオンハルトも、自分の置かれた立場に関してはよくわかっている。サイラスはレオンハルトとは士官学校時代から付き合いがあり、留学にも同行している。また、年が近いことや、レオンハルトが堅苦しいことは嫌いな性格をしていることから、友人関係のような気安さがあった。

「さて、どうするかなあ」

レオンハルトがぼやく。お妃選びはレオンハルトにとって目下のところ一番の問題だった。

レオンハルトの成人祝いの日に弟ギルベルトが臣籍降下の意向を示してからというもの、バージエス公爵は外戚関係の維持を狙って自分の娘をレオンハルトの妃にしようとしている。しかし、レオンハルトが母親の仇であるバージェス公爵の娘と縁を結ぶなど、ありえない。お妃選びの催促に嫌気が差して海外に留学したのが二年前。この留学にサイラスは従者としてついていっており、二年間、レオンハルトとは大学の学生寮でルームメイトだった。この期間にしっかり信頼関係が築けたおかげで、レオンハルトは帰国後もサイラスを重用してくれるのだ。まあ、面倒ごとも押しつけられるようになったけれど。

留学は即位までお妃選びをのらりくらりとかわすことが目的だったのだが、帰国する気配がないレオンハルトにしびれを切らした国王から「戻ってきて夏至祭の宮廷舞踏会で妃を決めろ」と命令が来たのが、今年の初めのことである。

そして帰国してみれば、バージェス派の娘が五人に、ドゥーベ派の娘が一人、合計六人の妃候補が大臣たちによって選出されていた。選択の自由は残されていると思っていたレオンハルトとしては、選択肢の少なさにうんざりしたようだ。しかもドゥーベ派の娘は体調不良を理由に、本日は欠席である。

「まあ、そうはいっても見た感じ、やっぱりフリーデ様は隙がないですよねえ。華があるし、品もあるし、相手を立てた会話もできる。知識が豊富なので、どんな話題にもついてこられるし。さすが王妃になるべく育てられた娘って感じです」

「おまえは、オレにバージェスの姫を娶《めと》れと言っているのか？」

サイラスの報告に、レオンハルトがぎろりと睨んでくる。

「事実を述べたまでです」

サイラスは肩をすくめた。

レオンハルト本人はあまり、王位に興味はない。だが、併合したフィラハの離反を防ぐためにも、「ふたつの国をつなぐ者に」という一の妃の願いを叶えるためにも、自身が王位に就いたほうがいいという考えだ。ついでに、母親の仇でもあるバージェス公爵家の勢力を削《そ》ぎ落としたいとも思っている。そのためにも反バージェス派の娘を妃に迎えたいところだが、今のところレオンハルトのお眼鏡にかなう娘は現れていない。

ほかに愚痴をこぼせる相手がいないということで、レオンハルトはお妃選びの愚痴を延々とサイラスに聞かせてくる。まあ、相手の立場のこともあるのでレオンハルトが慎重になるのもわかるのだが、サイラスとしては「難しく考えすぎでは？」と思わなくもない。本人に言うと「他人事だと思って」と怒り出すのは目に見えているので、口にはしないが。

「ドゥーベ派の令嬢には帰国直後にも面会を申し入れたが、体調不良で断られている。今日の理由もおそらく方便だろう。そんな娘を妃にするのは難しそうだしな……あと二か月しかないんだよなあ」

ドゥーベ公爵が妃候補を選出するのに苦労した話はレオンハルトも知っている。バージェス公爵に睨まれるとわかっているので、誰もかわいい娘を差し出したがらなかったのだ。事情がわかるだけに八方ふさがりになったレオンハルトが、うんざりしたような声を出す。

「困ったな。何か案はあるか？」

「まーったく。まあ、誰を連れてきてもバージェス公爵が黙っていないでしょうねえ。はっきりと申し上げて、いずれのお嬢様方もフリーデ様の足元にも及びませんでしたよ。さすが、王妃になるように育てられたご令嬢だなあ、と」

「ずいぶんバージェスの姫の肩を持つな。そんなに気に入ったのなら、おまえが嫁にもらえばいいだろ、サイラス」

「僕ですか？　無理でしょ」

レオンハルトに水を向けられ、サイラスは「ナイナイ」と手を振った。

サイラス・アーレン・エーレブルー、二十四歳。

代々軍人を輩出するエーレブルー侯爵家の三男としてサイラスは生まれた。父も二人の兄も国軍で役職に就いていることから、サイラスも当然のように軍人を目指し、十三歳になる年に士官学校へ入学した。そして翌年の春、サイラスは校長室に呼び出されてレオンハルトに引き合わされたのだ。あの日のことは今でもはっきりと覚えている。

『今日から王太子殿下のお側に仕えるように』

レオンハルトの微妙な立場については知っていたが、まさか王太子が士官学校に入学するとは思わなかった。サイラスは無礼にあたることも忘れて、目の前にいる目鼻立ちがやたらと整っている少年を、じっと見つめてしまった。レオンハルトは北の民族の特徴を濃く受け継いでいる。自分とは異なる顔立ちの人間を間近で見たのは、初めてだった。何より、切れ長の目元と紫色の瞳は、サイラスの心をとらえた。

『どうして……僕なんですか?』

『身分的にも年齢的にも、おまえが一番、殿下にふさわしいからだ。期間はおまえが卒業するまでとする』

校長の説明は淡々としており、サイラスに質問の余地を与えない。

確かに士官学校にいる同世代の中で、侯爵家という高位貴族出身の人間はサイラス以外にいなかった。それにしても卒業するまでなんて、ちょっと長くないか? 士官学校は六年、レオンハルトは一歳年下だから、正味五年はレオンハルトの世話係をすることになる。

まあ、上からの指示ならしかたがない。士官学校も軍と同じ規律で運営されているから、従わないという道は存在しない。

そこからサイラスのレオンハルト側仕えの日々が始まった。といっても、レオンハルトは人に面倒を見てもらうタイプではないので、手はかからなかった。二の妃に目の敵にされ、離宮で王族らしからぬ質素な生活を送ってきたおかげで、自分のことは自分でできるのだ。サイラスの役目はもっぱら、武術の自主練習に付き合うことだった。

最初の頃はレオンハルトも口数が少なく不愛想なので、どう付き合うべきか距離を測りかねていたサイラスだが、そのうち、レオンハルトの責任感の強さや目標に対するストイックな姿勢に気づいてきた。そうなれば、サイラスも自然と真剣にレオンハルトに向き合うようになる。レオンハルトもそんなサイラスの変化を感じ取り、士官学校時代の二人の関係は、主従というよりは戦友、に近かったかもしれない。

とはいえ、学年がひとつ違うこともあり、手合わせの時間以外の接触は多くないから、実際はそこまで親しく話をしたことはなかった。手合わせの時間はとても楽しくて充実している一方、レオンハルトの肩にかかる重圧の大きさを感じ取るのに十分だった。

勉強も武術も、レオンハルトは人一倍頑張った。そのおかげで成績は常にトップであり、まわりは「さすが王太子殿下」ともて囃《はや》した。しかしサイラスには、レオンハルトのストイックさがとても危ういものに見えていた。いつかその重圧に押し潰されてしまうのではないか……？

父親からは軍隊に入って国の役に立てと言われているものの、実のところ三男の自分は誰かに何かを期待されている身ではない。なら、レオンハルトの憂いを断つ汚れ役を引き受けるのもいい。いつからか、そんなことを思うようになった。幸い、身体能力は高い。

——僕の使い道なんて、ないもんな……。

レオンハルトの側仕えは士官学校にいる間だけという話だったから、卒業してしまえば彼との縁は切れる。

だから士官学校を出たあと、サイラスは特殊部隊へ入ることを選んだ。ここはほかの部隊からは独立しており、軍務大臣から直接指示を受けることが多い。今の軍務大臣であるドゥーベ公爵は反バージェス派の筆頭である。十二歳の時に母である一の妃を亡《な》くし、孤立が深まったレオンハルトの後ろ盾を引き受けて、士官学校に送り込んできたのも彼だ。特殊部隊なら、直接レオンハルトの役に立てると思ったのだ。

特殊部隊は、一般の部隊が対応し切れない特殊作戦を実行する部隊である。主な任務はゲリラ戦や破壊工作、偵察活動などであり、どんな任務でも対応できるよう訓練は行われていたが、リーデン王国は対外的に戦争をしているわけではないため、仕事は限定的だ。新入りのサイラスは偵察が多かった。やがてドゥーベ公爵が課報《ちょうほう》活動に特化した部隊を作るというのでサイラスにも声がかかったのだが、直前でその人事異動に待ったをかけたのがレオンハルトである。

サイラスの士官学校卒業から三年。サイラスは二十一歳に、レオンハルトは二十歳になっていた。今回呼び出されたのは軍務大臣の執務室だ。一兵卒でしかないサイラスが近寄れるはずもない部屋のドアを開ければ、ドゥーベ公爵のほかにサイラスの父親と、レオンハルトが待っていた。

そこでレオンハルトの外国留学と、それに随行する護衛として自分が選ばれたと聞かされて、サイラスはそれでなくても大きな目を、思わずまん丸にしてしまった。

聞けば、留学の期間中ずっとそばにいることになるので気を遣わなくて済む相手であること、そして何より護衛の能力が高い人間であること。また、いざという時はレオンハルトの身代わりができるように、背格好が似ていること。その三つの理由からサイラスが選ばれたのだという。

確かに付き合いは長い。ただ、レオンハルトに「気を遣わなくていい」と言われるほどの仲かといえば、どうだろうか。護衛の腕は、まあ、わかる。そして確かにサイラスは、レオンハルトと体格が似ているが……。

『できるか？　サイラス』

父が問う。エーレブルー侯爵家は、反バージェス派に属する。バージェス公爵家の力の大きさに長く息をひそめ、暴利に耐えてきた反バージェス派にとって、バージェス公爵家と縁が薄い王太子の誕生は、希望の星といえた。しかもレオンハルト自身、バージェス公爵家の力を削ぎたいと思っている。反バージェス派たちがレオンハルトに期待をしてしまうのは当然だ。

『できます』

二人の兄ほど期待されていない、実家にとってはオマケのような三男の自分にも役目があることが嬉しかった。

『期待しているぞ、サイラス』

最後に見た時よりずっと大人っぽくなったレオンハルトに言われ、サイラスは頷いた。

この時の任務は、「留学している間の護衛」だった。レオンハルトが留学を終えたら自分はまた特殊部隊か、ドゥーベ公爵が創設する情報部にでも配属されるのだと思っていたのだが……。

なぜか、帰国後はレオンハルトの秘書官にされてしまった。武官になるべく育ってきたサイラスにとって、文官の仕事は今まで使ったことがない神経ばかり使うので、大変疲れる。最初に話を聞いた時に抗議をしたのだが、レオンハルトいわく「知らない人間をそばに置きたくない」とのことだった。二年の留学生活ではルームメイトだったこともあり、今やお互いに食べ物の好みから生活態度、果ては性癖まで知り尽くす間柄ではある。しかし、適材適所という言葉もある。文官なんて絶対に向かないとわかっているから、必死に「自分は軍人ですから」と訴えたのだが、まったく聞き入れてもらえないどころか「オレの側近なら、好きなだけ諜報活動ができるだろう」などと言われる始末。しかも「これは打診ではなく命令だ」と言われたら、もうどうしようもない。

思っていたのと違う展開になって、困惑が続いているサイラスだった。

だいたい、王太子の側近なんて目立ってしかたがないポジションだ。これではもう、潜入なんてできないではないか。自分はあくまでも裏方に徹するつもりだったのに……。

そんなサイラスの気持ちなど、レオンハルトはまるでお構いなしだ。

今だってそう。レオンハルトの紫色の瞳がサイラスのほうを向く。

「家柄なら釣り合うだろ。おまえは侯爵家、あっちは公爵家。なんの問題もない」

「問題しかないですよー。僕は三男だから、長兄が家督を相続すれば爵位も持たないただの平民になりますし。しがない文官と宰相閣下の一人娘では、話にもならないッス。フリーデ様の無駄遣いですよ、それ。第一、派閥が違うじゃないですか」

レオンハルトの言葉に、サイラスは呆れた。

「それを言うならオレだって派閥が違うだろ。しかも対立派閥の中心人物同士だ。気が狂っているとしか思えない。……オレは、別に母の仇だからバージェス公爵を許せないわけじゃない。まあ、恨んでないと言ったら嘘になるが……見ただろう、大陸の西側の国々を」

レオンハルトが腕組みをし、目を閉じる。

サイラスも同じものを見てきたので、レオンハルトの言いたいことはわかる。

「あいつらの持つ大きな軍艦がリーデン王国に攻め込んできたらどうする？　どうやって戦うんだ。国内で小競り合いをしている場合じゃない。……オレはこの国を強くしたい。敵に回したくない相手だと認知されたい。だが、オレとバージェスの姫が結婚しても、現状は変わるどころか、どんどん他国に置いていかれる……変える必要があるんだ。この国を国際的に強くするためには」

サイラスは黙ってレオンハルトの言い分を聞いていた。

「にしても、バージェスの姫も憐《あわ》れだよな。オレが生きてるばっかりに、王妃になれないんだから。噂によると、お妃教育というのはなかなか大変らしいな」

くくく、とレオンハルトが小さく笑った。

「ま、オレも別にバージェスの姫本人に恨みはない。ギルベルトにでも責任を取ってもらおう。もともとそのつもりでいたんだろうし、オレの妃になるよりは幸せにしてもらえるさ。嫁姑《よめしゅうとめ》問題も、バージェスの姫と二の妃は叔母と姪《めい》なんだから問題ない。ギルベルトが消耗しそうだが」

テーブルの上で手を組み、その上に顎を乗せてレオンハルトが楽しげに言う。

「……バージェス公爵の思惑を手っ取り早く潰すには、殿下がさっさとバージェス派ではない令嬢と結婚して、子どもを生んでもらうことですよ。あと二か月でお妃様を決めないといけないんで、そろそろ本腰を入れて選んでください」

フリーデの心配をしている場合かと、サイラスがレオンハルトに進言する。

「それなんだが、バージェス派ではなくて、オレと身分が釣り合って、王妃ができるくらいに賢くて、かつ、性格もよくて美人でスタイル抜群で趣味と味覚と金銭感覚と価値観が合う娘が、どこにいるのかわからないんだ」

「条件が多いッスね。もう少し緩めたほうがいいんじゃないですか？」

レオンハルトが出してくる条件に、サイラスは思わず呆れてしまった。お妃選びがいやすぎて、とうとう現実逃避を始めたらしい。

「生涯をともにするんだ。妥協はできないな」

「殿下、結婚する気ないでしょ？」

サイラスの指摘に、レオンハルトが笑い声を上げた。


王城の自室に戻るレオンハルトを団長室の外で待機していたクラウスに任せ、サイラスは詰め所の隣にある騎士団の宿直部屋に向かった。今夜は遅いので帰宅はせず、ここに泊まることにしたのだ。

上着だけは脱いで備えつけのベッドに転がり、サイラスはぼんやりと薄暗い天井《てんじょう》を見つめた。

思い出すのはフリーデのことだ。

今日の帰国祝いの夜会で、サイラスはレオンハルトから自分の妃候補に挙がっている令嬢の情報を収集するよう指示を受けていた。実は三年前の成人祝いの夜会でもドゥーベ公爵から似たような指示を受け、会場にもぐり込んで有力候補と思われる令嬢を観察していたのだが、やはり本命はフリーデである。

だからサイラスは、フリーデをずっと観察していたのだ。三年前も、今日も。

あのバージェス公爵の娘だ、どんな娘だろう。勝手に高慢な娘を想像していたのに、なんだか思っていたのと違った。あの日のフリーデは周囲の視線に明らかに困惑していたし、傷ついてもいた。公爵令嬢がそれではまずいだろうと、他人事ながらサイラスが心配になるほどだ。だから、動揺している姿を見せまいと外に出たのは賢い選択だったと思う。

泣き顔を見られたと取り繕う三年前のフリーデを思い出し、サイラスは思わず小さく笑ってしまった。

あれから三年で、フリーデは少女から美しい女性へと成長していた。大規模な夜会にも臆することなく、自分に群がる大人にも堂々と対応できるし、何を話題にされてもきちんとついていける。フリーデの努力が垣間見えた気がした。

しかし、レオンハルトはフリーデを妃にする気はない。近づくことすらいやがっている。

一方で、フリーデはレオンハルトの妃を目指さなくてはいけない。

ヤマはレオンハルトのお妃選びの場である、夏至祭の宮廷舞踏会だろう。

——何が起こるやら。

サイラスは目を閉じた。瞼《まぶた》の裏に、先ほどすがりついてきたフリーデが浮かぶ。

三年前はレオンハルトにまともに相手にされずに泣いていた。今日は「このくらいではめげない」と威勢のよさを見せてくれた。でも、彼女の努力は実を結ばない。フリーデの気持ちは、レオンハルトには届かない。フリーデの様子からして、彼女がレオンハルトを意識しているのは間違いない。

また、ひっそりと庭園の片隅で泣くのだろうか。

そう思うとやるせない気持ちがわき上がるが、サイラスにはどうすることもできない。ただ、フリーデには泣いてほしくないと思う。

なぜフリーデのことがこんなにも頭から離れないのだろう。

——きっと、美人なのがいけない。あんな美人の泣き顔を見たら、誰でも気になるだろ……?

サイラスはそう決めつけ、頭からフリーデを追い出そうとした。だが、フリーデのまっすぐな青い瞳が頭からなかなか消えてくれない。

サイラスがようやく寝つくことができたのは、夜半をとうに過ぎてからだった。

3　新しい侍女

レオンハルトの帰国祝いの夜会から数日後。部屋でシェーナが差し入れてくれた本を読んでいたところにノックの音が聞こえたので、フリーデは慌てて本を隠し、返事をした。

入ってきたのは、侍女頭と見慣れない娘が一人。

「ヘルガ・スネ・ヴィンテルと申します」

見慣れない娘が頭を下げる。

「本日からこちらのヘルガがフリーデ様のお世話をいたします。新入りですので粗相もあろうかとは思いますが、旦那様の指示でございますので」

「シェーナはどうしたの？　そんなに具合が悪いの？」

シェーナはこの数日、休みを取っている。急なことで、シェーナの休暇願は本人からではなく代理で来た侍女から伝えられており、理由も聞いていない。だからフリーデは「体調を崩したのかしら」と心配していたのだ。

「いいえ、フリーデ様。シェーナは旦那様から暇《いとま》を出されました。もうフリーデ様のお世話をすることはございません」

表情を動かさず淡々と語る侍女頭に、フリーデはわずかに眉を寄せた。

「なぜシェーナが解雇されなくてはならないの。しかもこんなに急に」

その理由が思い当たらない。

「シェーナがフリーデ様に近すぎることは以前から旦那様も懸念されておりました。献身的に仕えておりましたので、見逃してもらえていたのですが、このたびは度が過ぎました」

侍女頭が抑揚のない口調で答える。この人はいつもこうだ。とっつきにくいので、フリーデは侍女頭があまり得意ではなかった。

「度が過ぎた？　なんの」

「旦那様のやり方に意見をしたのです。もちろん直接ではないのですが、そのような意見をみだりに口にするような者はこの屋敷に置いておくわけにはまいりません。まして、バージェス公爵家のご令嬢であるフリーデ様の世話係などとは言語道断です」

「……話が見えないわね。回りくどい言い回しは好きではないの。シェーナはなんと失言をしたの」

フリーデの目が険しさを増す。たいていの者はフリーデのこの表情に怯《ひる》むのだが、付き合いの長い侍女頭は動じなかった。代わりに、やれやれといった感じで口を開く。

「王太子殿下の帰国祝いの夜会後、フリーデ様が落ち込んでいると。旦那様はもう少しフリーデ様にお優しくされてもよいのではないかというようなことを漏らしたのです」

「父に？」

「いいえ、同僚の侍女にです」

「……そう。それで、父の方針に意見を持ったことが問題になったと……」

「いいえ、フリーデ様とシェーナが近すぎるのがよろしくないと、使用人に隙を見せすぎだというのが理由です」

「……」

フリーデは無表情で侍女頭、そしてその後ろに控えている新入りの侍女を見つめた。

父の指示ということは、この子は何かしらの命令を受けてフリーデのそばにつくことになるのだろう。つまりは監視役だ。

「……そう、わかったわ。よろしくね、ヘルガ」

フリーデはあえて艶然と微笑んでみせた。余裕があって美しく見える、まわりの人が望む「公爵令嬢フリーデ」の笑顔。この笑顔は便利なのだ。いつもフリーデの本心をきれいに隠してくれる。

心が揺れる時ほど、この笑みが効果的だと気づいたのはいつだっただろう。

ヘルガが深く頭を下げ「よろしくお願いいたします」と返してくる。

灰色がかった髪の毛に、同じく灰色の瞳。すっきりした目元をしているから、レオンハルトと同じ北の国の血をいくらか引いているのかもしれない。フリーデの侍女になるくらいだから貴族の娘に違いないが、顔に見覚えはなかった。

「必要な時は呼ぶから、二人とも下がりなさい」

居丈高な公爵令嬢の声音で指示すれば、二人とも静かに部屋を出ていく。

一人きりになり、フリーデは寒くもないのに自分の腕をかき抱いた。

シェーナ以外にも何人かの侍女についてもらったことはあるが、シェーナほど気が合った侍女はいない。というより、シェーナほどフリーデに懐いてきた侍女はいなかった。たいていは、仮面をつけたような無表情で淡々とフリーデの世話をしていたものだ。

だから、シェーナが来たばかりの頃は、ニコニコと笑顔を見せ、どうでもいい雑談を振ってくることに面食らったものだが、いつしかその明るさにフリーデも笑顔を返すようになっていた。

――わたくしたちの距離が近すぎたのが問題だなんて……。

フリーデは、先ほど隠した本を取り出し、表紙をなでた。

この本は、シェーナがフリーデのために用意してくれたもので、シェーナはまだ読んでいない。本棚には、シェーナから借りた本がいくつも隠してある。

――わたくしのせいで、シェーナがクビに……。

フリーデはなんとはなしに、窓の外に目をやった。

――そう、そういうことなの、お父様。

誰かと本音で語らうということは、心の隙を見せるということ。弱みだけではなく、楽しい気持ちすら誰とも共有してはいけなかったのか。

――そう、そういうことなのね、お父様。

何もかも自分の胸の奥にしまって、徹底的に「公爵令嬢」であれと、父はフリーデに求めてきている。今までの侍女たちがフリーデと距離を取っていたのは、父の意図を汲《く》んでいたからだろうか。だとしたらなぜシェーナは自分と親しくしてくれたのだろう。いずれにしても、せめて借りた本くらい返したかった。

つい何日か前まで、シェーナと笑い合っていたというのに、その日々は突然終わりを告げてしまった。それも、原因は自分にある。

どうして、そばにいると居心地がいいと感じる人とは一緒にいられないのだろう。フリーデを気遣ってくれたサイラスは敵対する勢力の中心人物で、フリーデが気軽に会いに行ける相手ではなかった。この屋敷の中で唯一、フリーデに公爵令嬢の仮面を要求してこなかったシェーナは、父によって追い出されてしまった。

多くを望んでいるわけではない。ただ、誰かに話を聞いてほしいだけなのに。

行き場のない感情を抱え、フリーデはしばらく窓の外を見つめ続けた。

父から呼び出されたのは、そのさらに数日後。

自分を呼びに来たヘルガとともに父の書斎に赴けば、父が机の上にあった小瓶をふたつ、フリーデに渡す。

「青い瓶が媚薬《びやく》、白い瓶は『白いため息』と呼ばれる薬だ。媚薬は飲むと気分が高揚する。『白いため息』は、飲むと酔っぱらったようになって考えが鈍る――自白させる時などに使う。どちらとも一気に過剰摂取すると心臓を止めてしまう恐れがあるが、酒よりも手っ取り早く、意識を朦朧《もうろう》とさせることができる。ふたつとも酒に強い者にも効くし、同時に使うこともできる」

「……これを？」

「レオンハルトに使え」

「……わたくしに、色仕掛けをしろと？」

フリーデが非難めいた眼差しを向けると、父は表情のない顔で頷いた。

「いざという時のためだ。実際に純潔を失う必要はない、周囲にそう思わせればいい。公爵家の娘に狼藉《ろうぜき》を働いて責任を取らないというのでは、レオンハルトの名に傷がつくからな」

父の言わんとしていることを悟り、フリーデは眉を寄せた。

「殿下に否定されてしまえばそれまでではないのですか」

「だからこその薬だ。覚えていないものを否定できるわけがないだろう？」

「お言葉ですが、お父様。わたくしは、これでもバージェス公爵家の娘としてふさわしい振る舞いをするように育てられてきましたし、矜持《きょうじ》もあります。このような……」

口にするべきかどうか悩んだが、フリーデはそのまま口にすることにした。

「……このような、卑怯《ひきょう》なマネはできません。王太子殿下を陥れるなんて」

「レオンハルトは夏至祭の舞踏会で必ず妃を選ばなくてはならない。これは閣議でも決まったことであり、レオンハルトも承諾している。かといって勝手に決められても困るから、こちらで妃候補を選び出していることは、おまえにも伝えてあるな？　……だが、私としてはおまえ以外が選ばれるわけにはいかないのだ」

「……ですが」

「これは命令だ。あの北の女狐《めぎつね》の息子は警戒心が強い。これくらいのことをやらなければおまえが妃になるのは難しいだろう。……失敗は許されないから保険をかけておく」

父がフリーデの後ろに控えているヘルガに目をやる。

「そこの娘にも、同じ指示を出してある」

フリーデが振り返ると、ヘルガは頷いてみせた。

「……なんですって……？」

フリーデは啞然《あぜん》とした。

「ヘルガにも、王太子殿下に薬を盛れと……？　そんなことが万が一明るみに出たら」

ヘルガの命はないだろう。

「おまえが一人でやるのに越したことはないが、こういうことは複数でやったほうがうまくいく。この娘は度胸がある。おまえの助けになるだろう。なんだったらおまえの代わりに、この娘が決行者になってもよい」

それはつまり、ヘルガがレオンハルトに狼藉を働かれたことにされてもいい、ということだろうか？

あまりに常識外れな指示に、フリーデは信じられない気持ちでヘルガと父を相互に見やった。ヘルガは驚いていないことから、すでにこの話を聞いているのだろう。

ふたつの小瓶を手に父の部屋を出たところで、フリーデはヘルガを振り返った。

「なぜあなたは、こんな指示を受け入れたの？」

フリーデのあまり機嫌のよろしくない顔にも、ヘルガは動じない。

「なぜと言われれば、王太子妃になりたいからです」

ポケットから、フリーデが父からもらったのと同じ小瓶を出してみせ、ヘルガは答えた。

「王太子の妃……この国で一番偉い女性になりたいからですよ」

どこか挑戦的な眼差しで、ヘルガがフリーデを見返してくる。侍女の立場でここまで横柄な態度を取る娘は初めてだ。

以前コンラートに聞いたところによると、ヘルガはフリーデが予想した通り、北部出身の男爵令嬢だった。父親を亡くして一家で途方に暮れているところを、巡り巡って父に拾われたらしい。

下位であるが、それでも貴族の娘なのだから、結婚前に純潔を失うようなことがあってはならない。それが未遂でも、まったくの事実無根でも、噂が立ってしまうと娘の評判に傷がつく。

この国の価値観では、未婚の娘は処女であるべきとされている。性に奔放な娘は貞淑な妻になれないし、結婚後も問題を起こすとされているからだ。処女ではない、は破談の理由になりうる。

だからこそ、自分の評判にあえて傷をつける作戦に、貴族の娘であるヘルガが乗った理由を知りたかった。

「……あなたが王太子妃になれるとでも？」

「もし、作戦がうまくいって王太子殿下が私を選べば、私を公爵家の養女にしてくださると旦那様は約束してくださいました。王太子殿下は責任感の強いお方だそうですから、女性の貞操を奪っておいて放り出すことはしないだろうと」

「……それは、お父様が？」

「そうです。旦那様と、二の妃様が約束してくださいました。バージェス公爵家としては、王太子殿下の妃は何もフリーデ様でなくてもいいのだそうです。バージェス公爵家の娘であれば誰でもいいと。フリーデ様はお優しいので、薬を使うことをためらうだろうからと」

ヘルガが挑戦的にフリーデを見つめてくる。

「……そうまでして王太子殿下の妃になりたいの？」

「恵まれているフリーデ様には理解ができないでしょうけれど、私は権力やお金に振り回されて潰されていく人生なんてまっぴらごめんなんです。底辺から抜け出すためならなんだってしてやります。王妃様なんて最高じゃないですか。贅沢はし放題だし、嫌いな人は消せる。なんでも自分の思い通りですよ」

やや呆れて呟いたフリーデに、ヘルガがむっとした表情で言い返してきた。

「王妃にそれほどの力があるとでも？」

「現に二の妃様に逆らうと、事業の取引ができなくなったり、社交界に出入りできなくなったりしますよね」

「……」

叔母が贅沢三昧をしているのも、社交界でも強い影響力を持っているのも事実である。夫は国王、実の兄は宰相だから、政治への介入も多少はできるようだ。叔母の気持ちひとつで窮地に追い込まれる人々の話は枚挙に暇がない。

「私は、必ず機会を見つけて王太子殿下を落としてみせます。逆にフリーデ様はどうしてためらうのです？　万が一失敗したとしても、フリーデ様なら結婚相手に困ることはないでしょう。すぐに旦那様が縁談を用意してくださいますし、相手は断れないはずですし」

確かにバージェス公爵家との縁談を断るとなると、かなりの勇気が必要だろう。縁談相手がフリーデであれば、処女ではなくとも問題ないという家のほうが多そうだ。

「せっかく美人なのに、その外見を使わないでどうするんですか。私に先を越されたと言って泣かないでくださいませ」

「そこまで言うのならお手並み拝見といきましょう、ヘルガ」

ヘルガの強気な発言に嫌気が差してきたフリーデは、冷たくそう言い放つとヘルガを置いて歩き出した。

それにしてもよくしゃべる娘である。勇気と無謀を勘違いしているとしか思えない。だが、この気の強さ、野心の強さが父の眼鏡にかなったのはわかった。

ヘルガがフリーデにつけられたのは、監視の意味もあるだろうが、野心家のヘルガをそばに置いておけば、フリーデもやる気を出すとでも思われたのか。

もっとも、ヘルガが成功すれば公爵家の養女にして……のあたりは、父や叔母がヘルガを釣るために適当に呟いた餌だろうなとは思った。養女にしたところで、男爵家の娘を王太子の妃にするには無理がある。だが、そんな荒唐無稽な夢に飛びつくあたりに、ヘルガの苦労が垣間見える。

成功したいのだ。彼女は。どんな手段を使っても勝者になりたい。

問題は、父もヘルガも、レオンハルトを見くびりすぎているという点だ。レオンハルトは今のところ、フリーデとの接触を徹底的に回避している。

うまくいくとは思えない。


部屋に戻ると、フリーデは改めて父から渡されたふたつの小瓶を見つめた。どちらともフリーデの手のひらにすっぽりと隠れてしまうほどの大きさだ。試しに白いほうの栓を抜いて匂いを嗅いでみたところ、かすかに柑橘《かんきつ》のような匂いがするだけで、人の思考力を奪う恐ろしい薬だとは思えなかった。味まで確かめる気にはなれなかったけれど、匂いもそんなに強くないなら味もそんなにしないのかもしれない。これなら、ほんのわずかな間でもレオンハルトの気を逸らすことができれば、グラスへ注いでしまうことはできそうだ。

やるとしたら宮廷舞踏会だろう。夜通し行われる宮廷舞踏会には、軽食も飲み物もふんだんに用意される。お妃選びの舞踏会で既成事実を作り、その現場を多くの人に見せつけてしまえば、レオンハルトは言い逃れできない。

ダンスのあとで飲み物を片手にレオンハルトをあの庭に誘い出し、語らえばいい。深窓の令嬢がこんな手段を使ってくるなんて、さすがのレオンハルトも思わないはず。庭園なら……すぐに誰かに見つかる。最後まで致さなくても……少し、ドレスを乱せば……。

そこまで考えて、フリーデは自嘲した。

まっすぐな気性のレオンハルトをそうして陥れて手に入れた妃の座は、どんな座り心地だろうか？

——もし、わたくしがこれを使ったら、サイラス様はどう思うでしょうね。

そこまで追い詰められていたのかと同情する？　……ああ、それはない。きっと大切な主君を罠《わな》に嵌《は》めた娘として、敵意を向けてくるに違いない……。

もしそうなると、二度とあの美しい緑色の瞳に、優しい光が浮かぶことはないはずだ。

王太子の妃にならなければ、実家の立場がなくなることはわかっている。だが、この薬を使う気にはなれなかった。

フリーデはため息をつくと白い小瓶に再び栓をし、ふたつまとめて机の引き出しにしまった。

＊＊＊

フリーデの気持ちとは裏腹に、時間は残酷に過ぎていく。日差しが強くなり、春というよりは初夏の気配が強くなり始めると、あちこちで夏至祭の宮廷舞踏会の話題が出るようになってきた。ヘルガがついてくると面倒なので、最近は長屋のあたりにも足を運んでいないが、庭園を散歩している時にたまたま出くわしたコンラートからは、庶民の間でもレオンハルトのお妃選びが話題になっていると教えてもらった。貴族の力関係を多少は知っている者たちによって、賭け事も行われているとか。

「まあ、そう気を悪くしなさんな。娯楽が欲しいんだよ、みんな」

賭け事の対象になっていると知って複雑な表情を浮かべたフリーデに、コンラートはからからと笑った。

六月に入ってすぐ、ブランではない工房に注文していた舞踏会用のドレスが届いたので、母と一緒にドレスに合うアクセサリーを選ぶ。とはいえ、フリーデが意見を求められることはなく、商人と母の会話を隣で聞くだけだった。

紺色の生地に金糸で施された繊細な刺繍が美しい。思った通り、大人っぽいデザインはフリーデによく映えた。

「王太子殿下もご満足されるでしょう」

ドレスを試着したフリーデを見て、満足そうに母は頷いたが、フリーデの心は少しも浮き立つことはなかった。新しいドレスを着て、ここまで心が動かないのも初めてだ。

理由はわかっている。これを次に着るのがレオンハルトのお妃選びの場となる宮廷舞踏会だからだ。

「宮廷舞踏会の前に、レオンハルトとの茶会がある」

父からそう教えられたのは、紺色のドレスを受け取った日の夜。

「宮廷舞踏会までの一週間、レオンハルトは妃候補たちと順に茶会をすることになっている。舞踏会の前のアピールの場だ。薬を使うとしたら、その茶会か宮廷舞踏会当日だろうな」

「……茶会は昼間で、人の目もあります。使うとしたら、宮廷舞踏会でしょう。茶会でレオンハルト殿下への心証をよくして、宮廷舞踏会で語らう機会を作ります。薬はその時に」

「頼むぞ、フリーデ」

フリーデの回答は父から及第点をもらえたらしい。満足げに頷かれた。


「茶会で薬は使わないのですか？」

案の定、父の書斎を出たところでヘルガが聞いてきた。

侍女であるヘルガは、茶会についてくることはできても、宮廷舞踏会に入り込むことはできない。

「お父様は、宮廷舞踏会までの一週間、妃候補たちと順に茶会をすると言っていたわ。一対一の茶会で、かつ侍従がそばにいる状態で、レオンハルト殿下の飲み物に薬を混ぜ込むのは難しいと思うの。わたくしへの警戒心を少しでも解く方に注力するべきよ」

「そんな！　宮廷舞踏会で先にフリーデ様が薬を使ったら、私の出る幕がないじゃないですか！」

ヘルガが焦りをあらわにして声を上げる。

「……舞踏会の夜は王太子殿下もお忙しいから、わたくしの出る幕もないかもしれないわ。それに、殿下が舞踏会でどなたかを選ばれたとしても、既成事実を作ってしまえば大丈夫よ」

その代わり、レオンハルトに手折られたという現場をできるだけ多くの人に見せつけて、彼が言い逃れできないようにする必要があるが。仕掛けた側だけでなくレオンハルトの名誉も傷つけてしまう、後味の悪い作戦だ。

そんな作戦を実行する気にはなれないが、ヘルガには薬を使う気があると思わせなくては。父に報告されて、これ以上の無茶を言われてはたまったものではない。

「機会は舞踏会が最後というわけではないの。だから、バージェス公爵家の名を傷つけるような短絡的な行動はしないでちょうだい」

フリーデが冷静な口調で、茶会で無理をするなと釘を刺せば、ヘルガは不満そうな顔をしたもののそれ以上言い返してくることはなかった。

もしかして、ヘルガが暴走しないように見張るのも自分の役目なのではないか？　これではどちらが監視役なのか、わかったものではない。

六月半ば、舞踏会の一週間前になってようやく、ブランからドレスが完成したと連絡があった。フリーデが追加であれこれ注文をつけたせいで、作業が遅れに遅れていたのだ。

久しぶりの明るい話題に、長らく沈んでいたフリーデの心が軽くなる。

本番では着ることができないドレスだが、試着はさせてもらえるかもしれない。シェーナがいれば時々は自室で着ることもできただろうが、ヘルガに着つけを頼む気にはなれないので、納品日が最初で最後の着用になる可能性があった。

どんな仕上がりになっているだろう？

そして迎えたブランのドレス納品日当日。

家族で朝食を取った際、母だけでなく父まで立ち会うと言い出した時に、いやな予感はしたのだ。

不安を覚えつつ応接間に入ると、リー・リー夫人のほかにおそろいの服を着た娘が二人、頭を下げて待っていた。楽にするように伝え、ドレスを台つきのハンガーにかけて見せてもらう。完成したドレスはフリーデの予想以上のでき栄えだった。

胸元から足元にかけて色が淡くなるドレスには、繊細な刺繡が施され、向こうが透けて見えるほど薄い生地を使ったオーバースカート部分にはいくつものクリスタルが縫いつけてあって、きらきらと輝いている。王城の大広間で、シャンデリアの明かりを受けながらダンスをしたらさぞ映えるだろう。

フリーデが以前伝えたように若干甘さを抑えつつも、生地の持つ優しい雰囲気が十分に引き出されたデザインになっている。

「ええ、とても美しい。思った通りの仕上がりだわ」

近づいて眺めながら、フリーデは感嘆のため息を漏らした。ブランの三人がほっとしたように息をつく。

リー・リー夫人と、彼女についてきている二人のうちの一人とは何度も打ち合わせをしたので、フリーデはその二人に対して仲間意識のようなものを持ち始めていた。一緒にドレスを作り上げた、という気持ちが強い。それも自分が自分のために作ったこの世でたった一着のドレス。本番で着られなくてもいい、着る機会がなくてもいい。手に入れて眺めるだけで、心が慰められると思う。

「だが、そのデザインでは少し幼稚に見えるようだ。今度の舞踏会では、王太子殿下のお心をつかまなくてはならない」

ぜひ試着してみたいわ、と、フリーデが言い出す前に、父がブランに文句をつけた。

「……ですが、今からデザインのやり直しをしていては、間に合わなくなります」

ありったけの勇気をかき集めたのだろう、リー・リー夫人が震える声で言い返してきた。

「別にやり直してもらう必要はない。フリーデに似合うドレスはほかに頼んである」

父の言葉に、リー・リー夫人が怪訝《けげん》そうな顔をする。

フリーデが母に目を向けるが、彼女は動じた様子はない。その様子から、今朝、父が立ち会うと言った目的に気がつく。

ブランへのドレス発注は、もともとブランに対して釘を刺すためのものだった。父の同席はさらに、別のドレスがあることを告げて彼女たちのプライドを傷つけることが目的なのだ。なんてひどい。

フリーデは平然とブランの三人を見つめながら、内心で首を振った。

違う、違う。このドレスは無駄ではない。だってこのドレスが欲しかったのだ。フリーデが一番欲しくてたまらなかったのは、体の曲線を強調した大人っぽいドレスではなくて、甘くてふんわりしたドレス。リー・リー夫人がデザインしてくれたロマンティックなドレスなのだ。

「つまりこれは不要ということだ」

「え⁉」

フリーデは自制心を総動員して平静を装いながら、リー・リー夫人の驚く声を聞いていた。こぶしを強く握り締めたせいで、手のひらに長く伸ばした爪が食い込む。

「不要と言ったのだ。さっさとしまって立ち去るがいい」

「恐れながら、公爵閣下」

リー・リー夫人が思い切って、口を開く。

「こちらのドレスは、フリーデ様のためにお作りしたもの。ご不要とあればお引き取りいたしますが、生地代や材料費などがかかっております。お代はどうなりますか？」

「不用品に対して金をせびるつもりか？　子爵の愛人風情が」

父がハンガーにかかっている薄紫のドレスを薙《な》ぎ払った。台が押し倒され、それに巻き込まれる形でリー・リー夫人が床に倒れ込み、付き添っている二人の娘が慌てて駆け寄る。

突然のできごとに、フリーデも思わず目を丸くしてしまった。そんなフリーデを、父が一瞥《いちべつ》する。

——そう……、そういうことなの、お父様。

父の視線からこの茶番の意図を読み取り、フリーデは怒りを覚えた。父はリー・リー夫人とブランに対し「目障りだ」と、はっきり思い知らせたいのだ。

そこまでする必要があるとは思えないが、ここで自分が逆らって父の気分を害してしまうと、ブランの三人がどうなるかわからない。父がブランに更なる損害を与えることはいともたやすい。彼女たちを守るには、父の茶番に付き合うのが一番なのだ。

フリーデは本心を隠してくれる例の艶やかな笑みを浮かべ、床に座り込んでいる三人を見下ろした。

「美しいドレスをありがとう。わたくしとしては、こういったドレスも好みなのだけれど、やはり王太子殿下のお目に留まらなくてはならないから」

ヘルガがお盆に何かを載せてフリーデに近づく。見るとそれは銀色に輝くハサミだった。ヘルガに目をやれば「できるでしょ？」という視線でフリーデを見返してくる。

フリーデはヘルガに続いて父と母にも目を向ける。二人とも黙ってこちらを見ている。

ヘルガも、両親も、フリーデの心が揺れていることなんてお見通しなのだ。でも父とフリーデの態度が異なれば、ブランへの脅しにならない。「バージェス公爵家の娘」としての正解はひとつだけ。

試着もさせてもらえないだなんて思わなかった。このドレスが仕上がるのを、本当に楽しみにしていたのに。

父に対する憤りややるせなさを公爵令嬢の仮面の下に隠し、フリーデは言葉を続けた。

「ねえ、そのドレス、わたくしのために作ったのだから、ほかの人は着ることができないわよね？わたくしね、こんな甘い雰囲気のドレスが好みなの。着てみたかったからたくさんデザインに注文をつけたのよ。これはこれで美しいと思うの。だからこそ、持ち帰られて再利用されるのはいやなの。——許してくださいね？」

フリーデはハサミを持つとしゃがみ込み、淡い紫色のドレスの裾を持つ。

一度でいいから、こんなふわふわしたドレスを着てみたかった。そしてほかの家の娘のように、自分だけを見てくれる誰かとダンスをしたかった。

家の思惑なんて知らない。立場なんてどうでもいい。

——わたくしだって、本当は……。

シェーナが差し入れてくれた本のような恋愛をしてみたい。本当に好きになれる人に出会いたい。

幸せになりたい。かわいい子どもたちと手をつないで散歩をしたい。百歩譲って政略結婚になることは許そう。でも、楽しみにしていたドレスまでこんな形で手放さなくてはならないなんて、あんまりだ。

フリーデは本心を隠してくれる微笑を浮かべたまま、一気にハサミを滑らせた。薄い生地は抵抗もなく切り裂かれ、いくつかのクリスタルが刃先に当たって床に散らばる音が、小さく響く。

ブランの三人が凍りつく。三人のうちの誰かがこの場で泣き出したり、暴れ出したりするのではないかと冷や冷やしたが、さすがにそんなことはしなかった。ただ、二人いる付き添いの娘のうち、亜麻色の髪の毛をした、茜色の瞳の娘の視線がとにかく突き刺さって痛かった。本人にそのつもりはないのかもしれないが、大きな目でまっすぐ見つめられるのはつらい。

きっとこの娘が一生懸命縫ったに違いない。

――ああ、違うのよ。あなたの作ったドレスにわたくしはなんの不満もないの……。

気位の高い公爵令嬢として三人を見下ろしながら、フリーデは心の中で謝った。

――わたくしはいつまで父の人形なのかしら。なぜ、人形のわたくしにも心があるのかしら……。心をなくしてしまうことができたらいいのに。そうすればこんなに悲しい思いも、苦しい思いもしなくて済む。

ドレスを切り裂いたあと、フリーデは部屋に戻り、そのままベッドに転がった。もう、何をする気も起きない。

サイラスは「つらい時は、泣いてもいい」と言っていた。今日は泣いてもいいだろうか。誰にも見られていないなら、泣いてもいい？

――泣いたところで……、なくしたものが戻るわけではない……。

第一、ドレスを切り裂いたのは自分ではないか。本当にやり切れないのはブランの彼女たちだろうに。そう思えば、フリーデが泣くのは筋違いだという気がする。

フリーデはベッドの上で目を閉じた。「バージェス公爵令嬢フリーデ」ならこんな時はどうする？ きっと「目障りなブランを懲らしめてやったわ」と思っているに違いない。だからフリーデが泣くのは間違い。

――わたくしは泣かない。

フリーデは目を閉じたまま歯を食いしばった。涙はこぼれなかった。


ドレスの納品の翌日、フリーデは身なりを整えて王城へ向かった。

今日は王太子との茶会がセッティングされている。レオンハルトによる実質的な妃候補の品定めの場だろう。バージェス公爵家が彼にしてきたことを思えば、レオンハルトがフリーデを選ぶことはまずないので、昨日に引き続き父が用意したひどい茶番に付き合わされているともいえる。割に合わない。

――滑稽よね、本当に。

誰のために？ バージェス公爵家のために。父のために。

どうしてこんなことを？ レオンハルトの治世になっても父が宰相であり続けるため。

気分は最悪だが、行かないわけにもいかない。

今日はヘルガがついてくる。貴族の娘なのに常識にやや欠けるところがあるヘルガだが、以前釘を刺しておいたので、おとなしくしてくれることを願うばかりだ。

通されたのは王城の中庭、王家のプライベートゾーンだ。

ばらが咲き乱れる、美しい庭だった。木陰にテーブルとイスがセットしてあり、すでに給仕係が控えている。庭に見とれるフリをしてあたりをぐるりと見回してみたが、サイラスはいないようだった。秘書官という役職を与えられているのだから、彼は彼で仕事を抱えているのだろう。

そのまま視線を王城に向けてみる。……どこかにサイラスはいるのだろうか。

――わたくしのことを、どう見ているのかしら。そろそろ滑稽に見えているかしら。

しばらくしてレオンハルトが現れる。

フリーデは立ち上がり、頭を下げ淑女の礼を取った。

「楽にしていい」

レオンハルトがぶっきらぼうに言うので顔を上げる。案の定、レオンハルトはあまり機嫌のよろしくない表情でフリーデを見ていた。

今日はレオンハルトの心証をよくすることが目的だ。フリーデは精一杯にっこりと微笑み、彼と会えて嬉しい雰囲気を出すように努めた。

「お久しぶりでございます、王太子殿下。お会いできて嬉しいですわ。三年ぶりになりますでしょうか」

「ああ、そんなになるかな」

「ええ。殿下の成人祝いにて一曲踊っていただいて以来になりますわ」

フリーデの答えに、レオンハルトがしばらく考え、「そうだったな」と呟いた。

その答えから、レオンハルトにとって自分は、本当にどうでもいい存在なのだろうなと思う。

父の目だけでなくレオンハルトの目にも、フリーデは動く人形にしか見えていないのかもしれない。

――わたくしは……何なのかしら……。

なぜか頭に浮かぶのはサイラスだ。彼の鮮やかな緑色の目に映るフリーデは、心細かったり、威勢がよかったり……ちゃんと生きている人間に見えているようだった。シェーナもそうだ。小言も多かったけれど、フリーデをよく心配してくれていた。

――わたくしが人形に見える人と、ちゃんと人間に見える人の違いって、どこから生まれてくるのかしら……。

ただわかっていることは、フリーデを人間として見てくれる人はフリーデのそばに残らない。そのことに、どうしようもないほど寂しさを覚える。そしてこの気持ちには行き場がない。

行き場のない感情は、どうすればいいのだろう。

レオンハルトとの茶会は、フリーデの予想に反して何事もなく終えることができた。当たり障りのない話題を用意してきたとはいえ、レオンハルトにとってフリーデは母親の仇の娘である。すっぽかされたり、途中で帰られたりする可能性も考えていたのだが、レオンハルトは最後までフリーデに付き合った。ただし、フリーデの話に相槌《あいづち》を打つ程度で話が弾んだとは言い難かったが。

心配していたヘルガだが、こちらはおとなしくしてくれていた。間近で見るレオンハルトの王太子らしい風格に気圧《けお》されたようだ。さすが本物の王子様。

きっかり一時間後、次の予定があるからとフリーデを置いてさっさと執務に戻るレオンハルトを見送り、フリーデは内心でため息をついた。心証をよくする作戦は成功しなかったらしい。まあ、想定の範囲内である。

この次は宮廷舞踏会だが、果たして自分の立てた作戦通りに事を進めることができるだろうか。

そういえば舞踏会で着るほうのドレスはずいぶん煽情的《せんじょうてき》だった。媚薬を用意したことといい、レオンハルトを誘惑するという展開を予想して父がオーダーしたとしか思えない。本当にあの人は、実の娘にも容赦がない。

――ドレス……。

舞踏会で着ないほう、ブランに発注したドレスはどうなっただろう。傷物になってしまったし、昨日の今日だからまだブランにあるのでは？

急げば間に合うかもしれない。

そう気づいてしまうと居ても立ってもいられない気持ちになり、フリーデは帰宅後、大急ぎでコンラートのもとへ行き、お金を作る方法を相談した。何がなんでもドレスを買い取りたいが、現実問題として、フリーデは自由にできるお金を持っていない。

「傷物になってるからドレスの価格は元値よりは下がっているとは思うけど、公爵令嬢が特注したドレスとなるとだいぶ高そうだねえ。一括払いはお嬢ちゃんでも難しいんじゃないかい？」

「どうしたらいいの？」

必死な様子のフリーデに、コンラートがくすりと笑う。

「まー、頭金をいくらか入れて、あとは分割払いを頼むしかないんじゃないかねえ」

「頭金はいくらくらい用意すればいいのかしら。その前に、わたくしの手持ちのドレスをお金に変えてくれるところはあるの？」

「そりゃ、あると思うけど」

「コンラート、頼める？」

「……俺が⁉ お嬢ちゃんのドレスを売りに行くのか⁉ もんのすごいあやしまれると思うんだけど」

シェーナも同じことを言っていたことを、フリーデは思い出した。

「一筆書くわよ、盗品ではありません、と」

「……いや、それもなんか問題がありそうなんですが」

コンラートを言いくるめてドレスを売り払う算段をつけると、次はブランへの連絡だ。夜のうちにドレスを買い取りたい旨、支払いは分割でお願いしたい旨を手紙にしたため、ヘルガを経由すると面倒なので別の人間に頼み、翌日の午後にはブランにお使いに行ってもらった。

これでドレスだけでも取り戻せる。そう思った矢先、お使いに頼んだ者の持ち帰った返事は残酷だった。

「すでにフリーデ様のドレスは、どなたかがお買い上げになられたそうです」

傷物のドレスを買う人間がいるなんて、思ってもいなかった。確実に取り戻せると思っていただけに、フリーデのショックは大きかった。筆頭貴族であるバージェス公爵家の娘であり、父は宰相、叔母は二の妃、イトコに第二王子までいる、この国で一番身分が高い貴族の令嬢。それがフリーデなのだが、傷物のドレスひとつ買うことができないなんて……！

なんなのだ、この状況は。なにひとつ思い通りにならない。踏んだり蹴ったりとはまさにこのことである。

ショックのあまりその日は食事も喉を通らず、フリーデは早々に部屋に引き揚げてしまった。

部屋で一人になると、心の中であの日のサイラスが「泣いてもいいんですよ」と、言ってくれる。それは甘い囁《ささや》きだった。でも涙は心の弱さの象徴。「公爵令嬢フリーデ」は強くないといけないのに。いつまでも敵側の人間の言葉にすがって、本当に情けない。

――わたくしは泣かないわ、「公爵令嬢フリーデ」はドレス一着くらいで動揺したりしないはずよ。心の中で強がってみたものの、何もする気にはなれず、フリーデはベッドに倒れ込むと上がけを頭からかぶって、そのまま一晩寝込んだ。

4　宮廷舞踏会

「わかっているな、フリーデ」

華やかな雰囲気に包まれた王城の大広間を眺めていたフリーデに、傍らに立つ父が囁く。

「わかっております」

フリーデは感情のこもらない声で答えた。

来てほしくないと思っていた夏至の日が来てしまった。

夏至の日の夜の宮廷舞踏会は、この国で一番大きな舞踏会だ。夕方から夜更けまで大勢の人がダンスをしたり、親睦を深めたりする。

王族の務めとして、二人の王子はまず何人かのデビュタントたちと踊る。それが終わると、レオンハルトと妃候補とのダンスが始まる。

レオンハルトが誰を選ぶかわからない。自分が選ばれるとは思っていないが、フリーデはとにかくレオンハルトと二人きりで話をしようと考えていた。

父には「指示に従って行動した」という姿を見せておきたい。行動することに意義があるから、薬を使うつもりはない。レオンハルトと二人きりになって、薬を使ったように見せかけるのだ。その結果、レオンハルトに見破られたことにしてもいいし、実際は口にしなかったことにしてもいい。

ヘルガに確認されたのでしぶしぶポケットに入れてきたこの忌まわしい薬も、使ったことにしてここで捨ててしまおう。

父に話した作戦は、レオンハルトにあまりにも失礼である。「公爵令嬢フリーデ」にだってプライドはある……貴族令嬢らしからぬ行いは慎むべきだ。いくら父の指示であっても。

ここまでやってもだめなら、父も考えを改めるに違いない。

デビュタントとのダンスが終わったのか、レオンハルトがフロアの真ん中で誰かを探すような仕草を見せる。フリーデが一歩前に出ると、それに気づいたレオンハルトが近づいてきて手を差し出した。

フリーデがレオンハルトと踊るのは二回目。

「今日は一段とお美しい」

これは社交辞令。ダンス相手には必ずかける言葉だとわかっているから、フリーデも社交辞令としてにっこり笑ってみせた。

「ありがとうございます。殿下も素敵ですわ」

レオンハルトは、儀礼服である。式典用のものなので装飾が多いが、見栄えもいい。

「あなたには、その色が映える」

これも社交辞令。

「殿下は、黒色のお召し物がよく映えますね。髪色とも相まって、とても凛々しいですわ」

「母が北方の出身なのでね。北方の民はみんな黒髪なんだ」

「ええ、存じております」

踊りながら話しかけるタイミングをうかがっていたのだが、レオンハルトの様子がなんだかおかしいことに気がついた。

警戒されているのとも違う。意識がフリーデに向いていない。そのせいでレオンハルトの動きを読むことができず、フリーデはダンスについていくのが精一杯だった。話しかける余裕なんてどこにもない。

「あとでお時間を」……その一言さえ発することができないまま、曲が終わってしまった。

レオンハルトに体を離され、礼をされてしまえばしつこく食い下がるわけにもいかない。フリーデは腰を落として礼を返した。

――どうしよう……。

どうするも何も、ダンスが一区切りついたレオンハルトをつかまえる以外にない。しかたなく、フリーデは大広間の片隅で、引き続き妃候補の令嬢と踊り始めたレオンハルトを見つめていた。二人目、三人目……。

見つめているうちに、レオンハルトの様子がおかしいままであることに気づく。

口元に笑みを浮かべているのでダンスを楽しんでいるようには見えるが、どの令嬢とも会話をしている様子はない。バージェス派の娘と踊るのは気が進まないのだろうと思ったが、時々、フロアを見渡して誰かを探しているような素振りも見せる。

何かある、とピンときた。

レオンハルトには何か考えがある。それは間違いなく、フリーデたちを追い詰めるものだ。

彼がそれを成功させたら、きっとフリーデは大目玉を食らう。レオンハルトに話しかけるとしたらいつがいいだろう。やはり最後の妃候補と踊ったあとだろうか。

そんなことを考えながら、フリーデはゆっくりと人混みの間を縫って、最もレオンハルトをつかまえやすいであろう位置へと移動していく。

やがて、レオンハルトが最後の妃候補の令嬢とのダンスを終えた。今だ、と思い踏み出そうとしたフリーデの腕を誰かがつかむ。

驚いて振り返ると、そこには夜会服姿のサイラスが立っていた。

サイラスがいるとは思っていなかったので、フリーデは固まってしまった。

シャンデリアの明かりを受けて、サイラスの赤毛がよりいっそう際立って見える。鮮やかな緑色の瞳が、息をするのも忘れて呆然としているフリーデを不思議そうに見下ろしてきた。

「そんなに驚かなくても……僕だって独身なんで、宮廷舞踏会への参加資格はありますよ」

「そう……そう、なの？」

サイラスが反バージェス派であるエーレブルー侯爵の三男であるということは、名前を知って間もない頃にコンラートに頼んで調べてもらった。レオンハルトとは士官学校からの付き合いがあり、留学にも随行した最側近。レオンハルトより一歳年上だから現在は二十四歳というところまではわかったが、結婚しているかどうかまではわからなかった。

「あ……あなたも、結婚相手を探しに来ていたの？」

サイラスがお相手探しのためにここにいる可能性はまったく考えていなかったので、フリーデは動揺が隠せない。

「いーえ。そんなことより、殿下の邪魔をすると怒られてしまいますからね。ちょっと移動しましよう」

サイラスはそう言いながら、フリーデの背中をそっと押してきた。大きな手のひらに触れられて、心臓が大きな音を立てる。かああ、と顔に血が上るのがわかった。

前もそう。サイラスに会うとどうしてこうなってしまうのだろう。かぶり慣れているはずの「公爵令嬢」の仮面が、うまく機能してくれない。勝手に心臓がドキドキして、顔に血が上って、いつもの澄まし顔を保てなくなる。

連れ立って歩きながら、フリーデはすぐ横にいるサイラスをちらりと見上げた。彼は前を向いていて、フリーデには注意を向けていない。よかった、彼に「らしくない姿」を見られなくて済む……今さらだけど……。

「わたくしをどこへ連れていくの」

「もう少しよく見える場所へ。……殿下の邪魔をすると、フリーデ様のお立場が非常にまずくなる可能性が高いのでね。僕としても、フリーデ様にこれ以上泣いてほしくないですし」

「な……っ、泣かないわよ、わたくしは！　あれは、あの時は……！」

サイラスに十五歳の春の夜のできごとを蒸し返されて、フリーデはますます赤くなった。

「わかっています、あの時は特別だったんですよね。さて、このあたりが一番見やすいんじゃないかな。それに、外にも出やすいですし」

そう言いながらサイラスはフリーデを大広間の入り口近くに誘導する。

ちらりとサイラスが背後を見やった。今は夏ということもあり、庭園に面している大広間のガラス張りの扉はすべて開かれており、涼しい夜風が吹き込んできている。

「どういう意味……？」

「ほら、動きがありましたよ」

フリーデの問いには答えず、サイラスが大広間の真ん中に視線を向ける。釣られるようにフリーデも大広間に目をやった。

レオンハルトがつかつかと大広間の隅に向かって歩いていくのが見えた。そしてその先にいるのは、見覚えのあるドレスをまとった黒髪の令嬢。

フリーデは思わず息を呑んだ。

淡い紫色のドレス。リー・リー夫人とたくさん打ち合わせをして作った、世界にたったひとつしかない、フリーデのためのドレスだった。

レオンハルトが恭しく差し出した手に、黒髪の令嬢が手のひらを重ねる。

フロアの真ん中に出てきた黒髪の令嬢を、フリーデは食い入るように見つめた。

覚えているドレスとは若干デザインが変更になっているようだ。ウエストに大きなばらの飾りがあしらわれ、そこから幾筋ものリボンがさらさらと揺れている。フリーデが切り裂いた部分を目立たなくするためにリメイクしたのだろう。切り裂いた部分はスリットに見えるように仕立て直されており、動くたびにリボンと内側の生地が揺れて美しい。

――どうしてあのドレスがここにあるの。誰があのドレスを着ているの。

フリーデが混乱しているうちに曲が始まり、二人が踊り出す。

レオンハルトと踊っているのは誰なのかと令嬢を見つめていたフリーデだが、それよりもとんでもないものを目の当たりにして目を疑った。

レオンハルトが、笑っているのだ。

フリーデが知る限り、一の妃を亡くした以降のレオンハルトは笑ったとしても作り笑いが基本で、笑顔を見せることはほとんどない。

しかし、今のレオンハルトは、本当に嬉しそうに笑っている。一緒に踊っている令嬢も、まっすぐにレオンハルトを見上げている。紅潮した頬とこぼれるような笑顔から、彼女がどんな気持ちでいるのか手に取るようにわかる。

二人の関係は、一目瞭然だった。

「……あの方は、どなた……？」

フリーデは呆然と呟いた。

一曲目が終わっても、二人は体を寄せ合ったまま、何か話している。やがて二曲目が始まり、二人が再びゆっくりと動き出した。

同じ人間と連続して踊る意味は、ここにいる全員が知っている。

「王太子殿下には意中の方がいらっしゃるんです。おつらいでしょうが、諦めたほうがあなたのためです。殿下がフリーデ様を妃に選ばれることはまず……」

「まずないことはわかっているわ。それは構わないのよ、別に」

「え？　そうなんですか？」

サイラスに勘違いされていることが気に入らずきっぱり言い返せば、サイラスが驚いてフリーデの顔を見つめてきた。

「フリーデ様は殿下のことがお好きなのかと」

「なんとも思っていないわ。近づこうとしているのは父の命令だからよ」

「……じゃあ、なぜ一人で泣いていたんですか。あの時……成人祝いの夜会で」

「やりたくもないことをやらされたあげく、成果が出ないのはわたくしの努力が足りないからだと叱られたら、さすがに傷つきます」

言いたくもない理由を言わされたことが腹立たしくて、フリーデはキッとサイラスを睨み上げた。どうしていつもいつも、サイラスには情けない姿を見られることになるんだろう。

「ああ、そういうことでしたか。よかった」

なぜかサイラスがほっとしたように肩の力を抜く。

よかったとはどういうことだろう。聞き返そうとしたフリーデの耳に、新たな曲が聞こえてきた。視線をフロアに戻せば、いつの間にか踊っているのはレオンハルトと黒髪の令嬢だけになっている。

三回続けて同じ人と踊ることは、「特別な仲です」という意思表示になる。

つまり、レオンハルトは選んだのだ。王の命令に従い、夏至祭の舞踏会で、妃となる女性を。

——ああ、そういうこと。

レオンハルトが何を仕掛けようとしていたか、ようやくわかった。

これはレオンハルトから父への宣戦布告だ。レオンハルトはきっぱりとバージェス公爵家を拒絶した。これで派閥の対立はますます激しくなる。自分も巻き込まれるに違いない。

どこか他人事のようにそんなことを考えながら、王太子と黒髪の令嬢のダンスを見ていると、曲の終わりに、いきなりレオンハルトが跪《ひざまず》いた。黒髪の令嬢の手を取り、その手の甲に口づけて、何事かを告げる。

正式な求婚の所作だ。

次の瞬間、黒髪の令嬢がレオンハルトに背を向けて走り出した。一直線に、大広間から駆け出していく。そして彼女がフリーデの目の前を通り過ぎる時、ちらりとこちらを見た。茜色の瞳と視線がぶつかる。だがそれは一瞬のできごとで、フリーデは身動きすることができなかった。

レオンハルトが逃げ出した令嬢を追いかける。

二人が出ていったあとの大広間は、それは大変な騒ぎになった。二人の様子を見ようと人々がわらわらと大広間の正面ドアに押し寄せてきて、ダンスどころではなくなる。

騒動の中、フリーデは傍らに立つサイラスを見上げた。

「あなたはこのことを知っていたのでしょう？　なんなの、これは」

詰め寄ろうとしたフリーデが、人混みにどんと押されてよろめく。とっさにサイラスが手を伸ばして、フリーデを抱きとめてくれた。その衝撃で、髪の毛に差していた飾りのひとつが床に落ちる。

「フリーデ様は何も悪くありません。これで、お役御免になるといいですね」

一呼吸遅れて、ふわりとあの優しい匂いがフリーデを包んでくれた。肩を抱くサイラスの手が温かい。レオンハルトの宣戦布告を目の当たりにしてざわめいていた心が、すぅっと落ち着いていく。

なぜだろう。

「……なぜそんなことを言うの？　あなたもわたくしが目障りなのではなくて？」

「いいえ、ちっとも。ただ、いろんなものに振り回されて大変そうだなあとは思っています。あ、このことは内緒にしておいてくださいね。バージェス公爵閣下は怖いからなあ」

そう言ってサイラスが体を離す。間近に感じていたぬくもりが遠ざかると、途端に心細く感じる。

そんなフリーデの気持ちにサイラスが気づくはずもない。

「じゃあ、失礼しますねー」

床に落ちた髪飾りを拾ってフリーデに渡すと、サイラスは足早に人混みの中に紛れていった。あまりにあっさり離れていくので、別れの言葉も言うことができなかった。

「あれは誰だ」

寂しい気持ちを噛み締めていたところに突然、背後から父の声が聞こえて、フリーデは驚きのあまり肩を揺らしてしまった。おそらくサイラスは近づいてくる父に気づいてさっさと撤収したのだろう。

「落ちた髪飾りを拾っていただいただけです……わかりません」

「なんの話だ？　レオンハルトと踊っていた娘のほうだ。顔に見覚えは？」

「そちらでしたか。いいえ、知らない顔でした」

「知らないだと？」

父が怖い顔でフリーデを睨む。

お妃問題から逃げ回っていたはずのレオンハルトが跪く女性の登場である。

単なるロマンスとしても興味を惹《ひ》かれるが――王太子の相手ともなれば、政治的な意味でも重要な存在になる。

しかも逃げられた。

「わたくしは存じ上げないお顔でしたわ。ドゥーベ派のご令嬢ではないでしょうか？　派閥が違いますと、なかなかお会いできない方もいらっしゃいますしね」

フリーデが本心を隠した例の笑みを浮かべれば、父が顔を歪《ゆが》める。口を開きかけたが、結局何も言わずに背中を向けて立ち去ってしまった。

相変わらず大広間は大騒ぎで、レオンハルトたちのあとを追おうとする者、残って先ほどのできごとについて話している者など、様々だ。よくよく見れば呆然としている国王夫妻の姿が見えた。舞踏会どころではなくなってしまったが、楽団は律儀に舞踏曲を奏で続けているのが、なんだか滑稽だった。

フリーデは、サイラスに手渡された髪飾りを握り締めた。

事態が大きく動こうとしていることだけは確かだ。その中にいやおうなしに自分が放り込まれることも、間違いない。

しばらくして、レオンハルトが大広間に戻ってくる。黒髪の令嬢には逃げ切られたらしい。すでにダンスをする雰囲気ではなくなってしまった大広間に、鐘楼からの零時を知らせる鐘の音が響き渡った。

5　王太子の執務室

舞踏会から二週間後、フリーデは王太子の執務室に向かっていた。

レオンハルトに近づくためである。お役御免になるかと思っていたレオンハルトの妃の座を、フリーデは再び狙うことになったのだ。

理由は簡単で、レオンハルトが跪いた令嬢の正体が不明なままだからである。


舞踏会の夜、大広間に戻ってきたレオンハルトは案の定、あの薄紫のドレスの令嬢を妃にすると宣言した。が、レオンハルトですら彼女の正体はわからないという。正体不明の令嬢を妃にできるかと国王や父は怒り心頭だが、レオンハルトは「これから探す」「これは運命だ」と、周囲を小ばかにしたような発言を繰り返して、さらなる怒りを買っているらしい。

宮廷舞踏会の騒動は目撃者が多かったこともあり、翌日には新聞になって市井《しせい》にも広まり、黒髪の令嬢は着ていたドレスの色にちなんで「暁姫《あかつきひめ》」という呼び名がつけられた。

結局レオンハルトは、「絶対に暁姫を妃にする」と譲らず、即位までの間に見つけ出すこと、もし即位の時点で見つからない場合は、ただちにふさわしい娘を妃とするということを国王と大臣に約束させられた。

お妃選びに関してはとりあえず、レオンハルトの勝ちということだろうか。ただ、暁姫の正体が不明なので、事態としては何も変わっていない。

舞踏会から一週間、父は必死になってその暁姫の正体を探ったが、父の力をもってしても暁姫の正体を突き止めることはできなかった。

「ここまで正体が不明ということは、ドゥーベ公爵が絡んでいるのだろう」

暁姫の正体解明を断念した翌日の朝食時、不快感をあらわにした父の言葉を聞きながら、「そうだろうな」とフリーデは思った。

「しかしどうして正体を不明にする必要があるのです？　王妃にふさわしい身分のお嬢さんなら、正体を明かしても問題ないでしょうに」

母が不思議そうにたずねる。

「大方まともな娘を用意できず、間に合わせで下位貴族の娘を引っ張ってきたのだろうよ」

父の答えに、フリーデも内心で頷いた。

父には伝えていないが、サイラスがレオンハルトの企《たくら》みを知っていたことから、暁姫はレオンハルトがお妃選びを乗り切るために用意した仕込み令嬢で間違いない。

「名乗ることもできないような娘など、妃にできるはずもない。フリーデ、おまえにもまだ機会はある。レオンハルトに近づき、今度こそ薬でも使って妃の座をもぎ取ってくるんだ。これは命令だ。それからあの暁姫とやらの正体、レオンハルトの周辺の人間なら知っているかもしれない。聞き出せるようなら聞き出してこい」

「……かしこまりました」

父の苛立《いらだ》つ声に、フリーデは涼しげに答えた。

相手が仕込み令嬢だろうがなんだろうが、どっちみちうまくいかないに決まっている。レオンハルトははっきりと「バージェス派の娘は選ばない」と意思表示をしたのだから、もういい加減にしてほしい。

未だに娘をレオンハルトの妃にすることを諦めていないらしい父に対し、フリーデは心の中でため息を漏らした。できもしないことに付き合わされる娘の身にもなってほしいものだ。ただ指示するだけの父と異なり、レオンハルトに直接対峙《たいじ》しなければならないフリーデのほうが、どう考えても精神的な負担は大きい。

暁姫が仕込み令嬢だという父の意見にはおおむね同意のフリーデだが、実は引っかかる部分もある。

レオンハルトによると暁姫とは舞踏会が初対面で、あの場で一目惚《ひとめぼ》れしたということだった。しかし、あの日の二人の様子を思い出してみると、二人は以前から面識があったとしか思えない。

第一に、レオンハルトは妃候補とのダンスのあと、まっすぐに暁姫のもとへ向かい、すぐに彼女を大広間の真ん中に引っ張り出していた。初対面ならもう少し何か会話があるはずだ。打ち合わせができていたからこそ、すぐ暁姫を連れてフロアに戻れたのではないか？

第二に、ダンス中の二人の様子。レオンハルトも暁姫も、非常に親しげな雰囲気だった。それに、二人とも実に幸せそうな笑みを浮かべていた。レオンハルトは警戒心が強い。その彼があんなふうに笑うなんて。面識どころか、二人は以前から親交があったに違いない。

もはやバージェス派の娘がいやだからとか、そういう問題ではなく……。

――暁姫を妃にしたいのかもしれない？

だが、レオンハルトは現在のところ、すぐに彼女を妃にする気はないようだ。

――正体を伏せているのは、王妃にふさわしくない立場の女性、だからかしら。

しかし、雰囲気は清楚《せいそ》で上品だった。舞踏会での振る舞いにためらいもないから、育ちはよさそうに思えるが、父が調べても突き止められない正体を、自分が突き止められるわけもないだろうに。

ふと、サイラスの顔が浮かんだ。

彼は暁姫の正体を知っているに違いない。……教えてくれないだろうか？

いやそれはさすがにないか。フリーデに好意的とはいえ、政敵の娘である。彼の優しさは単なる同情だろう。彼の憐憫《れんびん》を誘うほど、痛々しい姿をさらしていたのかと思うといたたまれない。

それにしても、王子様と謎の娘の禁断の恋とは。

――シェーナが泣いて喜びそうな題材ね。

バターの香りが漂うオムレツを黙々と口に運びつつ、フリーデは仲良しだった侍女に思いを馳《は》せた。シェーナはどうしているだろう？　解雇後の行方はコンラートにもわからないという。

――王太子殿下とドゥーベ公爵が絡んでいるのなら、あのドレスを取り戻すことは難しそうね。

あのドレスに関してはとことん、ついていない。ただ、自分好みのドレスがほしかっただけなのに。

父から「王太子籠絡作戦続行」の指示を受けた一週間後。フリーデは王城の中を歩いていた。近くにいた文官に案内を頼んだら、快く引き受けてくれたので助かった。意外に歩くのが速いフリーデに、ヘルガが一生懸命ついてくる。

しかし、実は、本日のレオンハルトは軍事会議に出席しているため執務室には不在なのだ。父の側近にレオンハルトのスケジュールを調べてもらった。不在なのだから、もちろん、面会の約束なども取りつけていない。

なぜ不在の日に約束もなく訪問することにしたのかといえば、理由はふたつ。

ひとつめは、レオンハルト本人には別に会いたくないからだ。会ったところでどうせ相手にされない。

ふたつめ、約束がなければ万が一本人がいたとしても間違いなくすぐに追い返される。時間の無駄だから、フリーデとしてはさっさと追い返されたい。

とりあえず「王太子を籠絡するために頑張っている」姿勢を示すことが大切なのであって、本当にレオンハルトと仲良くなる必要はない。余計な消耗はしたくないので、王太子不在の日に急な訪問という行動になったのである。

とはいえ、王太子執務室の面々がどう動くかはわからない。

——王太子殿下の執務室には、補佐官が一人、秘書官が一人。

その秘書官がサイラスなのだが……。

彼には必ず情けない姿を見られている。その上、もはや何度目かわからない「レオンハルトにろくに相手にされない姿」を、また見られることになるのだ……。

そう思うと、憂鬱な気分になる。無様な姿を見られるのもつらいが、彼に邪険にされるのはもっとつらい。

傷つきたくない。傷つかないようにするにはどうすればいい?

「バージェス公爵令嬢フリーデ」としてしっかり武装していくしかない。

――わたくしには、それくらいしかできないもの……。

執務室の訪問が、サイラスに会う最後の機会になるだろう。せめて最後くらいは、情けない姿ではなく凛とした姿を見せたい。


というわけで、敵の本陣に切り込む将軍よろしく、フリーデは気合を入れ、「どこからでもかかっていらっしゃい」という意気込みで王太子の執務室のドアを叩いた。

急な訪問なので、予想通りに王太子の執務室にいる面々が慌てる。

青い目をさっと動かして、フリーデは執務室の中を見た。奥に一人、手前に二人。聞いている人数と違う。三人目は誰だろう?

フリーデが観察するよりも前に、一番手前に座っていたサイラスが立ち上がり、こちらに向かってきた。サイラスの制服姿を初めて見たが、非常に凜々しい。仕事ができそうな感じがする。少し顔が怒っているのは、やはり急な訪問のせいか。それとも政敵の娘が押しかけてきたから?

――まあ、両方よね。夜会や宮廷舞踏会では優しかったけれど、今は秘書官として勤務中だもの。

今の自分が常識のない行動をしている自覚はある。歓迎されないのは当たり前だ。

「これは、フリーデ様。こちらにお越しになるとは、おうかがいしておりませんでしたが?」

「王太子殿下にお目通りを願いたいのだけれど、いらっしゃるかしら?」

サイラスに「約束もなしに何しに来たのか」と言われたが、それには答えずにフリーデはレオンハルトに会わせろと要求してみた。

「あいにくですが、殿下は定例の軍事会議出席のため、本日は終日不在となっております。ご足労いただいたのに申し訳ございません。殿下にご用件がある場合は、前もって予定の確認をされることをおすすめします」

サイラスが丁寧に「さっさと帰れ」と言ってくるのでくすりと笑うと、彼がわずかに眉根を寄せた。そうよね、と思う。王太子の秘書官であるサイラスが、いつでもバージェス公爵の娘に優しくしてくれるわけがない。

「あら、そう。今日はもうお戻りにはならないのかしら」

フリーデはサイラスに質問しながら、もう一度、執務室の中を見渡した。

一番奥にいる長髪の男性が補佐官のアレクシス・ディレイだろう。確か侯爵家の出身だったはずだ。

「本日中に城にはお戻りになると思いますが、こちらにお寄りにならない可能性も高いですね」

フリーデの質問に答えるサイラスからは、かすかに苛立ちが感じられる。よほどフリーデにはここにいてほしくないらしい。

「ではお待ちしても時間の無駄ということですわね」

サイラスに視線を戻し、フリーデがたずねる。

「そうですね、急ぎの用でなければ出直したほうが確実です。よろしければ、殿下のスケジュールの確認をいたしましょうか」

サイラスは机の上にあった手帳を手に取り、ぱらぱらとめくり始めた。

きちんと対応してもらえるとは思わなかったので、フリーデは少しばかり驚く。

「そうね。そうしていただけるかしら」

「ご用向きをおうかがいしても？」

「たいした用ではなくてよ。改まった席は不要です。少しだけお時間をいただければ済みますわ。そう、十五分程度」

「そうですか」

サイラスが手帳を確認している間、フリーデは再び執務室の観察を始めた。

フリーデの行動を見守っていたらしい三人目の人物が、慌てて顔を伏せる。

フリーデはその人物をじっくりと眺めた。

補佐官でも秘書官でもない三人目は、シャツにベストにスラックスという服装をしている。座っていてもわかるくらい服がぶかぶかなので、少年はだいぶ小柄のようだ。顎のラインで切りそろえられた、ふわふわの亜麻色の髪の毛。透き通るように白い肌に、すべすべとした頬、大きな茜色の瞳。

この国の人は、褐色の髪の毛に褐色の瞳をしている。色の濃淡には幅があるため、赤っぽく見える瞳は珍しくはないのだが、少年ほど赤に近い瞳は珍しい。

——つい最近、こんな色の瞳を見たわ。

フリーデは記憶をたどった。どこで？　ああそうだ……ドレスを持ってきた付き人の一人が、こんな瞳の色をしていた……。

そう思いながらじっと見つめていると、あることに気づく。

「あなた、ブランにいた子ね？」

そう確認すると、三人目改め、茜色の瞳の娘の肩がビクリと大きく震えた。

サイラスとディレイが慌てたが無視して、フリーデは娘を執務室の奥の部屋に連れ込むと、ドアをバタンと閉じた。もちろんヘルガも入れていない。

娘はかわいそうなくらい小さくなって、イスに座り顔を伏せている。身分が低い者は高い者から顔を上げてもいいと言われるまで、顔を上げてはいけないのがこの国のマナーだ。

「あなた、名は？」

「ロ……スカーレン、です」

フリーデがたずねると、小さな声で娘が答えた。

「ロスカーレン？」

「スカーレンです」

「スカーレンだけ？」

「ここではそう呼ばれております」

娘は視線を下に向けたまま答える。

「楽にしていいわ。スカーレン。ここにいるということは、あなた、ブランはもう辞めたの？」

「はい」

フリーデが声をかけると、ようやくスカーレンと名乗った娘は顔を上げて返事をしてきた。

女の子の名前として「スカーレン」は違和感があるから、本名は別にありそうだ。

この娘にはいろいろ聞きたいことがある。フリーデは手にした扇をぎゅっと握り締めた。

「それは、わたくしのせいなのかしら」

「え？　いいえ、そういうわけでは」

フリーデの問いに、スカーレンが頭を振る。

フリーデがドレスを切り裂いたり返却したりしたせいでこの子がクビになったわけではなさそうで、ほっとした。そうなると次に気になるのが、服装だ。

「あとその姿、男の子みたい。なぜなの？」

ここリーデン王国では、身分に関係なく、年齢や性別に応じた装いをするのが当然であり、女性が男のかっこうをするなどありえない。同様に、女性は女らしさ、美しさの象徴として髪の毛を伸ばす。男装して髪の毛を短くしているスカーレンの行為は、常識外れもいいところだ。

「え？　これは、その……こちらをお手伝いするのに、女のかっこうはふさわしくないと判断したからです」

スカーレンの答えに、フリーデは驚いた。

「手伝い？　王城だから使用人は足りているはずだけれど……ということは、あなたは文官の見習い、なの？　そんなことができるの？」

侍女や女官など、王城の中にも女性ならでは仕事は存在するが、それなら男のかっこうをする必要がない。文官は女性の仕事ではない。つまり、スカーレンは文官になりたいから王太子の執務室にいるということなのだろうか？

「殿下のお許らいです」

スカーレンが答える。フリーデは驚きを隠せないまま、彼女を見つめた。

つまりこの娘は、ブランを辞めたあと、女の身でありながら文官を目指して、王太子の執務室に入り込んだわけだ。

いったいどういう経緯があって、レオンハルトのもとで見習いをすることになったのだろう。レオンハルトが信用がない者をそばに置くはずがないから、この娘は彼が信用している人物、というわけだが……。そこまで考えて、フリーデはもう一人、この娘によく似た人間を知っていることに気がついた。丸みを帯びた頰の輪郭、透けるように白い肌、茜色の瞳……。そして王太子からの信頼。

——まさかね……。

「そう。それで、ご両親や殿下からは何も言われていないの？　女がそのようなかっこうをして」

「両親にはたしなめられましたが、認めてもらいました。殿下からは特には」

「あなたのご両親も、王太子殿下も、寛大なのね」

スカーレンの答えにフリーデは思わず呆れてしまった。フリーデが髪を短くして男装したいと言ったら、間違いなく正気を疑われるし、部屋に閉じ込められて何日も出してもらえないだろう。

「まあ、いいわ。ところで、ブランに頼んでいたあの薄紫のドレス、聞けばどこぞのご令嬢が購入したのですってね。いくらで売ったの？」

フリーデは気を取り直し、もうひとつ気になっていたことを聞いてみた。この質問は予想外だったらしく、スカーレンがきょとんとする。

「わたくしが裂いたことで傷物になってしまったでしょう。そのせいで、ブランは赤字になってしまったのではなくて？」

スカーレンの疑問を察し、フリーデは質問の理由を明かした。

切り裂かれていることから、あのドレスは元の値段よりも安く売られている可能性が高い。フリーデの注文に応じてくれたリー・リー夫人とブランのためにも、差額分くらいは負担するべきだと思うのだ。本当は取り返したいが、レオンハルトとドゥーベ公爵が絡んでいる上に、暁姫のためにリメイクされてしまった今となっては、きっと難しい。あのドレスはもう、暁姫のものだ。

「赤字……までは、なっていませんよ。あのドレスも材料費くらいは回収できていますから」

フリーデの質問に、スカーレンがすらすらと答える。

「ということは、人件費は足りなかったわけね。いくら足りなかったの？」

「はい？」

「辞めたあとだからわからない？　だいたいでいいのだけど」

「そんなことを聞いて、どうされるのですか？」

スカーレンが怪訝そうに聞いてくる。まあ確かに、ドレスを切り裂いて、不用品に払う金はないと言ったのはこちらである。

「支払うのよ」

「はい⁉」

フリーデの答えに、スカーレンが思いっ切り素っ頓狂な声を上げる。声の大きさに驚いて、フリーデは思わずびくん！　となってしまった。

「いきなり大声出さないでちょうだい。びっくりするじゃない。だから、足りないぶんは支払うのよ、わたくしが。ドレスを発注したのもわたくしだし、だめにしたのもわたくしなのだから、わたくしが費用を負担するのは当然でしょう」

「なぜですか？　だって」

あの時、笑いながらドレスを切り裂いたではないか。言外にスカーレンに指摘され、フリーデは、ひとつため息をついた。

「お父様の指示よ。わたくしの父は、自分に跪かない人種が嫌いなの」

「……おっしゃっている意味が、よくわからないのですが」

「わからなくても結構。世間の噂通り、バージェス公爵は恐ろしいということよ。わたくしとて例外ではないわ」

どうしてこんな話を見ず知らずの娘にしているのだろう。そう思いつつも、なぜかフリーデはスカーレンには知ってほしくて、長らく表に出すことはなかった本音を少しだけこぼした。

「あの時、もしブランの方がもっとわたくしたちに嚙みついていたら、ブランは潰されていたでしょうね。あなたたちの行動は間違っていなかったわ。……といっても、わたくしは父のやり方には賛同できないのだけど。――無駄話をしてしまったわね。これから何度か、おそらくここを訪れることになるから、またドレスの不足分について教えてちょうだい」

そう言ってフリーデが立ち上がると、慌ててスカーレンも立ち上がる。

「ああそうそう。あなたは、噂の暁姫とは何かしらご縁があって？」

最後に、フリーデは「スカーレンによく似ているもう一人」について聞いてみた。

「い、いいえ！」

スカーレンが上ずった声でぶんぶんと頭を振る。

「目の色が、あなたとそっくりなのよ。顔も、雰囲気も、似ているわ」

「申し訳ございません、私は舞踏会には参加しておりませんので、暁姫を見たことがなくて。でも他人の空似です」

スカーレンが一生懸命否定する。もっとも、なんらかの縁があったとしても、スカーレンは言わないだろう。暁姫の正体は秘密だからだ。

「でしょうね。そんなかっこうをするくらいだもの」

フリーデはそれ以上の追及はやめて、改めてスカーレンを見つめた。短く切った髪の毛も、シャツとスラックスというかっこうも、まっすぐな視線に凛とした雰囲気を持つ彼女によく似合う。颯《さっ》爽《そう》としていて、かっこいいとさえ感じる。

「でも羨ましいわ、とても動きやすそうね」

本心からそう言えば、スカーレンが意外そうな顔をした。

常識からは大きく外れている。だが、少なくともレオンハルトとスカーレンの両親は、彼女の生き方を尊重している。そんな境遇にいるスカーレンが、フリーデは羨ましかった。羨ましくて、とてもまぶしかった。


部屋から出ると、案の定、サイラスとディレイがはらはらしながらスカーレンを待っていた。スカーレンが無事だとわかって二人が安堵のため息をつくのを、フリーデは「わたくしを獣か何かと勘違いしているのかしら」と内心ぼやきつつ眺める。まあ、わからないでもないが。

スカーレンは大切にされているようだ。

「また来るわ。行きましょう、ヘルガ」

「フリーデ様」

こちらに意識が向かないままのディレイとサイラスに声をかけ、ヘルガを伴って退室しようとした時だった。

サイラスに呼び止められ、手招きをされる。

「殿下のスケジュールをお伝えします。あ、これは機密情報ですのでフリーデ様にだけ」

フリーデとともにサイラスのそばに行こうとしたヘルガを、サイラスが制した。ヘルガが一瞬眉を寄せたが、理由に納得したのか数歩下がる。その様子を見届けたあと、フリーデはサイラスのそばに寄った。

「午前中は閣議が入りますので、基本的に不在です。午後は日によりますが、こちらにいることが多いので、訪問されるのなら午後のほうが……ただし、夕刻からは陛下と宰相閣下との報告会がありますので、この時間は避けてください」

サイラスが手帳を開きながら、小声で教えてくれる。

「つまり、王太子殿下は午後の早い時間だけこちらにいらっしゃるわけね。ご予定がなければ」

「そう、ご予定がなければ」

サイラスはそう言い、さらに声をひそめて続けた。

「……なぜここへ来たんですか。またお父上の指示なんですか。殿下の怒りを買ったらフリーデ様だって、ただでは済まないんです」

自分を気遣うようなセリフに、フリーデは驚いて思わずサイラスの緑色の瞳を見つめてしまった。

「そんなこと、承知の上よ。もしかして、心配してくださっているの？」

「当たり前です。僕は忠告したはずですよ。殿下はお妃様を選ばれたんですから、フリーデ様はもう殿下に近づく努力はしなくていいんです」

サイラスの眼差しは真剣だった。

——心配されている？　わたくしが？　王太子殿下の秘書官に？

その事実に、フリーデは自分でもびっくりするほど嬉しくて心が震えた。サイラスから見たフリーデは政敵の娘である。サイラス自身が正体を明かしたあと、フリーデのことを気にかけてくれることはないと思って、諦めていたのだ。以前のようにサイラスから労《いた》わりの言葉をかけられたり、心配されたりするようなことはもうないと。

それなのにサイラスの態度は変わらない。サイラスの目に映るフリーデは、政敵の娘である以前に、気遣う価値がある存在であるらしい。

「ありがとう、エーレブルー秘書官。助かりましたわ」

フリーデはにっこりと笑い、しっかりとした口調でサイラスに礼を述べた。

サイラスの緑色の瞳が、驚いたように見開かれる。

続いてディレイとスカーレンに向き直り、「ごきげんよう」と声をかけて王太子の執務室をあとにした。慌ててヘルガがついてくる。

「別室で何を話されていたのですか」

執務室を出てしばらく歩いたところで、ヘルガが聞いてくる。

「たいしたことではないわ。なぜ女の子が男のかっこうをしているのか、聞いてみただけよ」

フリーデはヘルガに視線を向けずに答えた。

「あの人、女性だったんですか。てっきり男の子かと」

ヘルガの声には蔑みの色がにじんでいた。これが、この国における一般的な反応だろう。

「動きやすそうだったわね」

「非常識です。あんな胡散臭い者を使っているなんて、王太子殿下の気が知れません」

フリーデの感想に対し、ヘルガは心底いやそうな声音で答える。フリーデはむしろ、スカーレンに不快感を示したヘルガに、不快感を覚えた。

自分の感覚のほうがおかしいのだろうか？

6　秘書官と文官見習い

「殿下にご用があるのではないんですか？」

初めて執務室を訪問してから数日後、再び訪れたフリーデをサイラスがうんざりしたような顔で出迎えてくれる。来るなと言ったのに来てしまったから、呆れているのだろう。

「わたくしにも都合というものがあるのよ、しかたがないわ」

当初の予定通り、レオンハルトの不在時を狙って訪問することにしたフリーデである。

「僕たちも暇じゃないんですよ」

「ところで、ドレスの不足分はわかったかしら？　ブランに問い合わせても、もういただいているから追加の支払いは結構としか言われないの。恩に着せられるなんて恥だわ」

サイラスの苦情を無視して、フリーデはスカーレンに体を向けた。

「不足分はないようです。私からも確認しましたが、もともとフリーデ様が注文されていた代金に、リメイク代、特急仕上げの加工費もろもろ含めた正規の代金が支払われているとのことでした」

スカーレンは律儀に調べてくれていた。誰だかわからないが、太っ腹な人物があのドレスを買い上げたようだ。

「買いたいという人がお金を払ったんですから、問題ないんじゃないですかね」

横からサイラスが茶々を入れてくる。

「あれはわたくしが発注したドレスよ」

フリーデはむっとしてサイラスに言い返した。

「いらないから返品したんでしょ？」

「違うわよ、あの時はしかたなくよ。あとで引き取りに行くつもりだったの」

「はあ？」

フリーデの言葉に、サイラスが呆れた声を出す。

「あれは、お父様から好きにしていいと言われたから、もうあらん限りの好みを盛り込んで作った世界でひとつだけのドレスだったのよっ」

言っているうちにドレスに対する思い入れが胸に蘇《よみがえ》ってきて、フリーデは思わずこぶしを握り締めながらサイラスに詰め寄った。サイラスがたじろいで一歩下がる。

「キラッキラのふわっふわなドレスは女の子の憧れよ！　似合わないのは重々承知だけれど！　一旦お店に返却したあと、買い直しに行こうと思っていたのに、売られてしまったわたくしの身にもなって!?　あんまりにもショックで一晩寝込んだほどよ」

あのドレスの完成までにどれほど時間と情熱をかけたことか。切り裂けという指示にどれほど傷ついたか。取り戻す気満々だったのに売られてしまったと聞いた時、どれほど絶望したことか。

フリーデの熱弁に、サイラスを始めスカーレンもディレイも、呆気《あっけ》に取られる。

「……一晩で立ち直ったんスねー」

ややあって、我に返ったサイラスがぼそりと呟く。

フリーデはそんな彼をキッと睨みつけた。

「うるさいわよ侯爵家の三男が」

「余計なお世話ッス」

サイラスがぶすっとした顔で答えた。

「……フリーデ様、王太子殿下がいらっしゃらないのでしたら、こちらはお暇いたしましょう。皆様の邪魔になりますから」

サイラスとの会話が途切れたタイミングで、ヘルガが口を開く。

そこでようやくフリーデは「あ、ヘルガがいたんだったわ」と思い出した。彼女の存在を忘れてしまうくらい、サイラスとのかけ合いに熱中してしまった。

「そうそう、殿下のお戻りは十三時を過ぎるんですよ。午前中はどっちみちいないんですってば」

ヘルガに乗じて、サイラスも言う。

「だって、わたくしが自由な時間は午前中なんですもの。しかたがないわ」

フリーデが開き直ると、サイラスが「はあ?」という顔をした。

本当は時間なんてどうとでもできる。レオンハルトと顔を合わせないための方便だ。

「ねえ、ところでスカーレン。あなたは何をしているの?」

「えっ!?」

サイラスの非難めいた視線を無視して執務室の奥で作業をしていたスカーレンに話しかけると、予想していなかったのかスカーレンがびっくりするほど驚いて顔を上げた。

「あなた、文官の見習いなんでしょう? そういえばどうして王太子殿下の執務室に入ることにな

「そ、それは……」

スカーレンの目が泳ぐ。

「スカーレンさんは私の遠縁なんですよ。文官の仕事に興味があるというので、ここで手伝いをさせながら勉強をさせてみたいと思い、私が王太子殿下にお願いしたんです」

助け舟を出したのはディレイだった。ディレイの遠縁であるうえに王太子の執務室に招かれるくらいだ、スカーレンは貴族階級なのだろう。そういう娘がお針子なんてするだろうか？

しかしそのことよりもフリーデが気になったのは、スカーレンの外見の方だった。

「でもだからといって、女の子の髪の毛を切ってしまうのはどうかと思うわ。髪は女の命よ、王太子殿下も横暴ね。どうなの、スカーレン？」

「髪を切ったのは私の意志であって、殿下から指示されたものではないです」

スカーレンに話を向ければ、それまで静かに成り行きを眺めていたスカーレンが口を開く。

鈴を転がすようなかわいらしい声だ。優しい見た目によく合っている。

「自分で？」

「はい」

念を押せば、スカーレンが頷いた。

「たいしたものね。ねえ、文官見習いとは何をするのかしら。お仕事を見せていただくことはできて？」

「え、えぇと……」

フリーデの問いかけに、ふらふらとスカーレンの茜色の瞳が泳ぐ。

「ああもう、いい加減にしてください！」

突然、背後からサイラスの声が飛んでくる。

「要するに暇なんですね。フリーデ様は暇だからここに来ているんですね。でも僕たちは暇じゃないんですよ！　そんなに暇なんだったら、手伝ってください！」

バンバン、とサイラスが机の上の紙の束を叩く。振動が机の上を伝わり、ズザーッと違うところで雪崩が発生した。

「……地震を起こすのはやめていただけますか」

雪崩の発生地らしいディレイが、うんざりしたような声を出す。その瞬間、サイラスが「しまった」という表情を浮かべた。

「ええ、よろしくてよ」

「ですよねー。こんな雑用、公爵令嬢には難しいですよねー、って、え？」

「よろしくてよ、と言ったの。手伝うわ」

フリーデの言葉は予想外だったらしく、サイラスがぽかんとなる。

「先日使わせてもらったあの部屋は、空いているかしら？」

ディレイに確認すると、「ええ。応接間ですね」という返事があったので、フリーデは後ろを振り返った。執務室のドア近くに立っているヘルガに声をかける。

「応接間で待たせてもらいなさい」

ヘルガが何か言いたそうにしたので、フリーデは思いっ切り睨みつけた。

「わかりました。応接間で待たせていただきます」

フリーデの視線を察してヘルガは頷き、執務室の隣の応接間に入る。ドアは閉めなかったが、配置的に、フリーデがいるあたりは応接間からは見えない。

監視の目がなくなって、フリーデはいくらか気が楽になった。

「では、エーレブルー秘書官、ご指示を」

フリーデが声をかけると、サイラスの目がまん丸に見開かれた。


フリーデの仕事は、処理済みのままごちゃごちゃと積まれた書類を分類し、つづり紐《ひも》を使ってきちんとまとめて綴《と》じていくことだった。

少しお待ちください、とサイラスは断りを入れて、机に向かうとさらさらと何かを書く。

「やり方については、こちらに書きました。これを参考に、わからない時はその都度僕に聞いてください。自分の判断で片づけるのはなしです。僕がいない時は飛ばして次のものに取りかかってもらって構いません」

渡されたのは作業のやり方だった。

「きれいな字を書かれますのね」

見かけによらず、と言ったら失礼だが、サイラスの筆跡はきれいだった。思わず呟けば、今日何度目かの、サイラスが少し驚いたような顔になった。

「……なんですの?」

「いえ。机はこちらをお使いください。荒れていて申し訳ないのですが」

サイラスが自分の席をすすめる。

「いえ、わたくしは立ったままでけっこうよ」

「そういうわけにはいきません。僕が立ちます」

「でしたら私の席をお使いください。私はディレイ補佐官の隣で大丈夫です。あまり場所を必要としませんので」

二人の会話に割って入ったのはスカーレンだった。ディレイの隣、サイラスの向かい側には二人が物置のように使っている机がある。

ディレイが頷き、手早く積み重ねてある書類や書籍を寄せてスペースを作る。こうして、フリーデがスカーレンの席を、スカーレンがディレイの隣の席を使うことになった。

スカーレンが少ない荷物を抱えて移動していくのを見ているうちに、ふと、フリーデは窓側の大きな机が気になった。明らかに誰かが使っている形跡がある。この執務室の人間で、今ここにいない人物となると……。

「……王太子殿下は、奥の個室にいらっしゃるわけではないの？」

一番近くにいるサイラスに聞いてみる。

「普通は奥にいるもんだと思うんですけどね、ここは人が少ないので殿下も普段からこちらの部屋をお使いなんですよ」

サイラスはきちんと教えてくれた。

フリーデは改めて執務室を見回してみる。まあまあ片づいてはいるが、けっこう雑然とものが置かれていて、屋敷の父の書斎と比較しても実用的というかなんというか……。執務室は主人の美意識が反映されるので、レオンハルトは見た目にはあまり頓着しないタイプらしい。

実のところ、レオンハルトという人物をよく知らないのだが、なんだか思っていたのと違う気がし始めたフリーデである。自分にも他人にも厳しい人なのかと思っていた……。

席についてサイラスの指示に従い、作業を始める。

やはり政敵の娘だからだろう、仕事に戻ってもディレイとサイラスは時々フリーデに視線を向けてくる。執務室の空気もなんだかピリピリしている。

――まあ、そうでしょうね。

そんなことは想定の範囲内だ。無視である。

フリーデはさっそく任された作業に取り組むことにした。時々わからないことを隣のサイラスに聞きながら、黙々と手を動かす。

続けていれば目に見えて書類の山が小さくなるので、達成感もわいてくる。そのうち無視すると決めていた視線も気にならなくなり、フリーデは空腹も感じずにせっせと作業をしていた。

正午を知らせる鐘が鳴り、我に返る。

「今日はここまででいいですよ」

鐘の音に顔を上げたフリーデに気づき、サイラスが声をかけてきた。

「まだ少し残っていますわ」

「いいえ、十分です」

フリーデの作った書類の山に隣の席から腕を伸ばし、サイラスが取り上げる。フリーデの鼻先を彼の腕がかすめた時に、ふわりと優しい匂いがした。夜会の庭園で嗅いだ、サイラスの匂いだ。

「助かりましたよ。ありがとうございます」

取り上げた書類をトントンとそろえながら、サイラスが言う。

――ありがとう？　わたくし、今、ありがとうと言われたの……？

「……わたくしでも、お役に立ちました？」

「ええ、とても。しかし、フリーデ様もお忙しいでしょうから」

「構いませんわ。わたくし、次からもお手伝いいたします」

「もう来なくても……って、え？」

「わたくし、お手伝いいたしますわ」

「……はい？」

フリーデの申し出は予想外だったらしく、サイラスが驚いた顔をする。

「この指示のメモ、いただいて帰ってもよろしくて？　屋敷に戻ってから復習いたします」

「……ええと、仕事熱心ですね？　持ち帰るのは構いませんが、ほかの人には見せないでくださいね。この中にあるものはすべて機密情報という扱いなんです。で、我々文官には機密保持義務が課せられておりますので。もちろんスカーレン嬢にも課せられています」

スカーレンと同じ。そう言われ、フリーデはスカーレンに目をやった。

フリーデの視線に気がついて、スカーレンが顔を上げる。

「……ええ、わかりましたわ」

スカーレンと同じ扱いをされたことに、フリーデはなぜだか充足感を覚えた。

「また参ります。よろしくて？」

「……来るなと言っても来るんでしょう?」

サイラスがふっと笑った。

その笑顔に、フリーデは目を見開く。

と、その時である。

「ただい……、なぜここにバージェスの姫がいるんだ?」

閣議を終えて戻ってきたレオンハルトが、執務室にいるフリーデを見つけてドア付近で固まる。

「ごきげんよう、殿下」

フリーデはレオンハルトに対して優雅に頭を下げる。レオンハルトは驚いた姿のままだ。

「ヘルガ、帰りますよ。では皆様もごきげんよう」

声を張り上げると、応接間からヘルガが転がり出てくる。その姿に、レオンハルトが再びぎょっとしたのがわかった。

その様子を見てフリーデはおかしくなった。常に警戒されている自分が、レオンハルトの意表を突けるとは思わなかったからだ。

フリーデは再度頭を下げ、ヘルガを伴って軽やかな足取りで執務室をあとにした。


「何がしたかったんですか! 王太子殿下が戻ってくるなり部屋を出てしまうなんて」

廊下に出てしばらくしたところで、ヘルガが噛みついてくる。小一時間、応接間で放置されたのが相当にいやだったらしい。

「あれ以上の長居は無理でしょう。それにおなかがすいたわ」

フリーデは涼しい口調でおかんむりのヘルガに答えた。そのあともヘルガはぶつぶつ文句を言っていたが、いつものようにうっとうしく感じない。

心の中はサイラスの「ありがとう」でいっぱいだった。厚意ではなく労働に対して感謝されたのは初めてだ。やったことがないことに対していい評価をしてもらったことが、嬉しくてならない。

何より、評価してくれたのがサイラスだというのが嬉しい。彼は王太子の最側近である。優秀な人物から褒められて嬉しくないわけがない。

いつもと違って上の空になっているフリーデをヘルガが訝しんでいるとは露ほども知らず、フリーデはうきうきと長い廊下を歩いていった。


そしてその日の夜。

フリーデは自室の長イスに座り、サイラスの書いてくれたメモを真面目に読み返していた。

フリーデのためだけに書かれたメモだ。その筆跡を指先でなぞる。きれいな字だ。大きさがそろっていて、力強い。

——次も来ていいんですって。

あれだけ頑《かたく》なにフリーデを追い返そうとしていたのに、最後には折れて、呆れたように笑ってくれた。サイラスの隣でまた仕事ができる。サイラスの役に立てるかもしれないと思うと、なぜかそわそわして落ち着かない。

あまりに落ち着かないので、フリーデはメモを手にしたまま長イスから立ち上がり、部屋をうろうろと歩き始めた。

最後の笑顔が頭から離れない。

どうしてこんなにサイラスのことばかり考えてしまうのだろう?

——ああ、まさか。これが、まさか。

シェーナと「こんな恋がしてみたいわね」と笑い合っていたのは、ほんの三か月ほど前のことだ。あの時は遠い夢物語のように感じていた。誰かを好きになるとは、どんな感じなんだろう、と。

その一方で、結婚前に誰かを好きになってはいけないと思っていた。フリーデは政略結婚が義務づけられている身である。叶わない恋に身を焦がすことなんてできない。あまりにも不毛すぎるから。

だからこれは、恋じゃない。

決して恋じゃない。

——初めてのお仕事が楽しかったから、それでドキドキしているだけよ。

誰に対する言い訳なのかわからないが、フリーデはドキドキの正体をそういうことにしておいた。

それでも落ち着かなくて、フリーデは再び長イスに戻ってきて、今度はごろんと横たわる。

クッションに頭を乗せ、手にしたままのメモに目をやった。整った字を見るとそれだけでにやけてしまう。

またサイラスに会える。

それだけで十分。それだけで幸せ。

その夜、フリーデはサイラスのメモを飽きることなく眺め続けたのだった。

＊＊＊

叔母から呼び出されたのは、翌日のこと。

王城の最奥、女主人の部屋に久しぶりに足を運ぶ。

叔母である二の妃の相手は、あまり得意ではない。父以上にフリーデを権力闘争の駒として見ており、成果を求めてくる。フリーデの事情も考えず「言い訳無用」と、容赦がない。

それはおそらく、叔母自身もフリーデと同じくバージェス公爵家の娘として生まれ、「王の妃」の座をつかんだからだろう。自分ができたのだから姪もできるはず、と思っているような気がする。

ただ、叔母が幼い頃から婚約していた王子様とそのまま結婚したのに対し、フリーデは母親の仇として睨みつけてくる王子様を射止めなければならないので、フリーデのほうがだいぶ分が悪い。

「そこにいるヘルガから報告を受けているわ。うまいことレオンハルトの執務室に入り込めたようね。レオンハルトに少しは近づくことができそうかしら?」

叔母から単刀直入に切り出され、フリーデはちらりと自分の後ろに控えているヘルガに目を向けた。

――そう、ヘルガはお父様だけでなく叔母様にも報告を上げているのね。

ということは、フリーデの一挙一動は叔母にも筒抜けになるということか。つくづく自分のまわりは油断も隙もない人ばかりだとフリーデは心の中でぼやきつつ、おなじみの艶やかな微笑を叔母に向けた。隙を見せたくない相手に「公爵令嬢フリーデ」の仮面は、本当に便利だ。

「ええ、時間をかければ大丈夫かと」

「どれくらいの時間が必要なの」

「それはわかりませんが、ひと月やふた月でうまくいくとは思えません。王太子殿下はわたくしを警戒していますので、少しずつ取り入っていこうと思います」

嘘だ。自分があの執務室に行きたいだけなのだ。そしてその間は叔母にも父にも邪魔されたくないと思っている。

「ではもうひとつ、暁姫の正体だけれど、これは突き止められそうかしら」

叔母の問いかけに、フリーデは正直に首を振った。

「執務室で暁姫の話題は出ておりません。執務室にいる人たちは、暁姫には関与していない気がします」

「……そう。なんにしてもレオンハルトが暁姫を妃に据える前に行動を起こさなくてはね」

叔母が酷薄そうに笑う。

「あなたには期待をしているのよ、フリーデ」

——言うだけなら簡単ですわね、叔母様。

言い返すことができない言葉を心の中で呟きながら叔母に頭を下げ、フリーデは部屋を退出した。うんざりする。何もかもうんざりする。どうしてレオンハルトに取り入る努力をすべてフリーデ一人に丸投げしてくるのか。そもそも、レオンハルトにここまで嫌われるきっかけを作ったのは叔母、そして父ではないか。なぜその尻拭いをフリーデがしなければならない？

二人を罵りたい気持ちを堪えながら、フリーデはそのまま、王太子の執務室へ向かう。

「この時間、王太子殿下は不在だとご存じですよね。なぜこの時間帯に行くんですか？　またこの前みたいに、執務室で遊ぶんですか？」

「そうね、その通りよ」

フリーデは後ろをついて歩くヘルガに振り向くことなく答える。

「執務室にいる人たちは暁姫のことを知らない。王太子殿下は不在。いったい何がしたいんですか？」

「異国のことわざに『将を射んと欲すれば先ず馬を射よ』というものがあるわ。わたくしは、王太子殿下に嫌われているの。ならば、殿下のまわりの人から落としていくのが定石というものではなくて？」

つと立ち止まり、ヘルガを振り返れば、同じく立ち止まったヘルガが何か言いたそうな顔をしている。

「……私はまた、応接間で待機ですか」

「いやなら、あとで迎えに来てくれれば十分よ」

「では、あとでお迎えに参ります。時刻はお昼でよろしいですか」

「ぜひそうしてちょうだい」

そうこうしているうちに、二人は王太子の執務室にたどり着いた。

「では、のちほど」

ヘルガはそう言い残して、さっさと踵を返してしまう。よっぽどこの執務室が嫌いらしい。夏場なので執務室のドアは開けっ放しになっており、中の様子が廊下からもうかがうことができる。

フリーデはひとつ息を吸うと、開けっ放しになっているドアをノックした。

「ごきげんよう、皆様」

明るい声で呼びかけると、中にいた三人が一斉に顔を上げる。

サイラスの机の上には、再びごちゃごちゃと書類が積み上がっていた。フリーデが来たことで先日同様に席の移動が行われる。

「先日と同じでお願いします」

サイラスに頼まれ、フリーデは持参したバスケットからメモと筆記用具を取り出す。その様子にサイラスが驚いた表情を浮かべた。

「ペンくらいならお貸しするのに」

「エーレブルー秘書官のお手を煩わせるわけにはいきませんわ」

フリーデはにっこり笑って、サイラスが放置していた書類の山に手を伸ばした。

昨日のうちに何度も読み返したメモを思い浮かべ、てきぱきと書類を仕分けしていく。わからないところがあれば隣のサイラスに聞き、追加のアドバイスはもらったメモに書き加えた。

できることが増えると作業スピードが上がるので、作業そのものがだんだん楽しくなってくる。

もちろんディレイやサイラスに見張られていることには気づいていたが、気づかないフリをした。

翌週もフリーデは同じように執務室を訪問し、サイラスの手伝いを始めた。正午を知らせる鐘の音が王城内に響き渡るのと同時に顔を上げる。

フリーデの前に、書類の山はない。

「間に合いましたわ」

お昼にはヘルガが迎えに来るので、それまでにサイラスがため込んだ書類を片づけようと思っていたのだ。

「すごいですね、フリーデ様。ちょっと本気でうちに勤めてほしい……。ディレイ補佐官、殿下に提案してみてもいいですか」

隣の席からサイラスが褒めてくれるので、フリーデは嬉しくなった。

「ええ、素晴らしい処理能力です。私としてもぜひうちに欲しい人材なのですが、たぶん却下されますね」

ディレイもフリーデの仕事ぶりに驚いているようだ。

「身辺調査で？」

サイラスが眉を寄せる。

「ええ」

「そんなこと言うから人が！　人材が！　うちに入らないんですぅぅぅっ」

「そうは言っても、機密事項も多いですからねえ」

隣の席のサイラスが頭を抱えて呻き、ふーむ、と少し離れた場所でディレイが腕組みをする。

「まあそんなことより、お昼ですよ、お昼。さっさと行かないと殿下が戻ってきますよ。戻ってくるとうるさいですよ、あれこれ押しつけられて休憩時間を潰されてしまいますよ」

ディレイが腕をほどいてパンパンと手を叩いた。

「そうですね。じゃあ僕は食堂に行ってきますが……」

サイラスが立ち上がり、フリーデのほうを向く。

「フリーデ様も行かれます？」

「え？」

いきなりの誘いに、フリーデは目を丸くした。

「職員食堂ですよ。自分の食べたいものを食べたいぶんだけ取るスタイルなんです。そういう形式の食事って、取ったことないでしょう？　ものは試しなんで、行ってみませんか？」

「え、でも、わたくし、職員ではありませんわ……」

フリーデの言い分に、サイラスがにっこりと笑った。

「ああ大丈夫、お金を払えば誰でも使っていいんです。一回五百ギリンかかるんですけど」

「……わたくし、お金は持ってきていないの……」

公爵令嬢であるフリーデには、自分でお金を持ち歩く習慣がない。

「僕が奢《おご》りますよ！　すごく頑張ってくれましたからね。昼食一回じゃ安すぎるくらいです！　侍女さんが戻ってくる前に、さっさと行きましょう。ディレイ補佐官とスカーレン嬢は侍女さんの相手をお願いしますねー」

サイラスが明るい声で言い、ほらほら、とフリーデを急かす。フリーデは勢いに押されるようにサイラスと連れ立って廊下に出た。

「あの、ディレイ補佐官とスカーレンは？」

「あの二人は執務室で殿下と一緒に昼食を取るんです」

二人だけ出てきたことに対し、フリーデが疑問をぶつけると、サイラスがあっさり教えてくれた。

「エーレブルー秘書官はご一緒しなくてよろしいの？」

「サイラスでいいですよ。うん、ご一緒しなくていいんです。一日の大半をあそこで過ごしてるのに、なんで昼まであの部屋にいなきゃならないんですか。殿下と一緒だと気を遣うし、昼くらい息抜きしないと」

サイラスがはああ、と盛大にため息をつく。

サイラスと二人で歩きながら、フリーデは面食らい続けていた。どうしてこんなことになったんだろう。今までの人生の中で、男性と二人でこうして一緒に歩いたことなんてない。食事を取ったことも、だ。しかも場所は王城の職員食堂。サイラスによると「自分の食べたいものを食べたいぶんだけ取るスタイル」だというが、どういうスタイルなのだろう？　皆目見当がつかない。マナーがわからないから、きれいに食べられるだろうか？　サイラスにがっかりされないだろうか……。

そんなことを考えているうちに、フリーデは自分の食べたいものを食べたいだけ食べたことがないことに気づいた。屋敷での食事は母と料理長が決めるため、いつも出されたものを黙々と食べるだけだ。

廊下を抜け、いい匂いが漂い始めるエリアに踏み込めば、大勢の人たちの姿が見えた。

その部屋は大広間にも負けないほど広い空間だった。たくさんのテーブルが並び、大勢の人が食事をしている。その一角に大量の料理が置いてあり、各人が盆に皿を乗せて食べたいものを取っていた。

「はい、これを持って」

ぽかんとしているフリーデの手に、サイラスが盆を持たせてくれる。さらにその上に、皿まで載せてくれた。

「あとは好きなものをどんどん取っちゃってください」

そう言いながら、サイラスは豪快に料理を皿に載せていく。あまり参考にしてはいけないなと、フリーデは控えめに料理を取っていった。

すれ違う人の中にはフリーデに気づいて振り返る人もいたが、ほとんどの人は食事を取ることに夢中になっており、きちんとした身なりの令嬢の登場に気がつかない。

「さて、少し話を聞かせてもらえますか」

サイラスに促されて席につくなり、彼が口を開いた。

「何のことですの」

「目的ですよ。王太子殿下の執務室に来た目的」

いつもの優しい眼差しではない。フリーデを検分する「秘書官」としての姿に、フリーデは身構えた。回答によってはすぐに追い出されてしまうかもしれない。

彼の立場を考えれば当然だが、一旦は受け入れてくれたように見えていただけに、疑いの目を向けられたのはちょっとショックだった。もちろん、そんな様子はおくびにも出さない。

「……ご存じではないの？　王太子殿下よ」

「それだけですか」

「……暁姫について、わかることがあれば」

「何かわかりましたか」

サイラスの口調はやわらかいが、ごまかしは利かないと言外に告げている。

「いいえ、何も」

フリーデはカマなどをかけず、おとなしく首を振った。サイラスのまとう空気が緩む。

「執務室で暁姫のことには触れないでください。あなたの身のためでもあります」

「……あなたには前にも言ったと思うのだけれど、わたくし、王太子殿下にも暁姫にも興味はないの」

フリーデの告白を、サイラスは神妙な面持ちで聞いている。

「執務室を訪問しているのは、ただ父の指示に従っているだけだから、父が納得すれば訪問はやめるわ。それまで少しお付き合いくださいませ」

フリーデはにっこり笑った。サイラスが呆気に取られたような顔をする。

「……ずいぶん、正直な告白ですね」

ややあって、サイラスが苦笑しながら呟いた。

「執務室で何かを探る気はないけれど、わたくしに知られて困ることは頑張って隠してくださいませ。スカーレンの情報とかね」

「彼女はディレイ補佐官の遠縁の娘さんですよ。それ以上でもそれ以下でもありません。さて、冷めないうちに食べちゃいましょう」

意味深に微笑んだフリーデをさらりとかわし、サイラスがフォークを手に取る。

そのあとは、サイラスとたわいないおしゃべりをしながら食事をした。サイラスの巧みな話しぶりに、フリーデは何度も笑ってしまった。こんなに遠慮なく笑えたのは、ここがかしこまった席ではない、というのが大きい。周囲がみんな笑いながら思い思いに食事をしていて、誰もフリーデたちを気にしていないのだから。

いつだってフリーデはバージェス公爵令嬢として一挙一動を見られていた。品行方正を求められていれば、大笑いなんてできるはずもない。

職員食堂の料理は、屋敷で出されるような手の込んだ料理ではないし、給仕をしてくれる者もいない。けれど、フリーデの人生の中で間違いなく一番楽しい食事時間になった。おなかだけでなく、心まで満たされる。知らなかった、食事は空腹を満たすためだけのものではないのだ。

フリーデの笑顔をサイラスが目を細めて見つめていたことに、フリーデは最後まで気づかなかった。


食事を終え執務室に戻れば、レオンハルトが戻ってきており、奥の席に座ってスカーレンと何か話をしている。そして入り口付近にヘルガが立っていた。

楽しく弾んでいたフリーデの心だが、ヘルガを見た途端にしぼんでしまう。

待たされて立腹しているのだろうか。ヘルガの鋭い眼差しが、フリーデの心に突き刺さる。

——遊んでいたわけじゃないわよ。これも任務よ。

フリーデは心の中でヘルガに言い訳をした。やましいことは何もしていないのだが、ヘルガが待っている間、楽しい時間を過ごしていたことに間違いはないので、後ろめたい気持ちが生まれてしまう。

帰り支度をしていると、サイラスから「忘れ物です」と折りたたんだメモを渡された。

何気なく開いて、フリーデは慌ててメモを閉じる。忘れ物でもなんでもない、それはサイラスからのメッセージだった。しかもぱっと見た感じ、わりと長めのメッセージだったので、人に見られるのはよろしくなさそうだ。

目を上げると、おもしろがるような表情をしているサイラスと目が合った。

――か、からかわれているんだわ！

「そう、ありがとう」

動揺を悟られないようにつんと澄ましてそう答え、フリーデはメモをバスケットにしまった。

「ヘルガ、戻りますよ」

そして侍女に声をかけると、ドアのそばに立っていたヘルガがはっと我に返ったように、フリーデに目を向けた。

フリーデを監視しているはずのヘルガがよそに意識を向けるとは、珍しい。

ヘルガが見ていただろう方向に目をやれば、レオンハルトとスカーレンが目に入った。

二人の間には、穏やかな空気が流れている。

フリーデもしみじみと、二人を見つめた。

レオンハルトは変わったと思う。以前は刺々しかったのに、ずいぶん雰囲気がやわらかくなった。

今年の春、帰国祝いの時点ではまだ雰囲気に険があった。だがそれから二か月後の宮廷舞踏会では、すっかり暁姫に夢中になっている様子だった。

不意にレオンハルトが優しげに笑う。その笑顔を向けられたスカーレンも釣られるように笑みを浮かべた。頬が上気し、亜麻色の髪の毛から覗く耳までピンク色に染まっている。

これと同じ光景を見たことがある。記憶をたぐるフリーデの脳裏に、舞踏会の光景が蘇った。

あの時のレオンハルトは本当に優しそうに――愛《いと》しそうに暁姫を見つめていた。暁姫も頬を染めてレオンハルトを見上げていた。

暁姫とスカーレン。

二人に共通するのは茜色の瞳。

暁姫には、貴族の娘として育てられた気配があった。だがその正体は父をもってしても突き止めることができなかった。

スカーレンは侯爵家の出身であるディレイの遠縁なのだから、貴族の生まれであってもおかしくない。だが少し前までお針子をしていたことから、現時点で貴族の娘であるとは考えにくい。

そしてスカーレンは舞踏会を境にブランを辞めて、文官の見習いを始めている。

舞踏会の様子から、暁姫とレオンハルトには面識がある。……時期から考えて、レオンハルトはブランでお針子をしている時のスカーレンと出会っているのだろう。そしてスカーレンが元貴族であることを知り、そこにフリーデのドレスが返却されてきたので買い取って、スカーレンに着せて舞踏会に連れてきた。暁姫とスカーレンの髪色は違うが、もともとが淡い色なら黒く染めることもできる。

そう考えれば、辻褄《つじつま》は合う。

だから父は暁姫の正体を突き止めることができなかった。彼女は貴族社会から姿を消しているから。

だからレオンハルトは暁姫の正体を明かせない。スカーレンは現時点で貴族ではないから。

——でも舞踏会での王太子殿下は本気に見えたわ。

その証拠に、レオンハルトは暁姫に跪いたではないか。

——でもディレイ補佐官の説明では、スカーレンは、文官を目指しているそうだけど。

執務室に入り浸るための口実だろうか？

このあたりはよくわからないが、やはり執務室に男装姿の娘とは異質である。

その上、あんなふうに笑いかけたりしては、せっかく伏せている暁姫の正体がバレバレではないか。現にヘルガは何か勘づいたかもしれない。

「ヘルガ、戻りますよ」

フリーデは執務室の奥をじっと見つめているヘルガに、もう一度声をかけた。ヘルガがまたはっとしてフリーデを見る。

「では皆様、ごきげんよう」

得意の艶然とした笑みを浮かべ、フリーデは執務室をあとにする。フリーデの後ろを慌ててヘルガが追いかけてきた。

＊＊＊

屋敷の自室に戻って、フリーデはバスケットから忘れ物だと言って渡されたメモを取り出した。

『書類の整理が苦手なので、とても助かりました。本気で勤めてほしいくらいです。

追伸　フリーデ様は細いので、少しくらい太っても問題ないと思います』

職員食堂で、サラダとパンしか口にしなかったことを指摘しているのだろう。

「体形維持も公爵令嬢の務めなのよ」

署名のないメモに対しフリーデはつんと言い返しながら、指先で彼の筆跡をたどる。

食べたいものを食べたいだけ食べたことなんて、一度もない。屋敷での食事は、量も内容も決められている。一応、家族そろって食事を取ることにはなっているが、めったに会話はない。そういうものだと思っていたけれど、職員食堂で、まわりの人たちが談笑しながら思い思いに食事を楽しんでいるのを目の当たりにすると、自分の中の欲求にどうしても気がついてしまう。

食べたいものを食べたいだけ、食べてみたい。豪華な内容じゃなくてもいい。

一人で黙々と食事をするのはいや。一緒にいたいと思う人とおしゃべりしながら食事を取りたい。

――わたくしは、ただ……。

ふわりと瞼の裏に、赤毛の秘書官が浮かぶ。

フリーデはメモを持ったまま机の引き出しを開けて、便箋を取り出した。今日の礼をきちんと書こうと思ったのだ。ついでに、引き出しの片隅の小さな箱も取り出す。ずっしり重みがある小箱の中身は、シェーナに頼んで集めた、買い物の時にもらうおつりだ。使い道があるかもしれないと少しずつため込んでいた。とはいえ、フリーデが実際に硬貨を使って買い物をしたことはないのだが。

箱の中から五百ギリン硬貨を取り出す。

『僕が奢りますよ！　すごく頑張ってくれましたからね』

サイラスの言葉は不思議だ。思い出すとわけもわからず胸がざわざわして、落ち着かなくなる。

どうして彼は、フリーデが一番欲しい言葉をくれるんだろう。

フリーデは硬貨をつまんで見つめながら、ため息をついた。

——かわいげがないかしら。

サイラスは手伝ってくれたお礼に昼食を奢ると言ってくれたけれど、押しかけてひっかき回しているのは自分だから、返したほうがいいのかなと思う。

——やっぱり、かわいげがないわよね。

フリーデは机の上に硬貨を置き、便箋を広げた。

＊＊＊

フリーデの王太子執務室訪問はしつこく続いていた。ヘルガは入り口までついてくるが、フリーデを送り届けるとさっさといなくなる。そして迎えだが、以前昼食をとりに行って待たせてしまったため、その次からは午後の業務開始頃に来るようになった。よっぽど執務室の前での待ちぼうけがいやらしい。そして迎えに来たタイミングでサイラスと話をしていると、非難めいた視線をよこすのが気に障る。『将を射んと欲すれば先ず馬を射よ』だと説明したというのに。

「あまり特定の殿方と仲良くされるのは控えたほうがいいと思いますね」

ある時、ヘルガが忠告してきた。

「……仕事を教えてくださる方と仲良くしないというのは、難しい気がするわね」

「お昼もご一緒していますよね。フリーデ様が王太子殿下の秘書官と一緒にいると、すでに噂になっています。公爵家のご令嬢に醜聞はだめでしょう」

「どうして醜聞になるの、職場の人なのに？　まして二人きりで会っているわけでもないのに」

フリーデの言い分に、ヘルガはやれやれと肩をすくめた。

「それ、本気でおっしゃっているんですか？　フリーデ様の神経を疑いますよ」

「殿方と話すたびに醜聞を気にしなくてはならないのなら、わたくしを王太子殿下の執務室などにやったお父様に非があると思うわ。……報告したいのならすればいいでしょう、わたくしはバージェス公爵家の名に恥じるような行動はしていないもの」

例の艶やかな笑みを浮かべれば、ヘルガはそれ以上追及してこなかった。

そして執務室の中でのフリーデは、なんとなくサイラスのアシスタントのような立場に落ち着いていた。

暁姫ではないかと踏んでいるスカーレンだが、フリーデが現れると席を移ってしまうため、会話らしい会話をしたことがない。おそらくフリーデと話すな、とでも言われているのだろう。

——まあ、わたくしに暁姫だとバレたら大変だものね。

そして、フリーデは結局、せっかく書いた手紙をサイラスに渡せていなかった。

かわいげがなさすぎるだろうか、メモに過剰反応していると思われるだろうか、そもそも向こうが奢ると言ったのだから昼食代を突っ返す必要もないのでは？　などとぐるぐる考えてしまい、返す機会を逃しているうちに、再び職員食堂で昼食を奢ってもらったためである。

サイラスとしては、労働に対する報酬という考え方らしい。そう言われてしまうと、昼食代を突き返すのはやっぱりおかしいかと思ってしまう。

そして報酬をもらえるほどきちんと働いているのだな、と思うと、嬉しくなってくるフリーデだった。

外はまぶしい夏の日差しがあふれ、紺碧《こんぺき》の空には入道雲がわくようになった。

執務室での作業にも慣れてきたその日、フリーデは少し早めに作業が終わってしまった。サイラスがため込むよりも、フリーデの処理能力のほうがついに上回ってしまったのだ。サイラスに指示を仰ごうにも、サイラスは別の部署に呼び出されて不在だ。ディレイも外出中ということもあって、今日はスカーレンとふたりきり。

執務室でフリーデが手伝えることは、あまり多くない。仕事が終わったので長居する理由がなくなり、どうしようかと思っているフリーデの前で、珍しくスカーレンが席を立ち、そわそわしながらドア付近をうろつき始めた。

スカーレン本人がフリーデを避けるので、フリーデとしてもあまり関わるべきではないと思うのだが、あまりにもうろうろそわそわしているので気になってしかたがない。

「どうかしたの？」

思わず声をかければ、スカーレンがビクッとしてフリーデを振り返った。そのまま口をパクパクさせる。

「そんなに怯えなくても、取って食べたりはしないわよ」

フリーデが言えばスカーレンがちょっとすまなそうな表情を浮かべた。

「別に話したくないなら無理に話さなくてもいいわ。機密事項が多いのは承知しているもの」

「いえ、そんなたいしたことではないんです。ただ、殿下から受け取りを指示されていた参考文献、今日の午後には必要になるから、午前中に書庫へ行かないといけないんですけど、サイラス様もディレイ様も戻っていらっしゃらなくて……」

時計を見れば十一時半だ。

「サイラス様が戻ってきてからでいいのでは？　午後になってしまっても、サイラス様がいらっしゃらないのが悪いのだから、あなたが責められるようなことはないでしょう？」

フリーデが言うと、スカーレンは首を振った。

「午後からの資料作成に使うんですが、該当部分を私が確認して印をつけておかなくてはならなくて」

「そういうことは早く言いなさい」

フリーデが立ち上がると、再びスカーレンがビクッとする。

「わたくしが取りに行くわ。それはどこにあるの？」

「書庫は許可がないと入れないんです」

「じゃあわたくしが留守番をしているから、あなたがさっさと行ってきなさい」

「一人で持てない量なんです」

「そんなの……あなたが往復すればいい話じゃない？」

「お昼になったら書庫は閉まるんです。ああ、サイラス様が戻ってこない……」

スカーレンが再びおろおろし始める。

「なら、わたくしたち二人で行けばいいでしょう」

「だ、だめです。ここは留守にできないし」

「混乱しているようだから助言するけれど、あなたのミスで一番迷惑がかかるのはどなたなの？　それを考えればおのずと答えが出るはずだけれど」

フリーデの言葉に、「王太子殿下です」とスカーレンが弱々しく応える。

「それならなおのこと、さっさと行くわよ」

フリーデは急いで窓を閉めて回ると、スカーレンを追い立てて廊下に出し、普段は開けっ放しになっている執務室のドアを閉めた。鍵は持っていないのでそのままにし、二人で足早に王城の端っこにある書庫に向かう。廊下ですれ違う文官たちが、ほとんど駆け足の速さで歩く男装の娘と貴族の令嬢の組み合わせにぎょっとして振り返る。

書庫に着くと、スカーレンは首元に手を突っ込んで細い鎖を引っ張り出した。その先には黄金でできた指輪がぶら下がっている。

司書に指輪を見せてメモを渡せば、司書はすぐに書庫の中へ消えていった。この指輪が許可証の代わりなのだろう。その指輪には見覚えがあった。

「その指輪、少し見せていただけるかしら？」

二人だけになったところでフリーデが声をかけると、スカーレンは振り返り、首からかけている指輪を掲げて見せてくれた。体を少しだけかがめて、その指輪を覗き込む。違い華の紋章は王家の印。これは、王家の人間しか持つことができない指輪だ。同じものをギルベルトに見せてもらったことがある。

「あなたが預かっているの？」

フリーデの言葉に、スカーレンが頷く。

「いつもではないです。今日みたいに用事がある時だけ、殿下が貸してくださいます」

「信頼されているのね」

フリーデは体を起こし、しみじみと呟いた。

「サイラス様もこの指輪をよく預かっていますよ」

「……管理がずさんなのね」

スカーレンの言葉に、フリーデは思わず額を押さえた。

「まあいいわ、見せてくれてありがとう。大切なものだから、もうしまいなさい」

フリーデの指示にスカーレンはおとなしく指輪を首元から服の中にしまった。

この指輪は王家の人間が身分を証明する時に使うもの。いくらレオンハルトがずさんな管理をしているからといって、ポンと文官見習い程度の娘に渡すようなものではない。

スカーレンは指輪を持たせるに値する人物、と、レオンハルトが判断しているということだ。

この娘は間違いなくレオンハルトの弱点。父があれだけ躍起になって探していた暁姫は、父が勤めているのと同じ城内を歩き回っていたのだ。灯台下暗しとはまさにこのこと。

フリーデはスカーレンのことを父に報告する気はなかった。それはささやかな反抗でもあるし、フリーデ自身がこの娘をもう少し見てみたいと思い始めている、というのもあった。

スカーレンは不思議だ。一見かわいらしいけれど、凛として、媚びない。……フリーデと同じ生き方をしているのに、フリーデのように自分をごまかしている感じがない。

髪を切り、男装をしても咎《とが》められない。行きたい道をまっすぐに進める、そして応援してくれる人たちがいる。その中に、王太子がいる。

自分とは大違いだ。フリーデには、家の都合最優先で政略結婚させられる以外の未来は存在しない。生き方なんて選べない。

「スカーレン、ひとつ聞いてもいい？　あなたは、結婚については考えていないの？　そんなかっこうをしているし」

ふと、フリーデはスカーレンに対して一番気になっていたことを聞いてみた。

男装が文官になるために女を捨てるというスカーレンの決意表明であることは、フリーデも知っている。

「結婚は、考えてはいません」

スカーレンが迷うことなく答える。

「もし、うんと身分の高い方から求婚されても、同じことが言えて？」

「うんと身分の高い方から求婚などされる気がしないのですが、言えます」

スカーレンがきっぱりと言う。フリーデはレオンハルトが憐れに思えてきた。

「なぜ結婚したくないのか聞いてもいいかしら」

「……私のやりたいことに、結婚は含まれていないからです」

「あなたは何をやりたいの？」

「私は……」

フリーデの問いかけにしばらく考えてから、スカーレンがぽつりと答える。

「殿下のお役に立てるようになりたいです」

「文官として?」

「はい」

「……そう」

スカーレンはあくまでも文官になりたい、というわけだ。女性は官僚になれないはずだが、スカーレンは知らないのだろうか?

やろうと思えばレオンハルトは今すぐにでもスカーレンを手に入れることはできる。にもかかわらずそれをしないのは……。

――スカーレンが希望しないから、でしょうね。大切にされているのね。

そんなふうに想われてみたい。ちらりとサイラスの姿が頭をよぎったが、それだけは絶対にないとフリーデは期待を打ち消した。

とにかく、この娘を不安定な身分のまま置いておくのはよくない。父が決して手出しできない立場にしておかなくては。

しばらくして、司書が本をカウンターに持ってきた。スカーレンとフリーデは手分けして本を持ち、執務室に引き返す。

執務室の前にはサイラスが立っており、二人を見つけると駆け寄ってきた。

「ああよかった、帰ってきたら誰もいないから二人ともまとめて拉致されたのかと思いましたああああ」

「そんな大袈裟《おおげさ》な」

呆れるスカーレンに、サイラスが首を振る。

「いやいやもう……ほんと、お二人に何かあったら僕の首が吹っ飛びますよ。本を取りに行ってくれたんですね、ありがとうございます。もう少し待ってくれたら僕が帰ってきたのに……ほらほら、貸してください。僕が運びますから」

サイラスがスカーレンの本を奪う。

「ほら、フリーデ様も上に乗せて」

サイラスが促すので、フリーデはスカーレンが置いた本の上に自分が持ってきた本を乗せた。

執務室に着き、机の上に本を置いたあと、サイラスがすぐにフリーデを振り返る。

「重かったでしょう。大丈夫でしたか?」

「案外平気だったわ。わたくし、意外に力持ちなのかも?」

手をひらひらさせると、サイラスに腕をつかまれて観察された。突然のことに、心臓が大きく跳ねる。

「赤くなっていますね。本当に申し訳ない……」

「これくらい、どうということはないわ」

フリーデは動揺を悟られないように澄まして答えながら、サイラスの手から自分の腕を引き抜いた。サイラスが気遣わしげな目を向けてくるので、さらにつんと澄ました表情を浮かべたまま背を向けてしまう。

動揺するとどうしても悟られたくなくて、つんけんしてしまう。なんてかわいげがないんだろう。自分の態度にがっかりしながら、フリーデは自分でも知らないうちにサイラスにつかまれた部分をさすっていた。

サイラスに触れられた部分が熱い。冷静になろうとしても、速くなった鼓動は落ち着く気配がない。

背後でサイラスとスカーレンが参考文献の話をしている。今から必要な部分を確認しなくてはならないようだ。部外者のフリーデは難しい内容には関われないから、こんな時にはなんだか仲間外れにされたような寂しい気持ちになる。

自分も仲間に入れてほしい。サイラスと一緒にもっと仕事をしたい。スカーレンが任されているような、複雑な仕事をしてみたい。サイラスの役に立ちたい。

そんなことは無理なのに。どんなに願っても叶わないことなのに。

不意に涙が込み上げてきたので、フリーデはサイラスに背を向けたまま、窓の外を見上げた。

そこには真っ青に晴れ渡る、夏の空が広がっていた。

＊＊＊

翌日、フリーデは叔母に呼び出された。ヘルガの報告を受け、確認したいことがあるのだという。

大方スカーレンのことだろう。珍妙な娘になどレオンハルトが興味を抱くはずがない、と誘導したのだがヘルガは信じなかった。監視役としては優秀だな、と思いながらフリーデはいつものように王城最奥にある、女主人の部屋を訪れた。

今日は父もいる。こちらも、叔母によって呼び出されたのだろう。

豪華な調度品が並び、訪れる人を圧倒する部屋だが、レオンハルトが妃を迎えれば叔母はこの部屋をレオンハルトの妃に譲らねばならない。叔母は、そのまだ見ぬレオンハルトの妃に怯えているのだろう。

「王太子の執務室に妙な娘がいるそうね」

叔母が横柄な口調で聞いてくる。

「ええ、いますわね」

予想通り、ヘルガはスカーレンの存在を父と叔母に報告していた。

とはいえ、スカーレンは、王城の政庁エリアではすでに知られた存在だ。服装自体は地味だが、小柄で華奢《きゃしゃ》な男装娘はとても目立つ。

ヘルガが報告するまでもなく、父も叔母もその存在を知ることになっただろうが、ヘルガは執務室でのレオンハルトとスカーレンの様子を知っている。

なんと報告したかわからないが、答え方に気をつけなくてはスカーレンの身が危なくなる。

「その娘は何者なのかしら」

ゆらゆらと扇をはためかせながら、叔母が聞いてくる。だいたいのことはヘルガから聞いているのだろうから、これはフリーデの見解を聞きたい問いかけだ。

「ディレイ補佐官の遠縁の方だとか。文官を目指して見習いをしているそうですわ」

「女の身では文官になれないわ」

叔母がばかにしたように言う。

「いや……確か二年後、レオンハルトが即位するタイミングで女も官僚試験を受けられるようになるはずだ。性別に関係なく優秀な人材を登用したいということでレオンハルトが提案し、閣議で通っていた。……もっとも、通る女がいるのかは知らぬが」

父の説明に叔母が眉をひそめる一方、フリーデは内心驚いていた。

スカーレンが文官に興味を持っていることは知っているが、見習いは方便で、実際は事務作業の補助のためにいるのだと思っていた。

――本当に文官を目指していたの……？

「それにしてもアレクシス・ディレイか。この春まで陛下の補佐官を務めていた者だな。よそ者を嫁にもらって実家から縁を切られた者だ、あれを頼るような娘などろくな生まれではなかろう」

父が嘲るように言う。ディレイの妻はフィラハ人だ。併合された北の人々は、リーデン王国内では一段低く見られている。叔母や父が王太子であるレオンハルトを疎ましく思っている背景には、母親がフィラハ人ということも関係がありそうだ。

「レオンハルトがそんな下賤《げせん》な娘を手元におく理由は何かしら？　まさかとは思うけれど、レオンハルトのお手つき、とかではないでしょうねえ」

叔母が値踏みするようにフリーデを見つめてくる。ヘルガと話が食い違えば、きっとそこを追及してくる。フリーデはスカーレンの愛らしい顔を思い浮かべた。一途《いちず》で一生懸命な彼女を応援したい。あの子は、自分たちの事情に巻き込みたくない。叔母の興味をなんとか逸らさなくては。

「王太子殿下の執務室での娘の役割は、補助的な事務作業を行う程度です。王太子殿下と特別な仲のようには見えませんでしたが」

フリーデは表情を変えずに、淡々と答えた。苦手ではあるが、叔母の相手は慣れている。

「男女の関係はわからないものよ」

「娘の正体については、もう少し探る必要がありますが、人材を育成中であるようにしか見えませんでした。それに、王太子殿下には、暁姫がいらっしゃいます。見習いの娘と暁姫は別人ですわ、叔母様」

フリーデは得意の艶やかな笑みを浮かべ、自信たっぷりに言い切った。叔母は賢くて自分に従順な存在が好きだ。使い勝手がいいから。叔母を説得する話し方も態度も熟知している。とにかく叔母にはスカーレンと暁姫は別人であり、警戒するべきはスカーレンではなく暁姫のほうだと思わせなくては。

「舞踏会で暁姫を間近に見ておりましたから、それくらいはわかります。暁姫は黒髪のご令嬢でした。目の色は暗かったと記憶しております。見習いの娘は亜麻色の髪の毛で、目の色は茜色です。第一、男のかっこうをするくらい常識外れな行動をする娘に、王妃が務まるとは思えません。王太子殿下とて、さすがに心得ておられるでしょう」

ヘルガは舞踏会に出ていないから、暁姫を見ていない。

それに多くの明かりを灯しているとはいえ、明るさは昼間ほどではない。叔母や父のいた場所とは距離があったから、暁姫の瞳の色までは見えていないはずだ。

部外者で暁姫とスカーレンが同一人物だと気づいているのは、今のところ自分くらいだと思う。

とはいえ、ずっと秘密にしていられるとも思えない。

「フリーデの目にはそう見えているかもしれないけれど、殿下も男ですからね、身近に後腐れがない娘がいれば妙な気を起こすことも考えられるわ。……面倒なことになる前に、始末しておいたほうがいいのではないかしら」

「ですが、叔母様、勝手にそんなことをすると王太子殿下の怒りを買います」

「だからうまくやるのよ、うまくね。場所はそうね……ノイン湖の別荘はどうかしら。もう何十年も使われていないから、ぴったりじゃない？　前からあそこは使えると思っていたのよ」

「そのくらいにしないか、エルゼ」

叔母の剣呑《けんのん》な妄言を、父が止めに入る。

叔母はレオンハルトへの嫌悪感をまったく隠そうともしない。正妃になるはずが、フィラハの王女の輿入《こしい》れで第二王妃に降格させられたことを根に持っているのだ。一の妃とレオンハルトにしつこくいやがらせをし、王城から追い出したのも叔母である。

「うまい具合におまえはあいつらの懐に飛び込めているようだ、フリーデ。見習いの小娘の正体を探れ。王太子との関係もだ」

フリーデの回答を受け、父が新たな指示を出す。今度はあの人たちの仲を引っかき回せというのか……どうして父は、フリーデに優しくしてくれる人たちとの関係を奪っていくのだろう。

「わかりましたわ」

やるせない気持ちを押し隠してフリーデは頷き、礼をして部屋を出た。後ろをヘルガがついてくる。今日は自分にぴったり付き添うヘルガが忌々しくてならなかった。

スカーレンがレオンハルトとどのような関係であろうと、叔母はスカーレンの排除に乗り出すような気がする。レオンハルトへのいやがらせというその目的のためだけに。

スカーレンはレオンハルトにとって特別な存在だ。手を出せば彼は逆上するだろう。今はお互いがおとなしくしているから平和が保たれている国内情勢だが、レオンハルトが敵意をむき出しにすれば大きな内乱につながりそうだ。

——スカーレンは守らなければ。でもどうやって？

執務室で笑い合っていた二人を思い出す。二年後の官僚試験から性別の制限が撤廃される。スカーレンはそれを知っていて本気で官僚を目指しているし、レオンハルトもその挑戦を応援している。お互いの立場が違いすぎるゆえに、主君と臣下という立場で寄り添おうとしていることを知り、フリーデは切なくなった。ままならない思いをしているのは自分だけではない。それでも自分よりはあの二人のほうが未来は明るい気がする。何より、スカーレンの希望は叶う。

文官になって、レオンハルトに仕えるという希望は。

——王太子殿下に相談をする？　でもわたくしと話なんてしてくれない気がする。サイラス様のほうがいいかしら……。

フリーデは頭の中で目まぐるしく考えながら、王城の廊下を歩いていった。

＊＊＊

叔母に呼び出された翌日。

フリーデはバスケットにいっぱい焼き菓子を詰めて、王太子の執務室を訪問した。昨日のうちに厨房《ちゅうぼう》に頼んで作ってもらったものだ。

結論として、フリーデはサイラスに相談することにした。フリーデが一番話しやすく、かつフリーデの意見に耳を傾けてくれそうなのがサイラスだからである。

執務室のドアをくぐってみれば、サイラスが一人で黙々と作業をしていた。ディレイとスカーレンは見当たらない。

サイラスに相談しようと思ってはいたものの、サイラスしかいない状況だとは思わなかったので、フリーデは面食らった。まるで神様が見ているみたいだ。

「今日はあの二人はいないの？」

フリーデが聞くと、サイラスがこちらに顔を向けて頷いた。

「追加の資料を貸し出してもらいに、書庫に行きました。すぐに戻りますよ」

「あの指輪を持って？」

フリーデが意地悪く聞いてみれば、サイラスが小さく笑う。

「ディレイ補佐官は顔パスが可能なんで、今日は誰も指輪は持っていません」

「ギルベルト殿下は肌身離さず持っていらしたわ。こちらの王子様はずいぶんずさんな管理をしていらっしゃるわね」

「否定はしませんが、あんな扱いでも殿下にしては大切にしているほうですよー」

「あれで……？」

「そう、あれでも。どうでもいいものは本当にひどい扱いをしますからねー、殿下。まあ、僕もたいがいですけどね。独身の男なんて、そんなもんですよ」

驚くフリーデに、サイラスがにぱっと笑った。いきなり全開の笑顔に、フリーデはドキリとする。

「そ、そうだわ。これ、サイラス様に持ってきましたのよ」

フリーデは速まる鼓動をごまかすように、手にしたバスケットをサイラスにずいと差し出した。

「へえ?」

サイラスが腕を伸ばしてバスケットを受け取る。

「中身を確認しても?」

「ええ、もちろん」

サイラスがバスケットを開け、中身を見る。

「いい匂いがすると思った。これはすごい」

中にぎっしり詰め込まれた焼き菓子に、サイラスが目を丸くする。

「全部差し上げますわ」

「え、僕に?」

「いつも昼食を奢っていただいているお礼です」

「ええっ? でも仕事を手伝ってもらってるんですから、それくらいは当然じゃないですか……?」

「わたくし、人に借りを作るのは好きではありませんの」

「か、借り?」

つんと答えたフリーデに、サイラスが面食らったような表情を浮かべる。

「そうそう、これは独り言なんですけれど、スカーレンの身の回りには注意をしてくださいませ。よくない動きが見られます」

「……どうして僕にそれを?」

「スカーレンに夢を叶えてほしいからよ」

「え?」

「わたくしにはできない生き方を選べるスカーレンを、応援したくなったの。……独り言よ」

フリーデはそう言うと、サイラスの隣の席に座った。サイラスが何か言いたそうにしているがあえて無視して「どうぞ、ご指示を」と仕事の催促をする。

「では、今日もお願いしますね」

サイラスがフリーデの前にどんと書類の束を置く。一瞬だけ、フリーデのすぐ目の前をサイラスの腕が通り過ぎていった。ふわ、とあの優しい匂いが鼻先をかすめる。

それだけでなんだか泣きたくなる。

——ずっと、こうしてここに通うことができたらいいのに。

それこそ、サイラスが以前希望したように正式に採用してもらえたらいいのに。そう思うが、そうはいかない。

この時間がいつまでも続いてほしい。

でもきっとそう長くは続かない。父と叔母がスカーレンの存在に気がついた。フリーデがここにいられるのは、理由は不明ながらレオンハルトがフリーデの訪問を黙認しているからで、父たちがスカーレンに手出しするようなことがあればフリーデは王太子の執務室から追い出される。

サイラスと並んで仕事をすることも、職員食堂へ食事に行くこともなくなる。永遠に。

そう思うと、じわりと涙が込み上げてくる。フリーデは何度もまばたきをして瞳から涙を追い払い、書類に手を伸ばした。

＊＊＊

サイラスは自身も作業に取りかかるフリをしながら、隣の席で書類の整理を始めたフリーデを横目で見ていた。

その横顔はいたって真剣だ。言われたことはメモを取っておさらいをしてくるなど、仕事ぶりも真面目。

――ヤバイなあ……。

サイラスは内心でため息をついた。

そんなつもりはなかったのに、気がつくと目がフリーデを追ってしまう。

確かに最初はレオンハルトの指示でフリーデの動向をうかがっていた。

――彼女が父親や叔母と同じタイプの人間だったら、切り捨てるのも簡単だったのに。

そうではないから、突き放すのが難しい。

フリーデが最初に執務室を訪れた時、レオンハルトに近づくためか、あるいは文官見習いのスカーレンことローゼ・スカーレン・シュティアの正体を探りに来たのかと思った。だから追い返したかった。ローゼはレオンハルトにとって重要な人物である。なんといっても、お妃問題を回避するための協力者なのだから。

レオンハルトがローゼを見つけてきたのは、舞踏会の七日前。妃候補の令嬢との茶会がいやで王城から脱走し、下町の市場をぶらぶら歩いている時に偶然出会ったのだという。そんな偶然あるか、と思ったが、まさにそんな偶然でレオンハルトとローゼは出会った。

ローゼが「見えない没落」の被害者である元伯爵令嬢と知ってから、レオンハルトは今まで証拠をつかめなかった「見えない没落」の真相究明に乗り出した。「見えない没落」とは、借金を抱えた領主一家が行方不明になり、領地がまったくの他人に乗っ取られることを指す。正式な方法で代変わりしているため、もとの領主の没落が見えにくい。裏でバージェス派が絡んでいるのは間違いないのだが、何しろ相手は証拠を残さない。だからこそ、レオンハルトは生き証人であるローゼを足がかりに、バージェス公爵家が権力を独占している現状を崩そうと考えたのである。

ローゼはその重要参考人……と、レオンハルトはまわりには説明したが、どう見てもそれだけではない。実は、ローゼの兄はレオンハルト直轄の近衛騎士団に所属しているのだ。没落の真相なんて兄に聞けば済む話であって、レオンハルトがローゼに近づく理由にはならない。

レオンハルトはさらに、舞踏会で大臣たちが用意した令嬢の中から妃を選ばなくてもいいように、ローゼに「かりそめの恋人」役を依頼した。元貴族の娘であるローゼは、マナーもダンスも心得ているが、社交界デビューはしていない。舞踏会をぶち壊す令嬢役にぴったりだったのだ。

そしてレオンハルトはどうやらその報酬として、お針子より収入がいい仕事を探していたローゼに、官僚試験への挑戦を提示したらしい。執務室での文官見習いの仕事は試験対策の一環なのだそうだ。執務室にローゼを迎える際にディレイから聞き、サイラスは「回りくどい……」と、呆れ返った。

レオンハルトとしては、ローゼを手元に置きながら距離を詰めていこうと考えたに違いないが、執務室に初めて来た時のローゼは「なぜ呼び出されたのかわからない」と混乱していた。あの様子では、有無を言わさず引っ張ってきたような気がする。

そしてサイラスは、王城内にいる間のローゼの護衛をレオンハルトから言いつかった。男装という見た目から変わり者扱いされる可能性のほうが高いものの、王太子のそばにいる女性ということで変な輩《やから》がローゼにちょっかいを出さないとは限らないからだ。とはいえ、仰々しく護衛をするとローゼが委縮する可能性もあるし、余計に人の目を集めてしまう恐れもある。そのため、ローゼの護衛は、あくまでも執務室の外に出る時に一人にしない程度のものに留められた。

ローゼが執務室に来るようになってほどなくして、フリーデが現れる。ローゼはもともと、別のところで働くつもりで髪の毛を切っていたそうだから、執務室に来た当初から男装姿だった。王城内で噂にならないわけがない。フリーデはこの噂を聞きつけて、「レオンハルトに近づく」という名目で執務室を訪問し、ローゼの正体を確かめに来たのかと思ったのだ。

実際、その通りではあったのだが……。

フリーデが派手な見た目に反し、繊細な心の持ち主であることは早い段階で気がついていた。でなければ、父親に怒られて庭園の片隅で泣いたりはしないし、サイラスのことを覚えていて外についてきたりもしない。

サイラスとしては、フリーデに泣いてほしくないのだ。よくわからないけれど、誰にも見られないように一人ぼっちで泣いてほしくない。

フリーデが仕事を手伝った初日、予想通りレオンハルトはあまりいい顔をしなかった。フリーデが帰ったあと、サイラスはディレイとともに呼び出され、「なぜバージェスの姫を執務室の中に入れたのか」と聞かれた。

『追い返そうとしたんですが、帰ってくれなかったんですよ。宰相のお嬢様を力ずくでつまみ出すわけにもいかないでしょう』

ねえディレイ補佐官、と同意を求めれば、ディレイも確かにと頷いてくれたので助かった。

『できるだけ僕が相手をして、目的を聞き出しますよ。スカーレン嬢は守ります』

サイラスの言葉に、レオンハルトは頷いた。

本当なら、次は中に入れない、と言うべきだったのだと思う。

でもそうしなかったのは、サイラス自身がフリーデのことをもう少し知りたかったからだ。

そしてしばらく相手をするうちに、フリーデに課せられた任務とフリーデの息苦しさ、根が素直で真面目な性格だということもわかってきた。

サイラスもフリーデの事情は知っている。フリーデがレオンハルトの妃にならなければ、バージェス公爵は失脚を余儀なくされ、二の妃の待遇も悪くなるだろう。あの二人にとってフリーデは命綱みたいなものだ。もちろんフリーデ以外のバージェス派の娘でもいいのだが、その場合はその娘の実家がしゃしゃり出てくるので、バージェス公爵家の二人としてはやはりフリーデに妃になってもらいたい。だが、今までの経緯を考えれば、レオンハルトがフリーデはもちろん、バージェス派の娘を妃にするとは考えにくい。

そしてそのこと自体は、フリーデも承知している。

それなのに、父と叔母の指示には従わなくてはならない。本人も父が納得すれば来ることはやめると言っていたから、父親に対して自分の意見を通すことはできないのだろう。耐え切れず、隠れて涙をこぼすくらいだ。実家におけるフリーデの扱いが見える気がする。

聡明《そうめい》で真面目なのに、求められる役割が果たせないからと評価されない。

フリーデという令嬢の本当の姿が見えてくるにつれ、サイラスはフリーデのことが不憫でならなくなった。

レオンハルトはフリーデをバージェス公爵家の娘ということで警戒していて、見ようともしない。バージェス公爵は、自分の娘を思い通りに動かすことだけを考えている。

そしてフリーデが、役割を演じるために仮面をつけているのだと、今ならわかる。彼女の本当の姿は、きっとほとんどの人が知らない。庭園の片隅で泣いたり、食堂でコロコロ笑ったりするのが本当のフリーデ。もったいないと思う一方、自分だけがそれを知っていることにゾクゾクとした喜びを覚える。

――まずいな、これは。

サイラスを頼って静かに寄り添ってくるフリーデが、気になってしかたがない。彼女がこのまま仮面をかぶり、本音を隠して求められる役割を必死で果たそうとするのかと思うとやるせない。フリーデの未来が決して明るいものではなさそうなことも、気になる要因のひとつだ。

フリーデも指摘するように、フリーデがレオンハルトの妃に選ばれることはない。そうなればフリーデは父親の命じるまま、政略結婚をすることになるだろう。

有力候補は第二王子のギルベルトだが、彼はレオンハルト即位後に臣籍降下することを表明している。フリーデがギルベルトに嫁いだところで、バージェス公爵家は権力の中枢には近づけないからメリットはないのだ。だから、どちらかといえばバージェス公爵家が関係を強化したい家に嫁がせる可能性のほうが高いと思う。

貴族は政略結婚が基本だ。フリーデだってそれは承知しているだろう。

政略結婚だから不幸になるわけじゃない。そう、わかってはいるけれど……。

――いやなんだよなあ、僕が。

仮面をかぶることに慣れたフリーデが、どこか知らないところで一人隠れて泣くことになるかもしれないと思うと、胃がむかむかしてくる。

最悪だ、と思う。相手が悪すぎる。

――この国一番のお嬢様と侯爵家の三男じゃ、話にならないよな。それ以前に、派閥が違うし。

ふう、とサイラスがため息をついた時だった。

「ただいま戻りました……なんですか、この匂い？」

「わあ、なんかいい匂いがしますね！」

戻ってきたディレイとローゼが、執務室に漂う甘い匂いに気づく。

「フリーデ様の差し入れですよ」

サイラスが言うと、スススとローゼが机の上のバスケットに近づいてきた。

「おいしそうです……」

「いいですねえ、あとでみんなでいただきましょう」

「だめです」

今にも手を伸ばしそうなローゼと目元を緩めたディレイに、サイラスは言い返した。

「これは僕がお礼にもらったものだからだめですぅぅぅ」

「ええっ」

「なんちゅうケチくさい反応ですか」

ローゼとディレイが相次いでサイラスを非難する。

「全部僕のものなんですぅぅ、食べたいなら僕の許可を取ってください〰〰〰」

「なんですかそれは」

思わずバスケットを抱えたサイラスに、ディレイが呆れ果てる。

「そんなに珍しいものでもないのよ？　お気に召したのなら、また持ってまいりますわ」

フリーデも呆れたようだ。

「だそうですよ、サイラス様！」

ローゼが言う。

「本当ですか⁉　バージェス公爵家お抱えの料理人が作るお菓子だから、絶対おいしいですよ。ぜひぜひ、またお願いしますね〰〰〰〰。というわけで、あとでみんなでいただきましょう！」

サイラスはそう言って笑うと、バスケットから手を離した。ディレイとローゼが笑って、それぞれの席につく。隣のフリーデはまだ若干呆れた目でサイラスを見つめている。

——またなんてない。きっとない。


その日の夜、サイラスはレオンハルトにフリーデの「スカーレンの身辺に気をつけろ」という「独り言」を報告した。レオンハルトから出た指示は、「仰々しく警護をすると余計に目立つ。城の中なら近衛騎士の目もある。ローゼを追い詰めたくない」という理由からの現状維持だった。

しかし、ローゼを取り巻く状況が悪化すれば、レオンハルトはフリーデを確実に追い払う。バージェス公爵と二の妃が何か勘づいているのなら、その時は近いのかもしれない。

呆れ顔のフリーデを思い浮かべる。熱心に作業をする様子や、食堂で笑いながら食事をするフリーデを思い浮かべる。彼女が隣にいる今を失いたくない。絶対に手が届かない存在だからこそ、切実に思う。

――時間が止まればいいのに。

7　別れ

フリーデが執務室を訪れるようになって三週間が過ぎた。普段はサイラスとディレイのどちらかが残っている執務室だが、今日は二人とも別の部署から呼び出されていていない。もちろん一時的なことで、二人のうちどちらかはすぐに帰ってくると、フリーデにはわかっている。

執務室での時間は楽しい。もっと続けばいい。……だが、おそらくこの時間は長くは続かない。レオンハルトには近づけないし、スカーレンの正体はわからない。暁姫に関しても何もつかめていない。父にも叔母にも、フリーデの執務室訪問はまったく無意味な行動に見えているはずだ。そろそろ次の指示が出る気がする。どんな指示かはわからないけれど、こうしてのんびり執務室で過ごすことはできなくなるだろう。

前にもスカーレンと二人きりになった日があった、と思いながら、フリーデはなんとなくはす向かいに座っているスカーレンに目をやった。開けっ放しになった窓から吹き込む風に、やわらかい亜麻色の髪の毛がふわふわと揺れている。伏せたまつげは長く、その下に見える瞳は茜色。夕焼けの空のようだ。大きな目と丸みを帯びた頬のせいで幼く見えるが、真剣に作業をしている眼差しと引き結んだ唇は、意志の強さを感じさせる。

フリーデの見立てが正しければ、レオンハルトを振り回しているのはスカーレンだ。これは将来尻に敷かれるに違いない。

　フリーデの視線に気づいたのか、スカーレンが顔を上げる。目が合うと、スカーレンが驚いたような表情を浮かべた。見られているとは思わなかったのだろう。そのびっくり顔がかわいらしくて、フリーデは思わずくすりと笑ってしまった。

「これは事務官の仕事ね。秘書官の下の役職よ、ここにはいないようだけれど。――わたくしも聞いたわ、王太子殿下が即位されたあと、官僚試験が性別不問になると。それであなたはここで見習いをしているわけね？　あなたは事務官になりたいの？」

　今までたいして親しくしていないせいだろうか、いきなり話しかけたことでスカーレンが困惑しているのがわかる。

「警戒している？」

「……」

「まあ、当然ね。あなたが作ったドレスを台無しにしたことは、申し訳なかったと思うわ。でも、暁姫にあのドレスはよく似合っていたから、結果的にはよかったのかも？」

　いきなり核心に踏み込んだからか、スカーレンは戸惑うような表情を浮かべたままフリーデを見つめている。

「あなたは不思議な娘ね、スカーレン。髪の毛を切ることにためらいはなかったの？」

「……」

「わたくしとは口をきくなと、殿下から指示が出ているのかしら」

　フリーデの言葉に、わずかにスカーレンがむっとした表情を浮かべる。レオンハルトのことを侮辱されたように感じたのだろうか。それがそのまま顔に出てしまうあたり、素直だなあと思う。

「あなたは本当にかわいいわね。ここの人たちがあなたに肩入れしたくなるのもわかる気がするわ。予想がついているでしょうけれど、わたくしは殿下を籠絡するように父に命じられて、ここへ来ているの。でも、それが不可能だともわかっているわ」

「どうして不可能なんですか？」

スカーレンが聞き返してくる。

「だって、殿下は暁姫に夢中だものね？」

フリーデが意味ありげに笑いかけると、スカーレンの顔がこわばった。

「あのご令嬢は、殿下が用意した方でしょう。まったくわかりやすい茶番劇をやるものだから、父はカンカンだったわ。見ものだったわよ、メンツが丸潰れになったものね。そこで血眼になって暁姫を探したけれど、見つからないの……本当に、あれは誰だったのかしらね？　所作がきれいだったから、貴族の娘に違いないと思うの」

「……」

「わたくし、実は幼い頃からレオンハルト殿下を存じ上げているのだけれど、少し前まではもっと刺々しい雰囲気だったわ。お母様を目の前で亡くされて……それからね、殿下が変わってしまったのは」

「目の前で？」

初耳だったのか、スカーレンが目をまん丸にする。

「レオンハルト殿下が十二歳の時ね。王城での晩餐会《ばんさんかい》で、殿下のお母様である一の妃様が殿下のお飲みになるはずだった杯を代わりに飲まれて、その場で倒れられたの。毒が仕込まれていたそうよ……誰が黒幕かは、あなたならおわかりね？　レオンハルト殿下が最も目の敵にしている人物よ」

スカーレンはずっと驚いた表情のまま、フリーデの言葉に耳を傾け続けている。

「だから、わたくしがレオンハルト殿下の妃になるのは、まず無理。けれども、わたくしが殿下に嫁がなければ、バージェス公爵家は宰相の地位を失うわ。父は必死よ。つまりそういうこと。公爵令嬢も案外大変でしょう？」

「そう、ですね……」

フリーデに同意を求められてスカーレンが頷くが、同時に「なぜこの話を自分に？」と思っているのもわかる。全部顔に出ている。わかりやすすぎる。

――レオンハルト殿下が好きになるのもわかるわ。

見ていてものすごくかわいい。懐いてきたらこれはもうイチコロだろう。

「あなたが頑張っているからかしらね」

「頑張っている？」

「ええ。わたくしにはできないことをやろうとしているあなたを、応援したくなったの。わたくしは、あなたが羨ましいわ」

フリーデの告白は完全に予想外だったらしい。スカーレンは目を点にしただけでなく、口までぽかんと開けてしまった。かわいらしい顔立ちが台無しだ。そんなスカーレンに、フリーデは思わず噴き出した。

「なんという顔をするの。女の子でしょう」

「それは、そうですが……」

「そう、女の子なのに、髪の毛を短くして、男のかっこうをして、殿下の執務室で文官の見習いをさせてもらっている。あなたが羨ましいのよ、スカーレン」

本当に、自分とは大違いだ。

「なぜ……私が羨ましいのですか」

スカーレンが呆然と呟く。

「長い髪の毛はうっとうしいわね。コルセットは窮屈で、裾の長いドレスは動きにくい。それに、父に命じられてやりたくないことばかりやらされて、わたくしの人生って何なのかしら、と、思わずにはいられないわよね。……わたくしにも気持ちがあるのよ。わたくしは人形ではない」

フリーデはちらりと隣の席を見た。今は、いつもここにいるはずの赤毛の青年の姿はない。

先日渡したバスケットを「これは自分のもの」と抱えた姿はおかしかった。まるで自分を誰にも渡したくないと言ってもらえたみたいで嬉しかったのだ。まあ、それは都合のいい夢でしかないのだけれど。

「わたくしにも、あなたの百分の一でも勇気があればよかったのに」

もしスカーレンのように、髪の毛を切って自分の行きたい道に突き進む勇気があれば、フリーデの世界は変わっただろうか?

家のために都合よく使われる駒以外の人生をつかみ取れただろうか?

そう、思わずにはいられない。

だけど自分には、味方になってくれる人がいない。見つけ方もわからない。そもそも、一歩を踏み出す勇気以前に、踏み出す方法がわからない。今の生き方以外の生き方を考えたことがないから、想像もできない。

そこが自分とスカーレンとの決定的な違いなのだと思う。

「それなら、私と一緒に官僚試験を受けませんか？　フリーデ様は仕事の飲み込みも頭の回転も速いので、できると思います。文官！」

突然スカーレンが立ち上がって誘ってくるので、フリーデは驚いた。

「父が許さないわ。それに、文官なんて、甘ったれたわたくしに務まるとは思えないわね」

スカーレンの誘いはなんとも現実味がない。フリーデはかぶりを振った。

「そんなことはないです。私はやってみようと思っています。でも、一人だとちょっと心細かったんです。フリーデ様も一緒に目指しましょう！　絶対かっこいいです、公爵令嬢が文官だなんて。もしかしたらフリーデ様が宰相閣下になれるかも。そうしたら私の味方をしてください、派閥争いに終止符を打ちましょうよ！　派閥争いなんて時間の無駄だと思うんです！」

「宰相は文官ではなくてよ。あれは有力貴族の中から選ばれるものなの。それに、派閥争いがそんなに簡単におしまいにできるわけがないでしょ。時間の無駄に関しては同感だけれど……あなた、もしかして政治の仕組みがよくわかっていないわね？」

「はい、実はあんまり」

あっさり告白するスカーレンに、フリーデは一瞬ぽかんとしたが、すぐに声を上げて笑い出した。どうにもスカーレンの話には現実味がないと思っていたけれど、よく知らなかったのだ。そんなことだろうと思った！　彼女の純粋さに、あれこれ悩んでいる自分がばからしく思える。

「文官の見習いのくせに、本当に大丈夫なの？　殿下の顔に泥を塗ってはだめよ、あなたに期待しているようだから」

こんなふわふわした状態の娘を、レオンハルトは本気で文官にする気なのだろうか？　それとも文官にするというのは、スカーレンの気を引く餌でしかないのだろうか。どちらにしても無茶苦茶な挑戦だ。おもしろい、実におもしろい。

「これから勉強します！　だからフリーデ様も一緒に目指しましょう、女性官僚！　一人より二人のほうが楽しいです絶対。私たちで新しい時代を作りましょう！」

「新しい時代？」

「そうです、女の子が髪の毛を短くしても、コルセットを締めなくても、官僚を目指してもおかしくない時代を作るんです！」

スカーレンがこぶしを握り締めて力説する。

スカーレンの夢の原動力を初めて聞いた。この娘はふわふわしているだけじゃない、いろいろ考えている。そして……。

――スカーレンのやりたいことを、王太子殿下が応援している。

スカーレンの夢は壮大だがレオンハルトがついていることで、もしかしたら、もしかするのかもしれない。女の子が髪の毛を短くしても、コルセットを締めなくても、官僚を目指してもおかしくない時代を作ってくれるかもしれない……。

フリーデはまぶしそうにスカーレンを見上げた。

「いいわね。そんな時代が来たら最高だわ」

＊＊＊

スカーレンと話した翌日の夜、フリーデは父に呼ばれて屋敷の書斎に向かった。いつもは書斎の中までついてくるヘルガが、今日に限ってついてこない。そして書斎には父だけでなく母の姿もあった。両親がそろっているということは、重要な話をされるということ。

いやな予感がする。

「フリーデ、おまえがレオンハルトの執務室に通うようになって三週間が過ぎたが、何かわかったことはあるか」

部屋に入るなり、父が聞いてくる。この三週間、フリーデは特に成果らしいものはあげていない。

「王太子殿下と直接お話しする機会にはまだ恵まれておりませんが、ディレイ補佐官とエーレブルー秘書官とはそれなりに話ができるようになりました。見習いの娘は口数があまり多くないので、個人的な情報はまだ。暁姫については話題にもなりません。最高機密扱いなのだと思いますわ」

一応は努力していること、スカーレンについては重要人物ではないということを強調して話す。ただ、父にはヘルガからも報告が上がっているはずだ。父がどちらを信じるかはわからない。

「つまり特に進展はなし、ということだな」

「そう……ですわね」

フリーデの報告に、父がふむ、と腕を組む。

「……おそらく、これ以上は無理だろう。もう執務室に行く必要はない。レオンハルトもばかではないからな」

「……それは、王太子殿下の妃の座も諦めるということでよろしいですか？　暁姫の情報だけでなく？」

フリーデは驚いて聞き返した。

どういう風の吹き回しだろう。フリーデがレオンハルトの妃を諦めてもいいなんて。

バージェス公爵家は代々の国王と外戚関係、つまり娘を国王に嫁がせて次期国王の祖父となることで権力を握ってきた経緯がある。現国王の祖母も、二の妃も、バージェス公爵家出身だ。当然、フリーデにもその役目が背負わされている。バージェス公爵家にはフリーデ以外に娘はいないから、誰かが身代わりになることもできない。

次期国王はレオンハルトで決定である。レオンハルトは宰相に自身の後ろ盾でもあるドゥーベ公爵を推すはずだ。ほかの大臣も反バージェス派で固めるはず……それはバージェス公爵家が政治の表舞台から消えるということを意味する。

今まで権力に固執していた父が、なぜ……？

「おまえに縁談が来ている」

困惑するフリーデに、父が静かに告げる。

「相手はイリエシュ辺境伯の長男、アンセルム殿だ」

「え……？」

父の言葉がにわかには信じられず、フリーデは凍りついた。

——縁談？　辺境伯？　わたくしが？

いつかは結婚の話が来るとは思っていた。でもこんなに急に来るとは思わなかった。

「なぜ……ギルベルト殿下ではなく、辺境伯へ……嫁ぐことになったのですか……？」

突然すぎて、頭が回らない。

フリーデは声を絞り出すようにして、たずねた。

「ギルベルトが王太子になればおまえを嫁がせる意味も生まれてくるところだが、あいつは臣籍降下を表明しており閣議で承認もされている。ちなみにギルベルトの言い分は、『フィラハの統治政策のためにもレオンハルトが国王になるべきだ。我が国のフィラハ人が隣国に逃れたフィラハ人勢力と結託すると、落ち着いている隣国との関係が再び悪化するおそれがある』だそうだ。……もともと併合したフィラハ人の不満を抑えるために、一の妃は陛下に嫁いできたからな」

父はそこで言葉を区切り、ゆっくり歩いて窓辺に立つ。フリーデからは背中しか見えない。

ギルベルトは面倒ごとに巻き込まれるのがいやだったのではなく、きちんとこの国の未来のことを考えて行動していたのだ。レオンハルトといいギルベルトといい、この国の王子様たちはきちんと未来のことを考えている。それに比べ周囲は権力争いばかり……。

「レオンハルトが軍務大臣のドゥーベ公爵と親密なのは知っているな？　さらにレオンハルトは陛下に代わり国軍の訓練をよく視察しており、国軍を掌握しつつある。兵士にしてみればめったに見ない老いた国王よりも、自分たちを気にかけてくれる若き次期国王に傾倒するのはしかたがないことだろう。レオンハルトが士官学校を出ているというのもある」

父と叔母が幼少期よりレオンハルトを冷遇していたことは有名な話だ。だからこそ反バージェス派のドゥーベ公爵がレオンハルトの後ろ盾となり庇護《ひご》していたわけだが、ドゥーベ公爵が長らく軍務大臣を務めているから、レオンハルトが国軍に近づくのは当然とも言える。

サイラスがレオンハルトと近いのも、そうした背景があるからだ。少年時代、この国の在り方について二人は語らっていたのかもしれない。

「レオンハルトが国軍を操るようになると面倒だ。イリエシュ辺境伯にはもともと、国境警備の任務が与えられており、領軍の保有が認められていた。二十五年前、フィラハ併合に伴い旧フィラハ領に国軍が駐留するようになって国境警備の任務は解かれたが、辺境伯のもとには元領軍だった者が大勢いる。おまえの持参金で軍備強化をすれば国軍もうかつに手を出せない存在にできる」

レオンハルトが国軍を掌握しつつある。つまりレオンハルトは、国軍を使って何かをしようとしている。父はそれを察知して、対抗策として自分たちも武力を持とうとしている。レオンハルトが自分たちに手出しできないように。

……つまり……。

「……わたくしで辺境伯の持つ軍事力を買ったということですね」

フリーデは導き出した結論を呟いた。

「フリーデ!」

直接的なものの言い方をしたフリーデをたしなめたのは、母だった。

「家のために嫁ぐのが娘の役割だ」

父は窓の外を見つめたまま言う。

否定しなかった。事実なのだ。ここしばらく、父からの干渉もなく穏やかに過ごせていたのは、フリーデがどう動くか見るために泳がされていたからではなく、もうフリーデの役目が終わっており、どう振る舞おうと関係がなかったからなのだ。

「それにアンセルム殿はなかなか好青年だった。おまえの相手として悪くはない。本来はもう少し時間をかけて準備するべきだが、おまえにはよくない噂がある。家に恥をかかせる前に、嫁ぐべきだ。先方はその噂も承知でおまえのことをぜひにと望んでくれたのだ」

「よくない噂？」

フリーデは眉をひそめた。自分のよくない噂が出ているなんて、聞いていない。

「心当たりはあるだろう。王太子の秘書官だ。二人で歩いている姿が目撃されている」

父が振り返り、フリーデを睨みつけてきた。その視線にフリーデは思わず息を呑む。

「二人で……って、あれは、昼食に向かっているだけです！　二人きりで密会しているというわけでもないのに、なぜ噂になるのですか」

サイラスと一緒にいるところは大勢の人に見られている。しかし昼の王城であり、相手は文官の制服を着ている。夜会のように、夫探しが目的の場ではないのに、そんな噂が立つなんて。

「王太子の秘書官とバージェス公爵家の娘が歩いていたら、噂にもなる。まして親しげにしているのならな」

サイラスとはそういう関係ではないと弁解しようとしたが、父の指摘は正しくて、返す言葉が出てこない。

「おまえがもう少し冷静に行動していれば、ここで急ぎはしなかったのだがな。……必要なものはあちらで用意するから、身ひとつで嫁いできてくれてもいいということだった。式は十月、辺境伯領のランデで行う。顔合わせと婚約のお披露目の夜会は三週間後、夏の休暇にここで行うからそのつもりでいろ」

式は十月⁉

あまりに急な展開に、頭がついていかない。なぜなのだ、つい先日までレオンハルトの妃を目指せとあれだけ言っていたくせに……。

フリーデは動揺が表に出ないように、ドレスのスカート部分を握り締めた。あまりの急展開に母くらいはフリーデの肩を持ってくれるのではないかと、思わずすがるように母に目をやる。だが、そこにあったのは感情のこもらない視線だった。

「フリーデ、あなたはバージェス公爵家の娘です。家のために嫁がなくてはならないの。出発までは忙しくなるからそのつもりでいなさい」

案の定、母の言葉はフリーデの望むものではなかった。父だけでなく母からも突き放され、フリーデは呆然とした。貴族の娘は道具、それはわかっているつもりだったが、母ですらフリーデの気持ちを思いやってくれないなんて。

「話は以上だ。もう下がりなさい」

父が再び口を開く。父の射貫《いぬ》くような視線に、フリーデは何も言えずに立ち尽くした。


どうやって部屋に戻ったのかは覚えていない。

フリーデは長イスに倒れ込むように座ると、お気に入りのクッションをかき抱いた。

いつかは縁談が来ると思っていた。家のために嫁ぐことになるともわかっていた。でも急すぎる。

そういえば、王太子の執務室訪問を始めた頃は頻繁に叔母や父に進捗状況を聞かれたものだが、最近は音沙汰がなかった。これはつまり、サイラスとの噂が立ち始めて父が急いで縁談を調えたということ？

でも、縁談をまとめるには時間がかかるはず。

——きっと、いくつか縁談はあったのだわ。そのうちのひとつを慌ててまとめたということかしら。

だとしたら、なぜ自分は王太子の執務室に行かされたのか。

フリーデ自身無駄だと思っていたことを、父も無駄だと思っていたのなら、なぜ。

執務室を訪れなければ、彼のいろんな表情を知って、ここまで彼のことで頭がいっぱいになることもなかったのに……。

フリーデはクッションをかき抱く指先に力を込めた。怒りがわいてくる。

三週間後に顔合わせと婚約のお披露目、十月には辺境伯領まで赴いて挙式。フィラハと国境を接していたイリエシュ領は王国の最北部、雪深い地域としても知られている。ランデまでは馬車でひと月はかかる。十月挙式ということは、九月には王都を去らなければならない。

王都の十月はまだ秋だが、ランデは冬の始まり。挙式は、雪が降り始める直前ということで設定されたのだろうか。王都から到着後、フリーデはそのまま雪国の中に閉じ込められるというわけだ。夏なら口実をつけてランデから逃げ出すこともできたかもしれないが、冬では無理だ。

——雪が降る前なら十月上旬。なら王都の出発は九月上旬。

クッションを抱いたまま、フリーデはくつくつと笑い出した。この国で一番身分が高い令嬢のはずなのに、扱いはまるで出荷される家畜のよう。なんて滑稽なんだろう。

花嫁になるのだ、自分は。家のために売られていくのだ。……なにが公爵令嬢だ。本当に、家畜と変わらない。

——お母様も同じ気持ちだったのかしら。

先ほどの母の冷たい視線と言葉を思い出す。あれは、母自身が誰かから言われた言葉だったのではないか？　母も同じ経験をしているのではないか？　だから……娘の人生も、こんなものだと思っているのでは。

フリーデはクッションを抱く腕にも力を込めた。

——サイラス様、わたくし、お嫁に行くのよ。とても遠くへ。

サイラスはなんて言うだろう。そんなの、決まっている。きっとあの優しい顔に笑みを浮かべて「よかったですね」と言ってくれる。ふわりと笑うサイラスが容易に想像できる。

ランデは遠い。きっと、もう二度と会えない。

「公爵令嬢フリーデ」としては、執務室の三人には同じように接するべきだと思うけれど、サイラスにだけはもう少し、丁寧に別れを告げたい気持ちもある。けれどあとの二人と差をつけられて、サイラスはどう思うだろう。変に思われたりしない？

フリーデはしばらく考えたのちに立ち上がり、机に向かった。引き出しを開けて封筒を取り出す。サイラスに書いたものの、手渡すことができなかった昼食代のお礼の手紙だ。フリーデはそれを破り捨てると、新しい便箋を取り出して机に広げた。やはり、きちんとお礼の手紙を書こう。お別れの言葉とともに。

フリーデが嫁ぐという情報はすぐにサイラスの耳にも届くだろうが、自分の言葉でサイラスに感謝の気持ちとともに事実を伝えたかった。

ペンを手に取ったところで、フリーデは引き出しの片隅に丁寧にしまってあるメモも取り出した。何度も持ち運んだり読み返したりしてずいぶんとくたびれてしまったメモだ。サイラスがフリーデのために書いてくれたもの。

もう何度も見直した。目を閉じていたって、その筆跡を思い浮かべることができる。

サイラスのちょっと困ったような笑顔を覚えている。

優しい匂いを覚えている。

重たい本を持って赤くなった腕に触れてきた彼の手を覚えている。

ぽたりと、涙が便箋の上に落ちる。泣かないと決めていたけれど、だめだった。たいていのことは我慢ができる。でもサイラスへの気持ちだけは、自分でも制御ができない。

水滴はあとからあとから便箋の上に落ち、広がっていく。

貴族の娘は家の駒。道具として扱われる。どんなに高貴な生まれであっても。

そんなことはわかっていたはず。心など持つべきではない。父が執拗《しつよう》に自分を押し殺すようにフリーデを育ててきたのは、そういうことだったのだろうか。心がないほうが生きやすいから？

心があるから苦しい。まして恋なんて。

頭ではわかっていた。

――でもどうしようもないじゃない。心が勝手に好きになっていくんだもの。

フリーデはペンを握り締めたまま、静かに涙をこぼし続けた。

＊＊＊

翌日、いつものようにフリーデは十時過ぎに執務室を訪れた。父から「もう行く必要はない」と言われた以上、今日を最後の訪問にするつもりだった。きちんと執務室の人間にお別れを言いたい気もするが、何も言わずに去ろう。フリーデの婚約の話が公表されれば、どのみちすぐに執務室の面々も知るところになる。

いつも通りにサイラスの隣でのんきに過ごして、いつも通りに去ればいい。

バージェスの姫は何がしたかったんだと、みんなに不思議がられるくらいがちょうどいい。

「……どうしてこんなことになっていますの？」

来てみればサイラスの机の上には、初日に見たような書類の山。

「いやあ、どうしてでしょうねー？」

机の持ち主であるサイラスが、へらっと笑う。見れば今日のサイラスは、普段はきっちり着込んでいる制服の上着を脱いでイスにかけており、シャツ一枚の姿だ。そのシャツはよれよれだし髪の毛はぼさぼさだし目は充血してクマまでできて、全体的にずいぶんくたびれて見える。

「そりゃ寝ずにたまった案件をさばけば、山にもなりますよ。フリーデ様がいるのをいいことに」

ディレイが呆れたように言う。

「あーやっぱりフリーデ様をうちで雇いましょうよっ。ちょっと殿下にマジで提案しますっ。気兼ねなく仕事できるって素晴らしいー！　僕は事務作業が苦手だーっ」

サイラスが突然両手を上げて叫ぶ。

「まあサイラス君は本来、軍人ですからね。ちょっと寝たらどうです？」

「寝ますッ。仮眠取らせてくださいッ。殿下失礼しますッ。フリーデ様、では頑張ってください。今日中にお願いします！」

ディレイの助言に、サイラスがビシッと軍隊式の敬礼をし、すでに定例の閣議に出てしまっていて執務室にはいないレオンハルトに断りを入れると、上着を持ってふらふら～っと奥にあるレオンハルトの個室へ消えていった。

「……殿下の個室って、どういう使用目的なんですの？」

「本来の使用目的の部屋ですよ、ご本人が不在がちなだけで。ああ、あと大きなソファがあるので、仮眠に使います。よくサイラス君が寝ていますよ。書類整理が苦手でため込みがちだから、どうしても夜残るはめになるんですよね、彼。徹夜して頑張った姿は、初めて見ましたが」

フリーデが首を傾げると、ディレイが手元の書類をトントンとそろえながら答えてくれる。

そういえば王太子の執務室は人が少ないので大変だというのは、聞いたことがある。

改めてサイラスの机を見ると、机を埋め尽くすほどの書類の山。無造作に重ねられているせいで、何もしていないのに目の前でいきなり雪崩が起きる。

「今日中って、本気ですの？　この量、わたくしだけで午前中に終わらせるのはどう考えても無理ですわ」

「できるところまでで構いませんよ。ところで、今から私とスカーレンさんで東部地区の河川の工事資料を探しに行かなくてはならないんです。すぐに戻りますので、その間、フリーデ様は留守番をお願いしますね。何かあったらサイラス君を叩き起こしてください。スカーレンさん、行きましょう」

言い終わる前に、ディレイがそう言い残して必要書類をまとめ、執務室から出ていく。慌ててスカーレンもついていこうとするが、忘れ物でもしたのか、入り口付近で立ち止まりくるりとフリーデに振り向いた。

「フリーデ様。この間私が言ったことなんですけど、本当に検討してもらえませんか？　官僚試験。フリーデ様は頭もいいし物事をよくご存じですから、向いていると思います」

「公爵の娘が？　おもしろいことを言うわね。……お父様に殺されるわ。貴族の娘は駒なのよ。自分の意思など持てないの。言われた通りに行動することしか、許されていないのよ」

——突然何を言い出すかと思えば。たとえ今から官僚になりたいと思ったって、縁談も決まってしまったから嫁ぐしかなくなったもの……。

フリーデは呆れ半分、諦め半分の声で返事をした。

「……私も、貴族の生まれなので、貴族の娘の生き方については知っています」

スカーレンがぽつりと呟く。

「なら、わたくしが官僚試験を受けるなど到底不可能だということはわかるでしょう」

「フリーデ様は、以前私に事務官を目指しているのかと聞かれましたよね。私は補佐官を目指しています。殿下の治世では女性でも官僚試験を受けられるようになりますが、その前段としてこの冬の国費留学生の選考でも女性の受験が可能になるんです。殿下から、この選考に挑戦してみるようにすすめられました。選ばれれば国費で留学できて、帰国後は補佐官として任用されます」

力なく返したフリーデに、スカーレンがまっすぐな視線で答える。

「……そんなたいそうなものに挑戦しようと思うの、あなた」

フリーデの驚きが交じった言葉に、スカーレンが微笑んで頷いた。

「私はご覧の通り、この国の常識の中では生きづらさを感じてしまう人間です。ずっとそんな自分に悩んでいました……そんな時に、殿下が挑戦する機会をくださったのです。やらないという選択肢もありましたが、これを逃したらきっと後悔する。人生は一度しかなく、時間も戻らない。なら、後悔しないように生きたい、と。……でも私一人だとやっぱり不安なんです。フリーデ様はバリバリ仕事ができるし、身分も高いです。そういう方が私の味方に……仲間になってくれたら心強いなと思って」

「仲間……」

フリーデはスカーレンの言葉を繰り返した。彼女に対して何かしたことはないはずなのに、スカーレンからこんなに高く評価されているとは思わなかった。

「あなたにそう思ってもらえるなんて、光栄ね」

胸に広がる喜びと諦めを抱き締めながら、フリーデは淡い笑みを浮かべた。スカーレンが少し驚いたように茜色の瞳を見開く。

スカーレンが羨ましい。スカーレンを想っている男性は、彼女を思い通りにしようとはしていない。ただ寄り添って、スカーレンの望みを叶えようとしてくれている。

「もうお行きなさい。ディレイ補佐官に置いていかれるわよ。ここはサイラス様がいるから大丈夫」

フリーデが声をかけると、スカーレンがにっこり笑って、ディレイを追いかけるべく駆け足で執務室から出ていく。

その後ろ姿を見送り、フリーデはいつものように席についた。

フリーデの婚約者はどうだろう。フリーデを大切にしてくれる男性でありますように。もうこれ以上、もの扱いされて心をないがしろにされるのはいやだ。


それにしても、やってもやっても減らないという経験は初めてだ。すぐに帰ってくるかと思ったディレイとスカーレンが未だに戻らない。時計を見ればもうすぐお昼である。

全部を片づけることは無理そうだからせめてサイラスの担当分を減らしてあげようと、せっせと作業していたフリーデだが、二時間近く続ければさすがに疲れる。

「うう、肩が凝る！　なんてお嬢様使いの荒い人たちなの！　わたくし、こう見えても公爵令嬢よ！」

誰もいないのをいいことにフリーデが呻いて背伸びをすると、噴き出す声が聞こえた。びっくりして音がした方に目を向けると、サイラスが奥の部屋から姿を現してこちらを見ている。

「……起きていたの？」

「一応。無人にするのはまずいんで」

サイラスはそう言いながらあくびをする。頭はぼさぼさだし、シャツはよれよれだし……。改めて見ると、なんてひどいかっこう。……けれど、シャツ姿なんて本来は身内など、よほど親しい間柄の人にしか見せないものだ。サイラスにとってフリーデは気を許した相手、という認識でいいのだろうか。……だったら嬉しい。

「侯爵家の子息様の姿ではないわね」

しみじみとフリーデが呟けば、サイラスが小さく笑った。手にしていた上着に袖を通しながら、ゆっくりとフリーデに向かって歩いてくる。

「昨日は頑張りましたからね」

「そんなに忙しかったの？」

上着のボタンを留めたあと、ぼさぼさの髪の毛を整える。若干くたびれ感は残るものの、見慣れた文官姿に戻ったサイラスに、フリーデは聞き返した。

「忙しくしたんです、わざと」

イスに座っているフリーデの隣に立ち止まり、サイラスが頷いた。フリーデは体をひねり、サイラスを見上げる。

「どうして？」

「あなたの仕事を増やせば、そのぶん長くいてくれるのかなと思って」

きょとんとするフリーデを見て、サイラスがかすかに笑う。

「……え」

ドキンとひとつ、心臓が大きく跳ねる。

それは、どういう意味……？

「フリーデ様、昼には帰ってしまうでしょう。殿下とは入れ違いになるから、フリーデ様の優秀さを見せつけられなくて困っていたんですよ。実際に見てもらえば、殿下も気が変わるんじゃないかと思いましてね」

フリーデの戸惑いを見て取ったのか、サイラスが説明してくれる。

「わたくしをここで雇うという話？」

フリーデは眉をひそめた。

「そうです」

「何をばかなことを。わたくしを誰だと思っているの？」

あっさり頷いたサイラスに、フリーデは視線を鋭くした。仕事ができることを買ってくれるのは嬉しいが、簡単に雇ってもらえる立場ではないのだ。

「バージェス公爵令嬢、フリーデ・ミラ・バージェス様だと、きちんとわかっていますよ」

「あなたがたの敵なのよ？　わたくしは」

サイラスは穏やかな表情のままだ。いまいち緊張感が感じられず、フリーデはますます表情を険しくする。

「敵ですか？　あなたが」

「そうよ、敵よ」

「そうですかねー？　僕には、美しくて優しくて聡明な一人の女性にしか見えませんが」

「……え？」

フリーデはきょとんとした。

言われた言葉の、意味はわかるが、意図がわからない。

そんなフリーデを見て、サイラスが笑う。

「前にご自分でもおっしゃっていたでしょう、敵意はないんだって。敵じゃないのなら味方にも仲間にもなれます。僕もスカーレン嬢と同じ気持ちでね、フリーデ様とは本当の仕事仲間になりたいです。あーでも、ここで雇いたいって言っても、あなたのお父上がお許しにならないですよねえ」

「そ……そうよ、父が許さないわ。第一、わたくし、秋には結婚するんですもの、ここで仕事を続けるなんてできないわ」

サイラスに仲間になりたいと言われたせいでドキドキが激しくなるし、顔にも血が上る。そんな自分をごまかすように、フリーデは仲間に加われない理由をさらに追加した。

「……結婚？」

サイラスがわずかに目を見開く。

「そうよ。結婚、……結婚するのよ」

改めて口にしたことで、その事実がフリーデの心を抉《えぐ》る。サイラスにみっともない顔を見られたくなくて、フリーデは思わずうつむいた。

昨日の今日だから、本当は納得なんて少しもできていない。でも受け入れるしかない。貴族の娘の結婚とはそういうものだから。フリーデは膝の上でこぶしを握り締めた。

自分はスカーレンとは違う。生き方は選べない。受け入れるしかない。

「どなたと？」

サイラスがやや険しい声で聞き返してくる。

「イリエシュ辺境伯のご長男よ」

「イリエシュ辺境伯といえば……、領軍……？」

「——そうよ！」

結婚の目的を指摘され、フリーデは思わず顔を上げて叫んだ。サイラスの察しのよさが悔しい。

いきなり大声を出され、サイラスが驚いたような顔をする。

「そうよ、わたくし、売られるのよ！　王太子を落とせないからって！」

フリーデ自身、自分の状況がみじめでたまらないのだ。サイラスにも同じように見えていてもおかしくない。「次期国王の妃候補」として育てられながら、結局、その役目を果たせずよそに嫁がされる。それは父親から正式に役立たずと烙印《らくいん》を押されたようなものだ。なんのために長年、無理をして「公爵令嬢」を演じ続けてきたのかわからないし、その努力はまるで無駄だったと切り捨てられているようで悔しい。そしてその姿をサイラスに見られて、情けないことこの上ない。

「その言い方ですと、イリエシュ伯ご子息とのご結婚は不本意なもの、と、とらえてもいいですか？」

荒れるフリーデに対し、サイラスは静かな口調でたずねてくる。

「……会ったことがないの。わからないわ。でも三週間後には顔合わせをして、この秋には結婚しろと言われたのが、昨日の夜のことなのよ。つい昨日まで、王太子を落とせと言われていたのに」

「急ですね」

「ええ。本当に急で驚いたわ」

まさか原因がサイラスにあるとは言えない。

「それで、あなたはいいんですか？」

サイラスがいつになく真剣な表情で聞いてくる。

「いいも何も、父の決定に逆らえないもの。貴族の結婚とは、そういうものでしょう。サイラス様には縁談が来ないの？」

「三男なんでそのへんは期待されてないようです」

フリーデが不思議そうに聞き返すと、サイラスは肩をすくめた。

「そう、いいわね。羨ましいわ」

「優しい人だと、いいですね」

「……ええ、そう願うわ」

サイラスに縁談を祝福されるような言葉をかけられ、泣きたくなった。鼻の奥がツンとしてくるので、フリーデは涙が出てこないように目をしばたかせる。

「でも、もしも、もしもですけど。相手に会ってみて、やっぱりいやだとなったら、教えてください」

「なぜ？」

「うーん、まあいろいろでっちあげて破談にしてあげようかなと」

「……はあ⁉」

サイラスの言葉に、フリーデは思わず令嬢らしくない素っ頓狂な声を上げてしまった。

「だって、フリーデ様、すごく我慢しているでしょう。見ていたらわかります。あなたはとても理性的で、頭もいい。だからいろいろ我慢してしまうんですよね。そういうのは精神衛生上よくないですよ。いずれ体も病んでしまう」

「それは、そうかもしれないけれど……」

「フリーデ様の縁談をだめにすることは、バージェス公爵の思惑を壊すことでもあります。我々にとっても利があるので、やろうと思えばできますよ。殿下もドゥーベ公爵も許可をくれるはず。でも前提として、あなたがどうしてもいやだというなら、です。あなたの婚約者が素敵な方で、あなたが幸せになれるのなら、僕は祝福します」

サイラスは穏やかな表情でじっとフリーデを見下ろしている。フリーデの心を気遣ってくれているのがわかる。けれど、フリーデが嫁ぐことに関しては、なんの感慨もないみたいだ。

——あなたにお祝いなんてされたくないのに……。

別にサイラスに好きになってほしいとは思っていない。でも少しくらいは、フリーデが執務室に来なくなることに対して寂しいと思ってほしかった。フリーデ自身が望んだ結婚でないこともあり、なんだかサイラスに突き放されたような気持ちだ。

堪えていた鼻の奥のツンが、どんどん強くなる。

「幸せになんか、なれないわ」

フリーデは絞り出すような声音で呟いた。

「政略結婚だから必ず不幸になるというわけではないですよ」

サイラスは、フリーデの情緒不安定は結婚によるものだととらえたらしい。

「——もの……」

フリーデの青い瞳から、堪え切れずに込み上げてきた涙がほろりと一粒こぼれ落ちた。

サイラスが固まる。

「好きな人が、いるもの……」

言ってしまってから、フリーデははっとした。

——今、わたくしは何を……！

慌ててサイラスに背を向け、涙を拭う。このところの自分はどうしてしまったのだろう。「公爵令嬢フリーデ」はいつも余裕があって、涙とは無縁のはずなのに。

「今の言葉は忘れてくださいませ。わたくしも公爵家の生まれです、すべて承知の上です。わたくしの心などどうでもよいのです、家のために生きることは貴族の娘の義務ですから」

「家のために、あなたはそうやってずっと心を殺してきたんですね」

フリーデの背後から、サイラスがしみじみと呟く声が聞こえた。

「あなたの我慢強さも事態を悪くしていますね。あなたのまわりの人は、そんなあなたの忍耐力に甘えすぎている。あなたのお父上は、欲しいものがあれば娘を差し出すのではなく、自分で手に入れる努力をするべきなんです。家族を交渉に使うなんて言語道断だ。あなたが乗り気でないのはわかりました、この縁談は必ず潰します」

「え、ちょっと待って」

フリーデは慌てて振り返った。

「自分でなんとかできます。あなたの手を煩わせるわけにはいかないわ」

「深窓のご令嬢のあなたに、何ができるんです？」

意外にも冷たい眼差しで、サイラスが見下ろしてくる。

「あなたはお父上に振り回されるだけの、とても弱い立場です。任せてください、あなたには悪いがバージェス公爵家の力を削ぐチャンスですから、成功させますよ」

「今回は破談にできても、父はまたわたくしを道具として使うわ。結局同じことよ」

サイラスの真剣な眼差しに少しおののきながら、フリーデは首を振った。

「では何度でも潰します。あなたは、好きな人と結ばれたほうがいい。気づいていらっしゃいますか？　あなたの笑顔のほとんどは作りものだ」

「え……？」

「見るに耐えないんです。僕は、幸運にもあなたの本当の笑顔を見たことがある。作り笑いよりよっぽど素敵でした。僕は、あなたには笑っていてほしい。作り笑いではなく、本当の笑顔でいてほしい」

そう言って、サイラスがそっとフリーデの頬に手を伸ばした。フリーデのよりもずっと大きな指先が、頬をスッとなでる。涙のあとを拭ってくれたのだと、フリーデは気づいた。

「せっかくの美人が台無しですよ。……つらいことがあったら、僕を頼ってください。立場は、確かに対立していますが、僕はあなたの味方です。力になります。必ず助けます」

「必ず……？」

「必ずです。どんな手段を使っても」

サイラスが真顔で強く言い切るのを、フリーデは不思議な気持ちで聞いていた。どうして自分のために？　そんなに「かわいそう」に見えているのだろうか。

「……頼もしいお言葉ですわ。嬉しいです、ありがとう。でも、大丈夫です。わたくしはまだ、大丈夫」

フリーデは、頬に伸ばされているサイラスの手に自分の手を重ね、そっと離した。

「そのお言葉だけで十分です」

そして目を伏せる。サイラスのまっすぐな目を見ていると心が揺れることがわかっているから、

わざと視線を外す。

誰かが心に寄り添ってくれている。

それだけで、泣きたくなるほど気持ちが満たされる。

——大丈夫、わたくしはまだ、大丈夫。

「そうですか？　……さーて、そろそろお昼なんですけど、誰も戻ってこないと食堂に行けないッスよねえー。どうしたもんかなー」

サイラスがそっとフリーデから離れていき、うーん、と伸びをする。いつものののんびりした口調に戻った。

「あの、サイラス様」

今なら渡せると思い、フリーデはサイラスに呼びかけた。

「はい、なんでしょう？」

「これを」

フリーデは自分のバスケットから封筒を取り出してサイラスに差し出す。

「なんですか？」

「先日までの昼食代ですわ」

「え？　別にいいのに」

「わ、わたくしがすっきりしないのです」

「律儀ですね」

サイラスが封筒を開けて何枚かの硬貨をつまみ出し、手紙の存在に気づく。緑色の瞳が封筒とフリーデを数回行き来したあと、サイラスがふわりと笑った。

「ここで開けてもいいやつッスか？」

「だ、だめです」

もう二度と会うことがないからと、フリーデは真面目にサイラスに対する感謝と別れの言葉を書いたのだ。目の前で読まれたくない。

「では後ほど確認させてもらいますねー」

サイラスが無造作に封筒をポケットに突っ込む。

「それにしても、みんな遅いわね」

話題に事欠いて、フリーデは立ち上がって執務室を突っ切り、開けっ放しのドアから廊下を覗いた。

「……え？」

廊下の少し離れた場所に、スカーレンとディレイが座り込んでいた。

「な、なぜそんなところにいらっしゃいますの……？」

「込み入った話をされているようでしたので」

フリーデが動揺してたずねると、スカーレンが教えてくれた。

二人が執務室に戻ることを遠慮したということは、会話の内容が多少でも聞こえたということ。気を遣われたらしいと知り、真っ赤になって執務室に引き返せば、今度はサイラスに不思議そうな顔をされ、いたたまれない気持ちに苛《さいな》まれたフリーデである。

8　仮面舞踏会

最後の執務室訪問の翌週、再び父の書斎に呼ばれた。呼びに来たのはヘルガだが、今日も書斎内に入ってきていない。

「再来週の婚約記念の夜会は、仮面舞踏会だ」

「仮面舞踏会ですか」

「相手の表情がわかりづらいほうが、萎縮しないで済むのではないか？　おまえとて、表情を繕わなくて済むから気が楽だろう」

仮面舞踏会は身内や仲間内など、特に親しい人たちの間で開催されることが多い。バージェス公爵家主催の舞踏会となれば、招待客の多くが身内であっても大人数になる。

「だからアメリアと一緒に舞踏会の準備をしなさい。私の話は以上だ」

「質問をしてもよろしいですか、お父様」

フリーデは父を見据えて口を開いた。

「アンセルム様との縁談は、いつ頃いただいたのでしょうか」

前回呼ばれた時は混乱して聞くことができなかったことだ。落ち着いてくるにつれ、そこが気になってならなくなった。

「……話そのものは以前からあったが、本格的に話を進めたのは宮廷舞踏会のあとだ」

フリーデは目つきを険しくした。

つまり父はレオンハルトが暁姫に跪いた姿を見て、フリーデではレオンハルトの妃になれないと見切りをつけたわけだ。サイラスの噂話がきっかけというわけではなかった。

「それならばなぜ、わたくしを王太子殿下の執務室へやったのですか。わたくしは、王太子殿下に気に入られようと努力をしてまいりました。わたくしの努力はまったくの徒労だったのですか？」

「まあ、結果としてはそうなるな。私としては、おまえがレオンハルトに取り入ることができればイリエシュ辺境伯との縁談は進めなかったが」

フリーデはこぶしを握り締め、父を睨みつけた。

今までいろいろなことを我慢してきたと思う。それはすべて、バージェス公爵家が守り続けてきた外戚関係をフリーデの代でも維持するため。そのためだけに自分の人生を捧《ささ》げてきたと言い切れる。それなのに、そういう生き方を強いてきた父本人が、フリーデの生き方を、努力を「まったくの徒労」と認めた。

信じられなかった。無駄なもののために、今まで、どれだけいやな思いを飲み込んできたと思っているのか、父はわかっていない。わかろうともしていない。いくらなんでも、ひどすぎる。

――わたくしは人形ではない……心のない人形なんかじゃない!!

「……勝手ですわ、お父様」

「なんだと？」

それは生まれて初めての口答えだった。そんなフリーデの態度に、父が不快感をあらわにして見返してくる。

「勝手だと申し上げたのです。王太子殿下のお心をここまで頑なにしたのはどなたですか。わたくしが王太子殿下に簡単に近づくことができないことくらい、誰だってわかっている！　できなくて当然なのに、しつこく王太子殿下のそばにわたくしを追いやって！　なのにわたくしの努力も考えず、いきなり他の人と結婚だなんて……！　いったいわたくしに何をさせたかったの！」

フリーデが叫ぶ。

「口が過ぎるぞ、フリーデ！」

「わたくしに心がないとでもお思いなの⁉　何をされても痛みを感じないと⁉　わたくしは心のない人形ではないわ！」

フリーデが叫ぶのと父が手を振り上げるのはほぼ同時だった。

強くひっぱたかれてバランスを崩し、床に倒れ込む。

「いい加減にしろ。聞き分けの悪い娘は不要だぞ、フリーデ。貴族の娘に心などいらぬ」

痛みに思わず涙がにじんでくる。ぶたれた頬を手のひらで押さえながら、フリーデはうるんだ瞳でなおも父を睨みつけた。

「そんな目で見ても私は詫びぬ。もう下がれ。私をこれ以上煩わせるな」

父の言葉に、フリーデはギリギリと奥歯を噛み締める。

――わたくしの言葉はお父様には届かない。結局わたくしはお父様の道具でしかない。王太子を落とせないのなら、次は辺境伯との取引材料になれ、と。最大限に活用することしか考えていないんだわ。

フリーデは頬を押さえたままゆっくりと立ち上がり、父に背を向ける。

「おまえの執務室訪問は無駄ではない。スカーレンといったか、娘が何者かわからないが王太子に相当気に入られていることがわかったのは、おまえの成果だ」

ドアに向かった時、父の言葉が背後から飛んできてフリーデは目を見開いた。


父の書斎を出ると、ヘルガが待っていた。

フリーデは自分の思惑を込めた言葉で父に報告していたのだが、ヘルガの報告のほうが信じられているような気がする。それも不快感のひとつだと気づき、フリーデはヘルガを睨みつけた。

「……笑いたいなら笑えばいいわ」

フリーデはぶたれて赤くなった頬を隠そうともせず、彼女を一瞥すると自室へ向かった。ヘルガが後ろからついてくる。

「あなたならもっと上手に殿下のお相手をできたかしら?」

「いえ、私は……」

振り返らずに言葉をぶつければ、ヘルガが口ごもる。動揺しているようだ。父のフリーデへの容赦ない行いに驚いたのか、それ以外の何かがあるのかフリーデにはわからなかったが、どうでもよかった。ヘルガの言葉の続きを聞くことなく、フリーデは自室のドアを開け、ヘルガの目の前でぴしゃりと閉めた。そのまま鍵をかける。

いろんな感情が体の中で渦巻く。

もういやだ。

こんなところはいやだ。

父の言いなりの人生なんていやだ。

顔すら知らない男に嫁ぐなんていやだ。


フリーデはテーブルの上にあった花瓶をつかむと、思いっきり床に叩きつけた。大きな音を立てて花瓶は砕け、水が飛び散ってドレスの裾を濡らす。ひとつ壊すと自分の中のタガが外れ、フリーデは次々と飾ってある置物や燭台《しょくだい》などを床に投げつけていった。

高価なものであることは知っている。大切に扱うように侍女頭からも言われている。今までそうしてきたけれど、知ったことではない。

——こんなものに囲まれて暮らしたところで、ちっとも幸せなんかじゃない！

どうして自分の人生は、何ひとつうまくいかないのだろう。

「フリーデ様、どうかされましたか⁉」

ドアの外からヘルガの声がする。

「フリーデ様、鍵を開けてください。フリーデ様！」

「うるさい！」

フリーデはちょうど手につかんでいた西国産の美しい絵皿を、ドアに向かって投げつけた。分厚いドアは皿どころではびくともせず、皿は粉々に砕け散る。

ドアにものを投げつけられたことはわかったのか、外でヘルガの悲鳴が聞こえた。

「うるさい、うるさい、うるさい!! あっちへ行って!」

フリーデは今まで出したことがないくらいの大きな声で叫ぶと、肩で息をしながらまだ何か投げつけられるものはないか、ぐるりと部屋を見回した。だが、めぼしいものはあらかた投げつけてしまい、もう投げられるものはない。さすがにテーブルやイスまで投げる力は持っていないので、荒れ果てた居間に見切りをつけ、寝室のドアを開けてドレスのままベッドに倒れ込んだ。顔をやわらかな枕に押しつける。こうすれば、声が外に漏れない。

『僕はあなたの味方です。力になります。必ず助けます』

サイラスの言葉が蘇る。

『僕は、あなたには笑っていてほしい。作り笑いではなく、本当の笑顔でいてほしい』


助けて、サイラス様。

助けて。

貴族の義務なんて知らない。

わたくしだって、笑って生きていきたい。


頬に触れてきた優しい指先を思い出す。

本当はサイラスの隣でずっと彼の手伝いをしたかった。一緒に昼食を取って、おしゃべりをして、また仕事に戻る。そんな生活をしてみたかった。本当は、スカーレンとももっと話をしてみたかった。友達になりたかった。

レオンハルトの妃になるよりよっぽどささやかな夢なのに、絶対に手が届かない。

涙があとからあとからこぼれてくる。もう、涙を堪える気力もわかなかった。

フリーデは枕に顔をうずめたまま泣き続けた。

＊＊＊

翌日からは母親のアメリアと一緒に舞踏会の準備を始めた。遠方からの招待客は屋敷に宿泊するので、宿泊準備も必要だ。招待客をリストアップし、料理のメニューを決める。邸宅のホールを舞踏会用に整える。食材の手配、改装の手配、客間の準備、どの部屋に誰を泊めるかという配慮まで、貴族の女主人にはやることが山積みである。

「この一か月のうちに、しっかり覚えておくのよ。辺境伯領は王都から遠いから、やり方がいろいろ異なると思うけれど」

今までフリーデは、レオンハルトかギルベルトの妃になることが前提になっていたので、貴族の女主人になるための勉強はあまりしてこなかった。一か月で、女主人としての振る舞いを覚えなくては。

気持ちの切り替えはできないが、公爵令嬢としてのプライドはある。嫁ぎ先で物知らずと言われないように、フリーデは女主人の役割を覚えていくことにした。……覚える以外に選択肢がないというのが正しいのだが。

「……お母様は、隣の国からいらっしゃった。やはり、やり方は違いますの？」

居間で母と購入品のリストを確認する合間に聞いてみる。

「全然違うわ」

母が無表情で答える。

「その点、あなたはまだマシと言えるわね。一応は、同じ国の中で嫁ぐのだから」

「……」

母との関係は良好とはいえず、母が自分に対して複雑な感情を抱いているらしいことは気づいていた。でもその正体がなんとなく見えてきた気がする。

きっと母も父との結婚は不本意なものだったのだ。隣国とはいえ王家との縁が強い公爵家からの縁談であれば、母の実家は受けざるを得なかったに違いない。それに両親にはフリーデ以外に子どもがいない。これもきっと、母の心を凍らせた原因のひとつだろう。

そんなことを思いながら、フリーデはリストに目を落とす。

「娘時代は父親に、結婚後は夫に従うのが貴族の家に生まれた女の生き方よ。恋など厄介なだけ。恋をするなら夫にしなさい」

黙り込んだフリーデに、母がさらに言葉を重ねる。ヘルガは何もかも報告しているようだ。母には返事をせず、フリーデはリストを目で追い続けた。


確認作業が終わったあと、フリーデはリストアップした招待客への招待状を作ることにした。ヘルガに招待状用のカードと封筒を届けさせる。

同じ文面が続くから正直うんざりする。

「フリーデ様、少し休憩されては」

途中でヘルガが声をかけてくるほど、フリーデは一心不乱に招待状を書き続けた。その甲斐《かい》あって、母が驚く早さで招待状が完成する。

招待状の作成を急いだのには理由があった。

送る段になって、フリーデは招待状の束から一通だけ抜き出した。それをそっと自分の机の引き出しにしまう。


夜会の準備を通して女主人の仕事の勉強をする一方、嫁入りのために最低限必要なものをそろえていると時間が飛ぶように過ぎていく。

季節は盛夏を迎え、昼はうだるような暑さだ。この時期、リーデン王国では十日間ほどの大型休暇がある。

「お別れを言いに行ってくるわ。馬車の用意を」

その休暇が始まる前日の夕方近く、フリーデはヘルガにそう告げた。

八日後には、フリーデとアンセルムの婚約のお披露目の夜会が開かれる。

「王城に行かれるのですか?」

言いつけられたヘルガが聞いてくる。

「いけない?」

フリーデは「だから何?」とばかりに鋭い眼差しでヘルガを見返した。

「すぐに準備いたします」

縁談を聞かされて以降、機嫌の悪いフリーデにヘルガは怯えるようになった。いろいろ思うところがあるのだろう。部屋で暴れている様子も知っているから、さもありなんだ。

ヘルガが出ていくと、フリーデは引き出しにしまっておいた招待状を取り出し、ドレスのポケットに押し込む。

招待状の中から、サイラスに背格好がよく似ていた記憶がある親戚の名前のものを抜き出していたのだ。フリーデはその招待状をサイラスに渡すつもりだった。仮面舞踏会だから、サイラスが紛れ込んでいてもわからないに違いない。

とはいえ、他人の招待状を渡されてサイラスが困惑するのは、容易に想像できる。だから渡すべきではないとも思う。いくら仮面舞踏会で正体がわかりにくいとはいえ、サイラスから見れば敵地のど真ん中に単身飛び込むようなもの。サイラスが来る理由もない。

だからこれはただのわがままに過ぎない。別に捨てられてもいい。最後に、サイラスに会いたかっただけなのだ。

それに、直接レオンハルトに伝えたいこともある。

ヘルガが用意した馬車に乗り込んで、王都の大通りを進む。父が宰相ということもあり、地方の領地ではなく王都生まれ王都育ちのフリーデにとって、王都こそが故郷だった。

来月にはここを去る。あと何度、こうして王都を眺めることができるだろうか。

王城に到着する頃には、空は茜色に染まりつつあった。

すぐに戻るからとヘルガを馬車の中で待たせ、すでに通い慣れた廊下を歩いて、フリーデは王太子の執務室の前で足を止めた。開けっ放しになっているドアからは室内の明かりがこぼれており、中の会話も聞こえる。会話の雰囲気から、業務は終了しており、みんなで帰り支度をしているようだ。

「私は家族と旅行するんですよ。殿下付きになってからはすっかり忙しくなりましてね。娘が寝たあとに帰宅して起きる前にこちらに来るものですから、この間の休みの日には『お父さま、また来てね』と言われてしまいましたよ。お父さまの存在を思い出してもらうために、奮発してコレンティへ行ってきます」

この声はディレイだ。王太子の執務室は人手不足だから忙しいとは聞いていたが、家庭ではそんなことになっていたなんて。ちなみにコレンティは王国南部にある港町で、異国情緒あふれる美しい場所として知られている。

「では皆さん、休み明けにお会いしましょう!」

そう宣言してディレイが執務室から足取りも軽く出てくる。出たところで、執務室のドアの横に張りつくように立っているフリーデに気づき、驚いて立ち止まった。フリーデはにっこり笑って唇にトンと人差し指を当てた。声を出すな、のサインだ。フリーデの意図は正しくディレイに伝わったようで、そのまま頭を下げてフリーデの前を通り過ぎていく。

「僕は家でゴロゴロします。それではお疲れ様でーす」

明るい声でサイラスがそう室内に声をかけ、ディレイに続いて廊下に出てくる。そしてディレイ同様、廊下に立っているフリーデに気づいて驚き、立ち止まった。フリーデはポケットから招待状を取り出すと、素早くサイラスに押しつける。

「私は家で勉強します」

すぐにスカーレンの声が聞こえたので、サイラスがさっと制服のポケットに封筒をしまい込んだ。

その直後、スカーレンが部屋から出てきて、廊下にいるフリーデとサイラスに気づき固まる。

「王太子殿下に用があるの、いいかしら？」

フリーデは艶然と笑いながら、二人に問いかけた。サイラスとスカーレンが同時に頷く。

「ではお二人とも、よい夏休みを」

フリーデはそう言い残して、レオンハルトだけが残っている執務室へ足を踏み入れた。

突然現れたフリーデに、執務室の一番奥の席に座っていたレオンハルトが顔を上げる。

「何か用か、バージェスの姫」

「少しよろしいですか」

「少しならな」

レオンハルトとまともに会話するのは初めてだと思いながら、フリーデはゆっくりとレオンハルトに近づいていき、机の前で立ち止まる。

「スカーレンは父に目をつけられました」

レオンハルトが目つきを険しくする。

「わたくしが父に報告したわけではありませんわ。あの子は目立ちすぎたのです。妙な娘が殿下の執務室に出入りしていると、城の人間なら誰でも知っていますわよ。なぜ止めなかったのですか。いくらでもごまかしようがあったというのに」

レオンハルトは険しい目つきのまま、フリーデの話を黙って聞いている。

父から平手打ちを食らった夜、父ははっきりと執務室の奇妙な娘が王太子に気に入られているとわかったのはフリーデの成果だと言った。きっとなんらかの動きがある。だからレオンハルトに忠告することにした。自分のせいでまぶしい夢を持つあの娘が窮地に追い込まれるのは、見たくない。

「そんなにあの娘が大切ですか？　正しく守らねば、危険にさらされるのはあの娘自身です」

「何が言いたい」

フリーデの言葉に、レオンハルトは冷たい声音で聞いてきた。

「ご存じかと思いますが、わたくしは父から殿下を籠絡せよと命じられております」

「そんなところだろうとは思ったよ」

「ですがそれは不可能だということは、初めからわかっておりましたわ。一目瞭然ですものね」

「……」

「スカーレンを一人にしないように、しっかり警護をつけてくださいませ」

フリーデはレオンハルトをまっすぐ見ながら言った。

「重々承知している。なぜ、そなたがそのようなことを？　バージェスの姫から見れば、あれは邪魔な存在だろう」

レオンハルトの問いかけはごもっともだ。フリーデはくすりと笑う。

「わたくしも、スカーレンが好きなのです。かわいいですわね、一途で一生懸命で。それに、男のなりをしても咎められない……羨ましいのです。わたくしにはできない生き方を選べるスカーレンが、羨ましくて、あの子の一年後、五年後、十年後……を、見てみたいのです。スカーレンが官僚として登用されれば、女を道具扱いする風習を壊してくれそうでしょう。期待もしてしまいますわ」

フリーデの語りを、レオンハルトは表情を変えずに聞いている。

「わたくしも今日が最後になります。急ではありますが、父の命で嫁ぐことになりましたの。断れない縁談です。ですから、最後に教えてくださいませ。なぜ、スカーレンを官僚にするのです？　補佐官なら、確かにそばにいても不思議ではありませんが、そうしなければならない理由などないのでは。身分差が問題なのなら、ドゥーベ公爵の養女にすれば解決ではありませんか」

「おもしろいことを言う。彼女はディレイの縁者、官僚に興味があるというので育てることにしたまでだ。オレの妃候補ではない」

フリーデにここまで指摘されるとは思わなかったのだろう。わずかに苛立ちを含んだ声で、レオンハルトが答える。

「そういうことにしておきましょう。わたくし、スカーレンから一緒に官僚試験を受けるように誘われましたの。嬉しかったのです、とても。スカーレンに仲間扱いされましたわ……今まで、わたくしを仲間として扱ってくれた人はいませんでしたから。ですから、わたくしからは父に何も報告をしておりませんの。誓って仲間を売るようなマネはしておりませんわよ、信じてもらえないかもしれませんが」

「……」

「答えてはくださいませんのね」

フリーデは反応を見逃すまいと、じっとレオンハルトを見つめた。

「……彼女が望まないからだ。それだけだ」

ややあって、観念したようにレオンハルトが答える。

やはりレオンハルトは、自分の権力を使ってスカーレンを手に入れたいとは思っていないようだ。

「殿下は、きちんとスカーレンの目を見て、話をされましたか?」

「彼女自身が言ったのだ。結婚は考えていない、夫に頼らない人生を送りたい、と」

「それで補佐官なのですか」

なぜ補佐官なのだろうと思っていたが、そういう経緯があったのか。高官である補佐官は高給取りだ。

最初は呆れたフリーデだが、すぐにレオンハルトの選択が微笑ましく思えた。レオンハルトはスカーレンが大切なのだ。だからスカーレンの気持ちを最優先にする。

「殿下、それでも、あなた様の力が一番強く及ぶのは、お妃様なのですよ? 地位が高くとも文官ではせいぜい騎士団までしか動かせないでしょう。でもお妃様に何かあれば、国軍を動かすことも可能です」

「忠告、肝に銘じておく」

「暁姫を失いたくないのでしたら、なりふり構わずお守りくださいませ。お妃様という地位が、暁姫を一番守ってくれます」

言いたいことは言った。十分伝わっただろう。フリーデはレオンハルトに対して優雅に頭を下げると、踵を返す。

もうここに来ることはない。

——さようなら。

扉をくぐる間際、フリーデは心の中で呟いた。

＊＊＊

執務室を出たあと、サイラスは廊下を足早に移動して人目につかない場所まで行き、夕闇に沈む王城の片隅でポケットから封筒を取り出した。自分宛ではない夜会への招待状だ。封を切って中身を確かめると、バージェス公爵邸で開かれる、長女フリーデとイリエシュ辺境伯の長男アンセルムの婚約記念の夜会の案内が、美しい文字で記されていた。見覚えがある。これは、フリーデの字。

フリーデとイリエシュ辺境伯の息子との縁談がまとまったことは本人から聞かされていたが、改めてバージェス公爵家の紋章入りの招待状を目にすると、それが動かしがたい事実だと突きつけられる。

苦々しいものが胸に広がるのを感じながら、サイラスはため息をついた。

フリーデは好きな人がいると言って涙をこぼした。彼女を思えば、自分の気持ちを伝えることなんてできるはずもない。

そうすると、フリーデはなんの意図でこれを自分に渡したのだろうか？

公爵令嬢としての責務を果たすよう、背中を押してほしいのか。

それとも、苦しいばかりの場所から連れ出してほしいのか。

誰に助けを求めることもできず、貴族の娘としての役割を果たすことに精一杯になっている娘。

見た目は美しく気品ある公爵令嬢だが、サイラスには「公爵令嬢」の仮面の下で、不安げに揺れる心が透けて見えていた。

きっとフリーデは、誰にも本音をさらせない場所で生きている。常に仮面をつけているから、誰も、フリーデの仮面の下の涙に気づかない。自分はたまたま……その涙に気づいてしまった。気づいたからには、無視ができない。それほどまでに、彼女の涙はサイラスの心を揺さぶる。

自分の知らないところで泣いてほしくないのだ。人に甘えるということを知らないあの娘はきっと、誰にも見られないように隠れてひっそりと泣くに違いないから。

しばらく逡巡したのち、サイラスは招待状を再びポケットに突っ込むと、足早に来た道を戻る。あたりはすっかり暗くなっている。レオンハルトがまだ執務室にいてくれると助かるのだが。

執務室に駆け込む勢いで飛び込めば、奥の席で考え事をしていたらしいレオンハルトがサイラスに気づいて、驚いたように顔を上げる。

「殿下、お願いがあります」

「なんだ」

「今日づけで僕をクビにしてください」

サイラスの申し出に、さすがのレオンハルトもびっくりしたようだ。

「……なんなんだ、急に」

「殿下にご迷惑をおかけすることになるかもしれませんから」

サイラスはポケットから、夜会の招待状を出してレオンハルトの机に置いた。バージェス公爵家の紋章が入った封筒に、レオンハルトが「へえ」と呟く。

「バージェスの姫から？」

「行こうと思います。もしかしたら、ひと騒動起こすかもしれません」

「そうか。……バレずにやるのは無理そうか？」

レオンハルトが封筒を手に取り、中からカードを取り出して文面に目を落とす。

「わかりません。ですから、今のうちにクビにしてください」

「断る。おまえも知っているだろう、うちは人手不足だ。おまえがいなくなると、オレもディレイも過労死する」

カードを封筒の中に戻しながら、レオンハルトが言う。

「しかし」

「おまえはクビにしない。何かあったら早く言え、力なら貸してやる」

そう言ってレオンハルトは封筒をサイラスに差し出した。

「でも貸しだからな。あとで倍にして返してもらう」

「……倍返しですか……それじゃあ僕が過労死します……」

レオンハルトの言葉にサイラスが脱力して言い返せば、レオンハルトがかすかに笑った。

＊＊＊

夏季休暇は社交界が最も華やぐ十日間である。

「フリーデ様、公爵様がお呼びです」

休みに入って四日目の夕方近く、ヘルガが声をかけてきた。

今日、イリエシュ辺境伯一家が到着することは知らされていた。父が呼んでいるということは、一家が到着したのだろう。

テラスで読書をしていたフリーデは、本を置いて立ち上がった。

呼び出されたのは父の書斎ではなく、公爵邸の応接間。ドアを開けて中に入ると、恰幅《かっぷく》のいい初老の男性と小柄な中年女性、そしてすらりと背が高い、若い男性が目に飛び込んできた。その三人がイリエシュ辺境伯夫妻とその子息だということは、すぐにわかった。

「初めまして、フリーデ嬢」

若い男性がにっこりと微笑む。アンセルム・メラン・イリエシュ。フリーデの夫となる人物だ。

「初めまして、アンセルム様」

フリーデも微笑んで、淑女の礼を取って返す。

アンセルムは北国出身らしく、灰色の髪の毛に青みがかった灰色の瞳と、全体的に色素が薄い。顔立ちも悪くないし雰囲気も爽やかで、服装も華美すぎず、全体的に清潔感がある。生理的に受けつけないという外見でなくてよかった。

父が辺境伯に向かって何か言う。辺境伯とアンセルムが笑って答え、和《なご》やかな顔合わせが始まる。

テーブルに案内され、両親と辺境伯、アンセルムが話をしている。フリーデも合わせるように笑う。返答を求められても困ったように微笑めば、父か母が代理で答えてくれる。すべてガラスの向こう側のできごとのよう。目の前に見えているものの、遠い世界のように感じる。

傍目《はため》には我を出さない、分をわきまえている深窓の令嬢に見えるだろう。そういう演技だけはうまくなった。けれど、フリーデの心はここにはなかった。

何もかもどうでもよかった。どうせ自分に選択肢はない。

顔合わせのあと、父のすすめでフリーデはアンセルムを庭園へ案内することになった。日が傾き、風が涼しくなってきたので、庭園の散策は親睦を深めるにはちょうどいい。


「しかし、王都は暑いですね」

木陰を選んで歩きながら、アンセルムが言う。

「昼はまだ暑いですわね。朝晩はだいぶ過ごしやすくなりました。ランデの夏は涼しいのですか？」

ランデはイリエシュ領の中心都市だ。辺境伯の館がある場所でもある。

「そうですね、昼はそれなりに気温が上がりますが、王都のヴィンゴールほどではないですね。それにここまで蒸し暑くもない」

「その代わり、冬が長くて厳しいのでしょう」

「冬は寒いですね、湖がすべて凍りつきますし、冬至を挟んで前後二か月はすっかり雪の中です」

アンセルムはフリーデに合わせ、ゆっくりと歩いてくれる。

「まあ……。王都はあまり雪が降らないので、少し楽しみですわね」

「はは、雪を楽しめるのも最初のひと月くらいでしょうね」

当たり障りのない話をしながら、庭園を歩く。気が進まないフリーデは、ずっと目を伏せたままでいた。

「そういえば、去年の宮廷舞踏会でフリーデ嬢にご挨拶したんですよ。覚えていらっしゃいますか」

「……申し訳ございません、大勢の方からご挨拶をお受けしましたので……」

フリーデは口ごもる。覚えていなかった。

「まあ、しかたないでしょうね。フリーデ嬢は人気者でしたし、去年はまだお妃候補でしたしね。……あまり、気が乗らないようですね」

不意に、アンセルムがフリーデの憂いの核心を突いてきた。はっとしてフリーデが顔を向けると、アンセルムはまるで「わかっている」と言わんばかりに微笑んで頷いてくる。

「急な話でしたからね」

「アンセルム様にとっても、ですか？」

フリーデは驚いて聞き返した。辺境伯から打診が来たのだから、てっきりアンセルムは以前から知っているのかと思っていた。

「私ではなく、父と閣下との間で話がまとまったようですね」

「……アンセルム様は、わたくしでよろしいのですか。どなたか、気になる方がいらっしゃるというようなことは？」

フリーデは一番気になることを聞いてみた。

「その点は安心してください。そういう女性はいませんから。フリーデ嬢こそ、どうなのですか」

「……わたくしもわきまえております」

微笑んで答えれば、アンセルムが安心したように笑う。

アンセルムについては両親から「真面目な好青年」「次期辺境伯として期待が持てる人物」とし

か聞いていない。本当は貴族の噂話に詳しい厩舎のコンラートにもアンセルムの人となりを確認したかったが、フリーデ自身が忙しくしていたせいでできなかった。


この人と結婚する。

実感などわかない。

ひと月後にはここを離れる。

それも実感がわかない。


フリーデの花嫁衣装に関しては、代々イリエシュ家に嫁ぐ花嫁が着るドレスがあるのだという。ランデ到着後、それを直して着ることになるのだそうだ。

ふと、心の中にあの淡い紫色のドレスが浮かんだ。宮廷舞踏会のために作ったけれど、試着すらさせてもらえなかったあのドレス。

だが、あのドレスを着た暁姫はとてもかわいらしかった。フリーデが切り裂いた部分もきれいにリメイクされて、華やかさも増していた。

――そう思えば、わたくしもまあまあいい仕事をしたんじゃないかしら……。

瞼の裏に宮廷舞踏会の夜の二人が思い浮かぶ。

あの二人にはどんな未来が訪れるのだろう。なかなか険しそうだが、少なくとも、自分よりは明るいものになるに違いない。

「仲良くしてくださいませね、アンセルム様」

憂いを帯びた瞳のまま、フリーデは笑みを浮かべる。

「こちらこそ」

アンセルムも微笑む。アンセルムの青みがかった灰色の瞳に浮かんだ感情は、なんだったのか。人の気持ちを読むのに長けたフリーデにも、わからなかった。


時間は淡々と、だが残酷に過ぎていく。

招待状を出した客たちが続々とバージェス公爵家の屋敷に到着するので、もてなす側の母とフリーデは大忙しだ。だが、母が気を利かせて時間を作ってくれるため、合間を縫ってフリーデは時々アンセルムと庭園を散歩したり、お茶を飲んだりした。

王都育ちのフリーデが戸惑わないように、できるだけ王都のものでフリーデの部屋を調えていること、長い冬に退屈しないように、読書が趣味のフリーデのためにたくさんの本を用意していることなどがわかり、アンセルムはフリーデを気遣って準備を進めてくれているようだ。

実は宮廷舞踏会で見かけたフリーデが気になっていた、高嶺《たかね》の花すぎて縁談がまとまった時は信じられなくて何度も頬をつねったと少し照れながら告白してくるアンセルムに、いやな感じは抱かない。でも心は動かない。それを悟られないように、フリーデは微笑を浮かべてはにかんでみせる。表情を作るのは得意だ。

アンセルムたちが到着して四日後。いよいよ婚約のお披露目の夜会だ。

朝から準備に明け暮れたフリーデだが、夕方には母と選んだ舞踏会用のドレスに着替えて広間に降りる。真夏の夜会ということで、胸元が開いた涼しげなデザインのドレスを選んでいた。実年齢より大人びて見えるフリーデの美しさを、存分に引き出してくれる。

時刻になり、なんの感慨もない仮面舞踏会が始まる。フリーデはアンセルムとともに広間に立ち、招待客から次々と祝いの言葉をもらった。例の艶やかな笑みを浮かべて、フリーデは礼を述べた。

バージェス公爵の娘としての正解が「幸せな花嫁を演じること」だというのは、わかっている。だからフリーデは幸せそうに微笑む。

アンセルムに対して不満があるわけではない。むしろ、優しくて誠実な人だと思う。政略結婚なのに、精一杯歩み寄ろうとしてくれている。それに応えられない自分の方に問題があるのだともわかっている。

でもきっと、アンセルムを好きになることは難しい。少なくとも、二か月後の結婚式までに心を切り替えることは不可能だ。

サイラスを頼れば、今からでも縁談を潰してくれるのだろうか？　それができたとしても、父が次の縁談を持ってくるのは間違いない。縁談を何度潰したところで、本当に欲しいものは手に入らない。それは夜空のお月様が欲しいと泣くようなもの。あまりに無様だ。

わたくしは、フリーデ・ミラ・バージェス。

公爵家の娘。

父はこの国の宰相。

貴族の娘の生き方は心得ている。

政略結婚なんて織り込み済みだわ。

せいぜい華やかに笑ってやる。

わたくしはこんなことで傷つかない。


大勢の人がアンセルムと並んで立つフリーデを祝福してくれる。折れそうな心を抱き締めて、フリーデは得意の艶やかな笑みを浮かべ続けた。

それがフリーデの公爵令嬢としての矜持だった。


招いた楽団が演奏を始め、招待客たちが踊り出す。あらかた挨拶が終わると、アンセルムは仮面をつけずに、今度はフリーデの父と一緒に人の輪の中に入っていった。

フリーデは仮面をつけ、その様子を壁際から眺めることにする。

父とアンセルムの様子を見る限り、今日はフリーデとアンセルムの婚約のお披露目というよりも、新しくバージェス公爵家の身内の仲間入りを果たすアンセルムのお披露目なのかもしれない。

父は辺境伯の持つ軍事力を欲しがった。では辺境伯は何を欲しがってフリーデを求めたのだろう。

確か辺境伯はもともと、国境警備を任されることによって広大な領地と莫大な警備費を国から得ていたはずだ。でも二十五年前のフィラハ併合で国境警備の任は解かれた。……欲しいのは資金の援助と、国での存在感あたりか……。

そんなことを考えながら、フリーデは広間を眺めていた。仮面舞踏会といっても絶対に仮面をつけなくてはならないわけでもないから、仮面の着用率は半分くらいだ。身内の集まりなので、和やかな雰囲気が広間を包む。

――サイラス様がいても、わからないわね……。

サイラスに招待状を渡したことを思い出し、ひそかにため息をこぼす。なぜあんなことをしてしまったのだろう。今となってはやらなければよかったという気持ちが強まっている。サイラスは困惑しただろう。来るはずがない。理由がない。

――そうよね、来るはずがない。

サイラスは「必ず助ける」と言ってくれたけれど、あの言葉はフリーデを励ますためのリップサービスだろう。父の野望を挫《くじ》くことが目的なら、フリーデを助け出すより父の悪事でも暴いたほうがずっと簡単だからだ。

――来るはずがない……。

心の中にかすかにくすぶる期待を打ち消すように、フリーデは自分に言い聞かせた。

仮面をつけているのと、照明が届きにくい壁際にいると髪色がくすむおかげで、主役が隅からぼうっと広間を眺めていることに誰も気づかない。ちょうどいい。幸せな花嫁を演じる気力なんて、もう出てこないから。

――早く終わればいいのに。

ぼんやりとそんなことを思っていた時、ふと、自分の横に人が立っていることに気がついた。さっきまで誰もいなかったのに。

――誰かしら。うっとうしい……。

フリーデは仮面越しに胡乱《うろん》な眼差しを向け、そのまま、固まった。

隣に立っていたのは、癖のある赤毛の、背の高い男性。薄暗いせいで瞳の色ははっきり見えないが、まさか。

フリーデは思わずあえいだ。

「まさか……本当に……？」

だってここは、バージェス公爵家の屋敷だ。

「お招きいただきましたので」

聞き慣れた声に、フリーデは思わず胸を押さえた。

仮面をつけた、夜会服姿のサイラスが立っていた。

「どうして。見つかったら、大変なことになるわ。敵地のど真ん中なのよ？」

自分で招待状を渡しておきながら、フリーデは焦ってそんなことを口走る。

「ああ、まあね。大丈夫ではないけど、大丈夫ですよ。こいつ、母のイトコの息子なんで、まあ言ってみれば親戚。こいつの代わりに僕が来ただけです」

サイラスが笑う。こいつ、というのは、フリーデが抜き取った招待状に書かれていた、親戚のことであろう。

「貴族社会って、狭いですからね。今はいくつかの派閥に分かれていますが、みんな結局どこかでつながっています。それに、僕は特殊部隊出身なんで、潜入はお手のものですよ」

「潜入って、まさか、今までも……？」

サイラスが軍隊にいたことは知っていたが、何をしていたかなんて知らなかった。

「敵情視察は基本ですよね。この経歴を買われて殿下の留学にもついていきましたし、今もいいように使われています」

「……つまり……？」

「つまり潜入して情報を仕入れたり、逆に偽情報を流して混乱させたりするのが僕の本来の仕事です。今は秘書官という立場だから、そこまで派手には動きませんが。だからあなたの婚約を破棄させる方法なんて何通りも知っているし、実行可能です。この屋敷だって間取りは頭に入っているから、囲まれない限りは脱出できます。……僕が怖いですか？」

サイラスに問われ、フリーデは首を振った。

「そう、それならよかった。せっかくお招きいただいたので、踊っていただけますか？」

差し出された手に躊躇《ちゅうちょ》したのはほんの一瞬。フリーデは、サイラスの手に自分の手を重ねた。

「そうそう、ご婚約、おめでとうございます」

広間の真ん中に出て、お互いに一礼するなり、サイラスに祝いの言葉をかけられた。

「……ありがとう」

「この縁談、どうしますか？　破談にしたくなりましたか？」

音楽に合わせてサイラスがフリーデの背中に手を当てて抱き寄せてくる。ダンスでは当たり前の距離だが、意識している相手だと五感のすべてがサイラスを意識して、不自然なほど体がガチガチになってしまう。ぎこちなくならないことに神経を注いでいると、ふわりとサイラスからいつもの優しい匂いが漂ってきて、フリーデは息ができないほどの切なさに襲われた。

この匂いももう最後。

「……大丈夫よ。真面目で誠実そうな人だったもの。王太子殿下のことを思えば、潰したほうがいいのでしょうけれど」

　動揺を悟られないようにいつもの艶然とした微笑を浮かべたフリーデに、仮面の奥のサイラスの目がわずかに細められる。

「自分を偽ってはいませんか」

　サイラスの言葉から、この人には自分の作り笑いが通用しないのだと悟る。

「偽ってなどいないわ。こういう生き方しかできないのよ。ほかの生き方なんて考えたこともなかったから」

　フリーデは作り笑いをやめて諦めをにじませた声音で、サイラスに答えた。

「イリエシュ領は遠いので、すぐには助けに行けないかもしれません。助けを求めるのなら今のうちです」

「だから、大丈夫よ。それとも、わたくしに助けを求めてほしいの？」

「ええ、求めてほしいです」

　なんとなくした問いかけに、予想外の答えが返ってきて、フリーデは目を見開いた。仮面の隙間から覗くサイラスの緑色の瞳が、まっすぐフリーデを見つめる。

「不本意な結婚などいやだと。この婚約を破談にしたいと。言ってほしいです」

　あまりに強い視線に、フリーデは眩暈《めまい》を覚えた。都合のいい夢でも見ているのだろうか。けれど、重ねた手からはっきりとサイラスのぬくもりを感じる。

「……それは、殿下のご指示なの？」

「僕の希望です」

ようやくといった思いでサイラスの意図を問えば、サイラスが迷いなく答える。

「あなたの？　なぜ」

「それは……」

ここへ来て初めて、サイラスが言いよどむ。

「あなたが……あなたには、幸せになってほしいからですよ」

ややあって、サイラスがぽつりと答えた。

「政略結婚だから必ず不幸になるとは限らない、とは、あなたがおっしゃったことよ、サイラス様」

「そうですが……」

「わたくしはわたくしの場所で、幸せになる努力をするだけです。……曲が終わるわ。婚約している身だもの、あなたとは一曲しか踊れないのが残念ね」

ふと、広間の隅で母が驚いたような顔をしてこちらを見ていることに気づく。フリーデの視線をたどってサイラスも広間の片隅を確認し、「ああ」と呟いた。

「気づかれたかもしれませんね。アメリア夫人は僕……というか、王太子の側近に赤毛がいることはバージェス公爵から知らされているはずですから」

「本当につかまらずにここから出ていけるの？」

「囲まれない限りは大丈夫。だからすぐに出ていきます」

フリーデが心配そうにたずねると、サイラスがしっかりと頷いてみせた。

「フリーデ様。よく覚えておいてください。僕は、あなたの味方です。派閥は関係ない。必ず助けに行きます。どんなに遠くても、助けに行きますから。困ったことが起きたら頼ってください」

サイラスの真摯な声音に泣きたくなる。

「ええ」

曲が終わる。サイラスと一緒にいられる時間が終わってしまう。フリーデは思わず、サイラスに重ねている自分の手に力を込めた。離れたくない。少しでも長くこうしていたい。この想いは叶うことがないのに、未練がましい自分が情けない。

サイラスにそんな自分を見られたくなくて、うつむいた矢先。不意に、サイラスがフリーデの手を強く握り返してくれた。痛みを感じるほどの力に、フリーデがはっとしてサイラスを見上げると、まっすぐ見つめてくる緑色の瞳と目が合った。

仮面のせいで表情がほとんどわからない。だがふたつの瞳からは、フリーデへの気遣いが見て取れる。初めて会った時と同じ眼差しだ。

フリーデは頷き、そっと体を離す。

「ありがとう。十分だわ」

なぜサイラスが危険を冒してまでフリーデのもとに来てくれたのか、わかった。きっとサイラスの中でのフリーデは、一人で泣いていた十五歳のままなのだ。優しい彼は、あの夜からフリーデを無視できないでいるのだろう。頑張って「完璧な公爵令嬢」を演じていたけれど、サイラスの前では演じ切れていない自覚はあった。それで今日も、知り合いの泣き虫な女の子を励ますために、わざわざここに来てくれた。きっとそういうこと。

サイラスの気持ちはフリーデとは違う。それでも彼に気にかけてもらえて、嬉しかった。

曲が終わり、フリーデは優雅に腰を落としてサイラスに礼を返す。サイラスも、それ以上は何も言わず、フリーデに対して胸に手を当てて礼を返してくれた。

そしてサイラスは言葉通り、そのままフリーデから離れていった。その後ろ姿を見送ることなく、フリーデは再び広間の壁際に戻る。懐かしい人に会ってダンスをした、彼に未練なんかない、特別な関係でもない。そう見えるように。

しかし、そうはうまくいかないらしい。やはり気づかれていたのか、正面からアンセルムが怖い顔でやってくるのが見えた。

「フリーデ嬢、先ほど一緒に踊っていたのは、どなたですか？」

案の定、口調も強い。

「グランツ伯爵のご令息のクルト様よ。久しぶりにお会いしましたので、一曲踊っていただいただけですわ」

当たり障りなく答えたつもりだったが、アンセルムに腕をつかまれ、覗き込まれる。

「妙ですね。ずっとあなたを見ていたのですが、先ほどのグランツ伯爵のご子息以外とは踊っておられない。彼を待っていたのでは？　それに、赤毛でしたね」

「赤毛の人間なんて珍しくもないし、クルト様を待ったりもしていないわ。ただの偶然よ。それより、わたくしをずっと見る余裕があるのでしたら、放置などしないでくださいませ。一人で立っていれば、知り合いから声だってかけられますわよ」

「ご気分がすぐれないようでしたので、人の多いところに連れていくのはやめたんですよ。……久しぶりに会ったというわりには、ずいぶん親しそうにされていましたが」

意味深な言葉とともに、アンセルムの指が腕に食い込む。

そうだった、アンセルムもフリーデの「よくない噂」については知っているのだった。

「お互いの近況を話しただけですわ。そんなに疑うのでしたら、クルト様にもおうかがいになればよろしいでしょう。……そんなに力を入れられると痛いわ、離して」

フリーデが顔を歪めると、アンセルムがはっとしたように腕を離す。

「では、そうしましょう」

そう言い残して、アンセルムが踵を返した。

フリーデは青い瞳を細めてアンセルムの背中を見つめる。

サイラスは特殊部隊にいて、潜入にも慣れていると言っていた。なら、アンセルムが近づいてきてもうまくかわしてくれる。その確信はあったが、ずっと一人でいたことや、サイラスとしか踊っていないことなどまで見られているとは思わなかった。

不安に苛まれながら、フリーデはその場でアンセルムの帰りを待つ。なんだか胃が痛くなってきた。

ほどなくして、アンセルムが戻ってくる。

「確認ができましたか」

「ええ。久しぶりに会ったので、ダンスのお相手を願っただけだと。すみません、年甲斐もなく焦ってしまいまして。社交界の花と言われるあなたを妻に迎えられることが、未だに信じられないもので」

アンセルムの返答から、どうも本当にサイラスに聞いてきたらしいことがうかがえた。だが、サイラスはうまく対応をしてくれたようだ。

「まあ、わたくし、そのようなたとえをされていますの？　大袈裟ですわね」

ほっとひと安心したところで、フリーデは得意の笑みを浮かべてアンセルムを見上げる。

「その笑顔で多くの男を翻弄してきたわけですね」

アンセルムが苛立ちを隠さずにフリーデを見下ろす。

彼に対して粗相などしていないはずだ。なぜ苛立つのかわからない。

「翻弄など。今まで、どなたともお付き合いなどしたことがありませんわ。ご存じでしょう……わたくし、お妃候補として育てられてきましたもの」

「本当に？　王太子殿下の秘書官とずいぶん親しくされていたようですが？」

優雅に微笑みながら言い返すフリーデに、アンセルムがさらに言い募る。

「まあ、そんな噂を鵜《う》呑《の》みにしていらっしゃいましたの？　確かに少しの間、王太子殿下の執務室でお手伝いをしておりましたが、それだけですわ」

フリーデは顔に微笑を張りつけたまま答える。

「でももう関わりはありません。わたくしは、アンセルム様、あなたとランデへ参りますもの」

「そうですね。ああ、君」

ちょうど後ろを通りかかった給仕係を呼び止め、アンセルムは盆の上のグラスをふたつ取った。

「閣下がご用意してくださった仮面舞踏会ですから、私たちも踊りましょう。でもその前に」

そのうちのひとつをフリーデに渡す。

「ええ、よろしくてよ」

フリーデは特に何も思わず、渡されたグラスに口をつけた。

お酒のことはよくわからないが、グラス一杯程度で酔っぱらったことなんてない。

何かおかしい。

アンセルムに渡されたグラスを空けたあと、アンセルムに誘われるまま一曲踊った。婚約者とのダンスを断る理由がない。

ダンスをしているうちに先ほど流し込んだお酒が、体に回ってきたのかと思った。でもそれにしては、体が熱い。風邪をひいて発熱した時のようだ。鼓動も速い。ドクドクと心臓が大きく脈打ち、その音が体中に響く。

肩で息をし始めたフリーデを気遣うように、アンセルムが広間の隅へ連れ出してくれる。

今が盛夏だということを含めても、たった一曲踊っただけでこれはおかしい。サイラスとのダンスではこんなに体が熱っぽくはならなかった。

そして風邪の発熱とは違って、感覚が敏感になっているのも気になる。腕や脚をこする衣装の刺激にすらビクリとなってしまう。今まで服の刺激に対し、こんなに敏感になったことはない。

「どうかされましたか、顔が赤いですよ」

違和感に混乱しているフリーデに気づき、アンセルムがそっと頬をなでる。ピリリと電流のような刺激が体中に走り、ぞわっと鳥肌が立った。

「い、いえ。なんでもありませんわ」

アンセルムに思うところがあるものの、頬に指先が触れたくらいでこんな反応が出るなんておかしい。自分の体の反応に、考えられることはひとつ。

「何を……飲ませたのですか」

フリーデはあえぎながら、目の前のアンセルムを睨んだ。

「先ほどのグラスに、何か入れたでしょう？」

「ええ、ほんの少し、あなたが素直になるお薬をね」

フリーデの問いかけに、アンセルムがあっさりと答える。

「……『白いため息』？」

「よくご存じですね。それに、気持ちよくなる薬も、ほんの少し、ね」

脳裏に父からもらったふたつの小瓶が思い浮ぶ。

「卑怯者」

フリーデは呟き、アンセルムと距離を取るべく背を向ける。具合が悪くなったことにして、部屋に下がろうと思ったのだ。

「あなたが悪いんですよ。どうして婚約をお披露目する場に赤毛を呼ぶんですか。それも私に見せつけるように踊るなど」

フリーデの腕をアンセルムがつかむ。

「離してくださいませ。大声を出しますよ」

「……そうすれば赤毛の命はありませんよ。あのエーレブルーの赤毛が王太子の片腕だということはみんな知っている。のうのうとここに入り込んでいることには、あなたのお父上もお母上もお気づきなんですよ。その上で泳がせているんです……あなたが騒げば赤毛はすぐに囲まれる。いくらあいつが手練《てだ》れでも、多勢に無勢では勝ち目がない」

アンセルムの物言いに、フリーデは鋭い目つきで目の前の男を睨みつけた。何もかもお見通しなわけだ。

「あなたが呼んだのか、あいつが勝手に入ったのかはわからないが、あいつと踊ったことをあなたのご両親は問題視している。娘の評判に傷をつけたくないから静かにしているが、フリーデ嬢はご自分が何をされたのか自覚していないのですか？」

「……何をおっしゃっているのかしら。わたくしは昔なじみとダンスを……」

「そんな白々しい嘘が通用するとでも？」

アンセルムにつかまれた腕が痛い。いつまでつかんでいるつもりなのか。

鼓動が速くなり、汗がにじむ。みぞおちのあたりが熱くて気持ちが悪い。なんだか吐いてしまいそう。そうこうしているうちに、足に力が入らなくなってくる。頭までぼんやりしてきた。

いやな予感がしてフリーデはアンセルムから離れようと腕を引っ張ったが、逆にバランスを崩してふらついてしまった。

「おっと、大丈夫ですか。だいぶ、酔いが回られたようですね？」

アンセルムがフリーデを介抱するように見せかけ、抱き上げる。小柄な自分が恨めしい。アンセルムがつけている甘ったるい香水の匂いで、吐き気がより強まる。サイラスとは全然違う。気持ち悪い。気持ち悪い、気持ち悪い！

「いや、やめて」

「大声は厳禁だと言ったはず。暴れるのもなしです、落としてしまったら大変だ」

見かけによらず強い力で、アンセルムはフリーデを抱いたまま有無を言わさず広間から出た。振動で吐き気が強まる。

――どうすればいいの？

大きな声を出したらサイラスが気づいてくれる。でもそうしたら、彼が囲まれてしまう。

こうした大きな夜会では、気分が悪くなった招待客のために休憩できる部屋を用意している。てっきりその部屋に連れていかれるのかと思っていたけれど、アンセルムは広間に近い休憩用の部屋ではなく、フリーデを抱えたまま階段を上がっていった。二階は客間や公爵家の人々の私室が並んでいるが、全員が階下の広間に集まっているため人気がなく静まり返っている。

勝手を知った様子でアンセルムはフリーデの私室のドアを開けた。

「かわいらしい内装ですね。屋敷の改装の参考にさせてもらいますよ」

フリーデを抱いたまま器用に鍵を閉め、居間を通り抜けて隣接する寝室のドアを開ける。

「こちらもかわいいですね」

そう言いながらフリーデをベッドへ落とす。

衝撃に目を白黒させていると、上からのしかかられた。顔につけていた仮面がはぎ取られる。

「なんのつもり！　どうしてこんなことを……！」

「それはこちらのセリフだよ。いや本当にどうして、婚約者の前で男といちゃつくのかなあ」

アンセルムは上着のポケットから、見たことがある青い小瓶を取り出した。ぞんざいな口調になったことから、今までの好青年は彼の仮面だったことに気づく。

「この媚薬はね、貴族の娘たちの嫁入り道具のひとつでもあるんだ。好きでもない男に抱かれるために、こういうものを使わなくちゃいけないなんて、貴族のお姫様は大変だよね」

フリーデはアンセルムを睨みつけた。

「とはいえ、俺も初めて使うんだ。効果はどれほどだろうね？　『白いため息』よりは多めに入れたから、きっとフリーデ嬢も楽しめるんじゃないかな」

「わたくしに狼藉を働けば、あなたの評判こそ地に落ちるわ。婚約だって、破談になる」

「ならないよ」

フリーデの視線に怯むことなく、上着に小瓶をしまいながらアンセルムが笑う。

「知ってるかい？　王太子がどうにもきなくさいというんで、あんたのお父上は中立を保っていた主な貴族どもを買収して回っている。その中で、一番大きくて使えそうなのがうちだということで、お父上のほうからあんたを差し出してきたんだよ」

「……！」

アンセルムの物言いにフリーデが息を呑む。

「だからこういうことをしても、破談にはならない。それにさっさと処女をなくしてしまえば、あの赤毛にも顔向けできなくなってちょうどいいだろ？　それとももう処女ではないとか？」

「失礼な！」

フリーデは思わずそう叫んだ。公爵令嬢としての矜持もあるし、サイラスを話に持ち出されたことも腹立たしかった。

「それにしても、いいねえ。あんたのその目つき、ゾクゾクする。去年の宮廷舞踏会ではまーったく相手にされなかったお姫様を、こうして見下ろすことができるなんてね」

ニヤニヤ笑うアンセルムに、「優しそう」という第一印象を抱いた自分をひっぱたきたいと思った。

全然優しくない……！

「たった数か月でずいぶん状況が変わるもんだね、なかなか王太子は侮れないってことかな」

男の手がフリーデのドレスにかかる。胸元が大きく開いたデザインのドレスだから、背中のリボンを緩めなくても、引きずりおろすだけで肌があらわになる。

必死の抵抗もむなしく、フリーデの白い肌が夜の空気にさらされる。暴れたせいできれいに結っていた髪の毛がほどけ、ぐちゃぐちゃに乱れた。

「お父上は一人娘を俺に売ってきたけど、俺としてもあんたに裏切られたら困るんだよ。せっかく手に入れた中央への足がかりだからね。もちろんこのことを誰かに話すのはだめだよ、変に騒ぎ立てて醜聞が広まれば家の恥だ」

聞きたくもないのに、アンセルムの話は続く。

もういい、もうわかった。フリーデが大人の思惑に利用され、目の前にいる男がフリーデを好きにしていい権利を手に入れたということはわかった。

遠くから夜会の音楽とざわめきが聞こえる。身内ばかりの集まりだから、主役がいなくても誰も気にしていないのだろう。カーテンを開けたままの窓からは、月の光が差し込んで、フリーデの寝室はそれなりに明るい。

男の手がむき出しになった乳房に触れる。感覚が敏感になっているから、それだけで体が跳ねた。

「感じてる？　ちゃんと効くんだな、これ」

アンセルムが感心するが、これは刺激に対する、単なる反射だ。嫌悪感で鳥肌が立つ。

「やめて、誰か、誰か助けて――――ッ」

フリーデは必死に叫んでもがくが、思うように声は出ないし、体は鉛のように重い。

「無駄だよ、誰も来ない。夜会の最中に婚約者同士が消える意味なんてみんな知ってる」

アンセルムが、フリーデの豊かな乳房の中央にある突起をつまみ上げた。繊細な部分に対する強い刺激にフリーデは思わず呻き、体を震わせる。あまりの屈辱に涙があふれてくる。なぜこの男はフリーデの体を好き勝手に弄ぶのか。この体に触れていいなんて言っていないのに！

「さすがに処女だと敏感だね？」

アンセルムが笑う。

そしてその手が、フリーデの体にまとわりついているドレスを抜き取りにかかった。

シェーナに借りた本のおかげで、この先の行為をまるで知らないわけではない。だがそれを考えると、恐怖よりも嫌悪感のほうが勝った。


いやだ。

いやだ、いやだ、いやだ！

絶対にいやだ！

こんなところでいいように蹂躙《じゅうりん》されるなんて、絶対にいやだ！

今までずっといろんなことを我慢して「バージェス公爵令嬢」を演じてきたのに、その結果がこんな人間に身を捧げることになるなんて！

最初からそのつもりだったのか、アンセルムは上着の内ポケットからナイフを取り出し、ドレスのリボンを容赦なく切り裂く。その下のコルセットやシュミーズも同様に。薬を飲まされて動きが鈍くなっているフリーデは、まともな抵抗ができないまま下穿きと絹の靴下だけにさせられた。あられもない姿を、よりにもよってこの男にさらしていることに、羞恥心で頭がどうかなりそうだ。力では結局、成人男性にかなわない。フリーデの叫び声は、にぎやかな楽団の演奏と人々のざわめきにかき消されて、誰にも届かない。

アンセルムの手が下穿きにかかる。

アンセルムを遠ざけようともがいた足が彼のみぞおちに当たり、アンセルムが忌々しげにフリーデを見下ろして頬をひっぱたく。どこかを切ったのか、口の中に血の味が広がった。

「いい加減おとなしくしてくれないと、もっと痛めつけるよ?」

痛みに呻くフリーデを見下ろし、アンセルムが笑う。

この男は、フリーデをものとしか思っていない。

我慢がならない。

私は人形じゃない!

「いやぁぁ――――! 助けて、サイラス様、助けて――――ッ」

助けてくれると言った。

必ず助けに行くと。

フリーデはあらん限りの声を上げて助けを呼んだ。


と、その時である。

鋭い金属音が響いて、突然、バルコニーに通じる扉が開いた。はっとして、アンセルムとフリーデは同時に音のしたほうに顔を向ける。

月の光を受けながら、仮面の男が素早く部屋に入り込んできた。月明かりを背にしているため顔ははっきり見えない。だが月明かりにも鮮やかな赤毛は見て取れた。

アンセルムが反応するよりも早く、扉から飛び込んできた男がアンセルムの背後に回り、口元を押さえ込む。男の手には白い布が握られているようだ。

アンセルムが抵抗らしい抵抗をしないまま、力を失ってぐったりとフリーデの上に崩れ落ちてくる。フリーデが潰されないよう男が腕を回してアンセルムを受け止め、乱暴に床に転がした。それからすぐに、上着を脱ぐとフリーデにかけてくれる。ふわりと、優しいぬくもりと匂いがフリーデを包む。

そこでフリーデは自分が下穿きと靴下のみの、ほぼ全裸姿をさらしていることに気づいた。髪の毛はもちろん、泣いていたので顔もぐちゃぐちゃだ。力いっぱい頬を叩かれているので、きっと顔も腫れている。

「あ、あ、あの……」

「遅れて申し訳ないです。二階に連れていかれているとは思わなくて。ああでも、僕を呼んでくれて助かりました。場所の特定ができたから」

男──サイラスがフリーデの横たわっているベッドから離れ、床から何かを拾い上げる。月明かりにきらめくそれは、短剣だろうか？　刃の状態を確認して、サイラスがそれを鞘《さや》にしまうのをフリーデはただ見つめることしかできなかった。

これがサイラス？　あのサイラス？　執務室での姿からはかけ離れている。

「バージェス公爵夫人には睨まれるし、人にも絡まれるし、まいているうちにあなたを見失ってしまって、焦りましたよ。辺境伯のご子息が何か飲み物に混ぜたことには気づいていたので……、休憩室の近くで張っていました」

サイラスは意図してフリーデを見ないようにしているのか、今度は自身が入ってきた扉のかけ金を調べ始めた。

「それで……」

「休憩室ではないな、とは気づいていたのですが、場所が特定できなくて。間に合ってよかった、──鍵、壊してしまいましたね。あとで直してもらってください」

「どうやって、中に……？」

「こういう屋敷の鍵はかけ金のことが多いので、扉の隙間から短剣を差し込んで跳ね上げたんです。もし違っていたら蹴破ろうかと思っていました」

「ここは、二階だけれど……」

「久々に懸垂をしました。明日は筋肉痛になるかも」

扉に顔を向けたまま、サイラスが小さく笑う。

懸垂ということは、バルコニーを支える柱をよじ登ってきたということ？　フリーデの声が聞こ

えて、すぐに？

「……さて、フリーデ様、どうしましょうか。困ったな、僕のせいですよね……僕がのこのこ来なかったら、あなたはこんな目に遭わなかったのかな」

サイラスが床に転がしたアンセルムに目をやる。

もしサイラスが来なければ、アンセルムは優しいままだっただろうか。だが、先ほど見せた姿が彼の本質だとしたら、遅かれ早かれフリーデはアンセルムの暗い感情をぶつけられることになった気がする。

アンセルムに触られた時の嫌悪感を思い出して吐き気を覚え、フリーデは呻いて口元を押さえた。突然の呻き声に驚いて、サイラスが振り返りフリーデに駆け寄る。

「どうかしましたか……まさか、これは」

フリーデの赤く腫れた頬に気づいたらしく、サイラスが体をかがめてそっと頬に触れてくる。

その刺激にフリーデはびくりと体を震わせた。

「だいぶ痛むみたいですね。冷やしたほうがいいな……ああ、どうしよう、この状況で人を呼ぶわけにはいかないし。くそ、もっと痛めつけてやればよかった」

体をこわばらせたフリーデに、サイラスが仮面を外しながら物騒なことを呟く。そして視線を床に転がっているアンセルムに向けるので、フリーデは慌ててサイラスの腕を引っ張った。

「違うの、痛いからではないの」

これ以上、自分のためにサイラスに悪いことをしてほしくなかった。

「『白いため息』と、もうひとつ、気持ちが……高まる薬を飲まされて……ちょっとでも体に何か触れると、いつもよりも、その……」

「……媚薬ですか」

言いにくそうに告げるフリーデを察してか、サイラスの目がすぅっと細められる。口調は穏やかだが、アンセルムに対しさらに一段強い怒りを向けたのがわかった。

「そう、そうみたい」

「……そうですか」

サイラスがそっとフリーデの腕から自分の腕を抜く。

「どんな薬が使われたのかはだいたい想像つきます。その様子だと摂取量も多くないみたいですし、薬の作用は一時的なもので一日もすれば抜けるから、安心してください」

フリーデの不安を和らげるためか、サイラスが薬の説明をしてくれる。そして体を起こして離れていこうとするので、フリーデはもう一度腕を伸ばして、サイラスのシャツの袖をつかんだ。

サイラスにはどこにも行ってほしくなかった。一人にされたくなかった。

思うように動かない体を起こし、そのまま腕を伸ばしてサイラスの胴に回す。体にかけられていた上着が落ち、裸体を押しつけることになったからか、サイラスが驚く気配がした。

優しい匂いがする。サイラスの匂いだ。フリーデは頬をすり寄せて、その匂いを胸いっぱいに吸い込んだ。ここにいたい、と思った。この匂いがする場所にずっといたい。知らないところに行きたくない。知らない男になんて触られたくない。

「困った時はお力を貸してくださると、おっしゃいました」

フリーデは自分の中の勇気をかき集めて、声を絞り出した。

「お願いです……お願いです、わたくしをここから連れ出してくださいませ」

直接触れているため、サイラスがぎくりとするのがわかった。

「いやなんです……どうしても、できなかった……！」

「フリーデ様？」

「家のため、家のためと言われて、今まで頷いてきたけれど、その男に触れられるのだけはどうしてもいやなの！　……もう、ここにいたくない……！」

「……それは、この縁談を破談にしたいということでしょうか？」

静かに聞き返してくるサイラスに対し、フリーデは首を振った。

「この縁談ではなく、わたくしはどこにも嫁ぎたくない。知らない人のところになんて行きたくない。この家にいるとまた嫁がされる……わたくしは……サイラス様の近くにいたいのです……」

込み上げる涙に言葉を詰まらせながら、フリーデは一生懸命に言葉を続ける。

「もう一度、一緒に……一緒に並んで、仕事を……一緒に、お昼に行って……わたくしはただ……ただ……サイラス様のおそばに……」

はっきりとわかった。アンセルムだからいやなのではなく、きっと相手が誰であっても受け入れることができない。

サイラスでないといけない。そばにいられるのなら、女性として意識されなくても、どんな形でも、構わない。

唐突に、サイラスに強く抱きすくめられた。あまりの力強さにフリーデの体がしなり、一瞬呼吸が止まる。

「……サイラス様？」

「……それはどういう意味のそばでしょうか？　殿下の執務室にもう一度ご招待するのは、正直に言って難しいです……」

サイラスが呻くように、耳元で囁く。

「無理なのですか……難しいのですか……？　わたくしは、どうすればいいの……サイラス様が好きなんです……ほかの人に嫁ぐなんて無理です……」

サイラスに否定されてしまい、フリーデは途方に暮れた。ぼろぼろと涙をこぼしながらサイラスにすがりつく。頬を伝う涙がサイラスのシャツに染み込んでいく。

「……それ、本当ですか……？」

ややあって、サイラスが小さな声で聞いてくる。フリーデはこくこくと頷いた。

「……僕は都合のいい夢を見ているのかな。フリーデ様が……そんな……だって、好きな人がいるって……あれは、まさか、僕のこと……だったんですか？」

サイラスの問いかけにフリーデが再びこくこくと頷くと、彼の腕がふと緩む。そしてそのまま背中をゆっくりとたどるようになでてきた。彼の手は温かくてどこまでも優しい。

「フリーデ様……だめですよ、考え直してください。僕は結構、独占欲が強いんです。そんなことを言ったら大喜びであなたをここから連れ去って、僕の部屋に閉じ込めて、誰の目にも触れないようにしてしまいます」

サイラスの告白に、フリーデが息を呑む。

「それって、どういう……？」

「言葉通りですよ。僕にとってあなたは、特別で、大切な女性です。叶うものならあなたを苦しめるこの場所から連れ出したいと思っていた。……隣にいてくれたらどんなに幸せだろうと。でもあなたは誇り高きバージェスの姫です。あなたには、あなたの生き方がある」

サイラスが絞り出すような声音で言う。

「あなたの隣に僕がふさわしいとは思えない。僕がどんなに好きでも、絶対に手が届かない。それはわかっていたから、気持ちを告げるつもりもありませんでした。フリーデ様が幸せになれるようにお手伝いができれば、それで……」

「わたくしの幸せを願うのなら、わたくしを連れていって！　わたくしはあなたの隣がいい……！」

「嬉しいお言葉です。でも、そんなことをしたら、二度と公爵令嬢には戻れなくなります。簡単に決めていい内容じゃない……とりあえず、服を着ましょう。そのままでは風邪をひきますし、第一目に毒だ」

そう言いながらサイラスが体を離そうとするので、フリーデはサイラスのベストをつかむと思いっ切り引き寄せた。連れ去って閉じ込めたいとまで言ってくれたのに、急に冷静になって大人の態度を見せたことが悲しかった。まるで駄々をこねている子どもへのセリフみたい。確かにフリーデはサイラスより六歳年下だけれど……。

――でも、わたくしは何も知らない子どもじゃない！

サイラスがバランスを崩し、フリーデに覆いかぶさるように倒れ込む。とっさに手をついてくれたおかげで潰されることはなかったが、いきなりのことにサイラスはすぐ隣で目を白黒させている。

そんなサイラスの赤毛に手を突っ込んで引き寄せ、フリーデは彼の唇に勢いよく自分の唇を重ねた。サイラスがぎょっとしたのがわかったが、構わずに彼の唇を自分の唇で食《は》む。しばらくそうしていたが、それでも無反応なので、フリーデが舌先でサイラスの唇を舐《な》めてみる。自分でもどうしてこんなことをしてしまったのかわからない。誰かの唇へのキスなんて初めてなのに。

ただちょっと、冷静なサイラスを慌てさせてみたかったのだ。フリーデが好きだというのなら、もっとその気持ちを見せてほしかった。……けれど反応がない。

なんとかサイラスの反応を引き出したくて、フリーデがもう一度唇を重ねていった次の瞬間。彼の舌がフリーデの口腔《こうくう》内に侵入してきた。

「……んんっ……」

突然の噛みつくようなキスに、思わず声が漏れる。さっきまで無反応だったのに、態度を急変させてきたことに驚きが隠せない。

サイラスの舌先がフリーデの口の中をあちこちなで回す。一方的なキスに翻弄され、フリーデはサイラスの体に腕を回してしがみついた。

「……あなたはひどいな。人の気遣いを台無しにして……」

唇を離し、サイラスが呻くように言う。

「僕の好きがどういう種類なのか、わからないわけじゃないんでしょう？　目の前に好きな女の子が半裸で転がってるんですよ、しかもその子は僕のことが好きだという。一線を超えたら、僕は絶対にあなたを離さない。ここからさらって閉じ込めて一生縛りつける……これでも相当我慢してるんです。その覚悟もなしに煽るのは、やめてください！　僕だって男なんです！　僕に犯されてもいいんですか⁉」

間近で覗き込んだ翠玉《すいぎょく》の瞳には切羽詰まった色が浮かんでいた。

「ええ」

「なんっ……」

フリーデの返事にサイラスが絶句する。

「ええ、ぜひ」

「何を……冗談なら、ひどすぎます……」

「本気よ」

フリーデはそう言うと、サイラスの体の中心に手を伸ばした。このあたり、という周辺で手を動かすと、トラウザーズの生地越しに熱くなっている部位が見つかる。形を確かめるように手でなぞれば、サイラスが体をこわばらせた。

嫁入り前の娘がすることではないとわかっている。だが、どうしても初めてはサイラスがいい。好きになった人に、好きだと言ってもらえたのだ。好きな人に抱き締めてほしかった。サイラスとの間に、確かな絆《きずな》を作りたかった。

夜が明けたらサイラスはここを去らなくてはならない。それに両親はサイラスが来たことを知っているのだから、事態は確実によくない方向に動く。夜が明けたら、サイラスと会う機会なんてあるはずない。まして、こんなふうに二人きりになることなんて……。

チャンスは、今しかない。

「わたくしは本気よ。これでも覚悟がないとでも言うの？　覚悟がないのはサイラス様のほうだわ

「……！」

涙をこぼしながら迫るフリーデの手を、サイラスがつかむ。

「覚悟なら」

その手をそっとどかして、緑色の瞳がまっすぐにフリーデを見下ろす。

「とっくにできている。……覚悟もなしに、ここに来るはずがない」

フリーデはその視線を正面から受け止めた。翡翠《ひすい》色の瞳の中に映る自分が見える。

先に目を逸らしたのはサイラスだった。優しいキスが、フリーデの首筋に降ってくる。


だがいい雰囲気は、アンセルムの呻き声で中断されてしまった。

「薬を追加したから、朝までは目が覚めないと思います」

深い眠りが覚めないようにされたアンセルムは、サイラスによってタイで腕を縛られ隣の居間に放り込まれた。そのあと一通り部屋を見回り、サイラスは寝室のドアをきっちり閉める。

その様子を、今さらではあるがサイラスの上着を胸元に抱え直してフリーデは見つめていた。

時間がたったせいか、頭がぼんやりする感じはだいぶ薄れている。ただ、心臓がドキドキして体が火照る感覚は続いている。それが薬のせいなのかはわからなかった。

「怖いですか」

タイを床に落とし、シャツのボタンを外しながら、サイラスが聞いてくる。

フリーデは正直に頷いた。

「できるだけ優しくします……」

そう言って、サイラスがベッドに腰をかけ、ベッドの上にぺたんと座り込んでいるフリーデに唇を寄せてきた。

最初は唇が触れ合うだけの優しいキス。緊張して硬くなっているフリーデを気遣うように、サイラスは優しいキスを繰り返す。その感触に慣れてきた頃、サイラスの舌がフリーデの口の中に入り込んできた。熱くてぬるぬるする舌が歯列をなぞり、なんともいえない感覚が口から全身に広がっていく。思わずあえいだ瞬間にサイラスの舌がぬるりとフリーデの舌を誘い出した。

「……ん、ふぅ……」

先ほどの噛みつくようなキスよりは動きが優しいが、執拗なまでにフリーデの舌に自身の舌を絡ませる。最初は感じていた羞恥心も、舌先から伝わる刺激が体中に広まるにつれて薄れていく。強く求められていることがわかって嬉しい。そしてフリーデの体の奥に、今まで感じたこともない種類の欲求の炎が灯る。どうしようもないくらい心臓が大きく脈打っている。

フリーデがキスに夢中になっている隙にサイラスがシャツを脱ぎ捨て、ついでにフリーデが抱えていた上着も取り払って床に落とした。そしてそのままフリーデをベッドに押し倒し、両手を絡めてシーツに縫い留める。

フリーデの呼吸が苦しくなってきた頃、サイラスがようやく唇を離した。そして、少しだけ上体を起こしてフリーデの裸体をじっと見下ろす。

上半身はすでに裸体をさらしてしまっているのだが、改めて緑色の瞳に見つめられると恥ずかしい。隠したいのだけれど、フリーデの腕はサイラスに囚《とら》われている。

「あ、あの……」

羞恥で肌が色づく様子をサイラスが眺めていたとは知らないフリーデは、もぞもぞと体を動かした。

「恥ずかしいわ」

「きれいですよ。想像以上です」

「え?」

「夢の中で、何度もあなたを抱きました。こんなふうに裸にして、こんなふうに」

サイラスがフリーデの胸元に唇を寄せる。心臓の真上に、やわらかくて熱い唇が落とされ、音を立てて吸いつかれた。

途端にぞわっと、フリーデの体に鳥肌が立った。でも不快じゃない。アンセルムに触れられた時とは全然違う。

続いて、舌先が同じ場所を舐め上げる。

唐突な刺激に呼吸のしかたを忘れてしまう。

「あなたを味わった。目が覚めて、いつも自分の浅ましさに自己嫌悪していました。軽蔑しますか?」

サイラスに問われ、フリーデは首を振る。サイラスに女性として意識されていたなんて気づかなかった。

「いつから、その、わたくしのことを……?」

「いつからでしょうね? もちろん以前からあなたのことは存じ上げていたのですが、意識したのは、執務室に来てからです。僕の指示を真面目に聞いて、すぐに仕事を覚えてくれて。食堂にもいやな顔せずついてきて、貴族のお姫様らしくないなと感心していたら……ハマってしまって」

「わたくしも同じだわ。あなたに仕事を教えてもらって、それができるようになるのが楽しかったの。あなたといるのが、楽しかったの。もっとずっと一緒にいたいと、願ってしまったの。無理だとわかっていても、止められなかったの」

フリーデが言えば、緑色の瞳が彼女をとらえた。

「お互い、気が合いますね」

そう囁いて、サイラスがフリーデの耳たぶを優しく食む。ぞわっと、再び全身に鳥肌が立った。

「ねえ、フリーデ」

耳元でサイラスが囁く。唐突な呼び捨てにフリーデは少し驚いた。

「本当に僕でいいんですか？　僕についてくると、あなたは二度とこの家に戻れなくなる」

「ええ、いいわ」

「それに僕は、侯爵家といっても三男で、しがない役人でしかない。あなたに贅沢はさせてあげられない」

「構わない」

「僕の子どもをたくさん生むことになるよ」

「それは楽しみね。わたくし、子どもは大好きよ」

世話好きなサイラスはいい父親になるだろう。それにサイラスにそっくりな子どもたちに囲まれた日々は楽しそうだ。そう思って素直に頷けば、サイラスが思わず体を起こしてフリーデを覗き込んだ。

「生んでくれるの？」

フリーデの答えに、サイラスがどんぐり眼をさらに大きく見開く。

「え、もちろんよ？　わたくし、何かおかしなことを言った？」

不思議そうにするフリーデに、サイラスが嬉しそうに目を細める。

「おかしくないです。何もおかしくない。……バージェス公爵も、辺境伯の息子も、なんでこんないい娘を泣かせるのかなあ。でも、フリーデは僕のものだ。誰にも渡さない。僕が見つけた、僕の大切な人なんだ。それがたとえあなたの肉親であっても、僕から奪うのは許さない」

サイラスがフリーデの鎖骨に唇を落とす。

「使えるものは全部使って、絶対にあなたをここから連れ出します」

熱くぬめる舌先が骨に沿って肌の上を滑る。その一方でサイラスの片方の手がフリーデの太ももを何度もなでる。どちらともくすぐったいのだけれど、すぐにくすぐったいのとは別のざわめきが体の中に広がり、内側の熱と呼応する。やがて太ももで遊んでいた手がフリーデの乳房に這《は》わされ、やわやわと揉《も》み始める。

体中がざわざわして落ち着かない。フリーデの吐息も肌も熱を帯びてきたことを察したのか、サイラスの舌が鎖骨から胸元、そしてフリーデの豊かな乳房におりる。あ、と思った時には敏感な先端を咥《くわ》えられていた。

「……ッ」

それでなくても刺激に弱い部分なのに、媚薬と愛撫《あいぶ》のせいでわずかな刺激すらいつもより強く感じてしまう。フリーデは大きく体を震わせた。

「ま、待って、そこは……あっ、あぁっ……んっ！」

キス同様、サイラスの舌先は胸の頂をしつこく弄ぶ。

「あ、はっ……、サイ、ラ……ん……っ」

なぜだかわからないが、触れられるほどにどんどん体が敏感になってくる。体の中の熱があふれてどろどろと、最も熱くなっている部分から流れ出す。内側からにじむ蜜にフリーデは脚をこすり合わせた。下腹部に血が集まり、痛いくらいに脈打つ。

フリーデの変化に気づき、サイラスの手がするりと滑ってフリーデのへそのあたりをなでる。

「ま、待って……！」

サイラスの手を止めようとしたが間に合わず、その手は下穿きの中に滑り込んで陰毛をかきわけ、フリーデの最も敏感な部分に触れてきた。

「トロトロですね」

指で陰唇の輪郭をなぞりながら、サイラスが言う。

「なっ……」

「薬が残っているせいなのかなあ、少しは僕で感じてくれているといいんだけど」

羞恥心で真っ赤になったフリーデを無視し、サイラスはあふれる蜜を指先に絡めては敏感な粘膜の上を滑らせる。何度も何度も同じ場所をこすられていくうちに、どんどん快楽が強まっていく。怖い。

女性は慎み深くあるべきと育てられてきたフリーデには、絶頂はおろか自慰の経験もない。何も考えられなくなるほどの強い感覚は恐怖だ。この感覚に支配されたらどうなってしまうのだろう。

わからないから怖い。でもやめてほしくない。だってものすごく気持ちいい。

「んっ、ふ……あぁっ……！」

だけどやっぱりやめてほしい、快楽に支配されておかしくなっている姿を好きな人に見られてしまうのは、恥ずかしいから。フリーデはサイラスの腕にすがりついて動きを止めにかかったが、サイラスの指は容赦がない。

追い上げられる。

あともう少し、というところでサイラスが指を引き上げた。

涙目になったフリーデから体を離し、下穿きに手をかけると一気に抜き取る。

「ふふ、びしょ濡れですね」

布の濡れ具合を報告されたフリーデはたまらない。真っ赤になって顔を背けるが、サイラスはさらにフリーデの羞恥心を煽《あお》ってくる。フリーデの膝をつかむと、おもむろに脚を押し開いてきたのだ。

「ちょっ……いや、これいやぁ……っ」

秘所が丸見えになる体勢にフリーデは慌てるが、サイラスの力のほうが強く、脚を閉じることができない。体がこわばり、あちこちの筋肉や関節が悲鳴を上げる。

そんなフリーデのことなどお構いなしに、サイラスが体をかがめて秘所に顔をうずめた。

中央の最も繊細な部分に、指とは違う熱くてぬるりとしたものが触れる。

フリーデは声にならない悲鳴を上げた。

知識としては、こういう行為があることも知ってはいる。知ってはいるが、知識があるのと実際に経験するのとでは大違いだ。

羞恥心に震えるフリーデをよそに、サイラスは中心にも陰唇にも舌先を這わせていく。舌先でくすぐるだけでなく、時々ねっとりと舐め上げたり、唇で食んだりしてフリーデを翻弄する。体の中の熱がサイラスの刺激に喜んで、フリーデから思考力を奪う。フリーデはシーツをつかんであえいだ。頭がどうかなりそう。

体の中心からとめどなく蜜があふれてきているのがわかる。サイラスはわざと蜜に舌先を絡めているようで、ほかに物音がしない部屋に、淫らな水音が響く。

目の前でちかちかと星が踊る。

恨めしい視線を送れば、フリーデの動きに気づいたサイラスが目を上げた。視線がぶつかると、サイラスが笑ってみせる。

「もう少し、ね」

そう言ってサイラスが体を起こす。フリーデの蜜壺《みつつぼ》に再び指を滑らせ、今度は中に指を差し込んだ。異物感にぎくりとする。サイラスの指がゆっくりと内側をなでるように動く。

「ここが僕を受け入れる場所です。媚薬も口にしているし、たっぷり濡れているし、本物でもそこまで痛くはないんじゃないかな……」

「本物って」

「見たことないですよねぇ」

サイラスがフリーデの手をつかむと、自身の劣情に導いた。サイラスはまだ、トラウザーズを身につけたままだ。先ほど触った時よりもはっきりと形がわかる。

「……硬い」

「情けないくらい興奮してます。早く中に入れたいけど、もう少しほぐさないと」

形を確かめるように指を動かすフリーデに答え、サイラスは蜜壺に再び指を差し入れると同時に、胸の先端を咥えにきた。

「……んぅ……っ」

敏感なそこはすでにさんざんいたぶられて硬く勃《た》ち上がり、少しの刺激でも脳天に響く。胸と蜜壺をいっぺんにいじられて、フリーデは歯を食いしばった。

「フリーデのここは、狭くて熱くて指に吸いついてきて、入れるのが楽しみです」

「そん、んっ……、ふ……」

「本当はたくさん痕を残したいんですよ？　遠慮しているんです、あなたが困ることになったらいけないと思って。あなたを今晩のうちに、ここから連れ出すことはできないですからね。誰かがあなたの肌を見る」

サイラスは相変わらず長い指でフリーデの内側をこすりながら、舌先で熟れた突起を転がす。サイラスの動きはゆっくりで、たっぷりの蜜とも相まって抜き差しされる違和感はほとんどなくなった。やわらかい指の腹が、フリーデのいい場所を確実に探り当て、追い詰めていく。それでも決打にはならないので、つらいばかりだ。まるで体の内側から熾火《おきび》にあぶられているよう。

「サイラス、もう……」

イケそうでイケない状態を長引かされているフリーデは、なんとかして、と、サイラスを見上げた。

「僕も限界です」

フリーデの言いたいことが伝わったのか、サイラスがそう呟いてフリーデから体を離し、ベルトを緩めてトラウザーズを脱ぎ去る。目に飛び込んできたソレに、フリーデはおののいた。

布の上から触ってなんとなく大きさはわかっていたけれど、本物はほかの部分に比べて皮膚の色が濃く、圧倒的な質量でそそり立っている。

「本当に入るの？」

「入りますよ」

どうにも信じられない気持ちで問えば、サイラスはなぜかうつむいたまま答えた。

「もし、入らなかったら？」

「それは……」

フリーデの前で膝をつき、サイラスが屹立《きつりつ》を秘所にあてがう。

「入るまでやり直し、です」

蜜をまぶすように何度か秘所を往復させたあと、サイラスが腰を進めてきた。指とは比べ物にならない大きさのものが隘路《あいろ》に侵入してきて、フリーデは思わず息を止める。そんなフリーデをあやすように、サイラスの手が頭をなでてくれた。

気遣われている。その事実が嬉しい。思えばこの人は十五歳の春に出会った時からずっと、公爵令嬢としてではなくフリーデ本人のことを気遣ってくれていた。

サイラスの体に腕を回せば、ずいぶんと汗ばんでいた。彼も同じ気持ちでいるのだろうか？

気になって顔をうかがうのだが、サイラスはなぜかずっと顔を伏せているのでフリーデからは表情が見えない。そのサイラスはゆっくりと、だが確実に腰を進めてフリーデの中に自らの屹立を埋め込んでいく。特に狭い部分を通り抜ける時には強い痛みが走ったが、そこさえ通り抜けてしまえばあとは痛みを感じなかった。ただ、異物感はある。太くて硬いものが自分の中で脈打っているのを感じる。

「これで……全部。痛みますか？」

しばらくして、サイラスがこわごわといった感じで聞いてくる。

「そんなに……」

「それは、よかった」

挿入の痛みが想像していたより軽いものだったことにほっとしているフリーデに対し、サイラスのほうは何かに耐えているような気配がある。処女を相手にすると男性にも痛みがあるのかもしれない。

「これは夢かな」

身動きしないまま、サラスがぽつりと呟く。相変わらずうつむいたままだ。

「僕がバージェスのお姫さまに手が届くわけがないんだ」

「夢ではないわ」

「目が覚めたら、あなたが消えているかもしれない」

「消えないわ」

「やっぱり、家は裏切れない、辺境伯に嫁ぐと言うかもしれない」

「言わないわよ……とっくに後戻りできないところに来てしまったもの。でも後悔はしていないわ」

「好きです、フリーデ」

サイラスが顔を上げる。

いつもの優しい顔なのかと思いきや、サイラスは泣きそうな顔をしていた。

「本当に好きなんです。こんなに、誰かを好きになったのは初めてで、どうしたらいいのかわからなかった」

「サイラス……」

つながったまま聞かされる告白に、フリーデの鼓動が速くなる。

「手が届かないのはわかっていたから、遠くから見守ろうと……。あなたが困った時に、手を貸してやれる存在であればいいと。僕はただ、あなたには笑っていてほしかったんです」

そういえば何度も「困ったら頼って」と言っていた。そういうことだったのか。サイラスはフリーデが嫁いでいってもなお気にかけて見守ってくれるつもりだったのだ。そう思うと嬉しくて、無意識に力が入ってしまったらしい。途端にサイラスが呻き声を上げ、苦しそうに目を閉じる。

「なじむまで、待っているんです。そんなに強く締めつけないで」

「わ……わざとでは……」

「それでなくても狭いのに、これじゃあもたない。かっこ悪いな」

そう言いながら、サイラスがゆっくりと体を動かし始めた。もたないと言ったのは確かなようで、いくらもしないうちにゆっくりとした動きでは足りなくなったらしく、サイラスはフリーデの腰の下に腕を入れて抱えると自分の腰を強く打ちつけ始める。フリーデの中のサイラス自身が張り詰め、硬さを増したのがわかる。腰を押しつけられたことで敏感な陰核がこすれ、最奥を突かれているう

ちに、フリーデの快楽も高まってくる。

すぐそばでサイラスの切羽詰まった息遣いが聞こえる。

「サイラス、気持ちいい？」

突かれながらたずねてみる。

「気持ちいい、です。最高」

苦しい呼吸の合間に、サイラスが短く答えたかと思うと、唇を重ねてきた。

下半身もつながって揺さぶられながら、舌を差し込まれ、絡められ、吸い上げられる。強すぎる刺激にフリーデは強く目を閉じた。激流に飲み込まれてもみくちゃにされているよう。どこか遠くに連れていかれるような気がして、思わず彼の背中に爪を立ててしまう。

「も、もう……！」

上ずった声で叫んだのはどちらだったのか。

そして唐突に、何かが内側で弾け飛んで体中を突き抜けていくような、強い衝撃が駆け抜けた。

目の前が真っ白になる。

熱い飛沫《ひまつ》が腹から胸にかけて飛び散ったような気がしたが、それがなんなのか確かめる前に、フリーデは気を失った。

＊＊＊

誰かが呼んでいる。

フリーデが目を開けると、すぐ隣にサイラスがいた。

「……夢？」

「おはようございます」

場所はフリーデの寝室で、ベッドの上に二人して上がけをかぶって転がっているのはわかる。だが触れ合う部分が素肌だと認識した途端、フリーデは一気に目が覚めた。

「わたくし……！」

どうやらフリーデはあのあと本格的に眠ってしまったらしい。いつの間にか遠くから聞こえていた夜会のざわめきはなくなり、静寂に支配されている。カーテンが開けっ放しになっていた窓に目をやれば、外はまだ暗いものの空はうっすらと白み始めていた。

「夜が明けます。明るくなるとここから脱出できなくなるから、僕はもう行かないといけない。さて、どうしようかなあ」

サイラスがのんびりと呟く。切羽詰まっているようには見えないが、今後のことを指しているのはわかった。

「あなたを連れ出す方法や行き先はなるべく早く決めますが、バージェス公爵は怖いからなあ……少しお時間をいただきたい、というのが正直なところ。まあ、とりあえずは今日のことですね。あなたの体には痕をつけていないから、何もなかったと言い切ることは可能です。誰かとこういうことをしなければ」

そう言ってサイラスがベッドから下り、床に落ちているシャツに袖を通す。

「でも公爵も夫人も辺境伯のご子息も僕を見ているんですよね。ああ……フリーデ様の立場を最悪にするのは僕……」

「あなたを招いたのはわたくしだから、サイラス様には非はないわ」

「その、様っていうの、取ってもらえますか？　なんだか他人行儀で」

ボタンを留めながら、サイラスが言う。

「……それなら、わたくしのこともフリーデ、と」

「……それはちょっと……今すぐには」

サイラスが苦笑する。フリーデは上がけをまとって体を起こし、身支度を整えるサイラスを見ていた。体を動かして気がついたが、あちこちが痛い。

「昨夜は呼んでくださったのに」

「ああ……うん……、つい……頭の中での呼び方が出てしまいました。でも表では、一介の役人と公爵令嬢ですからね」

呼び捨てにしたことを指摘すれば、サイラスが言い訳をする。

婚約しているのに、違う男性と関係を持った。普通なら婚約破棄の上、どこかに閉じ込められるのがオチだが、この縁談には家同士の思惑が大いに絡んでいるからどうなるかはわからない。とはいえ、どのみちフリーデの扱いが今よりよくなることはなさそうだ。

ふと気がつくと、夜会服姿に戻ったサイラスが目の前に立っていた。

ベッドの上で体を起こしているフリーデに合わせるように、片膝をつく。

「最後にもう一度確認します。本当に、フリーデ様をここから連れ出してもいいんですね？　……体に痕はつけてない。フリーデ様が黙っていれば、名誉は守られます」

「気持ちは変わらないわ。公爵家の娘であることに、たいしてこだわりもないし、未練もないの」

即答するフリーデを、サイラスがまぶしそうに見つめる。

「あなたの置かれている状況を考えると、あまり悠長にはしていられない。そうですね……七日以内には今後のことをお知らせします。フリーデ様の婚約者ですが、これを使って意識を失わせたことにしてください」

サイラスがポケットから透明な小瓶を取り出す。

「軍で使われている薬です。出どころは僕で構いません」

「それではサイラスに迷惑がかかるわ」

「僕がフリーデ様の部屋に来たことは辺境伯の子息に知られていることなので、隠してもしかたがない。あなたは僕に助けを求め、僕はこの薬を渡した。それが、あなたの部屋であいつが寝ている理由です」

「……わたくしはあなたに助けを求め、あなたはわたくしを助けてくださった。あなたとは……それだけ。わたくしはともかく、サイラスの名誉まで傷つけることはできないわ。あとは部屋に籠城して、現状維持に努めます」

「お気遣い、ありがとうございます。そうしていただけると、僕としてもありがたいです。七日以内に、なんとか算段をつけます……」

サイラスが力なく笑う。連れ出してくれなんてお願いしてしまったが、実際のところはそう簡単なことではないのだろう。

「待っている間に、フリーデ様は荷物をまとめておいてくださいね……あまり多くは持ち出せませんよ。どうしても置いていけない宝物だけ。それを、そうだな……できるだけ人に知られないようにブランに早めに送りつけてください。僕が回収に行きます。可能ですか？」

「わかったわ」

「状況が厳しくなってきたら、すぐに助けを呼んでください。……冷やさなかったから、腫れてしまいましたね」

そう言いながら、サイラスはフリーデの頬にそっと触れた。昨夜、アンセルムに殴られた場所だ。

「そのうち治ります」

フリーデが安心させるように微笑むと、サイラスがかすかに頷いてから、そっと顔を寄せてきた。

驚く間もなく、唇が重ねられる。昨夜のような情熱的なものではなく、唇を重ねるだけの、優しいキス。キスは、言葉以上に気持ちが伝わる。確かにサイラスから想われていることがわかる。

一時《ひととき》ぬくもりを分かち合ったあと、唇を離してそっとサイラスがフリーデを抱き締めてくれた。

どれくらいかはわからないがしばらくは会えないし、連絡も取れない。そう思うと切なくなって、フリーデもサイラスの体に腕を回した。離れたくない。ずっと一緒にいたい。でもできない。

やがてサイラスが名残惜しそうに腕をほどくとフリーデと目を合わせないまま背を向け、バルコニーに続く扉を開ける。空はだいぶ明るくなってきており、夏の夜明けの風が部屋に吹き込んだ。

サイラスは一瞬だけこちらを見たものの、そのままバルコニーを乗り越えて姿を消す。

フリーデは慌てて上がけを体に巻きつけて、バルコニーに飛び出した。予想以上に体のあちこちが痛むことに驚きつつ、手すりから身を乗り出して下を覗き込むと、赤毛の人影が走り去るのが見えた。

間取りも知っていると言っていた。もともとよじ登って潜入してきたようだし、飛び降りるのもお手のものだったところを見ると、サイラスは大丈夫だろう。

次は自分だ。

フリーデは改めて部屋を振り返った。

ベッドはぐちゃぐちゃで、フリーデのドレスもコルセットも床の上に投げ捨ててある。

まずは窓を全部開けて換気をする。次にベッドに近づいて情交のあとを確認してみたが、それほどはっきりと痕跡を見つけることができなかった。破瓜《はか》のあとは血が出ると聞いているが、そんな痕跡もない。フリーデが寝込んでから、サイラスがきれいにしてくれたのかもしれない。

自力でシーツを整えたあと、フリーデは部屋の隅にある姿見に自分を映してみた。サイラスの言う通り、ぶたれた頬が腫れ上がって不格好だ。体に関しては、特に痕跡はついていない。これなら着替えで誰かに肌を見られても大丈夫そうだ。ただ、サイラスを受け入れた部分は腫れぼったい感じがする。

フリーデはクローゼットを開けて室内用の下着とワンピースを取り出すと、手早く身につけた。長い髪の毛は自分でまとめる。もつれて見苦しいが、しかたがない。

隣の居間に通じるドアをそうっと開くと、部屋の片隅にアンセルムが転がされているのが見えた。ご丁寧に寝室から一番遠い場所に転がされているあたりに、サイラスの気遣いを感じてちょっと笑える。

さて、どうしようか。

今後のことをもう少し考えなければと思うが、頭がうまく回らない。そういえば、昨日は夜会前に軽食をつまんだだけだったと思い出す。とりあえず喉がカラカラなので、何か飲みたい。この時間帯ならもう厨房には人がいるだろうと思い、鍵を開けてドアを出たところでフリーデは固まった。

ドアのすぐそばに、イスに座って眠り込んでいるヘルガがいたのだ。

フリーデの顔から血の気が引いていく。

もし、一晩中ここにいたのなら、何か勘づいたかもしれない。

どうしよう。

どうしようもない。

どうにかするしかない。先のことなんて、誰にもわからない。

ひとつ深呼吸をすると、フリーデはヘルガを揺すり起こした。

9　さようなら、お父様

ヘルガを起こして人を呼び、アンセルムの拘束をほどいて待つ。サイラスの薬は優秀で、未だにアンセルムは目を覚まさない。実は薬が効きすぎて心臓が止まっているのでは、と不安になり、その首筋に触れて確かめてみたフリーデである。脈はあったので、生きてはいるようだ。

その間に、空腹を訴えたフリーデのためにヘルガが厨房から昨夜の残りで作った軽食を持ってきてくれる。食事を取ったあと、フリーデは居間の鏡台に座ってしみじみと自分の顔を見つめた。ぶたれた頬が腫れてなんとも痛々しい。せめて髪の毛くらいなんとかしなければ、と思い、櫛《くし》を手に取るが、あちこちもつれてなかなか櫛が通らない。

髪の毛をほぐす努力をしているところに、ヘルガとともに辺境伯夫妻に加え両親も姿を現す。

朝一番に呼び出されたにしては、なかなか到着が早い。全員それなりのかっこうをしているので、大急ぎで支度をしたのだろう。

フリーデは櫛を置いて立ち上がり、振り返る。真っ先に、父に目をやった。

頬を腫らしたフリーデに、父が目を見開いている。視線を移して隣を見れば、母は蒼白《そうはく》になっていた。続いて辺境伯夫妻を見ると、こちらも蒼白になっている。当のアンセルムはまだ薬が効いて倒れたままだ。

彼らは何が起きたのか把握していない。これなら情報操作ができる。

「経緯をお話しします」

自分に有利な状況だと確信したフリーデは、大人たちをもう一度見渡した。

「まず、皆様におうかがいしたいことがあります。昨夜わたくしは、アンセルム様に薬を飲まされ、この部屋に連れ込まれました。これは、その時抵抗した際にぶたれたものです」

フリーデは腫れた頰をなでる。

「薬の使用はどなたの指示でしょう？　それともアンセルム様の独断？」

「わ……私は、そんな指示などしておらん。これは、何かの間違いだ」

口を開いたのは辺境伯だった。息子によるバージェス公爵の一人娘への狼藉に、怯えているのだろう。隣にいる辺境伯夫人も頷く。

「おまえの質問に答える前に、逆に聞くが、ではなぜ昨夜、王太子の赤毛がうちにいた。しかもグランツ伯爵のクルトと名を偽って」

震える辺境伯に代わり、質問をしてきたのは父だった。

「そのあたりはわかりませんわね。……婚約の祝いをいただきましたの。そのためだけにいらっしゃったようですわ」

フリーデはサイラスからもらった小瓶をポケットから取り出すと、掲げてみせた。

「軍で使われている睡眠薬です。いざという時に役立つと。でもまさか、いただいた当日に使うことになるとは思いませんでした」

「……ぶたれた以上のことはされなかったんだろうな？」

父が検分するように聞いてくる。フリーデは得意の艶然とした笑みを浮かべた。何を今さら、という気持ちがふつふつとわき起こる。

「ねえお父様、わたくしはアンセルム様とランデへ行くことを承諾しましたわ。この結婚は決定事項だと、わたくしもわかっております。昨日、サ……エーレブルー秘書官がこちらにいらっしゃったのは、わたくしだって想定外でしたのよ」

フリーデは艶やかな笑みを浮かべたまま、指先で小瓶をなでる。

「家同士の約束が覆ることなんて、よほどのことがない限りないはずです。わたくしの認識は間違っておりまして?」

そう言いながらフリーデは小瓶をポケットにしまった。

「アンセルム様は、わたくしがエーレブルー秘書官と一緒にいたことにお怒りでした。しかしエーレブルー秘書官は睡眠薬を手渡して、すぐにわたくしから離れていきました。お母様は、ご覧になられていたはずですわ」

「……ええ、そうね」

母に目をやれば、母が無表情のまま頷く。この人はいつもこんな表情だ。控えめで、従順。まるで心をなくしているかのよう。父の言う「正しい貴族の娘」とは母のことなのかもしれない、と、今さらながらフリーデは気がついた。

「第一、エーレブルー秘書官にとってわたくしはただの同僚に過ぎないのです。お父様から王太子殿下を落とすように言われていたので近づいた、ただそれだけですわ。それを勘違いされたあげく、なぜここまでの狼藉を働かれなければならないのですか」

フリーデは父に目を移して問いかける。

「王太子殿下に近づけと言われた時もそう。家のため、お父様の地位のため、わたくしは精一杯努力をしました。わたくしはずっと、家に尽くしてきた。これからだってそのつもりだった。それなのになぜ、暴力を振るわれなければならないの？　この薬がなければ乱暴されるところだった。家のためなら、わたくしはそこまで耐えなければならないのですか？」

「おまえはこのところ、口が過ぎるな。女は慎み深くあるべきだと教えたはずだが」

フリーデの気持ちに対し、返ってきたのは「答え」ではなく「問題のすり替え」だった。どこまでも娘を自分の思い通りにさせたいのだろう。

――わたくしは人形ではない。

静かな怒りが心を染めていく。なぜ父はこうも頑なにフリーデを人形にしたいのだろうか。以前は父の要求に応えることが娘の務めだと思っていたが、今はそう思っていない。自分が従順すぎたせいで父を増長させてしまったことにも気づいている。

娘を思い通りに動かしたいのなら、高圧的に接するのではなく、ただ気持ちを聞いて頷いてくれればよかったのに。フリーデだって、両親のことは大切なのだ。大切だからこそ彼らの思いに応えようと必死だったのに……。

「人の話を聞かず、威圧的な言葉で相手の気持ちを折るのは短慮というものですわよ、お父様」

フリーデの言葉に、父がむっとしたのがわかる。

「いつもいつも相手が思い通りになるとは限りません。お父様は人の動かし方をご存じではない。まだ、王太子殿下のほうがお上手だと思いますわ」

「なんだと」

「王太子殿下が国軍を掌握しつつあることはご存じですわね。どうやって兵士の心をつかんでいるか、理由までおわかりになって？」

フリーデは父に向かって唇を吊り上げた。

父に対しはっきりと過ちを突きつけ、フリーデへの対応はすべて間違いだったと認識してほしい。そして自分の娘が人形ではないことを思い知らせてやりたい。

「兵士と一緒に訓練に参加されているからですわ。王太子殿下は兵士と同じ目線で同じ訓練をこなされるのです。末端の兵士からしてみれば、上からただ命令をしてくる上官より自分たちと一緒に行動してくれる上官のほうに親しみを持つのは、当然でしょう。人を動かすのは権力でも財力でもなく、人の心です」

以前、コンラートにそう教えてもらったことがある。若き王太子は兵士と同じ訓練をこなして士気を高める、なかなか賢いやつだね……と。

「ずいぶん偉そうな口をきくようになったな、フリーデ」

「お父様こそ、宰相という立場にふんぞり返りすぎなのでは？」

「フリーデ！」

今まで口答えせずおとなしく従ってきた娘の反乱に、父が怒っているのがわかる。フリーデは心の中でほくそ笑んだ。娘にここまで己の欠点をあげつらわれるとは思っていなかったのだろう。人は、失敗を認めたくないものなのだ。特にプライドの高い父であればなおのこと、ダメージは大きいに違いない。

フリーデはそれがわかっていて、わざと父の心を抉る言葉を投げつける。

「この縁談をどうされるのかはお父様とイリエシュ伯にお任せします。でも覚えておいてくださいませ。わたくしは人形ではない」

フリーデは父を睨みつけた。

「叔母様の存在や、宰相という地位のおかげで、お父様に従う人は大勢いますが、王太子殿下の世の中になったあと、果たしてどれほどの人がお父様に従ってくださるのでしょうね？」

そしてフリーデは母に目を向ける。母もまた、父や周囲から人形であることを求められているのだろう。冷たい印象が拭えない母だが、初めて憐れみを覚えた。

「お母様も、言いたいことがあるならはっきりおっしゃったほうがいいですわよ。わたくしからは以上ですわ」

フリーデはそう言うと大人たちに背を向け、ふと気づく。

「アンセルム様をお連れになってくださいませね。いつまでもここにいらっしゃると、わたくしも気が休まりません」

そこでようやく大人たちは、床に倒れたままのアンセルムに気づいたようだ。

アンセルムはまだ目を覚まさない。軍で使われている薬は恐ろしい。父が、国軍を掌握しつつあるレオンハルトを恐れるわけだ。

父の指示で呼び出された男性使用人が二人がかりでアンセルムを運び出し、辺境伯夫妻と両親が出ていく。ようやく人がいなくなった、と思ったが、目の前にヘルガが残っていることに気づいた。

「……何か？」

「あの、頬……冷やすものをお持ちしましょうか」

「……今さらだから、もういいわ。あなたも下がりなさい」

フリーデはヘルガに向かって手をひらひらさせた。

「申し訳ございませんでした」

いきなりヘルガが頭を下げる。

「エーレブルー秘書官のこと……私の報告のせいで、こんなことになってしまって」

ヘルガは以前からフリーデとサイラスの間柄をあやしんでいた。しかしそのせいでフリーデが痛い目に遭わされたことに、今さらながら後悔の念が生まれてきているようだ。フリーデがサイラスを「ただの同僚」と言ったことが効いたのかもしれない。

本当に今さらだと思う。ただ、父のお眼鏡にかなっているだけあって、仕事熱心ではあった。

「……あなたは父の指示に従っただけでしょう」

「は、はい……」

「指示に従っただけなのだから、あなたに非はないわ。謝罪は不要よ」

「ですが、フリーデ様」

「わたくしがどんな目に遭ったか、あなたはご存じ？」

フリーデはさりげなく探りを入れる。

「い、いいえ。鍵がかかっておりましたし、奥様に相談したところ、アンセルム様の姿も見えないので邪魔をしてはいけないと……」

ヘルガの返答に、フリーデは目を細めた。その様子に、ヘルガがびくんとする。

「あなたなら、わたくしの役をもっとうまくやれたかしら？」

フリーデは言いながら寝室へ向かう。

「いえ、私にはとても……」

「わたくしはもう少し休むわ。あなたも今日は休みなさい。部屋の外で待機していたようだから、寝ていないのでしょう。あとでほかの者をよこしてちょうだい」

フリーデはそう告げると寝室のドアを開けて、ヘルガが返事をする前にぴしゃりと閉める。

そしてそのまま、ベッドに転がった。

疲れが残っていたのだろう。フリーデはほどなくして、眠りに落ちていった。


夕方まで寝込み、空腹で起きてきたフリーデに知らされたのは「婚約の継続」だった。あのあと、気がついたアンセルムを交えて話をしたようだ。さすがにフリーデに無体を働いたことは問題になったらしく、挙式は王都で、アンセルムとフリーデの新居は王都にあるバージェス公爵家が所有する館のひとつを改装することになった。なお、アンセルムは謹慎中とのことである。

サイラスのことが出てこないのが気がかりだったが、婚約破棄にならないのは、やはりそれだけ父は辺境伯の軍事力をあてにしているということだろう。以前はフィラハとの国境警備を一任されていたくらいだし、伯爵位とはいえ当時は侯爵家に相当する待遇を受けていたそうだから、あてにできるだけのものがあるに違いない。

父の書斎に呼ばれて話をされたが、フリーデにとってはどうでもいいことだった。

夜会の招待客にはフリーデに起きたできごとは秘密にされており、無事に夜会が終了したと思われているようだ。次々と招待客が帰っていき、広間や客室の片づけが始まる。使用人たちが屋敷を掃除する音を聞きながら、フリーデは部屋に戻った。そして「嫁入り支度の一環として、身辺整理をする」と言って、ヘルガに旅行用のトランクをひとつ届けさせた。

サイラスは約束を守ろうとするだろう。でも何が起こるかわからない。彼は王太子の側近で、自分はバージェス公爵家の娘。サイラスが迎えに来るまでに局面が大きく動くようなことが起こる可能性は、ゼロではない。だから無邪気に浮かれる気にはなれなかった。あの約束が本当になるように願をかけるつもりで、フリーデは荷造りを進めることにした。

サイラスは、ここに置いていけない宝物だけと言っていた。さて、何を持って出よう？

サイラスからもらったメモは絶対だ。ほかには？　フリーデはぐるりと部屋を見渡す。

室内の内装も調度品も一級品だが、特に思い入れはない。最高の物を与えられ続けたものの、自分自身が選んだものはほとんどないのだと、今さらながらにフリーデは気づいた。

置いていけない宝物とはなんだろう？　置き去りにすることで人に見られるのがいやなものだとするなら、まず思い浮かぶのは小さい頃からつけている日記だ。最近は気が向いた時にしか記さなくなったが、あの日記はここには置いていきたくない。机の引き出しを開けて、四冊ある日記帳を取り出す。

思い入れとは違うが、シェーナから借りた本を置いていくのも気が引ける。ただ、シェーナの行方は未だにつかめていないので、いつか返せるのか、本当に返せるのかはわからない。

本棚の奥、政治学の本の後ろに重ねるようにして入れておいたシェーナの本を取り出して、フリーデはトランクに詰めた。そして政治学の本を本棚に戻しながら、ふと、本棚の一番下、普段はほとんど目をやらない場所に並んだいくつかの古びた本が目に入った。

しゃがみ込んで取り出してみれば、それは幼い頃に好きだった絵本だった。特にその中の一冊は父が直接フリーデに手渡してくれたものだったと思い出す。普段構ってくれない父からのプレゼントが嬉しくて、フリーデはもらったついでに父に「ごほんをよんで」とせがんだのだ。父は、フリーデを抱き上げて膝の上に乗せて絵本を読んでくれた。本をよく読むと賢くなると褒めてもらえたことが、その後フリーデを読書好きに導いたような気がする。そしてあの頃の父は、普通に優しかった。

いつからだろう、こんな関係になってしまったのは。

――おじい様が亡くなってから、かしら。

記憶をたどり、思い出したのは祖父の死だった。父が厳格になったのは、それからのような気がする。フリーデ自身、ちょうどその頃に淑女教育が始まったこともあって、父の態度の変化はしつけの一環かと思っていたが、もしかしたら父も、バージェス公爵家の当主を「重圧」と感じて生きてきたのかもしれない。生まれを選べないのは父も同じ……。

――でも、わたくしは人形ではない。わたくしには心がある。そしてわたくしはもう選んでしまった。自分の生きる未来を。

少し考えて、フリーデは絵本もトランクに入れることにした。

そしてトランクをブランに持っていってもらおうとヘルガを呼んだのだが、現れたのは別のメイドだった。ヘルガは違う用事で不在にしているという。フリーデは来てくれたメイドにトランクを預けた。ちゃんと届けてもらえるか、そしてブランで保管してもらえるか不安だったので、受領書とサイラスが荷物を引き取りに行く旨の手紙をつけておく。

その日のうちに、メイドはリー・リー夫人のサイン入り受領書を持ってきてくれた。


仮面舞踏会から三日たち、夏季休暇が明けた初日の午後。

「お嬢様、よろしいですか」

夕方が近くなり、風が涼しくなってきたのでテラスで読書をしていたフリーデに、コンラートの弟であるマティアスが声をかけてきた。最近は厩舎に近づいていないから話をすることもなくなっていたが、以前はよく世間話をしていたものだ。厩務員であるマティアスが呼ばれてもいないのに屋敷に近づくなんて、よっぽどのことである。

「少しお耳に入れたいことが」

マティアスはそう言いながら、きょろきょろとあたりをうかがう。込み入った話なのだなと理解し、フリーデは本を置いて立ち上がった。

「そちらへ参ります。いつものところで」

マティアスが頷いてさっと背を向ける。長屋や厩舎に向かう時はいつも外歩き用の靴に履き替えるが、面倒なので今日は室内用のやわらかい靴のまま、フリーデは部屋を出た。

「フリーデ様、どちらへ」

誰にも会わずに厩舎に行きたかったのに、こんな時に限ってヘルガが現れる。そういえばこの娘は自分につけられた監視だったかと、フリーデは今さらながらに思い出した。でもそれは、フリーデが王太子籠絡のための行動を怠らないか監視するだけだと思っていた。まだ続行中なのだろうか？

「供は不要です。残りなさい」

「フリーデ様をお一人にするなという指示です」

足早に歩くフリーデに、ヘルガが追いすがる。

「好きにしなさい」

フリーデはそう言い放つと、ヘルガの存在をまるで無視して歩いていく。途中で何人もの使用人とすれ違ったが、皆一様に怖い顔で歩くフリーデに怯えたような表情を浮かべた。

厩舎に着けば一足先に戻っていたマティアスがヘルガに気づき、困惑したような表情を浮かべた。

「どうしたの？　何があったの」

弾む息を整えながらたずねれば、マティアスがフリーデに目を向けた。フリーデがヘルガの存在を無視しているので、マティアスもヘルガをいないものとしてみなすことにしたようだ。

「差し出がましいかとは思ったのですが、お嬢様に関係がありそうでしたので。厩舎の扉が壊れて修理の職人を呼んだんですけど、その者たちから、王城の近衛騎士が人を探しているらしいと聞きました」

「近衛騎士が人探し？」

「どうやら、王太子殿下付きの文官が一人、行方不明になったと」

「文官……」

王太子付きの文官。

フリーデの頭に、三人の姿が思い浮ぶ。

「王太子殿下が近衛騎士を総動員して人探しをしているようです。王都に入る街道も封鎖されました」

「街道まで⁉」

フリーデは思わず叫んだ。

王都には七つの街道が通っており、それぞれ各地に通じている。王都に入る箇所に門が設置してあるが閉ざされたのは過去に一度、フィラハが侵攻してきた時だけ。つまり、レオンハルトは消えた文官を探すために、有事レベルの対応をしている。レオンハルトがそれほど騒ぐのならば、消えた文官はスカーレンに違いない。

そう気づいた途端、自分でもすぅっと血の気が引いていくのがわかった。

「誰が……なんのために……?」

レオンハルトのそばにいる正体不明の女性を警戒している人物は、二人。父と叔母である。

父だろうか?

本人はふわふわしているものの、スカーレンにはレオンハルトがついている。ということは、レオンハルトの後ろ盾であるドゥーベ公爵も、スカーレンの存在を認めているということにほかならない。正体不明の娘が王太子に近づけるわけがないからだ。

ドゥーベ公爵につながる娘なら、おいそれと手出しできない。彼に攻撃の口実を与えたら、容赦なく動くことが父にもわかっているからだ。

だから、スカーレンを誘拐したのは父ではない……気がする。

では、叔母だろうか？

叔母はギルベルトを次の国王につけたいと思っている。その気持ちは、ギルベルトが臣籍降下を表明し、レオンハルトが次期国王になることが確定した現在でも変わらない。

そして臣籍降下していても、レオンハルトに子どもができない限り、ギルベルトは王位継承順位第二位のままだ。逆に、レオンハルトに子どもができればそちらが優先されるので、ギルベルトの王位継承権の順位はどんどん下がる。

だから叔母は、レオンハルトの周囲にいる女性に神経を尖《とが》らせているのだ。

前も、スカーレンは目障りだから始末したほうがいいと言っていた……。

はっとして、フリーデはヘルガに振り向いた。

「あなた、何か知っているのではなくて？」

フリーデに睨みつけられ、ヘルガがすくみ上がる。

「そう……そうね、あなたの仕事はわたくしの行動を逐一父と叔母に報告することだったわね。わたくしが勝手な行動をしないように」

「え、あ、あの……」

「仕事熱心なあなたは、父や叔母にとってさぞかし使い勝手のいい娘でしょうね」

フリーデは青い瞳に怒りをみなぎらせ、ヘルガを見つめた。自分の顔がきついことは知っている。怒りをあらわにした自分は相当に迫力があることだろう。案の定、ヘルガの顔がみるみる青ざめる。

彼女には父だけでなく叔母もついている。二人ともヘルガに「役に立ったら欲しいものをあげよう」と約束しているに違いない。だからヘルガは気に入られるために、少々盛った報告を上げていったのではないか……？　そしてその報告は、ことごとくフリーデに対して不利に働いた。

「あなたのお父様は強盗に襲われて命を落とされたのだったわね。そのあと都合よく借金取りが現れて、あなたの家の土地を売ってくれたら借金を帳消しにすると……そう提案されて、あなたのお母様はサインした」

「どうしてそれを……」

フリーデの言葉に、ヘルガが息を呑む。

ヘルガの素性はともかく、そうした込み入った事情までフリーデが知っていることに驚いたらしい。

「あなたのお父様は中立派だったわ。バージェス派でも反バージェス派でもない。力をつけてきている王太子殿下に対抗するために、私の父は中立派の人間をせっせと買収しているの。応じない場合には力ずくで……ね？」

父が決して少なくない数の貴族を没落に追い込んでいることやその手口については、コンラートが教えてくれた。それを知った時、父はどれほどの恨みを買えば気が済むのかと思ったものだ。おそらくヘルガもそうして没落させられた貴族の一人。彼女の父親はバージェス公爵家に嵌められて殺され、一家は領地を奪われたに違いない。フリーデの言わんとしているところを察したのか、ヘルガが震え始める。

「そんな……私は、まさか……利用されて……？」

蒼白になったヘルガを見下ろし、フリーデはうっすらと微笑みを浮かべる。美しく整っているがゆえに、すごみすら感じさせる微笑だった。

「それじゃ……王太子殿下を落とせば、私を養女にして殿下の妃にしてくださるというのは」

「あなたを都合よく動かすための餌でしょう。冷静に考えてごらんなさい、わたくしとあなた。どちらがお妃向きかしら？　あなたがどんなに手柄を立てたところで、しょせんは田舎育ちの下級貴族の娘。父はあなたを取り立てることはないでしょうね。だって、バージェス公爵が王の妃になるべく育てた娘は、わたくしなのですもの」

ヘルガの浅はかさを指摘すれば、ヘルガは信じられないとばかりに小刻みに首を振る。

「狗《いぬ》、という存在をご存じかしら。秘密の仕事を請け負ってくれる人たちのことよ。この狗はね、わたくしも動かすことができるの。おとなしく知っていることを言ってくれなければ、あなたのご家族がまた、困ることになるかもしれないわね。ね、マティアス？」

フリーデは意味ありげにマティアスを振り返る。マティアスは肩をすくめてみせた。二人の動きを見つめていたヘルガの表情が、凍りつく。

自分より弱い立場の者を脅すのは好きではないが、さすがにヘルガの行動は目に余る。なんとしてもヘルガには、知っていることを吐いてもらわなくては。

「でもご家族を狙うのは卑怯だから、あなた自身に傷物になっていただくのはどう？　ご家族を狙うよりよっぽど簡単だわ」

「そ、それは、それだけは……」

「傷物になってしまったら満足な縁談は望めなくなるわね。嫁ぎ先を見つけられない下級貴族の娘の末路がどんなものなのか、あなただって知らないわけではないでしょう？　それに、バージェス公爵家と問題を起こしたら、二度とまともな仕事は見つけられないわ。……先は暗いわね」

「フリーデ様……」

「脅しだと思っている？　あなたは忘れているのかもしれないけれど、わたくしもバージェス公爵家の人間なのよ？」

フリーデはわざとにっこり微笑む。ヘルガの顔は紙のように白い。バージェス公爵家の所業は、ヘルガも聞き及んでいるのだろう。

「スカーレンをさらったのは誰？　行き先は？」

じりじりとヘルガを悪魔の形相で追い詰めれば、ヘルガが不安定な足元につまずいて尻もちをつく。

フリーデはドレスの裾が汚れるのも構わず、ヘルガの前に片膝をついた。爪を長く伸ばした指でツツ……と、頬をなでる。

「も……申し訳ございません、フリーデ様！　それだけは……傷物にされるのだけは……っ」

「わたくしの質問に答えなければ、約束はできないわね。スカーレンをさらったのは誰？　知っていることを全部話しなさい」

「二の妃様です！　詳しいことは私も知りませんが、二の妃様が呼び寄せた狗とともに、文官見習いをさらう手伝いをしました！」

ヘルガは現場にいたのか。サイラスのことを思い、フリーデの顔が曇る。

「どうして叔母様はスカーレンをさらうことにしたのかしら？」

「お……おそらく、私のせいです。王太子殿下の執務室に、女性がいる、と。特別待遇を受けているので、きっと、殿下にとって特別な方なのだと。素性が知れない貴族の娘という、暁姫の要素も当てはまると……」

「行き先は？」

「そこまではわからないのです……本当です……」

がたがたと震えながらヘルガが答える。

「そう……、わかったわ。ありがとう、ヘルガ。ようやくわたくしの役に立ってくれたわね」

ヘルガに対してそう言い捨てると、フリーデはスッと立ち上がった。

「マティアス、わたくしを助けて。さらわれた文官の行き先を知りたいの。……わたくしの友達なのよ。ひどい目には遭わせたくないの」

「わかりました」

「どれくらいの時間で集められる？」

「そうですね……三時間で」

「わかったわ。では三時間後にもう一度ここで」

フリーデの指示にマティアスが頷く。それを確認したあと、フリーデは尻もちをついたままのヘルガに視線を戻した。

「わかっていると思うけれど、このことを父や叔母に告げればわたくしがあなたを消します。……あまりわたくしを侮ってはだめよ？」

フリーデの冷たい視線を受け、こくこく、とヘルガが頷いた。

その様子を見届けたあと、フリーデはヘルガを待つことなくドレスの裾を翻して屋敷に向かった。

10　公爵令嬢の行方

夏休みが終わった。サイラスがいつも通りの時間に出勤すれば、すでにディレイとローゼは来ており、楽しげに夏休みの話をしている。

しばらくして、レオンハルトが顔を出す。執務室の雰囲気は以前と変わらない。ただフリーデがいない。ディレイは家族でコレンティに行ってきたとのろけ、そこで買い求めたという変な飾りがついたペンを配っていた。フリーデのぶんもきちんと買ってくれていたのが、なんとなく嬉しい。

ローゼはおとなしく自宅にこもって勉強していたようだ。レオンハルトとの関係は、特に進展していないらしい。そのレオンハルトも特にどこかに出かけた様子はなく、執務室で仕事の整理をしていたというのだから、真面目というかなんというか。

そしてサイラスは、婚活のために夜会に顔を出してフリーデの婚約話を聞かされた、ということにしておいた。

本当のことは言えない。まだ、言えない。

「サイラス、ちょっといいか」

あとでレオンハルトに相談しなければ、と思っていたところでそのレオンハルトから呼ばれる。

「バージェス公爵がローゼに気づいた。今日から何があっても一人にするな」

「……それはスカーレン嬢の正体に、ということですか」

「さあな、そこまでは。だがオレのそばにいる女性ということで排除に動くのは間違いないと思う。注意してくれ」

「殿下、僕からも相談があります。今日、業務後に少しお時間をいただいてもよろしいですか？」

話を終わらせ、机の上にある閣議の資料を確認しようとしたレオンハルトに、サイラスはそう切り出した。

「……バージェスの姫の件か」

「はい」

「わかった。時間を空けておく」

レオンハルトは頷き、今度こそ資料に手を伸ばす。

そして迎えた昼休憩。昼食のためにローゼと連れ立って執務室の外に出たところで、フリーデが連れていた侍女が待ち構えていた。

「エーレブルー様、フリーデ様からお預かりしているものがあります」

そう言いながら、ちらりと侍女がサイラスの隣にいるローゼを気にする素振りを見せる。フリーデとのことは執務室の人間には伏せている手前、サイラスもちらりとローゼに目をやった。

二人の視線を受け、ローゼが気を利かせてサイラスたちから少しだけ離れる。その距離はほんの十歩程度に過ぎない。見られたくないものなのか、侍女がローゼに背を向けるので、サイラスも同じようにローゼに背を向けた。

場所は執務室前の廊下で人の往来もあるし、そこまで距離も離れていない。サイラスの目の前にいるのはフリーデの侍女だけだ。

「フリーデ様からお手紙を預かっております」

侍女はそう言いながら持参していた巾着から封筒を取り出した。

「ご確認はここではなく、あとでなさってください」

「……フリーデ様はどうされていますか？」

「お元気に過ごされております」

「……ご気分が優れない、というようなことは？」

あの夜、フリーデの中に子種は出さなかったけれども、サイラスは確認せずにはいられなかった。

「お顔のけがでしたら、だいぶよくなっておられます」

フリーデがあの夜のことをどう説明したかわからないが、侍女はフリーデの頰の腫れの回復ぶりのことだけを教えてくれた。フリーデとこの侍女はあまり仲がよくないのでこれ以上あれこれ聞いても無駄と思い、サイラスはおとなしく手紙を受け取る。

「お手紙ありがとうございます。フリーデ様にもよろしくお伝えください」

サイラスがそう言うと、侍女が頭を下げて踵を返す。

「お待たせしました。スカーレン嬢、行きましょうか」

用は済んだので、サイラスは手紙をポケットに突っ込みながらローゼを振り返る。

だが、そこには誰もいなかった。

えっ、と思って、サイラスは慌てて執務室を覗き込んだ。

「スカーレン嬢、戻ってきていますか⁉」

サイラスの慌てた声に、一人残って机の上を整理していたディレイが「いいえ」と答える。

気を利かせて先に食堂に向かったのか？

サイラスは執務室を飛び出すと、いつも使うルートを小走りに確認しに行った。しかし、どこにもローゼはいなかった。念のために食堂の中も細かく見て回ったが、ローゼの姿はない。

もう一度、いつものルートで食堂から執務室に戻る。

「ディレイ補佐官！　スカーレン嬢は戻りました⁉」

「……いいえ？　どうされたんですか？」

時間を置かずに戻ってきたサイラスに、ディレイが怪訝そうな顔をする。

「……スカーレン嬢がいなくなりました」

「……え？」

ディレイの顔から表情が消える。

「さっき、フリーデ様の侍女から声をかけられて、手紙を渡されたんです。一分にも満たない時間だったはずなんですが、後ろにいたはずのスカーレン嬢が……見当たらなくて……」

言いながらサイラスははっとして、先ほど渡された手紙をポケットから引っ張り出した。慌てて封を切り中身を確認する。

「……白紙だ……」

「つまりその侍女もグルだったということですね、サイラス君の気を逸らすための。すぐに、王城の近衛騎士団に連絡を。まだ……まだ、近くにいるはずです。出口を固めれば」

「そうします。近衛騎士団に連絡後、僕は少し城内を探しますので、ディレイ補佐官は殿下に伝えてください」

そう言い残すと、サイラスは再び執務室を飛び出した。

向かう先はレオンハルト直轄の第二騎士団の詰め所だ。

ディレイの指示に従い第二騎士団を呼び集めて城内の捜索をするよう依頼しつつ、その場にいた数人を最寄りの城の出口に向かわせた。そしてサイラス自身は王城の北と南をつなぐ廊下に向かう。

王城の南側は役所、北側は王家の生活空間だ。ローゼがそちらに連れ込まれていたらサイラスにはどうすることもできない。

廊下には、国王直轄の第一騎士団の騎士が二人、護衛として立っていた。第一騎士団とはそれほどなじみがない。

「……こちらに、うちの文官がお世話になっていませんか？」

「なんの話だ？」

息を弾ませながら問うサイラスに、二人の騎士は怪訝そうに聞き返してくる。

「……いいえ、なんでもありません。お邪魔しました」

たとえ知っていても、本当のことを教えてくれるわけないか……。そう判断し、サイラスは二人にそう告げ再び執務室へ向かって駆け出した。

「どういうことだ、サイラス！」

執務室に飛び込むなり、閣議から戻ってきていたレオンハルトに胸倉をつかまれる。ディレイから話を聞いたようだ。

「ローゼから目を離すなと言っただろう！」

「申し訳ございません！」

素直にサイラスは謝った。確かに目を離すなと言われていた。一分にも満たない時間とはいえ、ローゼから意識を逸らしたのは事実だ。フリーデのことで気を取られた自分のうかつさが悔やまれる。

「どうしてくれるんだ、サイラス！　ローゼに何かあったら……！」

「殿下、それくらいになさってください。サイラス君を責めるのはあとにして、今はとにかくスカーレンさんを探しましょう。時間がたつほどに行方がつかめなくなります。城内は人が多いので、目撃者がいる可能性はあります。宰相による情報統制が入る前に、聞き込みを始めるんです」

激昂《げっこう》するレオンハルトを、ディレイがなだめに入る。

「幸い、スカーレンさんは目立つ。見える状態なら気づく人は多いはずです」

「見える状態？」

レオンハルトがディレイに聞き返しながら、サイラスを突き飛ばすように手を離す。

「……スカーレンさんは小柄です。何かに入れられて運ばれていたら、行方はわかりません」

「……畜生っ」

レオンハルトはそう叫んでどこかへ駆け出していった。

つかまれて乱れた胸元を直しながら、サイラスはこのあとどうするべきかを考える。

気になる点は「誰が、なんの目的で」ローゼをさらったのか。

城内にいるのか、外に連れ出されたのか、せめてそれくらいは突き止めたい。

「ディレイ補佐官、僕はもう一度城内を見回ってきます。ディレイ補佐官はこちらで待機していてください」

サイラスはそう言うと、もう一度執務室を飛び出した。

ローゼがいなくなった時のことを必死に思い出す。あの時、ほんの一分程度しか目を離していなかった。まわりに人はいなかった……気がするが、よく覚えていない。フリーデのことに気を取られすぎていた。油断していた。城内、それもレオンハルトの部屋の目の前で仕掛けてくるなんて思わなかった……。

ローゼの悲鳴は聞こえなかった。大きな物音もしなかった。

ローゼがいなくなるまでの時間の短さを考えれば、脅して連れ去ったとは考えにくい。つまり彼女は、突然、無抵抗の状態で連れていかれたことになる。

となると、犯人は意識を失ったローゼを連れて歩いている……。

――気を失った人間を抱えて歩いていたら、相当に目立つ。何かに入れるよな……。

城内で見かける大きな入れ物といえば、王城に届いた郵便物を各部署に配達したり、書庫から資料を運び出したりする際に使う台車がある。文官たちが日常的に使っているので、城内で台車を押して歩いていても特に違和感はない。

あの時、台車はそばにいたか？

思い出せない。だが台車の可能性は高い……普段とは違う動きをする台車があれば、それが誘拐犯だ。普段と違う動きなら目立つはず。サイラスはまず、政庁エリア内での聞き込みを始めることにした。

レオンハルトがローゼのことを、どれほど大切に思っているか知っている。

だから、ローゼにもしものことがあれば、レオンハルトから彼女の護衛を任されていたサイラスは必ず責任を問われる。……フリーデを連れ出したあと、レオンハルトに力を借りようと思っていたのだが、それは叶わなくなるだろう。それどころか、サイラス自身もレオンハルトの側近として失格となり、王城を追われてしまう可能性もある。もしかしたら、王都からも……。

誰の助けもなしで、フリーデを連れて逃げるのは至難の業だ……なんといっても相手はバージェス公爵だからだ。加えてフリーデは目立つ外見をしている上に、公爵家のお嬢様だから逃避行には向かない。生活能力もないはずだ。

——ごめん、フリーデ。でも、ちゃんと助けに行くから。あの家からは連れ出してあげるから。

だが、そばに自分がいてやれるかどうかまでは、約束ができない。

時間との争いだというのはサイラスもよくわかっている。気が焦るものの、サイラスはいつも通りにこやかな態度で根気よく聞き込みをして回った。レオンハルトが近衛騎士を使って捜索をしているせいで、文官がいなくなったことはすでに多くの人間が知るところとなっている。騒ぎを大きくすると相手にこちらの動きが筒抜けになるので、あまりいいことではないが、情報を集めるのには役立った。

サイラスが不審な台車を探していることを知った何人かが、わざわざ「そういえば、ものすごく急いで荷車を押していく二人組を見た」と教えてくれたのだ。普段からニコニコして、人とは仲良くしておくものである。

その台車は職員が利用する通用門のひとつに向かっていったという。

通用門の門番のもとへ駆けつけて聞き込みをすれば、確かに大きな荷物を抱えた文官がその荷物を馬車に乗せて出ていったと証言してくれた。妙に急いでいたので、記憶に残っていたそうだ。

――これだな。

犯人と目的はわからないが、ローゼが城外に連れ出されたことはわかった。サイラスは執務室に取って返し、戻ってきていたレオンハルトにその事実を報告する。

「街道を封鎖しろ！　すべての門を閉じて誰も王都から出すな、今すぐにだ！」

サイラスから聞いた途端、レオンハルトがそう叫んだ。

「城門を閉じるなんてできませんよ！　王国の歴史の中で、門が閉じられたのは一度しかないんですよ。開けっ放しにしておくことでこの国の治安のよさや強さを示しているんです。その門を閉じるなんて」

「知るか！　王都から連れ出されてしまえば、ローゼの行方がわからなくなる！　何かあったらどうするんだ、手遅れになったら‼」

門の封鎖に意見をしてきたディレイに、レオンハルトが大声で返す。

「ですが」

「今は緊急事態だ、ごちゃごちゃと許可を取っている時間はない。オレの名前でやる。近衛だけじゃ足りないから、ドゥーベ公爵に国軍の出動要請をしてくる。おまえたちはここで待機だ！」

レオンハルトはそう言い残すと、再び執務室を飛び出していった。もはや冷静さの欠片《かけら》も残っていない。レオンハルトがここまで焦る姿は初めて見た。自分がやらかしてしまったことの大きさを、サイラスは改めて嚙み締めた。

「大丈夫ですよ」

思いつめた表情のサイラスに、ディレイが励ますように力強く声をかけてくる。

「……言い切れますか。僕の失態のせいです……」

「訓練を受けているサイラス君が気づかない相手です、相当腕のいい人間でしょうね。でもスカーレンさんはすぐには殺されないと思います」

「……どうしてそう思うんですか」

「スカーレンさんを排除したいのなら、誘拐ではなくその場で殺害をすればいいだけの話。連れ去ったのは、スカーレンさんに用があるからです」

「ディレイ補佐官は、どう思いますか。誘拐の目的について」

「……殿下との交渉材料に使うのではないかと思うんですが……正直に言って、よくわかりません」

ディレイはため息をついた。

「今日は長い夜になりそうですね」

「そう……そうですね……」

ディレイの呟きを受けて窓の外を見ると、いつの間にか日が傾き、青空は少しずつ金色に変わり始めていた。

＊＊＊

フリーデは落ち着かない気持ちで、暮れていく空を眺めていた。青から金色に、そして今は茜色に染め上げられている。茜色はスカーレンの瞳の色。

フリーデにとってスカーレンは、憧れそのものだ。女のくせに、男のかっこうをして、男しかいない職場に入り込んで。

体を締めつけるコルセットも、動きにくいドレスもまとわない。長くてうっとうしい髪の毛も、彼女には必要がない。

美しく飾り立て、家のために結婚しろだの役に立てだのとは、言われていないのだろう。

自分の道を自分で選べる。それが羨ましかった。

そしてスカーレンに期待する理由に、レオンハルトがついているというのもある。二年後には国王になるレオンハルトを、スカーレンなら動かせる。スカーレンなら、この国を変えていける。

スカーレンに憧れこそすれ自分がそうなりたいと思わないのは、自分では不可能だということがフリーデにはわかっているからだ。だから「文官になってレオンハルトの治世を支える」という強い意志と情熱を持っているスカーレンに、可能性を感じる。

コルセットもドレスも長い髪の毛も必要ない国へ。女の子が官僚を目指してもおかしくない国へ。

フリーデが憧れてやまないそんな時代を、彼女には作ってほしい。


街道の封鎖の影響は屋敷の中までは届かず、いつも通りだった。そしてフリーデの予想通り、父は戻ってこなかった。母と二人で会話のない晩餐を済ませると、フリーデはランプを持ってヘルガを伴い、厩舎へ向かう。

厩舎に着いてみれば、すでにマティアスが立っている。

「何かわかった？」

「門が閉じられ、近衛騎士が王都への出入りをすべて禁じているため、市民に不満がたまってきています。それと、封鎖される直前にものすごく急いで走っていく馬車を見た、という目撃証言が複数確認できました」

「ものすごく急いで？」

マティアスの言葉を、フリーデが繰り返す。

「人通りの多い王都内で馬車がスピードを出すことはありません。事故のもとになりますから。でもその馬車はとにかく人を蹴散らすようにして走っていったと。あまりに乱暴だったので、複数の人が覚えていました」

なるほど確かに、いつもと違う動きをするものがあれば記憶にも残りやすい。この証言は信用できそうだ。

「それでその馬車はどっちへ向かったの？」

「フェルテン門を出たそうです」

「フェルテン……」

フリーデは王都周辺の地図を頭に思い浮かべた。王都の門の名前は、行き先の地名になっている。フェルテン門は、フェルテンという都市に通じている。

叔母、フェルテン方面、馬車……。

叔母の目的は、スカーレンの排除だろう。閉じ込めておくのか、すぐに殺してしまうつもりなのか……。

――叔母様はお父様の狗を使ったに違いないけれど、叔母様の独断で狗を使うことはできない……スカーレンの正体が不明なうちはお父様も命までは奪わない気がする。

しばらく閉じこめたあとで殺害するつもりなら、連れこんでも目立たず、遺体が見つかりにくい場所がいいはず……。

『場所はそうね……ノイン湖の別荘はどうかしら。もう何十年も使われていないから、ぴったりだと思うの。前からあそこは使えると思っていたのよ』

不意に叔母の言葉を思い出す。

「ノイン湖だわ」

「ノイン湖？」

ぽん、と手を打ったフリーデに、マティアスが不思議そうに聞き返す。

「あそこに叔母様の別荘があるの。代々の王妃が引き継ぐものだけれど……もう何十年も使われていないわ。王家の人間の所有物だから許可がなければ入ることができないし、辺鄙《へんぴ》な場所にあるから目立たない。……重りをつけて湖に投げ込んでしまえば、死体も浮いてこない……。叔母様も、あそこは使える場所だと言っていたわ」

「そう言われれば使える場所のような気もしますが、確実にそこだという決め手には欠けますね」

「そうね……」

マティアスのもっともな指摘に、フリーデも頷く。

確かにその別荘は拉致監禁にも死体遺棄にも最適だが、スカーレンを誘拐して閉じ込めるなり殺害するなりするだけなら、そんな遠くまで連れていく必要はないのだ。無駄足になる可能性も高い。

ただ、門が封鎖される前に馬車がノイン湖のあるフェルテン方面に出ていったのは事実。

行ってみる価値があるだろうか？

「……マティアス、あなたのお兄様はどこ？」

ふと、フリーデは気になって確かめてみた。

「聞かされていません」

マティアスが首を振る。

おそらくコンラートは父の狗だ。現在不在にしているのなら、スカーレンの誘拐事件に関わっていると思うのだが、さすがに狗としての仕事の情報は実の弟にも漏らさないか。

「ただ……夜は寒くなる場所だからと、毛布を探していたかなあ」

ぽろりとマティアスがこぼす。

――ノイン湖だわ。

あのあたりは高原になっているため、真夏でも夜は冷える。

「マティアス、馬車を出せる？　ノイン湖までは馬車を飛ばすとどれくらいかしら」

「出せますが……今の季節でしたら、休憩を挟めば四時間程度でしょうか」

「夜明け前なら涼しいから、馬を休ませる必要はないわね？」

「乱暴ですね……」

フリーデの提案にマティアスが呆れる。

「急ぐのよ。今の季節、夜明けは五時頃だから……三時出発だと早いかしら？」

「街道が暗すぎます。というより、今、街道が封鎖されていますが」

「それは大丈夫よ。バージェス公爵家の紋章をつけた馬車を使うから。近衛騎士といえど、公爵家の紋章つき馬車を止めることはできないはずよ。では四時出発で。行き先はノイン湖。目立ちたくないから裏門から出たいの、そちらに馬車を用意してちょうだい」

フリーデの言葉に、マティアスは頷いた。マティアスは厩務員であると同時に、御者を務めることもできる。

きっとこの屋敷には見張りがついている。バージェス公爵家の紋章をつけた馬車が出れば追ってくるはずだし、当然、行き先を知りたいから通せんぼにもあわないはずだ。

フリーデは忙しく考えながら、厩舎をあとにする。そして部屋に戻る途中、ヘルガにパンとチーズにボトル入りの水、果実酒を持ってくるように頼んだ。食料と水は朝食にするため、果実酒は明日の出発が夜明け前になることから、早めに就寝するために寝る前に少し飲んでおこうと思ったのだ。

部屋に戻ると本棚の引き出しを開けて、短剣を取り出す。

美しい意匠が施された小ぶりの短剣は、女の手でも使えるもの。十五歳の誕生日に父から贈られた。いざという時、自分の身を守るために……あるいはバージェス公爵家の娘という誇りを守るために……。

――使う時が来るとは思わなかったわ。

短剣を眺めていると、短剣をきらめかせて助けに来てくれたサイラスを思い出す。

サイラスはどうしているだろう。スカーレンがいなくなって、捜索に駆り出されているのは間違いない。元軍人という経歴からスカーレンの警護を任されていただろうから、自分を責めているかもしれない。

スカーレンは父に目をつけられたとレオンハルトには進言しておいたのに、スカーレンを中途半端な立場で手元に置こうとするからこんなことになるのだ。

さっさとスカーレンの正体を明かし、妃にしてしまえばよかったのに。

——それができるなら、とっくにやっているでしょうね。

フリーデはくすりと笑って、短剣を持って机に移動した。

スカーレンを助けるために自分が動けば、バージェス公爵家でのフリーデの立場はなくなる。父や叔母を怒らせることは必至だろう。サイラスに助けを求める前にどこかに幽閉されて、きっと二度とサイラスに会えなくなる。

でも、と思う。

スカーレンはかつて「人生は一度しかなく、時間も戻らない。なら、後悔しないように生きたい」と語っていた。

自分もそう思う。そのスカーレンは命の危機にある。今、動かなければ一生後悔する。

サイラスだって今頃、彼女の居場所を突き止めるために奔走しているはずだ。それにスカーレンに万が一のことがあれば、サイラスは確実に責任を取らされる。どんな形でかはわからないが、それはサイラスの人生に影を落とすに違いない。

幸運にも自分は、スカーレンをさらった狗たちにある程度は影響を与えられる立場にある。初めてバージェス公爵の娘として生まれてきてよかったと思った。今この立場を使わなくて、いつ使うのだ。

スカーレンも助けられるし、サイラスも助けられる。レオンハルトの治世にこの二人は必要不可欠だ。そういう意味では、フリーデの行動いかんによって、この国の未来が変わってしまうといえるのかもしれない。

自分が行動を起こせば、サイラスと交わした約束を反故《ほご》にすることになる。それはとても切ない選択だけれど、……やはり、スカーレンを見殺しにはできない。

――助けてみせるわ。

机の上に短剣を置き、便箋を取り出すために引き出しを開ける。反動で中に放り込んでいたふたつの小瓶が転がってきた。

『白いため息』と媚薬だ。

ちょうどその時、コンコンとドアをノックする音が聞こえた。返事をすればヘルガが果実酒を持って入ってくる。

「そこに置いておいてちょうだい。今日は早めに休むからほかの者にもそう伝えておいて。明日は三時半にわたくしを起こしてちょうだい」

そう指示すれば、ヘルガは「わかりました」と小さく返事をして部屋を出ていった。

改めてフリーデは引き出しから便箋と、ついでにふたつの小瓶も取り出す。

フリーデは小瓶を少し眺めたあと、『白いため息』の小瓶を持って立ち上がり、窓を開けて中身を捨てた。そして居間のテーブルに置いてある果実酒を詰める。

中身を入れ替えた小瓶を持って再び机に戻ると、フリーデは白い小瓶を青い小瓶と並べて置き、ペンを手に取った。スカーレンへのメッセージをしたためるために。

独断で動いたことがバレたら父や叔母になんと言われるだろう。

そこでふと、なぜ自分はあの二人を気にするのだろうとおかしくなった。なんと言われようと構わないではないか。二人の思惑を潰すのだ、これは父と叔母への明確な裏切り行為だから、フリーデの立場はこれで完全になくなってしまう。だったらもう立場なんて気にする必要はない。

あの娘が助かれば、自分はどうなってもいい。責任を取れと言われたら喜んで取ろうではないか。自分の立場、身分、未来……その程度でスカーレンと、サイラスの未来を守ることができるのなら、安いものだ。

――これでいいのよね……?

心の中でもう二度と会うことがないかもしれないサイラスに、問いかける。

それでいいんですよ、と、サイラスの声が聞こえたような気がした。

＊＊＊

果実酒の助けを借りて眠ろうとしたが、やはりなかなか寝つくことができなかった。明朝三時半過ぎ、ようやくうとうとし始めていたところをヘルガによって起こされる。

そのヘルガに手伝ってもらい、フリーデは動きやすい散歩用のドレスに着替える。深緑色のシンプルなドレスだ。執務室に行く際に持参していたバスケットに、短剣とパン、チーズ、ボトル入りの水、そして青と白、ふたつの小瓶を突っ込む。机の上に両親あてに少し外出してくる旨の手紙を残す。現地は冷えるらしいので大ぶりのショールを羽織って準備完了だ。

外はまだ暗い。誰かに気づかれたらどうしよう。見つかって持ち物を確認されたら、フリーデがよからぬことに関わろうとしていることが明らかになる。そうなったら、スカーレンの居場所を突き止めるどころではなくなってしまう。そんな展開になることだけは避けなくては。

足音を忍ばせて裏門に回れば、二頭立ての大きなバージェス公爵家の紋章入りの馬車がフリーデを待っていた。

マティアスがドアを開けてくれる。フリーデは乗り込む前に、裏門から出たあと、屋敷を一周ぐるりと回ってからフェルテン門に向かうように、マティアスに指示を出した。

この屋敷は事件への関与を疑うレオンハルトによって見張りがつけられているはず。フリーデとしてはその見張りに見つけてもらいたいのだ。見張りを連れて別荘に行けば、スカーレンがいた場合、救出の力になってくれるに違いない。

マティアスの手を借りて馬車に乗り込むと、続いてヘルガが乗り込もうとする。

「あなたもついてくるの？」

「フリーデ様を一人にしてはいけないという指示です」

驚いたフリーデに、ヘルガが当然だとばかりに答える。なんと律儀なことか。

「好きにすればいいわ」

フリーデは座席を奥に詰めた。

二人を乗せた馬車はゆっくりとバージェス公爵邸の裏門を出ると、フリーデの指示通りに屋敷のまわりをぐるりと一周したのち、フェルテン門に向かう。持ってきた懐中時計によると時刻は朝四時半。

外はまだまだ暗いが、東の空がほんのりと白み始めている。

――どうかわたくしの思った通りでありますように。

フリーデは祈るような気持ちで窓から外の風景を見つめていた。予想が外れてしまったら、スカーレン救出に間に合わないかもしれない。

フェルテン門が近づくほどに、緊張して心臓がドキドキし始める。落ち着かない気持ちでフリーデは窓を開け、まだまだ暗い門の付近を睨んだ。……門は開いているようだ。人の気配もない。

馬車はスピードを落とさないまま、フェルテン門を駆け抜けていく。封鎖はされていなかったが、門の付近では松明《たいまつ》が焚《た》かれ、数人の人影がフリーデたちを見つめていたのがわかった。

彼らはレオンハルトが置いた見張りに違いない。フリーデの動きに気づいて、封鎖を解くように連絡が来ていたのだろう。バージェス公爵家の紋章も確認したはずだし、窓から顔を覗かせているフリーデ自身だって見えたはずだ。

フェルテン門を出てしばらく行ったところで、フリーデは窓から頭を突き出して、馬車の後方を確認してみた。

距離を取って、何人かが馬で追いかけてきているのが見えた。思惑通り、レオンハルトの追手がついてきている。

ああよかったと、フリーデは安堵のため息を漏らした。

今のところ、フリーデの作戦は成功である。

馬車はひたすら走り続ける。大きな街道を行くので、道は悪くない。大きな揺れも難所もないせいか、単調な揺れにヘルガがこっくりこっくりと舟をこぎ始める。フリーデ付きの侍女とはいえ一介の使用人であるヘルガは、フリーデと違って昨夜は早く休むことができなかったのだろう。

フリーデは自分の体をかき抱いて、窓の外を見つめていた。

空は明るさを増していく。

スカーレンはノイン湖の別荘にいる。それはすでに確信に近かったものの、スカーレンがどのような扱いを受けているかまではわからない。フリーデの知る狗はコンラートとマティアスの二人だけだが、狗が荒事も平気で引き受けることは知っている。スカーレンを丁寧に扱ってくれていることを祈るのみだ。

いやな方向にばかり想像が働き、なんとか冷静になろうと持参してきたパンをかじってみたが、少しも喉を通らない。フリーデは食事を諦めて窓の外に目をやった。ノイン湖は高地にある。道はいつの間にか狭い山道になっており、すぐ脇の谷底にはノイン湖から王都を抜け海に注ぐラゴー川が流れていた。王都では大きな流れになっているこの川も、上流では小さなものだ。ただ、道を踏み外して谷底に落ちたら、ひとたまりもない。

やがて、進行方向に大きな湖が見えてきた。夏の朝日を受けて、湖面がきらきらと輝く。

その美しい光景に、フリーデは目を細めた。


フリーデを乗せた馬車はほぼ予想通り、三時間あまりでノイン湖のほとりにある叔母の別荘にたどり着くことができた。場所そのものは出発前に地図で確認しておいたが、うっそうとした山道を突き進んでいると不安になってくる。本当にこの先に別荘があるのだろうかと不安になってきた頃に、突然、蔦《つた》に覆われた館が姿を現した。

周辺の木々も手入れをしていないので、建物は木々に取り込まれてしまいそう。まさに打ち捨てられた廃屋といった風情だが、表に馬がつないであり、玄関には人が立って見張りをしているところから、現在、中に人がいることがわかる。

時刻は朝の七時半。

玄関に乗りつけてみれば、見張り役の男たちが寄ってくる。馬車が止まる衝撃で、ヘルガがはっと目を覚ました。

フリーデはバスケットから白い小瓶を取り出して胸の谷間に押し込み、短剣とスカーレンにあてた手紙をスカートのポケットにねじ込んだ。短剣の鞘がポケットからはみ出してしまったが、その上からショールを羽織れば、フリーデが何を持っているのかわからなくなる。小瓶を胸元に入れたのは、奪われて中身を確認されないためだ。昨夜のうちに、小瓶の中身は果実酒と入れ替えてある。

ヘルガがついてこようとするので、手で制し、フリーデはドアを開けて手を差し伸べてくるマティアスに自分の手を伸ばした。

優雅な仕草で降り立てば、眼光の鋭い黒ずくめの男が怪訝そうにフリーデを見下ろしてきた。

「……どうしてお嬢様がこちらに？」

「ここに娘がいるわね？　王太子の執務室にいる、男装姿の娘よ」

フリーデのことをバージェス公爵家の令嬢だとは認識しているらしい。

「会わせてちょうだい」

得意の高圧的な態度で聞いてみれば、男が戸惑うような表情を浮かべる。

「誰も通すなと言われているのかしら？　わたくしが誰なのか知らないわけではないでしょう」

「ですが」

「あなたでは話にならないわね、責任者を呼んでちょうだい」

フリーデが命じれば、見張りの男が渋々といった感じで館の中に消える。

しばらくして出てきたのは、コンラートだった。

「あなたなの……？」

コンラートがスカーレンの誘拐に関わっていることは予想がついていたが、まさか責任者を任されているとは思わなかった。

「どうしてここにお嬢ちゃんがいるんだ」

驚きのあまり目をまん丸にしたフリーデを見つめ、コンラートもまた驚いたような顔をする。

「あなたなら話が早いわ。娘に会わせて。無事なんでしょうね？」

まったく知らない人物が出てくるよりは、よっぽど話をしやすい。気を取り直し、フリーデは単刀直入に切り出した。

「依頼主がこっちに来るまでは無傷で生かしておけという指示だったんで、部屋に閉じ込めていますよ。でも街道が封鎖されて依頼主と連絡が取れなくなって、困ってるところですわ」

身内の気安さからか、フリーデの質問にコンラートがすらすらと答える。

「依頼主は叔母様でしょう。直接の指示はお父様かしら。そういう意味ではわたくしだって、依頼主と言えなくはないわよね」

フリーデはちらりと馬車についているバージェス公爵家の紋章に目をやった。

「お父様も叔母様も身動きできないから、わたくしが代理で来たのよ。会わせなさい」

毅然とした口調で命じれば、コンラートは肩をすくめて館の中にフリーデを案内してくれた。よかった、王都とのやり取りがうまくいっていないおかげで、コンラートはフリーデが父や叔母を裏切ってここにいるとは気づいていない。フリーデを「依頼主側」だと思ってくれている。今までよくしてくれたコンラートを騙《だま》すことに少し後ろめたさを感じたが、まずはスカーレンの無事を確かめなくては。

コンラートについて二階に上がる。外はすでに明るいが中は薄暗い。長らく使われていないせいか、空気がよどんでかびくさい。あまり気持ちのいい場所ではない。

二階に上がって歩いていけば、長い廊下の一番端、一見すると物置用に見える部屋の小さくて粗末なドアの前に男が一人座っていた。コンラートとフリーデが現れたので慌てて立ち上がり、その場を譲る。

ご丁寧に見張りまでつけていたのか。

コンラートが鍵の束を取り出して、鍵を開ける。

開錠音がし、ドアを開けると、中は意外にも明るかった。まぶしさに目を細めながらフリーデは室内を見渡す。壁際に置かれている小さなベッドの上に、人が一人座っていた。フリーデに気づいて顔を上げる。亜麻色の髪の毛に茜色の瞳。

「まあ、本当にいるのね」

内心では盛大に安堵していることを押し隠し、フリーデはコンラートと見張りを無視してずんずんと部屋の中に入る。慌てたようにコンラートがついてくるので、できるだけ自分の体でスカーレンが隠れるように立った。

近づいて見下ろしてみれば、スカーレンは驚いたようにフリーデを見上げてくる。頰に涙のあとはない。スカーレンは泣かずに耐えていたわけだ。

――さあ、わたくしの芝居に乗ってちょうだい。

「お嬢様、勝手なことをされますとお父上に怒られます」

ほかの人間がいるからか、コンラートの口調が少しだけ改まる。

「怒らせておけばいいわ、この娘はわたくしの獲物でしょう。横取りするほうが悪いのよ」

スカーレンはフリーデの登場に困惑が隠せないようだ。茜色の瞳が怪訝そうにフリーデを見つめる。フリーデは体をかがめ、そんなスカーレンに顔を近づけた。

「ねえスカーレン、あなたは何者なの？」

そう言いながら、フリーデはスカーレンの唇に人差し指を当てる。スカーレンが息を吞み、動揺する気配が伝わってきた。

――そうそう、いい子。黙っているのよ。

「本当は昨日のうちに、お父様と叔母様がこちらにおいでになる予定だったのよ。でも近衛騎士が街道を封鎖してね、昨日一日は王都への出入りができなくて」

うふふ、と笑いながらスカーレンの唇をなぞる。

「わたくしが代わりに来たの。今からでも遅くはないわ、あなたの正体、教えてくださる？　どうして王太子殿下は、あなたをこうも寵愛《ちょうあい》するのかしら？」

「寵愛!?」

思わずスカーレンが叫ぶので、フリーデは彼女を睨みつけた。スカーレンがビクッとし、再び黙り込む。

「正式な文官でもないあなたが殿下のおそばにべったり張りつくなんて、そんなのどう考えてもおかしいでしょう。女のくせに男のかっこうをしているのも、意味がわからない。そうでしょう？」

フリーデは、指を再びスカーレンの唇に当てた。これは後ろにいる父の狗の二人に聞かせている芝居だ。

「話したくない？　けなげね、まあいいわ。これからあなたが素直になるお薬を飲んでもらうわ」

フリーデの「声を出すな」の指示は、きちんとスカーレンに伝わっているようだ。スカーレンは声を出さず、戸惑いをにじませた目でフリーデを見上げている。

「お酒を飲んだ時みたいに頭がふわふわして、気持ちが軽くなるの。口も軽くなるけれどね。初めて飲むのなら、もしかしたら先に目が回っちゃうかしら」

フリーデはそう続け、ぐっとスカーレンのほうに身を乗り出した。そのままベッドに片膝を乗せる。スカーレンが慌ててベッドの上で後ずさるが、すぐに壁際に追い込まれ、怯えた目つきでフリーデを見上げてくる。

フリーデは自らの胸元に入れていた白い小瓶を取り出すと、素早い手つきで栓を抜いた。そしてスカーレンの顎をつかんで上向かせ、小瓶を一気に口にねじ込む。

身構える時間を与えなかったからか、スカーレンはおとなしく液体を全部飲み込んだようだ。しばらく「信じられない」とばかりに目を見開いていたが、やがてその目を閉じ、力なくベッドに倒れ込んだ。

「あらいけない、お子様には『白いため息』は強すぎたかしら？」

その様子を見届け、フリーデは小瓶にふたをすると再び胸元に押し込む。スカーレンが芝居に乗ってくれてよかった。フリーデの意図が通じてよかった。

「なんということをされるのですか。そんなものを薬に慣れてない者に一本も使ったら、意識が」

コンラートが慌てる。

「そんなに強いお薬だったの？　知らなかったわ。まあ、一回くらいでは死にはしないでしょう。わたくしは一度屋敷に戻ります、この娘を傷つけてはだめよ。聞きたいことがあるの。いいこと？　二の妃がなんと言おうとこの娘を傷つけてはだめ、父によってあなたたちの首が飛ぶわよ。――あらいやだ、汚れてしまったわ」

フリーデが立ち上がりながら、羽織っていたショールを見下ろす。

「この部屋、汚すぎるわね。どうせ閉じ込めるのなら、もう少しきれいな部屋にしてくれれば汚れなくて済んだのに」

そう言って、フリーデはポケットから素早く短剣と手紙を抜き取るとショールに隠し、ベッドに倒れ込んでいるスカーレンに向かってショールごと投げた。重量のあるものを包んだせいでやたらに落下スピードが速い上に、スカーレンのおなかに当たって鈍い音がしたが……、スカーレンは動かなかった。

「ではおやすみなさい、スカーレン。よい夢を」

芝居に乗ってくれたスカーレンに言い残すと、フリーデはくるりと踵を返す。

部屋を出るとコンラートが再び鍵をかける。

「ねえ、少しこの館の中を見てもいいかしら。なかなかこんなところに来ることはないもの。叔母様との話のネタにもぴったりでしょ」

そしてコンラートにそう頼み込む。

「……何を考えてるんですか」

「別に、何も」

コンラートが怪訝そうに聞いてきたが無視して、フリーデは歩き出した。

まずは二階。

一通り見て回ったあと、一階をざっと見て回る。

館の中にいる人間は全部で六人。二階に見張りが一人、玄関の外に一人、そして中に四人。館の外にも見張りはいるのかもしれないが、とりあえず、女の子一人さらうにしてはずいぶんと仰々しい。

――スカーレンに対して何をするつもりだったのかしらね、叔母様は……。

考えたくもない。

――あとは一刻も早くスカーレンの居場所を王太子殿下に知らせなければ。

狗の面々が「何をしに来た」という顔でフリーデを見ている。最後まで気まぐれな令嬢を演じながら建物の間取りと人の配置を頭に入れ建物を出ると、ヘルガが馬車の外でフリーデを待っていた。フリーデを見つけ、あからさまにほっとした顔をする。すぐに戻ってきてくれてよかったと思っているようだ。

さっさと馬車に乗り込めば、ヘルガも慌ててあとに続く。

「できるだけ急いで王都へ」

「かしこまりました」

窓から顔を出して御者台のマティアスに声をかける。フリーデはバスケットに入れていた懐中時計を取り出して時刻を確認した。八時。王都に着くのはどんなに急いでも十一時、そこからこの別荘に助けが来るまでまた三時間だから……スカーレンを助け出せるのは早くても午後二時。

フリーデは再び窓から顔を覗かせてあたりを見回してみた。

往路ではあとをつけてきていたレオンハルトの見張りが、今は見当たらない。

——場所が特定できたから、応援を呼びに行っているのかしら。

複数で追いかけてきているのを確認している。どうして一人二人残っていないのか。

不安に苛まれながら、顔を引っ込めて馬車の座席に座り直し、フリーデは自分の腕をかき抱いた。

コンラートには暗に「殺すな」と言ったが、フリーデは本来の依頼主ではないから、従うかどうかはわからない。見る限り、スカーレンはけがをしていなかった。今は痛い目に遭わされずに過ごしているが、助けを呼んでいる間に依頼主から別な指示が来てしまったら？

自分は残って、マティアスとヘルガだけを行かせるべきだっただろうか。だが紙とペンは持ってきていない。フリーデからの伝言を、マティアスとヘルガがレオンハルトに正しく伝えてくれなかったら。あるいはレオンハルトが信用してくれなかったら。

どうするのがいいのかわからない。

どうか間に合って。

祈るような気持ちでいた、その時。

馬がいななき、馬車が大きく揺れる。

「何事です⁉」

ヘルガがマティアスにたずねると、「賊です！」と鋭い返答がある。

窓から外を見ると、すっぽりフードをかぶり、手には得物を持っている黒装束の集団が馬車を取り囲んでいる。なんというタイミングだろう、急いでいるこの時に！

「少し荒れます！」

マティアスが叫ぶ。基本的に王都周辺は治安がいい上に、今は昼間だ。こんなことに巻き込まれるとは思わなかった。

馬が混乱しているのか、馬車は大きく左右に揺さぶられながら山道を走っていく。何かが馬車にぶつけられるような音、衝撃、マティアスが抵抗する声に、賊が飛ばす指示の声。

――急いでいる時に、どうして‼

やがて大きな衝撃音とともに、馬車がゆっくりと傾いていき、横倒しになった。

フリーデとヘルガは座席から投げ出され、したたかに体をぶつける。ガン、と横倒しになった馬車に誰かが飛び乗る音がした。

ヘルガがはっとして、体を硬くする。賊の襲撃にあって、娘たちが無事でいられるわけがない。さすがにかわいそうになったフリーデは怯えるヘルガを庇うように抱き締めて、頭の上にある馬車のドアを睨んだ。

ドアがこじ開けられ、男が中を覗き込んでくる。フードを目深にかぶり、口元を黒い布で覆っているので顔はわからないが……、あらわになっている目は鮮やかな緑だった。

「おけがはありませんか？」

「――なんでこんな乱暴な登場のしかたをするの！」

口元の布を下げ、心配そうに聞いてきたサイラスに向かって、フリーデは思わず叫んだ。

「そんなことより、当たりよ！　早く助けに行って！」

「それなんですけどねー、僕では行けないんですよ、何しろ二の妃の別荘ですから」

サイラスがいつもののんびりした口調で言う。

「そんなことを言っていたら！」

「とりあえず、そこから出ましょうか。立ち上がれますか？」

サイラスに促されてフリーデは立ち上がった。上から腕を差し伸べてくるので、つかまればいいのかとフリーデも腕を伸ばすが、サイラスはそんなフリーデを無視して胴に片方の腕を回し、上に引っ張り上げる。

そして馬車の外に出たところでサイラスが先に地面に飛び降りて、今度は両腕でフリーデの腰を抱えて降ろしてくれた。

異常に身体能力が高いことは知っていたが、ここまで力も強いとは思わなかった。

こんな時にもかかわらずときめいてしまった自分をごまかすように、フリーデは横倒しになっている馬車を見やった。中にはまだヘルガがいる。

「あの子は……」

「あとで出します」

ゆっくりと倒れたため形は保っているものの、馬車と馬をつないでいた部分は壊れて馬はいなく

なっているし、マティアスは地面に倒れている。馬車のまわりにはサイラスのように、口元を隠した黒装束の人間が複数立って、こちらを遠巻きに見ていた。

「気絶しているだけです……たぶん大丈夫じゃないかな」

フリーデが不安げな目でマティアスを見ていたことに気づき、サイラスが教えてくれた。

「わたくしを張っているのはあなただけなの？　どうして殿下はいらっしゃらないの」

「スカーレン嬢の居場所が確定していないから、動けないんですよ。バージェス派の持ち物で悪だくみに使えそうな建物って、ほんと多いですねー。でも二の妃のほうが動いたとは思わなかった」

時間がなかったことを思い出してサイラスに詰め寄れば、相変わらず緊張感のない口調でサイラスが返してくる。

「のんきなことを言ってないで、早く知らせに」

「そうなんです、知らせに行かなきゃいけないのですが、――大変申し訳ないんですけど、フリーデ様、一緒に来ていただけますか？」

「なぜ……？」

スカーレンの居場所さえわかればいいのだから、フリーデが一緒に行く必要はないはずだ。

「ここは二の妃の持ち物だから僕たちは近づけませんが、内部からの証言があれば踏み込めるんですよ。その証言者になっていただきたいのです。殿下は、証言していただけるのであれば、あなたの覚悟に報いると仰せです」

「それは……」

つまり、レオンハルトはフリーデに「今すぐ父親を裏切れ」と言っているのだ。フリーデが自主的に父や叔母の思惑を潰すのとは次元が違う。

サイラスは必ず迎えに行くと言っていた。だが、スカーレンを助けると決めた時点で、サイラスとはお別れになることは覚悟したのだ。今日のところは屋敷に戻って、父と叔母を糾弾するつもりでいたし、自分の引き起こしたことについて、父から責任を問われる覚悟でいた。その結果がどんなものであろうとも、受け入れる。それがフリーデの「バージェス公爵令嬢」としての最後の矜持。

それなのに。

さすがに動揺が隠せず、すがるような眼差しを向ければ、サイラスが少しだけ顔を歪める。

「申し訳ございません、フリーデ様。あなたに選択権はないのです」

そう言ってサイラスが手を差し伸べる。

命令なのだ。

これは。

「逆らえば……どうなるの」

念のために聞いてみると、サイラスが悲しそうな顔をした。

「あなたを傷つけたくはないので、僕としてはおとなしく従っていただきたいところです」

レオンハルトはフリーデの意思など聞いてはいない。

しばらくして、フリーデはひとつため息をつき、観念したようにうなずいた。

＊＊＊

サイラスの馬は軍馬らしい。

サイラスに抱えられて二人乗りし、もと来た道を走っていく。馬車は重い車を引くためにせいぜい速足までしかできないが、直接乗る場合は駈足《かけあし》ができる。その上、とびきりの軍馬なのだから来る時の半分以下の時間で王都にたどり着けるだろう。

賊に見えたのはレオンハルトがつけたフリーデの見張りだった。やはりバージェス公爵家の紋章をつけた馬車が王都の外に出ていくから、つけていたのだという。ただ本当にスカーレンがいる場所に行くかどうかわからなかったため、レオンハルトを始めほとんどの捜索隊は王都に残ったままなのだそうだ。

「フェルテン門のあたりで顔を出していたでしょう。乗っているのがフリーデ様だからと、殿下に頼んで僕が追わせてもらったんです」

疲れを感じさせないスピードで走り続ける馬の上、サイラスに抱えられたまま、フリーデは事情を聞いていた。

「フリーデ様の向かう先にスカーレン嬢がいる可能性は高い。もしそうなら、建物に踏み込む口実として、フリーデ様を証言者に仕立てろというのが殿下の指示でした。そうしてフリーデ様の行き場をなくして、保護しろと」

「レオンハルト殿下からすると、わたくしを保護する必要はない気がするけれど？」

フリーデが証言してくれたことにすればいいだけだ。

「フリーデ様を連れ出したあとのことをいろいろ考えていたのですが、殿下にご迷惑をおかけする可能性が高かったのでね……」

フリーデの疑問に、サイラスが気まずそうに口ごもる。

つまり、レオンハルトはサイラスとフリーデの関係を知っていて、その上でサイラスに「どさくさに紛れてフリーデを連れ出せ」と言ったわけだ。

自分のことを目の敵にしていたレオンハルトに助けられることになろうとは……。

「それに、僕の小細工なんて殿下のお力には及びません。これで、フリーデ様に苦労をかけずに済みそうですよ」

「いいのよ」

フリーデは改めてサイラスの体に回す腕に力を入れた。サイラスが自分たちのことを本気で考えてくれているのが嬉しかった。それに、レオンハルトが味方になってくれたことも。スカーレンの効果はすごい。王太子をこんなにたやすく動かしてくれる。

「僕はフリーデ様にばかりつらい選択をさせている」

「大丈夫よ。ただ急すぎてびっくりしただけ。それにあなたがたに情報を提供するつもりではいたのよ。父から切り捨てられることは覚悟の上だったわ」

景色が飛ぶように過ぎていく。

風に髪の毛をさらわれながら、フリーデは遠ざかっていく景色を見つめる。まるで自分の人生のようだ。サイラスに出会ってから、予想もしていなかった場所へと来てしまった。起こっていることはわかっているが、変化が急すぎて、現実味がない。

「もしかして、荷物をまとめきれていませんでしたか」

サイラスが不安そうな表情でフリーデを見下ろしてくるので、フリーデは顔を上げて微笑んでみせた。

「それは問題ないわ。もうブランに送ったから」

何もかも急激に変わって目が回るけれど、サイラスがしっかりと抱き締めてそばにいてくれるから、大丈夫。一人ではないというのは、なんと心強いことだろう。

「前にスカーレンに聞いてみたの。どうしてそんなたいそうな夢を追うのか、と。スカーレンは、人生は一度しかなく、時間も戻らない。なら、後悔しないように生きたい。そう、言っていたわ」

「……」

「あの家から……公爵の娘としての人生から連れ出してくれと頼んだのはわたくし。あなたと生きることを選んだのはわたくし。自分で選んだ未来だもの、後悔などするはずもない」

前を向かなければならないサイラスに配慮して、フリーデは再び顔を戻した。サイラスはじっと、フリーデの言葉に耳を傾けている。

「わたくしは役に立ったかしら」

「もちろんです」

「わたくしね、スカーレンが羨ましかったの。男の子のかっこうをして、髪の毛も短くして、家のために生きろなんて言われていない……それに何より、殿下にあんなに大切にされている」

フリーデは思い返す。

レオンハルトの心は長らく凍りついていた。雰囲気は刺々しくて、近寄りがたかった。それがどうだろう、スカーレンに対してはあんなに優しく笑いかける。

「あの子はこの国を変えてくれる。わたくしね、本当は長い髪の毛も、窮屈なコルセットも、大嫌いなの」

「そうでしたか」

「だから、髪の毛は切りたいと思うの。サイラスは、長いほうが好みかしら？」

「髪を短くしたあなたも見てみたいです」

フリーデは嬉しくなって、サイラスの胸元に頬をすり寄せた。

「もうすぐ王都ですよ」

サイラスの言葉に頭を巡らせれば、田園風景の向こう側に大きな都市が現れた。今一度見上げたサイラスの表情は硬い。今はスカーレン救出作戦の真っただ中だ。

フリーデもまた唇を引き結んだ。

馬は速度を上げ、王都に通じる街道を駆け抜けていく。

＊＊＊

レオンハルトは捜索隊とともに、フリーデが夜明け前に駆け抜けていったフェルテン門の近くに待機していた。動きやすそうなフィラハの騎兵の装束を身につけていることから、レオンハルト本人がスカーレンのもとへ行く気であることがわかる。

「スカーレン嬢はノイン湖のほとりの王妃の別荘にいます。僕以外は残してきました」

フリーデとサイラスを見つけるなり駆けつけてきたレオンハルトに、馬から飛び降りてサイラスが報告をする。

「スカーレンが閉じ込められている部屋を確認しました。建物の見取り図と中の見張りの位置を書きます」

サイラスに馬から下ろしてもらってフリーデが告げると、レオンハルトは近くにいた人間に命じてすぐに紙とペンを持ってこさせた。

フリーデはその紙にさらさらと見取り図を書き、確認できた見張りの人数も書き加える。

「父と叔母では狗に出した指示が違うようです。叔母はすぐに殺せと命じ、父は生かしておけと命じています。どちらを優先するのかは狗次第ですが、リーダーには殺すなと命じておきました。わたくしの意見を聞くかどうかはわかりませんが」

周りは怪訝そうな顔をしているけれど、レオンハルトだけは真剣にフリーデの話を聞いている。

「念のためにスカーレンには短剣を渡してあります」

そう言ってペンを置く。フリーデの話は終わったのだが、レオンハルトはじっとフリーデを見つめたままだ。

「わたくしが信用できませんか。サイラスも証言できますわよ」

やはり、バージェス公爵の娘だから信用されていないのだろうか。

「いや。そなたの勇気に感謝する、フリーデ嬢」

眉をひそめたフリーデに、レオンハルトがまっすぐな眼差しで言う。そしてフリーデの見取り図を手にすると、近くに待機させていた馬にまたがり、何人かを伴って振り返ることなくフェルテン門を駆け抜けていった。

「初めて名を呼んでくださいましたわ」

小さくなるレオンハルトの後ろ姿を見つめ、フリーデはしみじみと呟いた。

「王太子殿下は、わたくしの名を呼ぶと息ができなくなる病にかかっているのかと思っていたのだけれど」

いつもなんと呼ばれていただろう。頑なにフリーデの名を口にしないようにしている、とは気づいていた。

「はは、まあ……」

サイラスが苦笑する。彼もレオンハルトのこだわりに気づいていたらしい。

「それで、わたくしはこれからどうすればいいのかしら？　もう屋敷には帰れなくなってしまったわ」

ああ、終わった。確かにサイラスについていけば「バージェス公爵令嬢」として自分を捨てることになることはわかっていた。でも、こんな形で放棄することになるとは予想もしていなかった。これで何者でもなくなってしまった。一抹の寂しさはあるが、すがすがしさが勝った。もう父に従う必要もないし、公爵令嬢の仮面をかぶる必要もない。

フリーデが晴れやかな笑顔で振り返ると、サイラスがまぶしそうな顔で手を差し出してきた。

「ご案内しますよ」

サイラスの手に、フリーデは自分の手をためらいもなく重ねた。

＊＊＊

サイラスが案内してくれたのは、フリーデも遠目には見たことがある大きな屋敷だった。ここがエーレブルー侯爵邸だとは知らなかった。

「僕も、殿下に合流しなくてはならないから、申し訳ないのですがすぐにノイン湖に向かわせてもらいます。フリーデ様の扱いはまだ何も決まっていないので、とりあえずこちらでお過ごしください。まあ、僕を見ればわかる通り、うちの両親は細かいことを気にするタイプではないんで、派閥のことなどは気にされなくてもいいですよ。……たぶん」

「たぶん……」

曖昧な表現をしているのは、サイラスも今日いきなりフリーデを実家に連れていくことになるとは思っていなかったためだろう。

「あなたを連れていると目立つので、ブランにはあとで寄って荷物を回収しますね」

そう言いながら玄関のドアを叩けば、すぐに使用人がドアを開けて玄関ホールに通してくれた。しばらくして、奥からすらりとした細身の女性が現れる。服装からして、エーレブルー侯爵夫人だろうか。

「……ついに人さらいをしでかしたわね……！　バージェス公爵家のご令嬢じゃないの！」

玄関ホールに立つサイラス……を無視して、フリーデを凝視したかと思うと、開口一番、唸るような声でサイラスに言う。

「正解です！　でもさらってきたわけじゃあり……いや、さらってきたのかな……？」

否定しようとしたのだろうが、有無を言わさず連れてきたことを思い出し、サイラスが自信をなくす。

「どこをどう歩いたらバージェス公爵家のご令嬢を連れてくることになるのよ、あんたは！」

「話すと長くなるのでものすごく手短に説明すると、レオンハルト殿下公認のもとバージェス公爵家からさらってきてしまったので、しばらくここに匿《かくま》ってほし……」

「はああああ!?」

侯爵夫人が思わず叫んだその時である。

「お嬢様あああ!?」

大きな声がキンと玄関ホールに響いたかと思うと、屋敷の奥から一人のメイドが転がるように走り出てきてフリーデに抱き着いた。赤みの強い褐色の髪に大きな瞳、頬に散ったソバカス。サイラスと侯爵夫人がぎょっとするのもお構いなしに、メイド服姿のシェーナはフリーデにしがみつき、おいおいと泣き始める。

「よかった、よかった、お嬢様、ご無事だったんですね！」

「……シェーナ、あなた、ここにいたの……？　ずっとコンラートに行方を探してもらっていたのに、見つからないから、王都から出ていってしまったのかと」

「出ていくわけがないじゃないですかあああ！　お嬢様が心配で、心配で……。なんとかお嬢様の様子を知りたかったんですけど、シェーナはバージェス公爵邸に近づくことを禁止されてしまったので、連絡の取りようがなくて」

えぐえぐと泣くシェーナを見ていると、大切なことを思い出した。

「ああ、そうだわ。あなたから借りた本はちゃんと持ち出したから、無事よ。あとで返すわね」

「……お嬢様……、律儀すぎます……」

シェーナが一番気にしているだろうことを伝えれば、さすがのシェーナも若干呆れ気味の視線を送ってくる。

そんな二人をサイラスと侯爵夫人が困惑気味に見つめていたことに、当の本人たちはまったく気づかなかった。

サイラスは事の経緯を侯爵夫人に説明したあと「まだ仕事がありますので」と言い残して屋敷を出ていき、フリーデはそのままエーレブルー侯爵邸で客人として扱われることになった。メイドの一人として働いていたシェーナが、フリーデ付きの世話係となる。

「お嬢様のお世話をするのは久しぶりですぅぅぅ」

いろいろ聞きたいことはあるだろうに、シェーナは気遣って何も聞いてこず、逆にシェーナの今までの話を聞かされた。バージェス公爵家を紹介状ももらえず突然クビになってしまったため、その日から路頭に迷ってラゴー川のほとりで物思いに沈んでいたところ、シェーナに声をかけてくれたのが、エーレブルー侯爵だったらしい。あまりに思い詰めた顔をしていたので、川に飛び込むのではないかと思われたのだそうだ。

父からひどい仕打ちを受けたので心配していたが、シェーナが元気そうでよかった。それに、また一緒に過ごせることが嬉しい。

「エーレブルー侯爵様はお優しいですよ。奥様もさっぱりされているので、お嬢様も仲良くできると思いますぅ！」

「あなたがそう言うのなら、きっとそうなのでしょうね。それにシェーナがいてくれるから心強いわ」

フリーデが微笑むと、シェーナがぱあっと笑った。

何も持たずに転がり込んできたフリーデのために、侯爵夫人が「とりあえず」と言っていくつか服や下着類を持ってきてくれた。バージェス公爵の令嬢だと知られているので、何もかも世話になるのはなんだか肩身が狭い。

「困っている女の子を放っておくわけにはいかないでしょう」

申し訳ない気持ちでいっぱいのフリーデに、侯爵夫人はそう言って笑い飛ばしてくれた。気遣いがありがたかった。

そして侯爵夫人の「顔色が悪いから、早く休みなさい」という言葉に甘え、フリーデは与えられた客間で夕方には寝てしまった。

ものすごく疲れていた。

ぎし、とベッドが揺れる音に、目が覚める。

誰かが隣にやってきた気配がある。

フリーデがぼんやり目を開けると、すぐ近くに燃えるような赤毛が見えた。サイラスが帰ってきたらしい。カーテンを閉め忘れた窓の外に視線をやれば、ほんの少し、空が白み始めている。

「……お帰りなさい」

フリーデはすでに寝息を立てているサイラスに囁いた。そしてサイラスにすり寄ると、彼の手を見つけて自分の指を絡める。サイラスがこうして実家に戻ってきて眠っているということは、スカーレンは無事に救出されたのだろう。何かあれば王城に泊まり込むはずだから。

指先に力を込めると、寝ているから無意識だろうが、サイラスもフリーデに応えるように握り返してくれた。

＊＊＊

スカーレン誘拐騒動の翌日はさすがに執務室のメンバーには全員、休暇が与えられた。

夕方から寝ていたフリーデは、朝にきっちり目を覚ましたものの、サイラスはそうはいかず、フリーデのベッドを占領して昼過ぎまで寝ていた。そしてそのあと、「部屋を間違えるなんて、ありえない」と侯爵夫人にこってり絞られていた。またとんでもない言い訳をしたものだな、とフリーデは呆れてしまった。そして日が傾いて少しばかり涼しくなってくる頃、テラスのテーブルで庭を眺めていたフリーデのもとに、サイラスがトランクを持って現れた。

「スカーレン嬢は無事に救出できました。フリーデ様のおかげだと、スカーレン嬢も殿下もおっしゃっていましたよ。それから、ブランからトランクを回収してきました。思ったより軽いですね」

「そうね……。わたくし自身が持ち出したのは、数冊の日記と絵本だけだもの。あとはシェーナに借りている本だけど、こちらもそんなに厚くはないから」

「そんなに少ないんですか？」

受け取ったトランクを開けて中を確かめているフリーデに、サイラスが意外そうに聞いてくる。

「わたくしもびっくりしたわ。物には恵まれていたけれど、わたくしが持ち出したいと思う宝物は、ほとんどなかったの。わたくしの十八年なんて、こんなものだったのね、って」

家族を、今までの人生を捨てていく。それは大きな決断であるはずなのに、それでも「捨てる」という決断ができたのはなぜなのか。

簡単な話だ。フリーデ自身が親に対して期待を持てなくなっていたから。

――私を見て。

――頑張っている私を褒めて。

どんなに叫んでも、両親はフリーデに愛情を返してくれない。そのうち、誰かに対して愛情を期待してはいけないのだと思うようになった。

両親の思惑なんて知らないと自由に振る舞える性格なら、ここまで追い詰められなかったかもしれないが、褒められることも努力を認められることもなく、ただ失敗のたびに叱責されていたのでは自己評価も低くなるというものだ。

役立たずと言われ、扱いが悪くなるのが怖かった。貴族の娘は家の繁栄のための駒でしかない。少しでも自分が生きやすくするためには、おとなしく従って両親が考える「最高の令嬢」を演じるのが正しいと……そのためには、自分の好みではなくても両親が与えてくれるものをおとなしく受け取るのが正しいと……そう思っていた。

一方でずっと、息苦しさもあった。「正しい」はずなのに「苦しい」のはおかしい……きっと自分ができ損ないだからなのだと思った。バージェス公爵家の娘ができ損ないなら、大変なことになる。だから息苦しさはずっと押し隠していた。サイラスやスカーレンに出会わなければ、この先もずっと自分をごまかしながら、言われた通りにするだけの人生だったのかもしれない。

「まあ、お人形さんだったものね」

自分を振り返れば、そんな気がする。自分は人形ではないと言いながら、でも、言われた通りに動くだけだった。父の思う通りに動く操り人形。

「あなたは人形ではありませんよ。ちゃんと自分を持っている、大人の女性です」

即座にサイラスが否定してくれる。その言葉が嬉しくて、フリーデはサイラスに向かってにっこりと笑ってみせた。思えば、サイラスは初めから本当のフリーデを見つけて、認めてくれていた。

「持ち出す宝物が何冊かの日記と絵本しかないのはね、今までは与えられてばかりだったからだと気づいたの。自分で宝物を集めていなかったのよ」

フリーデがトランクを閉める様子を、サイラスが黙って見ている。

「でも、宝物は好きよ。見ていると幸せな気持ちになれるもの。だから、これからはいっぱい宝物を集めていこうと思うわ。トランクひとつでは足りないくらい、たくさん集めるつもりよ。そしてわたくしが自分で手に入れた宝物に囲まれて、幸せいっぱいで最期の日を迎えてやるの」

フリーデの言いたいことがわかったのか、サイラスが優しく微笑む。

「僕も一緒に集めてもいいですか？」

「ええ、もちろんよ」

「僕たちのトランクはきっと、閉まらないくらいの宝物であふれますね。……でも大丈夫です、子どもたちが後を継いで大切にしてくれます。この先もずっと」

「……そうね」

サイラスの言葉が嬉しくて、涙がこぼれてくる。イスに座ったまま泣き笑いのような表情を浮かべたフリーデにサイラスがそっと近づいてきて、抱き締めてくれた。

＊＊＊

父を裏切ったために屋敷に戻れなくなったフリーデは、レオンハルトによって事故死を偽装され、「エステル・ミラー」という名前をもらうことになった。夏の早朝に出かけたままフリーデは行方不明になり、捜索の結果、ノイン湖近くの山間の谷底で、乗っていた馬車が発見されたのだ。数日前に大雨が降っていたこともあり、馬車の残骸だけがかろうじて見つかり、フリーデはもちろん御者や侍女の姿も見当たらなかった。しかし、状況から生存は絶望的だろうということで、バージェス公爵夫妻はフリーデを丁重に葬った。

社交界の花と言われた美しき令嬢を襲った悲劇に多くの人が哀悼の意を表明し、献花台には多くの花があふれた。

一方その頃、「エステル・ミラー」との結婚許可証をもらってきてニコニコと家族に見せびらかしたサイラスに「あなたたちはそういう関係だったの？」と侯爵夫人は呆れることになる。侯爵夫人としては、レオンハルトのいざこざに巻き込まれたフリーデを、一時的に保護しているつもりだったのだ。

まあ、そういうことならしかたがない、ということでフリーデは引き続きエーレブルー侯爵邸に世話になることになる。

「これからはエステルって呼ばなきゃいけないんですよね、慣れないなあ」

「わたくしもよ。少しずつ慣れていきましょう。急ぐ必要はないわ……時間はたくさんあるもの。わたくしは、どこへも行かないから」

書類を見つめてぼやくサイラスに、フリーデは微笑んだ。

そしてその年の秋、二人は結婚することになった。

結婚式といえばドレスである。ドレスといえば、宮廷舞踏会の薄紫のドレスに未練を残しているフリーデだが、あのドレスを取り戻そうとは思わなかった。

あのドレスが暁姫のもとにあることは知っているし、暁姫の正体にも気がついてはいる。そしてあれは、暁姫の物語の一部になっている。取り戻すというのは野暮だろう。

とはいえ、ブランのロマンティックなデザインのドレスは着てみたい。サイラスに相談すればふたつ返事で了承してくれた。そして打ち合わせに現れたリー・リー夫人と以前にも会ったことがある付き添いのお針子の娘が卒倒しかけたのは、しかたがないことかもしれない。フリーデは死んだことになっているから。

時間がないので、ドレスはシンプルなデザインになった。その代わり、異国で作られた美しい生地をいくつも重ねてもらった。色は、フリーデの瞳に合わせた明るい青。

「結婚式に、レオンハルト殿下とスカーレンも呼びましょう」

本来、侯爵家の三男の結婚式には王族も貴族以外の人間も招待しないものだが、フリーデはどうしてもあの二人に自分の花嫁姿を見せたかった。

「スカーレン嬢はともかく、殿下は来ますかね……」

「来るわよ」

自信満々に答えるフリーデにサイラスは怪訝そうな顔をしたが、それでもレオンハルトとスカーレンに招待状を出してくれた。

そして結婚式当日、確かに二人はそろって現れた。

この国では、花嫁からの幸せのおすそ分けをもらった人が、次の花嫁になると言われている。フリーデは、ドレスの胸元を飾る造花のばらを抜き取ると、二人につけてやった。

二人がままならない恋をしていると知っているからこそ、応援をしたかった。でもフリーデができるのは応援までだ。このあとのことは、二人次第。

＊＊＊

結婚式の夜。

フリーデは一人で、エーレブルー侯爵夫妻に新居として用意してもらった、屋敷の敷地内にある離れの寝室から夜空を見ていた。秋の澄んだ空に月が美しい。

結婚するまではお客様だからと、今朝までフリーデは本邸の客間で過ごしており、侯爵夫人の希望でサイラスとは実に健全な距離を保ってきた。それに関してサイラスが不満を抱いていたのは知っている。そう思うと、今夜はいったい何をされるのか、そわそわしてしまう。

それに今日はガウンの下に「これも花嫁衣装！」と侯爵夫人が用意した、繊細なレースが美しいが生地の薄さが気になる下着を着ている。透け感のある下着姿を見られるというのも、落ち着かなさに拍車をかけていた。

不安や恐れはない。恥ずかしさは猛烈にある。その一方で、嬉しさや期待も、なくはない……。

夏の一夜のことを思い出し、一人で顔を赤らめたちょうどその時、ノックもなく寝室のドアが開く。

当たり前のように部屋に入ってきたサイラスに、フリーデは飛び上がりそうなほど驚いて、大仰に肩を揺らして振り返った。

「……びっくりさせちゃった?」

窓辺で驚いて固まっているフリーデに、サイラスが苦笑する。

サイラスもフリーデと同じくガウン姿だった。髪の毛がまだ濡れている。新婚の二人のための宴《うたげ》は終わりがなく、フリーデは先に侯爵夫人によって連れ出されていたが、サイラスは残って親族の相手をしていたのだ。折を見て退出し、慌てて入浴してきたのだろう。髪を乾かすのももどかしくフリーデのもとへ来たのかと思うと、嬉しくなる。

「だ、だって、ノックもしなかったから」

「ああ……ごめん。そうか、ノックね……。夫婦の寝室でも、ノックは必要だよな……うん」

夫婦の寝室。サイラスが呟いた言葉が急に生々しく迫ってきて、フリーデは慌てて窓の外に目をやった。そこには変わらず晩秋の月が浮かんでいる。

「は、初めて会った時も、こんな月の夜だったわね」

「うん……そうだね」

緊張をごまかすべく十五歳の春の夜の話を持ち出せば、サイラスも頷いてくれた。

「フリーデは、誰にも見られないように隠れて泣いていた。実はずっと見てたんだ、あの夜。殿下にほとんど相手をされなかったことも、バージェス公爵に引っ張っていかれたことも知っていた。そのあと、大広間に戻ってきた時のフリーデは顔が真っ青だった」

「……そこまで見ていたの?」

見られているとは気づいていたが、そこまでしっかり見られているとは思わなかった。驚いて聞き返すと、サイラスがゆっくり近づきながら頷いた。

「あの夜、殿下のお妃候補になるだろう令嬢は全員見ていたけど、フリーデが一番目を惹いた。泣き虫なのに意地っ張りで、かわいいなぁって」

「泣き虫で、意地っ張り……」

あの時、そんなことを思っていたのか。だから、泣いていたフリーデにずいぶん同情的だったのだな、と、今になってようやく腑《ふ》に落ちた。

納得しているフリーデの背後にサイラスが立ち、空を見上げる。窓ガラスに二人の姿が映る。

「最初は、殿下のことが好きなのかなあと思っていたんだ。でも、宮廷舞踏会の時になんとも思ってないって、きっぱり否定してくれてさ。あの時は一生懸命、冷静にしていたんだけど、心の中で大喜びしたよ」

「そうだったの……」

「フリーデのことが好きなんだな、と気がついたのは執務室でいろいろ関わったあとだけど、フリーデのことはずっと気になっていたんだ。でも、なんといってもバージェス公爵家のご令嬢だからね……。絶対に手は届かないと」

そう言って、サイラスが後ろからフリーデを抱き締めてきた。緊張でドキドキしているところに久しぶりに触れられて、フリーデの心拍数が一気に上がる。

「遠くから見守ることができたらいいなと……それくらいしか僕にはできないなと、思っていたのに、執務室でフリーデがずっと僕の方を見てくるから。これは脈があるのかないのか、どっちなんだろうって、もう、毎晩悶々《もんもん》と考えてしまった」

サイラスが唇を寄せて、フリーデの耳元で囁く。声だけでなく息遣いまで感じられて、フリーデの体をゾクゾクとしたものが駆け抜けていった。

「悶々と？」

「そう、悶々と。たくさんよからぬ想像をしてしまった。前にも言わなかったっけ？」

サイラスが言いながらフリーデの耳朶《じだ》を食んでくる。一方で、フリーデを抱き締めていたはずの腕が緩み、ガウンの上から胸の形を確かめるように優しく揉んできた。

「フリーデって小柄なのに、胸は大きいよね。それに、やわらかいなあ」

「な……っ」

胸のサイズや触り心地に言及されて、フリーデは真っ赤になった。不埒な指を止めようとしたが、サイラスはフリーデの抗議を無視して胸の形をたどっていく。その一方で腰を押しつけてくる。お尻のあたりに硬くて熱いものを擦りつけられて、動揺する。これはつまり……。

ふと、目の前の窓ガラスに自分たちの姿が映っていることに気づいた。いやらしい目に遭っている自分の姿をばっちり見てしまい、一気に恥ずかしさが込み上げる。

「サ、サイラス、ねえちょっと……！」

「夜会の時のフリーデは、けっこう胸を強調するデザインのドレスだったでしょ……あれは目の毒だった。もうね〰〰〰、ホントひどいよ、あれは。バージェス公爵家のフリーデ嬢じゃなかったら、誰かにあっという間に庭園の暗がりに引きずり込まれているだろうね」

「あ、あれは、お父様の……っ」

「大勢の野郎どもがいやらしい想像したんじゃないかな〰〰〰。そう思うと悔しいけど、残念ながらこれは僕のもの」

意味ありげにガウンの上から胸をなで回していた指が、硬く勃ち上がりガウンごしにもわかるくらい自己主張を始めていた胸の頂を見つけて、つまんでくる。

「……んんっ」

待ちわびていた刺激に思わず声が漏れてしまい、フリーデははっとした。はしたない声を聞かれてしまった。恥ずかしい！

「これがいい？」

フリーデの反応に気をよくしたのか、サイラスがガウンの合わせ目から手を差し込んできた。そのまま、下着の上から乳嘴《にゅうし》をくるくるとなでる。

「……ゃあっ……」

さっきよりもずっと強い刺激に、目の前がちかちかする。意思とは関係なく体の奥が疼《うず》き、下腹部に血が集まるのがわかる。

「それともこっちのほうが？」

今度は乳嘴をつまんで軽く引っ張ってくる。先ほどとはちょっと違う強くて甘い刺激に表情を取り繕うことも忘れ、フリーデは不埒な動きをする指先に翻弄され続けた。羽織っているガウンを邪魔に思うほど体が熱くなってくる。

「全部、僕のもの」

そんなフリーデに構うことなく、サイラスの唇が首筋に降ってくる。敏感な首筋は舌先でくすぐられるし、胸の頂は両方ともいじられている。しかもお尻には高ぶりを押しつけられて、フリーデはパニックに陥った。ものすごく気持ちいい、でも快感に溺れる姿は見られたくない。心は葛藤しているのに、体は素直に反応してしまう。背筋を強烈な快感が抜けて大きく足がわななき、体から力が抜ける。

あ、崩れ落ちる、と思ったその時、サイラスの腕がおなかに回される。倒れ込むことは回避できたが、そのせいで羽織っていたガウンの腰より上の部分がはだけてしまった。

「……ちょっと刺激が強すぎた？」

耳元で囁かれ、こくこくと頷いたフリーデの目に飛び込んできたのは、窓ガラスに映るサイラスの緑色の瞳だった。一方の自分は、ガウンがはだけてスケスケ下着姿。

——‼

フリーデが気づいたことに気がついたらしく、サイラスがにんまりと笑う。

——全部見られていた！

後ろにいるからフリーデの様子なんて見えないと思っていたが、そうではなかったらしい。ガラスに映るフリーデを、サイラスはずっと眺めていたようだ。

恥ずかしさのあまり、フリーデは顔を伏せた。今さらではあるが顔を見られたくない。ああもう、信じられない！

「ホントかわいいなあ、フリーデは。こんなかわいい人が嫁さんになってくれるなんて、本当に幸せ」

サイラスが笑い、フリーデを一度立たせるとそのままますくうようにして抱き上げた。いきなりだったのでフリーデは慌ててサイラスの首筋に腕を回して、すがりつく。

「かわいいかっこうをしてくれてる。透けて見えるのって、なんていうか、すごく」

「い、言わないで！　この下着、わたくしが選んだわけではなくて……ッ、これが花嫁のかっこうだって……！」

サイラスの素直な感想を聞きたくなくて、フリーデはサイラスの体に回す腕に力を入れた。フリーデの抵抗がおかしかったのか、サイラスが声を上げて笑う。

「あの時フリーデが僕を呼んでくれてよかった。あんなやつにあなたが奪われなくてよかった。ずっと言い聞かせてきた甲斐があった」

サイラスはそう言いながら少し歩いて、部屋の真ん中にある夫婦用の大きなベッドにフリーデを下ろす。横たわるフリーデの脇に手をついて、サイラスが覆いかぶさるように覗き込んできた。

「……言い聞かせてきた？」

「そう。何かあったら僕を頼って、必ず助けに行くからって。僕の願い通り、フリーデは僕を呼んでくれた」

そういえば前もそんなことを言っていた。そんなことを思うフリーデの頬を、サイラスが左手でそっとなでる。

「僕からはフリーデに手が届かない。フリーデのほうから手を伸ばしてほしかったんだ。僕に落ちてほしくて」

緑色の瞳がまっすぐにフリーデを見つめる。

「追い詰められて弱っているフリーデに、罠を仕掛けた。あなたの味方は少ないから、あなたの味方をすれば僕のところに落ちてきてくれると。……でもそれはフリーデに自分の人生を捨てさせることになるから、葛藤はあった。僕はただ、あなたに笑っていてほしかっただけだから。もちろん、僕のところに落ちてこなくても、あなたが頼ってくれたら手を差し伸べるつもりではいたんだ。ただ、ランデはさすがに遠いなあとは……思ったけど」

「……まんまとサイラスの仕掛けた罠にかかったというわけね、わたくし」

サイラスの告白に、フリーデは目をぱちぱちさせた。彼の思惑通り、フリーデはサイラスに落ちた。なんというか……すごい。

「僕を嫌いになった?」

サイラスが不安そうに聞いてくるので、フリーデは首を振った。

嫌いになるわけがない。サイラスは危険を冒して夜会に忍び込んでくれたし、体を張ってアンセルムからフリーデを守ってくれた。裸体をさらすフリーデを見ないようにしていたし、そのまま立ち去ろうともしていた。フリーデがせがまなければ、何もしなかったのは明らかだ。

サイラスとの間に確かな絆が欲しくて、フリーデから手を伸ばした。

サイラスがいてくれたからこそ、フリーデは救われた。あれは罠ではない。あれはむしろ、献身だと思う。

「まさか。今の今まできれいに忘れていた自分にびっくりしただけよ。あなたが王太子殿下の右腕だってこと」

フリーデはそう言って笑い、サイラスの首に腕を回した。そのまま引き寄せて、唇を重ねる。夏の夜もフリーデから口づけたことを思い出す。あの時サイラスは固まってしまったが、今日は違った。そのまま舌先がフリーデの口の中に差し込まれ、遠慮なくフリーデの口腔内を味わっていく。言葉だけでは伝わらない気持ちがキスを通して伝わってくる。

サイラスの舌先は熱かった。舌先だけでなく、首筋も熱い。体を熱くしているのは自分だけではないのだとわかってほっとする。

「……僕も思い出した。フリーデは鋼の理性の持ち主だけど、本当はものすごく情熱的なんだってこと」

気が済むまでキスを交わしたあと、唇を離してサイラスが呟く。

「そしてそれを知っているのは僕だけだってこと」

呟きながらフリーデの首筋にちゅっと吸いつく。優しいキスは首筋から鎖骨を通り過ぎ、豊かな胸にたどり着いた。そして薄い生地の上からつんと尖ったままの胸の頂を咥える。

指とは違う熱くぬめった刺激に、体が勝手に跳ねた。もう片方の頂にも下着の中に手を滑り込ませたサイラスの指先がいたずらしてくる。体の奥がどうしようもなく疼いて、秘所がうるんでくるのが自分でもわかった。ああどうしよう……気持ちいいと思っていることがバレてしまう。

はしたないと思われる？　いやらしいと思われる？　深窓の令嬢として慎み深く育てられてきたというのに、しっかり快感を拾っていると知られたら。

フリーデがそんなことを考えているうちに、胸元で遊んでいた手が移動してガウンの腰紐が抜かれ、下半身もあらわにされる。あっ、と思った時にはもう、サイラスの指先が下穿きの上からフリーデの秘所をなでていた。

慌てて脚を閉じようとしたが、サイラスが体を割り込ませてきたのでそれもかなわない。

胸の頂から顔を上げ、サイラスがフリーデを見つめてくる。その一方で不埒な指先はずっと薄い布の上から秘所をなで続けていた。蜜があふれてくるのが自分でもわかる。サイラスは視線を外さない。そういえばさっきも、ガラスの反射を通してフリーデを見ていた。……この人、意地悪だ！

フリーデの恥ずかしがる姿を楽しんでいるなんて。

そう気づいたフリーデは、手を伸ばしてサイラスのガウンの腰紐を引っ張った。自分だけが恥ずかしいなんていやだ。

サイラスが驚いたようにフリーデを見つめる。フリーデは赤くなりながら、あっさりほどけて緩んだガウンの隙間から手を差し込み、サイラスの肌に触れた。

少し汗ばんでいる。あの優しい匂いがする。……今さらだが、サイラスから時々感じていたあの匂いが、香水の類ではなくサイラス自身のものだと気づく。

ところで、ガウンの紐をほどいたはいいものの、どうしよう……。

「いやそれにしても、うちの嫁さんは本当に情熱的」

ぎこちなく胸のあたりをなでるフリーデに向かってサイラスがにっこり笑い、羽織っているガウンを脱ぎ捨てた。ついでに下着も脱ぎ、まとめて床に放ってしまう。

「フリーデはどこまでもギャップがすごいよね」

展開の早さに驚き固まっているフリーデの体から、「これも花嫁衣装」という下着を抜き取る。さらにすっかり濡れそぼってしまった下穿きも。

「本当にかわいい。大好き」

そう言いながらフリーデの額に口づける。そのまま瞼や頬、耳たぶなど所構わずキスの雨を降らせていく一方で、指先はあらわになった秘所をゆっくりとなでる。

「ん……ふ……ッ」

体中をたどるキスは優しいが、指先は執拗に敏感なぬかるみから陰核にかけてこすり上げる。体中が熱くてたまらない。やがて指先がずるりと内側に入ってきた。

「痛い？」

サイラスが聞いてくる。異物感はあるが痛みはないのでふるふると首を振ってみせると、サイラスがそのまま内側を探るように指を動かす。その異物感も、再び胸の頂を咥えこまれて舌先で転がされているうちに消えていった。快感が高まるとともに、解放されたい欲求も高まっていく。

会話はなく、お互いの息遣いのほかには、サイラスの舌先と、指先から聞こえる水音だけが寝室に響く。

敏感な場所を優しくしつこく刺激され続けて、気が狂いそうなほど体が熱い。サイラスがほんの少し力を加えてくれたら、この甘い苦しみからは解放される。わかっているものの、それをねだる勇気はフリーデにはまだなかった。

ああだけどさっきから自分ばっかり、恥ずかしい目に遭わされているのはずるい。フリーデは手を伸ばしてサイラスの高ぶりに触れた。シェーナと回し読みした本の中に、確かこういった描写があったはずだ……あれが嘘でなければいいのだけれど。

「……ッ」

それは予想外の動きだったのだろう、サイラスが息を詰めたのがわかった。

どこか余裕があるサイラスを動揺させられたことに気をよくして、フリーデは指先を動かし、丸みのある先端をなでてみた。なんだかぬるぬるする。これはなんだろう、先端の孔《あな》からにじみ出てくる感じ。これに関しては本に書いてなかったように思うけれど。

ぬるぬるを確かめるように指を動かしていると、サイラスに腕をつかまれた。

「それ以上すると暴発しちゃうよ。夏から一度もあなたを抱いてないのに」

エーレブルー侯爵邸に転がり込んできて、できたのはせいぜいキスと抱擁までだ。機会がなかったわけではないが、侯爵家に世話になっている手前、それ以上のことは二人とも遠慮していた。

再び、サイラスが愛撫に戻る。胸の頂も気持ちいいし、内側をこすられるのも気持ちいい。でも、解放されないからいつまでも苦しい。

「すごいことになってる。洪水みたい」

苦しくてあえいでいると、サイラスが指を引き抜いてフリーデに見せてきた。蜜がサイラスの指を伝う。そんなものは見せなくてもいいのに。

「だって……、あなたのことが好きなんだもの」

フリーデは恥ずかしさから真っ赤になりながら答えた。

その答えは予想外だったらしく、サイラスが目を見開く。

「……かなわないな、本当に」

そう呟いて、サイラスがフリーデの膝をつかんで脚を広げてきた。

「余裕がないから、もうちょっとフリーデを追い込みたかったのに。これじゃ、前と同じだ」

高ぶりがすっかりぬかるんでぐずぐずになってしまった蜜口に押し当てられる。フリーデは息を詰めて、押し入ってくる熱に備えた。いくら愛撫を受けていてもサイラスを受け入れるのはこれが二度目、力ずくで押し広げられる苦しさはある。

ずぶずぶと欲望が押し込まれる。内臓がせり上がるような感覚に、全部飲み込めるのか不安になった頃。

「痛くない？」

耳元でサイラスが囁いた。

「大丈夫……」

フリーデが答えると、サイラスがほっとしたような息を漏らす。確認されるということは、うまく全部飲み込めたということだろうか。

前回ほどの異物感はない。その代わり、体も、心も、フリーデの大好きな人でいっぱいに満たされていると感じる。

「フリーデの中は、温かい」

シーツの上に投げ出していたフリーデの手に、サイラスが手を重ねてくる。絡めた指先を握り返したら、それが合図だったかのようにサイラスが動き始めた。

初めはゆっくりした動きだったが、だんだんと動きが大きくなる。指より太いものが隘路をこする苦しさも、何度も抜き差しされているうちに形がなじんで消えていった。内側をこすられ、最奥を突かれ、熾火のように内側からフリーデを苛んでいた快感が、体の中で暴れ出す。

でも足りない。あと少し、届かない。もっと強い刺激が欲しい。

そう思った時、サイラスが手の拘束をほどき、代わりにフリーデの腰をつかんで引き寄せてきた。

ぐっと挿入が深まる。フリーデは思わずあえいで、自由になった腕をサイラスの体に回した。

二人とも肌が汗ばんでいる。それは同じ熱を抱えて、追いかけているという証拠だ。その事実がたまらなく嬉しい。

サイラスがフリーデの名前を呼ぶ。何度も、何度も繰り返し名前を呼ぶ。求められていることがわかる。愛されていると感じる。もう一人ではない。一人ぼっちで強がって涙を堪えなくてもいい。これからは嬉しいことも悲しいことも全部、サイラスと分かち合っていけばいい。だって今日、生涯をともにすると誓ったのだ。

眩暈がするほどの幸福感にフリーデはぽろぽろと涙をこぼしながら、サイラスにしがみついた。容赦のない追い上げで、今度こそ絶頂への階段を駆け上がっていく。

「あっ……ぁあ、ああ――!!」

体を貫く衝撃とともに、体の奥で何かが弾けるのを感じた。

11　私の人生

夏の風が心地よく吹き、肩のあたりで切りそろえた金色の髪の毛を揺らす。エステルは顔にかかる髪の毛を手で押さえながら、持参した花束をそっと墓石の上に置いた。

フリーデ・ミラ・バージェス

墓標に刻まれた、かつての自分の名前を見下ろす。今は存在しないバージェス公爵家の紋章と、自分の生没年月日を、エステルはじっと見つめた。あれから八年。
あの夏の日、いきなり終わってしまった「フリーデ」としての人生に何も思わないわけではない。だが、フリーデの人生が終わったことで、自分の本当の人生が始まったのかな、とは思う。

今から七年前、フリーデの死から約一年後のこと。国土の四割近くを所有し、権勢を誇ったバージェス公爵家を始め、バージェス一族は、王太子殺害未遂及び国家転覆の疑いで王太子から軍隊を差し向けられ、あっという間に滅び去った。レオンハルトによる大粛清と呼ばれている。
バージェス公爵家は取り潰され、バージェス公爵夫妻は爵位を剝奪されて国外に追放。バージェス公爵に連なり甘い汁を吸っていたバージェス派もレオンハルトによって粛清され、多くが既得権益を手放し、権力の世界から去っていった。

二の妃は国王とともに南部の島の離宮へ隠居させられた。第二王子のギルベルトは政変が起きた時、外国留学をしていたということで責任を問われることはなく、帰国後は宣言通りに臣籍降下をして王家から離脱。

政変の翌年、レオンハルトが国王として即位する。

フリーデに狼藉を働いたアンセルムはフリーデ亡きあと、結局バージェス公爵家と手を組むことなく辺境伯領に戻り、そのおかげで大粛清にも遭わず数年後に辺境伯になった。

コンラートはスカーレンの誘拐事件の時に別荘に踏み込んだ王太子勢に捕らえられたものの、狗としての能力を買われてドゥーベ公爵が作った情報部に所属することになったようだ。のちに再会した時「給金をもらえれば雇い主は別に誰でもいい」とは言っていたが、エステルの生存を知って喜んでくれた。

フリーデとともに馬車に乗っており、表向きは事故死扱いになったマティアスとヘルガも、まとめてドゥーベ公爵が身分を預かっていたことがわかった。政変後、マティアスはコンラートとともにそのままドゥーベ公爵のもとに残ったが、ヘルガは家族のもとへ帰り、家族を驚かせている。

そしてレオンハルトのそばにいたあの妙な娘、スカーレンことローゼ・スカーレン・シュティアは国費留学生の選考試験を突破し、補佐官候補として外国の大学へ留学したが、帰国後は補佐官にはならずにレオンハルトの妃となった。

スカーレンといえば、フリーデの読み通り暁姫の正体はやはり彼女だった。彼女が元伯爵令嬢と聞いて、なるほどね、と納得したエステルである。所作が美しいわけだ。ちなみにディレイの縁者ではないそうである。そのスカーレンの実家没落に少なからずバージェス公爵家が関係していると聞き、申し訳ない気持ちになったが、スカーレン本人は「気にしていない」と笑ってくれた。「そのおかげで、殿下に会えたのだから」と。

スカーレンとレオンハルトもいろいろあったようだが、収まるところに収まったように思う。外国で学んできたことを、彼女は惜しみなくレオンハルトの治世に提供するだろう。スカーレンの夢に協力的だったレオンハルトとともに、新しい時代を作ってくれるに違いない。女の子が髪を短くしても、コルセットをしなくても、官僚を目指してもおかしくない、そんな時代を。

そして、エステルはというと――……。

結婚してからずっとエーレブルー侯爵邸の離れに暮らしており、大粛清の間もそこで過ごした。大粛清の間は情報統制されていたため、エステルは何が起きているのかさっぱりわからなかった。レオンハルトの側近であるサイラスはもちろん、国軍の要職に就いているサイラスの父、エーレブルー侯爵もバージェス派の反乱制圧のためにほとんど帰らず、エステルは侯爵夫人と二人ではらはらしながら政変が早く終わることを願い続けた。

そんなある日……雨の降る夜のこと。前触れもなく両親がエーレブルー侯爵邸に現れた。

エステルの存在は秘匿されていたが、事故が不自然だったことからバージェス公爵は自分の娘が生きていると気がついているようだ、とはサイラスから聞かされていた。だから、両親が目の前に現れたことにそこまでの驚きはなかった。

すでにバージェス派の旗色はずいぶん悪くなっていた頃だったからか、二人とも目立たないよう黒い外套《がいとう》を着ており、覚えているよりも少しやつれた顔をしていた。

『幸せか、フリーデ』

父に問われ、エステルは頷いた。この面会はレオンハルトの恩情だろうから、両親と会うのはこれが最後になるだろうということはすぐにわかった。だとしても、自分が望んで捨ててきた人たちだ。後悔をしていない証拠として涙は見せまいと決めていた。

『もちろんです。……それと、わたくし……私の名前は、エステルと申します』

『そうか、そうだったな。私の娘はすでに亡くなった。かわいそうなことをした』

エステルの名乗りに父が頷く。

『これはあなたが赤ちゃんの頃に使っていたものよ』

そう言って母がエステルの前に小さなトランクを差し出す。開けてみれば、中には小さな外套や靴、おもちゃのほか、新品の子ども服や絵本などが入っていた。

『我々を許せとは言わん。その罰として娘は我々を置いて逝った。私の娘の代わりに、おまえは幸せになれ』

父はそう言って立ち上がり、玄関先で見送るエステルの前で両親は再び雨の夜の中に消えていった。

部屋に引き返してトランクを探り、渡された絵本を見て、エステルは決意もむなしく泣き崩れた。それはかつてエステルが持ち出したのと同じ絵本だったからだ。……父にせがんで読んでもらった、あの絵本。

そして大粛清の嵐がようやくやみ、国を乱した張本人として両親は国外に追放され、領地も財産もすべて国に没収された。バージェス派が失脚したあと、エステルはようやく、自分のお墓を訪ねることができた。

代々のバージェス公爵家の人間が眠る墓所に、フリーデの名が刻まれたお墓が建ててあった。

「フリーデ」は、両親によって丁寧に葬られていた。

ずっと両親には愛されていないと思っていた。でも違う。今ならわかる。

だって、父は私が生きていることを知っていたにもかかわらず、連れ戻しには来なかった。私の存在を口実にサイラスやレオンハルトが攻撃されたという話も聞かない。

私のことがどうでもいいのなら、最後に会いに来るはずがない。まして、あの絵本を選んで持ってくるなんて……。

父も私に絵本を読んだ日のことを覚えていたのだ。

もしかしたら、私がかつて公爵令嬢という役割に押し潰されそうになっていたように、両親にもバージェス公爵家の人間として、親として、大きな重圧がかかっていたのかもしれない。

公爵家の当主で宰相である父は、たった一人しかいない娘に大きな期待を寄せていたのだろう。厳しくしつけていたのは、その期待の裏返し……だったのかもしれない……。

私はずっと愛されていた。ただ、お互いの気持ちはちょっとだけ、すれ違っていた。

その両親は今、母の実家を頼り隣国にいる。この国から追放された両親がこちらに来ることはできないが、エステルが向こうに行くことはできる。いつかの日か、再会することができればいいと思う。

「おかあさまー、おはかまいり、もうおわった？」

舌ったらずのかわいらしい声がすぐ近くから聞こえる。エステルが目を向けると、三歳になる娘がまとわりつきながらスカートを引っ張ってきた。くるくるの赤毛に明るい緑色の瞳は、父親譲り。

「もう少しで終わるわ」

「ふうん。じゃあステラ、さきにいくね！」

じっとしていることが苦手な年頃の娘はそう言い残すと、エステルを置いて駆け出していく。やがてたどり着いた父親に抱き上げられ、「きゃあ」と楽しげな声が聞こえてきた。そんな娘の様子に、夫と五歳になる息子も笑い声を上げる。息子はエステル譲りの金髪に青い瞳をしている。

家族の姿に目を細めたあと、エステルは今一度、自分の墓石に視線を落とした。

フリーデとしての人生では、何冊かの日記と絵本しか持てなかった。

でもエステルの人生は、たくさんの大切なものであふれている。夫と子どもたち。レオンハルトが即位したタイミングで、サイラスは伯爵位を賜った。領地を持たない宮廷貴族だが、今はエーレブルー侯爵邸の離れを出て小さめながら王都に屋敷を構えている。

手に入れた住まいはエステル好みに改装し、女主人としてそれなりに忙しくしている。エステルを閉口させたのは王妃となったスカーレンことローゼから、しょっちゅう呼び出されることだった。ローゼの一人目の子どもとエステルの二人目の子どもが同い年ということから、エステルはローゼからママ友認定されているらしいのだ。

レオンハルトに粛清されたバージェス公爵の娘をママ友認定してもいいものか。……まあ、当のレオンハルトがいいと言っているのだから、いいのだろう。


この八年で、大切なものが一気に増えた。

あの日、「フリーデ」の人生から自分を連れ出してくれた人がいたから、エステルとしての今がある。


一抹の寂しさは否定できないが、後悔はない。「フリーデ」だった頃、一度はサイラスへの想いを振り切ろうとした。でもできなかった。だって自分の運命は、彼の隣にあったから。

エステルは顔を上げると墓石に背を向け、髪の毛をなびかせながら小走りに先を行く家族を追いかけていった。


今度こそ、大切なものをたくさん抱えて生きていくの。何ひとつ手放さずに。

私は、トランクひとつに収まらないくらい宝物にあふれた人生を送ってやるのよ――。

あとがき

ほづみと申します。このたびは『この秘書官様を振り切るのは難しいかもしれない』を手に取っていただきまして、ありがとうございます。この作品は『この王子様から逃げ切るのは難しいかもしれない』に登場した公爵令嬢フリーデが主人公のスピンオフになります。前作同様、投稿作品からの書籍化ですが、大幅に加筆修正させていただきました。

対立する勢力のど真ん中にいる二人、ということで、テーマはずばり「ロミオとジュリエット」でした。フリーデの婚約記念パーティーが仮面舞踏会なのはそのためですね。

スピンオフですので、今作も氷堂《ひどう》れん先生にイラストを担当していただいております。フリーデもサイラスも本当に素敵に描いていただき感無量です。そのうえ、前作のメインキャラであるレオンハルトとローゼまで。ありがとうございました！

そして無事に一冊の本としてまとめることができたのは、担当様のおかげです。今回も大変お世話になりました。

この本が世に出るために関わってくださった皆様には、この場を借りてお礼申し上げます。

最後に、ここまでお付き合いくださいました読者の皆様に、心からの愛と感謝を。

ほづみ

この秘書官様を振り切るのは難しいかもしれない

著者　ほづみ
© HODUMI

2021年12月5日　初版発行

発行人　神永泰宏

発行所　株式会社Ｊパブリッシング
〒102-0073　東京都千代田区九段北3-2-5 5F
TEL 03-3288-7907　FAX 03-3288-7880

製版　サンシン企画

印刷所　中央精版印刷株式会社

定価はカバーに表示してあります。

万一、乱丁・落丁本がございましたら小社までお送り下さい。

本書のコピー、スキャン、デジタル化等の無断複製は著作権法上の例外を除き禁じられています。

ISBN：978-4-86669-448-1
Printed in JAPAN